Een tijd van verwachting

Marcia Willett

Een tijd van verwachting

dB

2001 – De Boekerij – Amsterdam

Oorspronkelijke titel: Looking Forward
(The Chadwick Family Chronicles - The Early Years)
Oorspronkelijke uitgever: Headline
Vertaling: Harmien L. Robroch
Omslagontwerp: Pieter en Kasper van Delft, ADM International bv
Omslagillustratie: Charles Neal
Omslagdia: Fotostock bv, Amsterdam

Deze roman is fictie. Namen, plaatsen en gebeurtenissen zijn het product van de verbeelding van de auteur. Enige gelijkenis met werkelijke gebeurtenissen of bestaande personen berust geheel op toeval.

Tweede druk

ISBN 90-225-3018-3

© 1998 by Marcia Willett
© 2001 voor de Nederlandse taal: De Boekerij bv, Amsterdam

Voor John en Grace en de leden van de
Mothers's Union in Avonwick

DE FAMILIE CHADWICK

Edward Chadwick (1788-1881)
in 1847 gehuwd met
Elizabeth Courtney (1826-1887)

Vier andere kinderen

James Chadwick (1848-1915)
in 1886 gehuwd met
Charlotte Bridges (1867-1897)

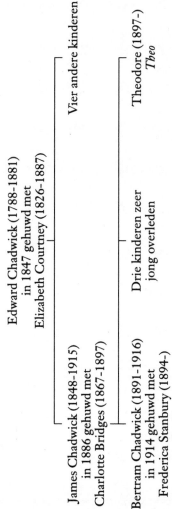

Theodore (1897-)
Theo

Drie kinderen zeer
jong overleden

Bertram Chadwick (1891-1916)
in 1914 gehuwd met
Frederica Stanbury (1894-)
Freddy

John Chadwick (1916-1945)
in 1943 gehuwd met
Prudence Clarke (1923-)
Prue

Peter (1916-1957)
in 1940 gehuwd met
Alison Pickford (1918-1957)

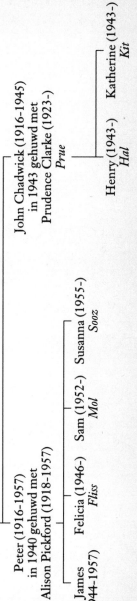

Henry (1943-)
Hal

Katherine (1943-)
Kit

James
(1944-1957)

Felicia (1946-)
Fliss

Sam (1952-)
Mol

Susanna (1955-)
Sooz

Boek Een

Zomer 1957

1

Naast elkaar stonden de drie kinderen te wachten. Alle andere passagiers waren al weg en het slaperige stationnetje lag vredig in de zomerzon. De grote felle kopjes van de stokrozen knikkebolden tegen de zwarte schutting en bij het loket groeiden rozen en kamperfoelie in een geurige wirwar door elkaar. Langs de weg stonden de melkbussen al klaar om opgehaald te worden.

De stationschef liep met de telefoon nog in zijn hand zo ver mogelijk naar buiten en bekeek het kleine groepje. De oudste, een meisje van een jaar of tien, was duidelijk doodmoe. Op haar bleke, scherpe gezicht lag een lijdzame blik. Ze was mager, haar kleurige jurk was gekreukeld en uitgezakt, en uit de twee dikke blonde vlechten waren hier en daar wat pieken ontsnapt. Haar grijze ogen waren wanhopig op de stationschef gericht die vrolijk met zijn vrije hand zwaaide. Zijn pet, die hij naar achteren had geschoven, viel bijna van zijn hoofd.

'Een uur geleden al vertrokken,' riep hij bemoedigend. 'Vast motorpech.'

Het meisje slikte hoorbaar en klemde haar arm wat steviger om het jongetje dat haar rok vasthield en knikte naar de stationschef die zich weer in zijn kantoortje terugtrok en discreet, op gedempte toon verder kletste. Het jongetje keek op naar zijn zus, die nu glimlachte en haar greep wat verslapte.

'Grootmoeder komt zo,' zei ze tegen hem. 'Je hoorde toch wat hij zei, Mol? Dat hoorde je toch? Motorpech. Ze komt zo.'

Het jongetje staarde naar de ingang. Zijn groezelige overhemd hing uit zijn grijze korte broek en er lag een angstige blik in zijn ogen. Ze boog zich opnieuw voorover en wist waar hij aan dacht.

'Gewoon motorpech,' herhaalde ze. 'Geen… Gewoon pech. Een lekke band, of zo. Meer niet, Mol. Echt.'

Het kleine meisje dat aan haar andere hand hing, liet zich plotseling op het perron zakken. Zachtjes neuriënd lag ze tussen de bagage en hield haar pop hoog boven zich als een prooi voor de zwaluwen die boven haar in de blauwe lucht cirkelden.

'O, Susanna,' zuchtte haar zus wanhopig. 'Zo word je vies.'

Ze veegde haar plakkerige hand aan haar jurk af en keek om zich heen. Naast het kantoortje was de kruier bezig de bagage op een wagentje te controleren. Ze keek hoe hij zachtjes voor zich uit stond te fluiten terwijl hij met zijn dikke vingers de labels omdraaide. Aan de muur boven zijn hoofd glimlachte het meisje van de chocoladereclame haar eeuwige glimlach terwijl ze gouden korenaren tegen zich aan klemde, met in een mandje het blikje cacao waarop het beeld zich herhaalde waardoor haar glimlach steeds kleiner en kleiner werd…

Er kwam een auto aan. Hij tufte over de kruising en reed de hoek om. De stationschef rende naar buiten om te zien wie het was en zijn begroeting klonk zó opgelucht dat het meisje onmiddellijk het kleine groepje bijeenriep.

'Sta op, Sooz. Toe, schiet op. Daar is grootmoeder. Kom op, Mol. Pak beet. Susanna, sta óp!'

De stem die hijgend buiten had staan praten, kwam dichterbij en de drie kinderen stonden dicht tegen elkaar aan geklemd te staren naar de oudere dame die het perron oprende en vlak voor hen bleef staan met een onwillekeurig gebaar van medeleven en verdriet. Freddy Chadwick keek met een brok in haar keel naar haar drie kleinkinderen.

'Lieverds,' zei ze. 'Vergeef me. Dat domme mens had in Totnes op jullie moeten passen, in plaats van jullie op de trein naar Staverton te zetten. En toen reed ik te hard en kwam ik in een greppel terecht. Een hele toestand. En uitgerekend nu. Het spijt me.'

Als een waanzinnige had ze over de smalle weggetjes gereden. De lange grassen en witte schermbloemen hadden langs de auto gewapperd en hadden bijen opgejaagd en door het raampje naar binnen geslingerd. Gedachteloos had ze ze opzij geveegd. Al het verdriet en de afschuw van de afgelopen dagen waren samengekomen in dit ene, zo belangrijke voornemen om zelf de kinderen van het station op te halen. De familie was het erover eens geweest dat het beter was de kinderen daar op te halen en ze direct naar The Keep te brengen. Het zou ongetwijfeld een erg emotionele ontmoeting zijn, dus hoe eerder ze samen, afgeschermd van de buitenwereld, hun verdriet konden delen, des te beter. Freddy was het daarmee eens geweest, ook al was ze bang dat het een laffe beslissing was om haar verantwoordelijkheid nog een paar uur uit te stellen.

Maar het leek haar afschuwelijk om zo lang met drie aangeslagen, bange kinderen in de trein te zitten. Hoe konden ze zo lang wachten voor ze hun verdriet met haar konden delen? Maar hoe kon ze hun kwetsbaarheid in vredesnaam overlaten aan de nieuwsgierige blikken van vreemden? Alles was zo snel gegaan. De kinderen, die door de plotselinge ontwrichting van hun leven waren lamgeslagen, hielden zich groot – maar als ze eenmaal bij hun grootmoeder waren, zouden ze ongetwijfeld instorten. Verscheurd door twijfel had Freddy zich laten overhalen de ontmoeting uit te stellen, maar ze was vastbesloten geweest op het station voor hen klaar te staan om ze snel naar huis te brengen. Ze had geen rekening gehouden met de verwarring die op het laatste moment in Londen was ontstaan. De begeleidster van de kinderen was plotseling ziek geworden en een welwillende passagier die onderweg was naar Plymouth had de taak op zich genomen.

Terwijl allerlei gedachten door haar hoofd raasden, had Freddy de bocht te snel genomen, was ze de macht over het stuur verloren en waren de twee linkerwielen in een greppel terechtgekomen. Bijna huilend van frustratie en met haar blik voortdurend op haar horloge gericht, had ze geprobeerd de auto weer op de weg te krijgen. Uiteindelijk werd ze gered door een boer die met zijn vrouw naar de markt in Newton Abbot was geweest, maar toen ze in Totnes aankwam, ontdekte ze dat haar kleinkinderen waren doorgestuurd naar Staverton. De vrouw die voor hen had moeten zorgen had de stationschef geraadpleegd en die was ervan overtuigd geweest dat er een vergissing in het spel was. Mrs. Chadwick stapte in Totnes altijd over op de trein naar Staverton, zei hij. Daar stond ze nu vast te wachten. De vrouw had de kinderen haastig in de wegrijdende trein geduwd en tegen de conducteur gezegd dat hij ervoor moest zorgen dat ze in Staverton uitstapten. Freddy was boos en bezorgd.

'Ik had gewoon naar Londen moeten gaan,' zei ze tegen zichzelf, toen ze in hoog tempo terugreed naar Staverton. 'Ik wist het wel. Ik had het risico niet moeten nemen.'

In ieder geval had haar bezorgdheid haar gedachten wel even afgeleid van het voortdurende beeld van haar geliefde zoon die samen met zijn vrouw en oudste zoon door de Mau Mau was vermoord. Het afschuwelijke nieuws was aanvankelijk niet te bevatten. Ze kon het niet geloven. Haar man en haar twee zoons waren nu dood; alle drie slachtoffer van oorlog en geweld. Liefste Bertie, die een paar dagen na zijn verlof in 1916 in Jutland was overleden; hun zoon – die lieve, grappige John – die in de Tweede Wereldoorlog tijdens een transport was getorpedeerd; en nu Peter – de rusteloze, charmante, intelligente Peter – aangevallen en vermoord. Had hij zich na de oorlog maar gesetteld. Had hij maar interesse getoond in de porseleinaarde die zijn familie al meer dan honderd jaar van werk had voorzien...

Freddy kreunde hardop terwijl ze verder reed en dacht aan de drie geschokte kinderen die in Staverton stonden te wachten. Ze had de tweeëntwintig maanden oude Susanna, die in Kenia was geboren, nog nooit gezien, en Sam – die door de familie Mol werd genoemd omdat hij zich altijd onder kleedjes, tafels en stoelen verstopte – was amper een jaar oud toen Peter en Alison Engeland hadden verlaten. Felicia, die meestal Fliss werd genoemd, was een rustig kind van zeven geweest dat erg gehecht was aan haar oudere broer Jamie...

Freddy trok ruw aan het stuur toen er voor haar plotseling een tractor uit een weiland reed. Trillend zette ze de auto even aan de kant om haar neus te snuiten en zichzelf tot kalmte te manen. Jamie was lang en blond geweest, net als zijn vader; extravert, begaafd, lief. Hij zat in Engeland op school, maar ook al bracht hij de meeste vakanties en vrije dagen in The Keep bij zijn grootmoeder door, die beslissende vakantie was hij in Kenia. Hij had alweer op school moeten zitten in Engeland, maar hij was bij een vriendje geweest dat de mazelen had, en daarom moest hij thuisblijven totdat de quarantaineperiode voorbij was. Die lieve Jamie. Zó blij had hij haar het goede nieuws geschreven dat hij nog drie weken mocht blijven. Nu was hij dood, samen met zijn ouders begraven in de Afrikaanse aarde...

Heel even liet Freddy haar hoofd in haar handen zakken. Hoe kon ze haar eigen verdriet en dit verlies verwerken terwijl ze deze kinderen moest opvangen? Bij de gedachte aan de kinderen startte ze de motor en trok hortend op. Ze reed hobbelend over de brug over de rivier, stak de kruising over, sloeg linksaf, parkeerde haastig bij het hek en rende het perron op.

Badend in het zonlicht stonden ze in een groepje bij elkaar. Fliss had haar arm beschermend om Mol heen geslagen, terwijl Susanna met grote, bruine ogen naar deze lange, oude dame keek die een merkwaardig vertrouwde uitstraling had. Na de eerste verontschuldigende woorden bleef het stil.

Freddy dacht: Hoe moet dit nu? Wat moet ik met deze drie kinderen? Zelfmedelijden, ontzetting en liefde streden een innerlijke strijd. Ik kan het niet! jammerde ze in stilte. Ik ben te óúd.

Fliss dacht: Ze lijkt op papa. Ik mag niet huilen. Hoe moet ik haar over Mol vertellen?

Mol dacht: Ze is véílig.

Met haar pop tegen het smokwerk van haar jurk geklemd, keek Susanna omhoog naar de lange figuur en was zich bewust van een zekere band, een gevoel van veiligheid.

'Dag, grootmoeder,' zei Fliss vermoeid maar beleefd. 'Dit is Susanna. U kunt zich Mol vast nog wel herinneren.'

'Wat is hij groot geworden.' De dapperheid van het kind bracht Freddy's eigen zelfvertrouwen terug. 'Jij ook. En dit is dus Susanna.'

'Ze is erg moe,' waarschuwde Fliss, toen Freddy Susanna in haar armen trok. 'Wij allemaal...'

Haar stem stierf weg en ze bukte zich om een kleine tas op te tillen die ze vervolgens aan Mol gaf. Freddy zag dat hij hem gehoorzaam aanpakte, ook al liet hij de rok van zijn zus niet los. Behoedzaam maar hoopvol keek hij naar Freddy. Deze nam Susanna op haar arm en pakte toen de grote tas. 'Kom,' zei ze vriendelijk, 'dan gaan we naar huis.'

Rond 1840 keerde Edward Chadwick terug naar Engeland, nadat hij in vijfentwintig jaar een aanzienlijk fortuin had opgebouwd in het Verre Oosten. Na nog geen week besefte hij dat hij niet veel gemeen had met de hogere kringen van Londen en dat een passief leven hem vroeg het graf in zou helpen. Nadat hij zijn bankier, Mr. Hoare, had geraadpleegd, onderzocht hij een aantal mogelijke investeringen en nam toen een beslissing. Hij werd grootaandeelhouder en directeur van een bedrijf dat een uitgestrekt grondgebied in Devon wilde aankopen om er porseleinaarde uit te winnen.

Na deze beslissing volgde de stap om een huis te vinden dat paste bij zijn gevoel van gewichtigheid en zijn romantische inborst. Daar slaagde hij niet in. Wel vond en kocht hij de ruïne van een oud fort dat in de heuvels tussen de woeste heidevelden en de zee lag. Met de stenen die er nog lagen, bouwde hij een gekanteelde toren van drie verdiepingen die hij The Keep noemde.

Algauw wist hij zichzelf ervan te overtuigen dat hij in het huis van een zeer oud geslacht woonde. Hij gebruikte zijn rijkdom – en zijn aanzienlijke charme – om een veel jongere vrouw van goede komaf te kopen, maar zijn energie stak hij voornamelijk in het succesvol ontwikkelen van de porseleinaardefabriek, zodat hij voor zijn dood zijn fortuin meerdere malen had verdubbeld.

Zijn mannelijke nakomelingen maakten carrière in de marine, maar bleven betrokken bij het bedrijf, en onderhielden en moderniseerden The Keep. Het was een merkwaardig, maar prachtig gebouw. De beide vleugels van twee verdiepingen, die iets achter het originele huis waren geplaatst, waren door een latere generatie aangebouwd. Hoge stenen muren vormden de binnenplaats, die kon worden betreden via een poort die de twee cottages van de portierswoning met elkaar verbond. De muren van de binnenplaats en de nieuwere vleugels waren met ouderwetse rozen en blauweregen bedekt, maar de grimmige, grijze stenen toren zelf bleef onveranderd. The Keep en de binnenplaats lagen op het zuiden en de tuin strekte zich naar het westen uit, omringd door boomgaarden, maar in het noorden en oosten ging het terrein steil naar beneden; de ruwe hellingen liepen omlaag naar de rivier die vanuit de hoge heidevlakten naar beneden stortte. Via borrelende uitmondingen stroomden de koude veenachtige wateren over smalle rotsbodems naar vredig en rijk boerenland en van daaruit langzaam naar de brede riviermond waar ze zich met het zilte water van de zee vermengden.

Freddy reed de binnenplaats op, hobbelde over de granieten tegels en reed omzichtig om het ronde grasveld heen. Ze reed de Morris Oxford achteruit in de garage van de portierswoning en stapte uit. De drie kinderen, die zelfs tijdens dit korte ritje niet gescheiden wilden worden, zaten achterin. Freddy maakte het portier open, tilde Susanna naar buiten en zette haar op haar korte stevige beentjes. Mol klauterde achter haar aan en keek om zich heen. Hij zag het kasteelachtige gebouw aan de andere kant van de binnenplaats, de hoge muren en de geruststellend dikke houten poortdeuren van de portierswoning. Hij hoopte dat ze gesloten konden worden, en alsof Freddy zijn gedachten had gelezen, zwaaide ze de zware eikenhouten poortdeuren afscheiding dicht.

Mol haalde diep adem. We zijn bínnen! dacht hij, en keek opgelucht naar Fliss. Zij stond te worstelen met de weinige bagage die ze hadden – alle grote bezittingen zouden door Carter Paterson worden gebracht – en hij liep naar haar toe om haar te helpen, trok aan haar arm en wees naar de poortdeuren. Ze wist meteen hoe hij zich voelde.

'We zijn hier veilig, Mol,' zei ze zachtjes. 'Heb ik het je niet gezegd? We zijn veilig in The Keep bij grootmoeder.'

Freddy lachte om Susanna die over het grasveld rende, zich in het warme gras liet vallen en heen en weer rolde. Na dagenlang opgesloten te hebben gezeten in vliegtuigen en treinen en hotelkamers genoot ze nu van haar vrijheid.

'Zo, er is geen ontsnappen meer aan,' zei ze vrolijk. 'Je bent binnen! Hier kan niets gebeuren. Je kunt niet naar buiten.'

'En niemand kan naar binnen,' zei Fliss.

Freddy keek haar aan en was zich bewust van de intensiteit van die woorden, alsof Fliss haar iets wilde vertellen.

'Dat is waar,' beaamde ze, en besefte onmiddellijk hoe belangrijk het was dat de kinderen zich helemaal veilig voelden zodat hun angst langzaam kon wegebben. 'Maar er kan hier niets gebeuren, hoor. In The Keep komen alleen vrienden. En Ellen en Fox passen op ons. Ken je die nog, Fliss?'

'O, ja.' De bezorgde frons tussen Fliss' wenkbrauwen verdween en ze glimlachte. 'O, ja. Ellen en Fox,' herhaalde ze, alsof het een toverformule was. 'Ik was ze bijna vergeten.'

'Laat ze dat maar niet horen,' zei Freddy, terwijl het kleine groepje de bagage bijeenraapte. 'Ze vinden het geweldig je weer te zien. Kom, ze zijn vast in de keuken thee aan het zetten.'

Terwijl ze naar de voordeur liepen, voelde Fliss haar zorgen terugkeren. Het werd steeds dringender dat ze haar grootmoeder alleen kon spreken om alles uit te leggen. Ze moest haar vertellen wat er op die afschuwelijke dag was gebeurd, toen Cookie in de keuken zo hard had geschreeuwd. Fliss was ernaartoe gerend en had gezien hoe de politieman Cookie door elkaar schudde en schreeuwde dat ze stil moest zijn. Onverwachts had hij haar hard in het gezicht geslagen waarna ze happend naar adem stil was geworden. Op dat moment had Fliss Mol bleek en grauw in elkaar gedoken onder de tafel zien zitten, een getuige van de schokkende onthullingen van de politieman.

Zelfs nu wist Fliss niet precies wat Mol had gehoord, want vanaf dat moment had hij geen woord meer gesproken en zat hij opgesloten in zijn eigen stilte. De politieagent was zó geschrokken van het gewelddadige misdrijf dat hij het tactloos en zonder nadenken aan de kokkin had verteld. Hij ging ervan uit dat het kleine, doodsbange jongetje dat onder de keukentafel had gezeten het ontstellende nieuws wel verder zou vertellen. Het was te laat om de kinderen nog tegen de afschuwelijke feiten te beschermen. Hij verwenste zich en deed zijn best – hoewel het kwaad al was geschied – en zodoende bleven Fliss de aangrijpende details bespaard. Hierna verloor Mol zijn oudere zus geen moment meer uit het oog en, als het even kon, liet hij haar ook niet los.

Hoe konden ze even alleen zijn zodat ze het kon uitleggen? Fliss voelde de verantwoordelijkheid en de zorgen als een zware last op haar schouders, terwijl ze worstelde met haar verdriet en eenzaamheid.

'Jij bent nu de oudste,' had iemand goedbedoeld tegen haar gezegd. Ze was een vriendin van hun moeder die tot hun vertrek voor hen had gezorgd. 'Jij moet nu een klein moedertje zijn voor je broertje en zusje.'

Fliss had haar zwijgend aangestaard, terwijl Mol in de stoel naast haar in elkaar was gedoken. *Maar ik ben helemaal geen moeder*, had ze willen zeggen, *ook geen kleine. En ik kan de oudste niet zijn. Jamie is de oudste. Dat hij dood is, verandert daar niets aan. Je kunt niet zomaar de oudste zijn omdat iemand doodgaat…*

Bij de gedachte aan Jamie, haar grote broer – die altijd alles regelde, altijd het voortouw nam, hen geruststelde en zo bekwaam was – waren haar lippen gaan trillen en waren de tranen in haar ogen gesprongen. Ze had Mol stevig vastgepakt en in zijn donkere haren gehuild terwijl hij passief tegen haar aan lag, nog altijd te geschokt om te huilen.

'Kom, kom.' De vrouw was duidelijk teleurgesteld door haar gebrek aan zelfbeheersing. 'Je moet het goede voorbeeld geven aan de kleintjes. Hier heb je een zakdoek. Even flink snuiten. Goed zo.'

Ze had gehoorzaam haar neus gesnoten en Mols haar gladgestreken. Ze had hem geknuffeld in de hoop dat dat moederlijk was, maar de tranen bleven stromen… niet langer over haar wangen maar achter in haar keel. Nu ze in The Keep waren, hoopte ze dat haar grootmoeder een deel van die last kon verlichten; maar eerst moest ze het haar vertellen…

Fliss zuchtte en terwijl ze Mols hand stevig vasthield, volgde ze Freddy de brede trap op, de hal in.

2

The Keep was een luxueus gebouw en iedere generatie had een eigen variatie op dat thema gemaakt. Toen Freddy tussen beide oorlogen haar tweelingzoons in haar eentje moest grootbrengen, was ze enigszins vereenzaamd. Ze kwam oorspronkelijk uit Hampshire en Bertie overleed voordat hij de kans had om haar aan de plaatselijke society voor te stellen – voorzover die al bestond in dit landelijke, geïsoleerde gebied. Veel van zijn tijdgenoten waren in de oorlog omgekomen en er waren er maar weinig getrouwd. Zodoende vormde The Keep een eigen wereldje en verbouwde Freddy het huis gaandeweg naar haar eigen wensen. Ze vond het er heerlijk: de hoge plafonds en de ruimte; de binnenplaats; de adembenemende uitzichten; de enorme granieten open haard aan het eind van de hal; haar kleine zitkamer op de eerste verdieping die uitkeek over de binnenplaats; de grote, frisse slaapkamer met ramen op het zuiden en het oosten, zodat de ochtendzon in haar kamer scheen als ze wakker werd.

Freddy's variaties op het thema waren de extra badkamers en de gemoderniseerde keuken. Van Berties kleedkamer had ze een privébadkamer gemaakt. Haar excuus voor een tweede badkamer op de eerste verdieping was dat ze er niet van hield om hem te delen met haar schoondochter Prue als die kwam logeren. Freddy had er een hekel aan als er overal talkpoeder op de linoleumvloer lag, als er panty's over het droogrek hingen en als het doordringende geurtje in de badkamer hing dat Prue zo buitensporig gebruikte. Toen de jongens ouder werden, bleven ze de kinderkamers op de tweede verdieping gebruiken en zo was Freddy eraan gewend geraakt de badkamer helemaal voor zich alleen te hebben. Ze stond er zelf verbaasd van dat het haar zo stoorde hem met Prue te delen, verbaasd en beschaamd, en dus raadpleegde ze uiteindelijk haar zwager Theo

Chadwick. Theo was zes jaar jonger dan Bertie en hij was degene die de jonge Frederica Freddy was gaan noemen. Hij was degene die haar had getroost toen ze weduwe was geworden, zwanger van een tweeling, eigenares van The Keep en grootaandeelhoudster van een bedrijf waar ze helemaal geen verstand van had. Hij was priester en was tot voor kort aalmoezenier geweest.

'Heb je dan werkelijk een excuus nodig om een extra badkamer te laten plaatsen?' had Theo verbaasd gevraagd. Het was niets voor Freddy om hem over zulke dingen te raadplegen. 'Waarom zou je géén eigen badkamer mogen hebben?'

'Het is zo'n overdreven luxe,' legde Freddy uit. 'Er is een prima badkamer, en Prue en de tweeling komen toch niet zo vaak logeren.'

'Misschien komen ze vaker als ze de badkamer niet hoeven te delen,' opperde Theo listig.

Freddy fronste, zag Theo's grijns en wierp hem een boze blik toe. 'Je bent een rotvent, Theo. Nu voel ik me nog schuldiger.'

'Het valt me op dat jij je nooit schuldig voelde als die arme Ellen met heet water de trappen op en af moest sjouwen,' zei Theo. 'Waar komen al die mooie gevoelens vandaan, vraag ik me af.'

'Ik begrijp niet waarom ik jou mijn problemen nog vertel,' mopperde Freddy – maar dacht onmiddellijk aan die eerste jaren waarin ze voor haar gevoel alleen maar op zijn schouder had uitgehuild. Ze schoot in de lach. 'Ach, ga toch weg,' zei ze. 'Ik neem een extra badkamer en ik zal ervan genieten ook!'

Terwijl Freddy vanuit haar kleine zitkamer over de binnenplaats uitkeek, dacht ze aan Theo. Zou Theo weten hoe hij met een klein jongetje om moest gaan dat ten gevolge van een tragedie niet meer kon praten? Toen Ellen hem eerder op de avond in bad had gedaan, had Fliss van de gelegenheid gebruikgemaakt om Freddy over zijn stilzwijgen te vertellen; hoe hij onder de tafel had gezeten toen de politieman arriveerde en hoe hij sindsdien niets meer had gezegd. Freddy was geschokt en had zich voorgesteld wat de onoplettende politieman tegen de kok kon hebben gezegd. Het zich voorstellen van die details was per slot van rekening deel van haar eigen geestelijke kwelling; wat zou Mol het moeilijk hebben. Ze had Ellen gewaarschuwd en ze hadden elkaar wanhopig aangekeken. Wat moesten ze met dit nieuwe probleem aan? Het verklaarde waarom Fliss erop had gestaan dat zij en Mol een kamer deelden, dat hij haar moest kunnen zien, moest kunnen aanraken, en waarom ze zo opgelucht was om te zien dat de kinderkamers al zo waren ingedeeld.

Lange schaduwen gleden over het gras en ze kon de zwaluwen horen schreeuwen toen ze boven haar hoofd door de stilte van de warme avondlucht scheerden. De geur van rozen dreef door haar open raam naar binnen en in de boomgaard hoorde ze een lijster zingen. Deze vertrouwde geneugten kalmeerden haar, maar angst lag niet ver in haar bewustzijn weggestopt. Het vooruitzicht was al beangstigend genoeg zonder deze extra complicatie.

Freddy draaide zich om en keek naar haar kamer. In dit toevluchtsoord stonden al haar lievelingsspullen, met een enkel luxevoorwerp om het nog mooier te maken. De zware negentiende-eeuwse meubels die door vroegere Chadwicks waren gekozen, had ze weggedaan en in plaats daarvan had ze gekozen voor verfijndere meubelen uit een eleganter tijdperk – maar ze was geen purist. Ze koos dingen omdat ze ervan hield, en haar liefde leek alles tot een prachtig patroon te verweven. De kamer was een geheel. Hier stond het niervormige bureau met de kleine laatjes; een hoge boekenkast met glazen deurtjes, vol met haar favoriete boeken; een klein ingelegd tafeltje met daarop een kom met rozen beschilderd; twee diepe, comfortabele, moderne leunstoelen; een hoekkast met wat dierbare stukken porselein en glaswerk; een radio voor concerten en recitals op een kruk naast haar stoel. Aan de lichte muren hing een aantal schilderijen van Widgery – Freddy was dol op zijn afbeeldingen van het woeste heidelandschap – en in de zware mosgroene gordijnen keerden de kleuren terug die in de dikke kleden waren geweven.

Een zekere mate van kalmte bracht het onrustige lawaai in haar gedachten tot rust en ze haalde wat dieper adem. Ze herinnerde zich dat ze aan Theo had staan denken... hij had gevraagd of ze hem wilde bellen als de kinderen veilig waren aangekomen. Onmiddellijk raakte ze geïrriteerd. Hij had er moeten zijn om haar te steunen. In plaats daarvan had hij zich teruggetrokken in zijn kleine flatje in Southsea dat over Het Kanaal uitkeek, om zijn verdomde boek *Ethiek in oorlog* te schrijven. Freddy moest onwillekeurig glimlachen.

'Is er ethiek in oorlog?' had ze hem gevraagd. 'Ik vind oorlog erg onethisch. Waarom doe je niet iets nuttigs als je met pensioen gaat?'

'En wat is jouw definitie van nuttig?' had hij beleefd geïnformeerd – en ze had geen antwoord kunnen geven. Althans, ze had hem niet durven zeggen wat ze echt dacht: Als je met pensioen gaat, kom dan naar The Keep. Houd me gezelschap en maak me aan het lachen.

Omdat ze wist dat het een egoïstische gedachte was, hield ze hem voor zich. Ze wist dat Theo haar privacy nooit zou schenden en zich nooit zou bemoeien met het reilen en zeilen van The Keep; ze wist dat ze naar zijn gezelschap verlangde in tijden van onverdraaglijke eenzaamheid, om haar door haar depressie te helpen. Ze hadden de afgelopen jaren een merkwaardige vriendschap gedeeld. Na Berties dood had Freddy geredetwist en had Theo geluisterd naar haar redenen waarom ze niet meer in God kon geloven, en toen hij zich niet uit zijn tent liet lokken, zich niet in een hoekje liet drukken, had ze verklaringen geëist die ze wél kon geloven. In haar verdriet en verwarring na Johns dood was ze tegen Theo's rotsvaste overtuigingen tekeergegaan en had ze erop gestaan dat hij ze verantwoordde. Theo had voet bij stuk gehouden; hij had zijn hoofd geschud en geweten dat dit niet het moment was voor een van hun theologische discussies. Toch was zijn aanwezigheid een troost geweest. Alleen de aanblik van Theo met zijn dikke, donkere haar en zijn bruine ogen ontspande haar al. Het was alsof hij een deel van haar verlies, verdriet of pijn overnam.

Freddy had een vaag, hoopvol gevoel bij de gedachte dat ze dit nieuwe probleem met hem kon delen. Zachtjes deed ze de deur van de zitkamer achter zich dicht en liep naar beneden naar de studeerkamer.

De kinderen lagen te slapen. De midzomeravond was nog zichtbaar door de dichtgetrokken gordijnen en Ellen liep zachtjes heen en weer, vouwde kleren op, raapte handdoeken op, bekeek de kledingstukken die uit de koffers kwamen. Ellen: een achtergrondfiguur; een Martha, onvermoeibaar in dienst van haar mevrouw. Haar trots – toen ze werd gekozen om voor miss Frederica te zorgen en als dienstmeid met haar mee te gaan toen ze trouwde – was uitbundig geweest, maar het was een zekere trots die werd getemperd door haar scherpe gevoel voor humor. Dit gevoel voor humor drong door in alles wat Ellen deed en gaf haar kracht. In haar jeugd had ze alle kwaliteiten gehad die een dienstbode nodig had. Ze was kleurloos en onopvallend, al kon iemand die goed oplette de krul om haar mond zien, de strakke, onbuigzame blik die iedere pretentie wegnam, de vastberaden stand van haar kaken. Ze zag er altijd keurig en verzorgd uit, haar bruine haar was gladgekamd, haar schortjes waren gesteven en vlekkeloos. Ze was lichtvoetig, anticiperend en ze was dol op Freddy – en op degenen op wie Freddy dol op was – en prees zichzelf gelukkig dat ze haar leven in The Keep mocht doorbrengen.

In de jaren na de Eerste Wereldoorlog waren zij en Freddy dichter naar elkaar toe gegroeid, deelden ze de opvoeding van de jongens en voerden ze samen met Fox het huishouden. Fox was een jonge richter geweest die onder Bertie diende, toen deze in 1915 werd bevorderd tot officier van de artillerie. Na de oorlog was hij naar The Keep gekomen om Berties familie de waarheid te vertellen over de moed van luitenant Chadwicks laatste slag. Er was meteen een band ontstaan tussen de jonge Fox en de weduwe van de officier met haar jonge tweeling. Hij was alleen nog weggegaan om zijn spullen uit zijn pension in Plymouth te halen, waarna hij voor het reilen en zeilen van The Keep had gezorgd.

Ellen mocht Fox. De oorlog had hem volwassen gemaakt voor zijn zesentwintig jaar, en hij was gereserveerd, maar toegewijd en plichtsgetrouw. Een tijdlang had ze overwogen of ze verliefd op hem zou worden. Het leek heel natuurlijk, passend zelfs, maar op de een of andere manier kon ze nooit genoeg enthousiasme opbrengen om zijn gereserveerdheid te overbruggen. Bovendien genoot ze van haar onafhankelijkheid, de vrijheid om te zeggen wat ze wilde zonder het schuldgevoel dat de huwelijkse staat, naast al het wereldlijke, met zich meebracht. Heimelijk keek ze wel eens naar hem, naar de stand van zijn kaken, de brede bedreven vingers, zijn nonchalant uitgestrekte benen als hij samen met haar in de keuken zijn thee dronk. Vaak had ze zich in intiemere omstandigheden met hem voorgesteld, maar die fantasieën – ook al deden ze haar ademhaling versnellen en kreeg ze er een warm gevoel van in haar buik – waren niet genoeg om hem voor zich te winnen.

Ze stortte zich weer op het zorgen voor Freddy's baby's, in de wetenschap dat daar haar voldoening lag. Naarmate de jaren verstreken, vroeg ze zich wel eens af of ze haar eigen geluk had opgeofferd, maar die gedachten waren vluchtig. Zij en Fox kenden op deze wijze veel meer voldoening dan als ze hun hartstocht hadden gedeeld. Ze aanbad de tweeling – en haar strengheid en haar strakke discipline waren de meetlat voor haar liefde voor hen. Ellen kastijdde degenen van wie zij hield, en de tweeling werd – zo nodig ook door Freddy – streng gekastijd. Er waren geen lievelingetjes in Ellens kinderkamers en zo groeide de tweeling zelfverzekerd en gelukkig op. Ze kregen liefde – maar er waren ook duidelijke grenzen. Ze werden gekoesterd – maar gestraft als ze de regels van de maatschappij overtraden, óók die in de kinderkamers. Vroeg of laat zouden ze zich aan moeten passen aan de maatschappij die hen onderhield. Hoe eerder ze dat beseften, des te beter – en des te groter hun vrijheid binnen die maatschappij.

Nu waren de jongens dood. Johns kinderen, de tweeling Henry en Katherine – Hal en Kit – kwamen vaak naar The Keep, en Ellen waakte over hen, stopte hen vol en luisterde naar hun zorgen. Iedere keer als ze weer wegingen, was ze verdrietig, maar ze besefte dat ze nu te oud was om meer dan kokkin en huishoudster te zijn. Dat waren de taken die ze gaandeweg op zich had genomen toen het steeds moeilijker werd om personeel te vinden op het platteland. Zo raakten zij en Freddy en Fox gewend aan hun eigen huishoudelijke routine, die werd opgevrolijkt door bezoekjes van Prue en de tweeling of Theo.

En toen was er plotseling dat afschuwelijke nieuws, dat hun welverdiende rust en acceptatie had vernietigd en hun vredige laatste levensfase had verstoord. Ellen had een huilende Freddy in haar armen gehouden en haar eigen tranen hadden over haar wangen gestroomd en waren op Freddy's grijzende haar gedruppeld. Er was maar weinig tijd geweest om te rouwen. De kinderen waren per direct naar hun grootmoeder in Engeland gestuurd, en Freddy stortte zich samen met Ellen en Fox op de wervelwind aan voorbereidingen. Alles om hun gedachten maar af te leiden van de afschuw...

Ellen trok de gordijnen verder dicht, draaide zich om en keek in het grote ledikant naar de slapende Susanna. Haar ledematen, zwaar van de slaap, lagen bloot; een gespreide hand lag op haar borst en haar pop leunde tegen de spijlen. Voorzichtig bedekte Ellen het slapende kind met een laken en liep toen zachtjes weg. Bij de andere slaapkamerdeur bleef ze even staan. Het was er stil; maar iets trok Ellen naar binnen.

Fliss lag uitgeput te slapen, maar zelfs in haar slaap lag er een frons op haar voorhoofd. Ellen keek bedachtzaam naar haar. Ze wist hoe dol Fliss op haar oudere broer was geweest en ze kon zich het verdriet van het meisje voorstellen. Ze vroeg zich af hoe ze haar kon helpen om het verlies te aanvaarden… Er bewoog iets in de duisternis achter haar. Ellen draaide zich om, zag Mol in het andere witgeschilderde, smalle, ijzeren bed en schrok. Hij zat rechtop en keek haar met grote ogen bang aan. Snel liep ze naar hem toe en ging midden op het bed zitten, zodat hij zijn benen moest optrekken. Hij wierp een snelle blik op Fliss en keek toen naar Ellen.

'Ze slaapt als een blok,' fluisterde ze. 'Zie je wel? Je moet haar niet wakker maken.'

Hij knikte gehoorzaam, maar keek ongelukkig. Ze verschoof zijn kussen en streek over het donkere haar – Theo's haar – van zijn zachte, kinderlijke voorhoofd.

Mol was eerder op de avond helemaal uitgeput direct in slaap gevallen, en was in de inmiddels vertrouwde nachtmerrie terechtgekomen. De woorden van de politieman hadden afschuwelijke bewegende beelden in Mols hoofd gevormd; woorden die benadrukt werden door erbarmelijke snikken die meedogenloos in zijn oren echoden. '… En ze hadden zich in de bosjes verstopt om ze op te wachten. Stil en donker als schaduwen totdat de auto uit het zonlicht in de schaduw kwam. O, mijn god! Overal lag bloed. Ze hadden hakmessen, bijlen, stokken… Ze sleurden de Chadwicks de auto uit en sloegen ze tegen de grond. Het overhemd van de jongen was doordrenkt met bloed… Ze sloegen zijn hoofd tot pulp totdat het bijna van zijn lichaam werd gerukt…' Cookie begon te schreeuwen en toen had Fliss in de deuropening gestaan…

Mol was plotseling wakker geworden en zag Ellen bij het bed van zijn zus staan. Eén afschuwelijk ogenblik was hij vergeten waar hij was, maar de angst zakte weg toen Ellen naast hem kwam zitten. Ze bleef stilletjes zitten piekeren, terwijl hij haar aankeek, totdat er een idee in haar opkwam.

'Kom,' zei ze zachtjes, terwijl ze de dekens terugsloeg en hem bij de hand nam. 'Kom mee, dan laat ik je iets zien.'

Hij aarzelde, keek hoopvol in de richting van Fliss, maar Ellen schudde vastberaden haar hoofd.

'We moeten haar niet wakker maken,' fluisterde ze. 'Het arme diertje is uitgeput. Kom. Je bent heus veilig bij mij.'

Tegen zijn zin liep hij met haar mee, met zijn kin op zijn schouder in de hoop dat Fliss wakker zou worden, maar eenmaal in Ellens kleine kamer vergat hij alles even bij het zien van een puppy die samen met zijn moeder in een grote hondenmand lag. Mol ging op zijn knieën naast hen zitten en stak aarzelend zijn hand uit naar het warme lichaampje. De grote roodbruine teef tilde haar kop op en staarde een paar seconden onverstoorbaar naar Mol, waarna ze zich met een kreun weer liet zakken. De puppy roerde zich en gaapte, het roze bekje wijdopen, en kwam wiebelend overeind. Kwispelend struikelde hij zijn mand uit en klom op Mols knieën.

'Lief, hè?' fluisterde Ellen. 'Acht weken oud. De anderen zijn al weg, maar deze houden we. Hij is ziek geweest, daarom houd ik hier 's avonds een beetje een oogje op hem. Maar hij is weer helemaal beter. Ik ga wat melk voor hem opwarmen. En ook voor jou.'

Gebiologeerd speelde Mol met de puppy, die gretig zijn melk opdronk en toen in de hoek van de kamer op wat krantenpapier zijn behoefte deed. Daarna rende hij terug naar Mol, hapte in de mouw van zijn pyjama, schudde met zijn kop en zette er stevig zijn tanden in. Heel even glimlachte Mol. Hij keek omhoog naar Ellen – een heel gewoon, gelukkig jongetje – en ze voelde een golf van opluchting in zich opwellen toen ze naar hem glimlachte.

'Hij is een donderstraal,' fluisterde ze, en besloot met een levenslange regel te breken. 'Wil je hem mee naar bed?'

Mol keek haar ongelovig aan en ze knikte op zijn onuitgesproken vraag.

'Waarom niet? Kom, dan stop ik je in.'

Samen kropen ze genoeglijk in het smalle bed en de puppy liet zich tevreden tegen Mols warme lichaam zakken.

'Geen lawaai maken, hoor,' waarschuwde ze hem. 'Dan maak je hem bang. Hij is nog maar een baby. Je moet goed voor hem zorgen zodat hij niet bang is. Kun je dat?'

Mol knikte. Ja, dat kon hij wel. Ellen glimlachte en bukte zich om hem een zoen te geven.

'Slaap dan maar lekker,' zei ze – en verliet de kamer.

Mol tilde voorzichtig zijn hoofd op en staarde naar de bobbel in het bed aan de overkant. Hij wilde dolgraag de puppy aan Fliss laten zien, maar wilde niet dat Ellen boos op hem zou worden en wilde ook de puppy niet kwijt. Deze lag vredig te dutten en Mol aaide hem zachtjes, verward maar steeds meer ontspannen totdat ook hij in slaap viel.

3

Theo Chadwick leunde tegen de reling en keek naar de veerboot die tussen Portsmouth en Isle of Wight heen en weer voer. Het langzaam stijgende water vernietigde stil, maar onverbiddelijk de zandkastelen die op zonnige zondagmiddagen begin juni altijd met tientallen tegelijk verrezen. De zon ging langzaam onder en het eiland doemde blauw verlicht en strak als een knipplaatje tegen de lichtere achtergrond op; afgelegen maar voor altijd verankerd in de diepe wateren van Het Kanaal. Toen donkerpaarse maar goudgerande donderwolken vanuit het westen aan kwamen drijven, gaven alleen de lichten de positie van de veerboot nog aan toen hij naar Ryde tufte. Het was een vrolijke noot op het rijzende oppervlak van de steeds donker wordende zee, en Theo keek er een tijdlang naar totdat hij zichzelf van de reling afduwde en terugliep naar het stadje. Over niet al te lange tijd werd het plaatsje overspoeld met vakantiegangers; met treinladingen tegelijk werden ze aangevoerd, bezetten ze de pensions, stommelden ze naar het strand met hun kleedjes en zwemkleding en picknicks, hun kinderen met emmertjes, schepjes en kleurige molentjes en vlaggen waarmee ze hun zandkastelen versierden. Hij had besloten naar Devon te vluchten, naar de rust van The Keep.

Deze beslissing had hij al genomen voordat het afschuwelijke nieuws uit Kenia arriveerde, maar Freddy had hem gesmeekt zijn plannen niet te wijzigen. Ze verzekerde hem ervan dat hij niet in de weg zou zitten; integendeel, had ze nogal wanhopig gezegd, ze had hem nu méér dan ooit nodig. Theo, die nooit wist of hij een aanwinst of een last was, had haar ervan verzekerd dat hij zou komen zodra de kinderen hun draai hadden gevonden. En toen was het telefoontje gekomen dat de jonge Sam – Mol, noemde de familie hem – niet meer kon praten. Uit Freddy's verwarde stroom woorden, die auto-ongelukken, de domme reisbegeleidster van de kinderen en andere kleine drama's noemden, was dit vreselijke nieuws gekomen. Theo kon zich maar al te goed voorstellen hoe het was gegaan: de politieman die door de schok zijn mond niet meer kon houden; de hysterische kokkin; en Mol – onder de tafel verstopt. Wat voor vreselijke dingen had hij wel niet gehoord?

Theo beklom de smalle trap naar zijn flatje op de bovenste verdieping van een verbouwde woning, dat hij van vrienden huurde, een gepensioneerde marinecommandant en zijn vrouw. Het was een heel prettige plek met een redelijk grote slaapkamer, een grote zitkamer met een gaskachel en een erkerraam met uitzicht op de zee. Er was een kleedkamer die uitkeek over de achtertuin, een heel klein keukentje en een redelijke badkamer. Theo gebruikte de kleedkamer als werkkamer; hij was er al snel achter gekomen dat een fraai uitzicht afleidde en tot een teleurstellende hoeveelheid werk leidde.

Hij liep naar de keuken, stak een pit op het gasfornuis aan, liet de geblakerde ketel vollopen en zette hem op de vlammen. De vage stank van muizen en de onuitwisbare vlekken op het houten aanrecht deden hem niets, evenmin als wat hij at en dronk als hij alleen was. Hij dacht aan Mol, herinnerde zich de vele reacties op doodsangst, schrik en geweld die hij zelf tijdens de oorlog had ervaren. Mol was in ieder geval nog erg jong. Met liefde en geborgenheid zou de afschuw hopelijk verdwijnen. Of zat de pijn veel dieper?

Theo pakte de oude bruine theepot en zette de thee, zijn gedachten nu bij Freddy. Wat was ze dapper geweest; de moed waarmee ze de klappen had opgevangen.

'Waarom ik?' had ze tegen hem geroepen – en hij had haar geen antwoord kunnen geven.

Theo liet zijn gedachten over een onkenbare, onzichtbare, onvoorstelbare God gaan; spiritueel gezien had hij geen behoefte meer aan symboliek, maar ervoer nu een kalme aanbidding die hem vervulde met een soort bevende gelukzaligheid en hij moest hulpeloos toekijken hoe Freddy tekeerging en haar minachting liet horen over een Godfiguur die zij klein, egoïstisch, grillig en gemeen vond. Hij had geprobeerd haar te helpen. In de loop der jaren had hij gesproken over vrije wil en de hervormende kracht van liefde; over de domheid om God te willen 'begrijpen'. Hij citeerde uit Job – *Waar waart gij toen ik de aarde grondvestte?*– en probeerde haar het Mysterie te laten zien in wetenschappelijke regels; onverbiddelijk, onveranderlijk. Maar Freddy zag alles heel persoonlijk en het enige wat hij eigenlijk voor haar kon doen, was van haar blijven houden.

Met zijn kop en schotel liep hij naar de zitkamer, ging in het erkerraam zitten en keek uit over Het Kanaal waar de eerste regendruppels op het gladde olieachtige oppervlak van het water spatten. Hij pakte het spoorwegboekje en zocht de dienstregeling naar de West Country op. Misschien kon hij onderweg in Bristol uitstappen om Prue op te zoeken. Theo nam bedachtzaam een slok thee en vroeg zich af of Prue het nieuws over Mol had gehoord. Waarschijnlijk niet, dacht hij. Freddy had vast niet aan Prue gedacht. Het was treurig, maar niet meer dan normaal, veronderstelde hij, dat Freddy en Prue elkaar altijd eindeloos verkeerd begrepen. Beiden vonden dat ze het alleenrecht hadden op het verdriet om John.

'Ik was zijn móéder!' had Freddy uitgeroepen. 'Hij was veel eerder van mij dan van haar!'

'Ik was zijn vróúw!' brieste Prue. 'Een vrouw betekent voor een man meer dan een moeder.'

Theo had geprobeerd te bemiddelen.

'Natuurlijk kies je háár kant,' snauwde Freddy. 'Ze is jong en knap. Mannen zijn ook zó ontvankelijk. Ik hoopte op een beetje loyaliteit…'

'Ik had kunnen weten dat je voor háár op zou komen,' snifte Prue beschuldigend. 'Chadwicks zijn twee handen op één buik.'

'Jij bent ook een Chadwick,' had Theo rustig naar voren gebracht. 'Je kinderen zijn Chadwicks.'

Prue snoof. 'Ik begrijp niet dat Freddy denkt dat ik het met die schamele toelage red. En ieder jaar is het weer een ander bedrag…'

Opnieuw had Theo geprobeerd Prue de principes uit te leggen van dividend dat werd uitbetaald naar het aantal aandelen dat John zou hebben gehad als hij nog had geleefd. Freddy vertrouwde Prue niet met de aandelen – en had dat ook tegen Theo gezegd – maar het bedrag was heel redelijk gezien het feit dat Freddy zelf het schoolgeld voor Hal en Kit betaalde en hen op heel veel andere manieren hielp.

Theo dronk zijn thee op en zette zijn kop en schotel op de ronde eikenhouten tafel in de erker waar hij meestal zat te eten en uitkeek over de zee. Hij zou naar Devon gaan om te zien wat hij kon doen, en in de tussentijd zou hij Prue bellen om iets af te spreken voor onderweg.

Hal nam op. 'Dag, oom Theo,' zei hij vrolijk. 'Hoe gaat het met u? Hier is alles prima… Nee, ik ben bang dat moeder er niet is. Kan ik iets doorgeven?'

Theo legde uit dat hij hoopte dat hij volgende week een nachtje bij hen kon logeren onderweg naar de West Country.

'Geluksvogel,' zei Hal heftig. 'Ik wou dat wij ook konden. Het duurt nog eeuwen tot de zomervakantie.'

Theo maakte meelevende geluiden en vroeg hoe het met Kit ging.

'Goed,' zei hij. Even bleef het stil en toen hij sprak, klonk zijn stem anders. 'Is alles goed daar?' vroeg hij ongemakkelijk. 'Wat afschuwelijk, zeg. Grootmoeder belde om te zeggen dat ze goed waren aangekomen…' Zijn stem stierf weg.

Theo verzekerde hem ervan dat de kinderen hun draai begonnen te vinden, deed de groeten aan Prue en Kit en hing op. Hij moest de dienstregeling uitzoeken en morgen Prue bellen.

'Wie was dat?' vroeg Kit, die met de knop van de radio zat te prutsen. 'Palm Court is afgelopen. Wat zullen we nu doen?'

'Dat was oom Theo.' Hal keek bedachtzaam. 'Hij gaat naar The Keep.'

Kit slenterde naar de sofa en liet zich erop vallen. 'Wat een geluksvogel. Ik wou dat wij ook gingen, al zal het wel niet hetzelfde zijn met al die kinderen.'

'Ach, toe.' Hal keek erg ongemakkelijk. 'Het is wel een nare geschiedenis.'

'Niet erger dan toen papa omkwam in de oorlog,' zei Kit afwerend. 'Getorpedeerd. Opgeblazen of verdronken. Wat is er erger? Wij hadden al die drukte niet.'

'Wij hadden nog een moeder,' wees Hal haar redelijk terecht. 'En trouwens, we waren nog maar baby's. We kunnen het ons niet eens herinneren. En het is al twáálf jaar geleden.'

Kit haalde haar schouders op. Ze was gehecht aan haar positie in The Keep en had zo'n vermoeden dat de komst van Fliss en de anderen haar behoorlijk in het verkeerde keelgat zou schieten. Heimelijk was ze ontzet over wat er met oom Peter en tante Alison en haar neefje Jamie was gebeurd. Na het telefoontje had Prue gehuild en Kit had met haar meegedaan. In tegenstelling tot Freddy, die ondanks Berties dood haar traditionele rol had weten te handhaven, had Prue de opgroeiende tweeling meer als vrienden dan als haar kinderen behandeld. Ze deelden haar hoop en haar verdriet, net zoals zij hun hoop en verdriet deelde, en ze vormden een gelukkig, zij het wat onconventioneel groepje. Prue was niet erg streng – 'Ze heeft geen idee hoe ze zich zelfdiscipline bij moet brengen, laat staan Hal en Kit,' had Freddy meer dan eens boos gezegd – en de tweeling maakte vaak gebruik van haar opgewekte aard; maar ze waren dol op hun laconieke, lichtelijk warrige moeder en stonden altijd achter haar.

Kit zwaaide haar benen over de rugleuning van de sofa en hing ondersteboven op de zitting. Haar haar hing op het tapijt en ze trok een scheel gezicht naar haar broer en stak haar tong naar hem uit. Hal zuchtte opgelucht. Hij wist dat Kit uitgemokt was en weer zonnig als altijd was. Deze vreemde nieuwe buien leken een bedreiging te vormen voor hun anders zo evenwichtige relatie en ze verwarden hem. De tweeling leek niet op elkaar. Hal leek op zijn vader en grootmoeder; hij was lang en blond, elegant en georganiseerd. Zijn zus leek meer een kleinere, jongere uitgave van Prue. Haar lichtbruine haar was zijdezacht en haar ogen hadden een omfloerste blauwe kleur. Haar vreemde buien verwarden haar zelf ook en ze was blij dat Hal in de buurt was. Het leek wel alsof ze zichzelf testte ten opzichte van hem, houdingen en ideeën uitprobeerde voordat ze ze aan de rest van de wereld blootgaf. Bovendien was het heel leuk om een broer te hebben op wie al haar schoolvriendinnen een oogje hadden. Ze gingen deze herfst allebei naar kostschool; Hal naar Clifton College, Kit naar Badminton School. Ze hadden er allebei zin in, maar waren ook een beetje gespannen.

'Weet ik.' Ze kwam plotseling overeind en gleed van de sofa. 'Zullen we monopolie spelen? Dan neem ik de laars en kun jij de auto hebben. Dan kunnen Pudge en Binker de hoed en het strijkijzer hebben.'

Langgeleden hadden ze deze twee vrienden verzonnen om aan

hun spelletjes mee te doen. Niemand wist precies wie of wat de twee personages waren, zelfs de tweeling niet; hun namen bleven niet altijd hetzelfde, maar groeiden en veranderden en verminderden, afhankelijk van de bui van de tweeling, en ook al waren ze zulke kinderlijke fantasieën een beetje ontgroeid, ze hadden ze nog niet helemaal losgelaten.

Hal volgde haar door de smalle gang naar de eetkamer. Kit liep naar het dressoir en zocht het monopoliespel op, terwijl Hal de zware eikenhouten stoelen naar achteren trok. Hij moest nog steeds aan zijn neef en nichtjes in The Keep denken en aan Kits reactie. Hij wist wel een beetje waar ze bang voor was, maar niet hoe hij haar gerust kon stellen. Hij had een vermoeden dat Kits plotselinge aandrang om haar vroegere lievelingsspel te spelen, haar manier was om zekerheid te zoeken. Het was een bepaalde zekerheid die aan hun leven in Bristol ontbrak, maar hij wist dat ze het in The Keep iedere keer weer vond en bang was het kwijt te raken.

Ze was bezig het bordspel klaar te zetten en neuriede. Hal ontspande zich. De bui was over en zijn humeur klaarde op. Hij wist zeker dat haar angst ongegrond zou blijken te zijn als ze met de vakantie naar The Keep gingen en hij slaakte een zucht van opluchting. Kit, die zijn bezorgdheid aanvoelde, glimlachte naar hem en voelde zich een stuk gelukkiger.

'Wie het hoogste gooit mag beginnen,' zei ze. 'Ik gooi voor Pudgie,' en ze pakte de dobbelstenen.

'Ik moet gaan, lieverd,' zei Prue. Ze trok de grote, vierkante tas van krokodillenleer op haar knie en zocht op de tast naar haar poederdoos en lippenstift. De man die tegenover haar zat, keek geduldig terwijl zij in het kleine spiegeltje naar zichzelf staarde en geconcentreerd haar lippen stiftte, haar gezicht kritisch bekeek en aan een lok haar trok. Toen ze de poederdoos dichtklapte en samen met haar lippenstift in de ruime tas liet vallen, wierp ze hem een snelle glimlach toe. Hij boog naar voren en legde zijn hand op de hare.

'Moet je echt weg?'

Zijn stem was vleiend, maar ze schudde haar hoofd. 'Ik zei toch dat het vanavond kort zou zijn. De tweeling is alleen thuis.'

'Ze zijn geen baby's,' zei hij. Zijn stem klonk nog even lief, maar hij trok zijn hand terug en leunde achterover.

'Dat weet ik.' Prue keek gespannen. 'Niet boos worden, Tony. We zijn deze week heel veel uit geweest en we hadden afgesproken dat we het rustig aan zouden doen. Weet je nog?'

'Ik moet wel gek zijn geweest.' Hij dronk zijn whisky op en leek zijn goede humeur weer te hebben hervonden. 'Wanneer zie ik je weer?'

'Bel me maar.' Prue kwam overeind en hij wist dat hij haar kwijt was; dat al haar gedachten nu bij haar kinderen waren. 'Het is half-elf,' zei ze, en tuurde naar het belachelijk kleine, gouden polshorloge, terwijl ze de lange zijden sjaal om haar hals sloeg. 'Ik had gezegd dat ik uiterlijk om tien uur thuis zou zijn. Jij zou op de tijd letten…'

'Wees eens aardig, liefje.' Hij lachte om haar, terwijl hij zijn sigarettendoosje openmaakte. 'Je verwacht toch niet van mij dat ik er een eind aan maak. Ik zie je tóch al niet vaak genoeg.'

'Je had het beloofd,' begon ze scherp – en moest toen ook lachen. 'Je bent hopeloos.'

'Jij ook,' zei hij zachtjes. Zijn hand op haar arm en zijn mede-plichtige blik herinnerden haar aan een eerdere intieme handeling. 'Goddank!'

Ze kleurde, kneep haar lippen op elkaar in een poging haar ver-rukking, de liefde die ze voor hem voelde, te verbergen. Ze schudde zijn hand van zich af en draaide zich met een bonkend hart om om haar jas te pakken en zichzelf te vermannen. Hij stak zijn sigaret op, glimlachte in zichzelf, stak zijn hand op naar de barkeeper en volgde haar tussen de tafeltjes door naar de deur. Het trio op de verhoging achter in de rokerige ruimte speelde zachtjes – 'My Funny Valentine', een van Prues lievelingsnummers – en ze keek weemoedig achter-om.

Op het trottoir rilde ze, trok haar dunne jas om haar schouders en hoopte dat hij haar zou kussen voordat hij haar naar huis reed. Tony sloeg zijn arm om haar heen en trok haar tegen zich aan toen ze lang-zaam naar zijn auto liepen. Hij wilde met haar trouwen – om allerlei redenen – en haar voorzichtigheid begon hem te irriteren. Hij con-centreerde zijn gedachten op de belangrijke factoren, die kleine maar interessante beetjes informatie die ze zich liet ontglippen, zo-als een bloeiend familiebedrijf, de beschrijving van het oude kasteel in Devon, de dividenden waar ze zo ruim van kon leven… Zijn arm verstrakte en ze keek omhoog met een blik die maar weinig volwassen mannen verkeerd konden interpreteren.

Toen hij haar kuste, trilde ze van zwakheid en verlangen. Johnny was al twaalf jaar dood en ook al waren er een of twee kleine affaires geweest – en vele uitdagende spelletjes – Tony was anders. Ervaring had haar geleerd om niet al te vrij met haar gunsten te zijn. Het probleem was dat mannen verwachtten dat een weduwe een mondaine houding had ten opzichte van dat soort dingen en wel zin had in een lolletje. Ze hadden geen geduld voor maagdelijke kouwe drukte. De tweeling had haar voor veel onbezonnenheden behoed, want Prue was liefdevol en hartelijk, en ze vond het moeilijk om iemand die gunsten te onthouden. Maar als het om een huwelijk met Tony ging, was ze verrassend terughoudend. Een klein restje zelfbehoud weerhield haar ervan zich helemaal te binden. Of misschien was het de angst voor Freddy's reactie als ze hem voorstelde. Prue kon zich de stand van Freddy's lippen voorstellen, het vergelijken van Tony met Johnny, de vragen, de schaamte van haar eigen verlangen.

Ze liet Tony langzaam los en tegen zijn zin liet hij haar gaan. In stilte reden ze onder het genot van een sigaret naar huis en haar vlugge zoen, toen ze bij het prachtige negentiende-eeuwse huis aankwamen, was bijna plichtmatig. Hij leunde voorover toen ze door het raampje naar hem keek.

'Ik bel je,' zei hij bezorgd, omdat hij de situatie nu duidelijk niet meer in de hand had.

'Doe maar.' Ze praatte zachtjes en wierp een snelle blik naar de bovenste ramen van het huis. 'Welterusten, Tony.'

'Welterusten, liefste Prue.' Zijn stem was zacht en hij blies haar een kus toe. 'Het was een heerlijke avond.'

Ze knikte, blies bijna verlegen een kus terug en rende toen het trapje op, met haar hand in haar tas op zoek naar de sleutel.

Kit hoorde haar binnenkomen. Ze had willen opblijven, maar Hal had haar naar bed gejaagd en uiteindelijk had ze hem zijn zin gegeven, op voorwaarde dat ze mocht lezen zolang ze haar ogen kon openhouden. Toen ze *Veronica op ballet* uit had, had ze een tijdje liggen fantaseren hoe het zou zijn om op de Balletacademie te zitten en Odette-Odile te dansen op het podium van Covent Garden, en onder verwonderde zuchten en daverend applaus tweeëndertig 'fouet-tés' te laten zien. Een paar weken geleden was ze met lof geslaagd voor haar balletexamen en nu was ze in een balletbui. Ze had al haar boeken van Lorna Hill herlezen en in de bibliotheek alle boeken ge-leend die over een meisje gingen dat van de ene dag op de andere een daverend succes werd in de wereld van de dans. Haar familie had in-middels wel geleerd dat ze haar in zo'n bui niet al te serieus moesten nemen. Morgen nam ze misschien haar Noel Streatfeilds ter hand en wilde ze misschien wel kunstschaatskampioene worden of tennis-ster. Of ze zou zich misschien in Arthur Ransome verdiepen en zeil-lessen en vakanties in het Lake District of de Norfolk Broads eisen. Zelfs Kit nam haar eigen passies met een korreltje zout.

Ze rolde op haar zij en dacht aan haar neef en nichtjes in The Keep. Ze kon zich Mol niet herinneren – ze vond het leuk dat hij Mol werd genoemd – en had baby Susanna nog nooit gezien, maar ze kon zich nog wel herinneren dat ze met Fliss en Jamie had ge-speeld. Fliss was een stil en nogal verlegen meisje geweest, maar Ja-mie had heel erg op Hal geleken – ze hadden bijna een tweeling kun-nen zijn – en er was altijd een zekere krampachtigheid tussen beide jongens geweest. Ze wilde niet aan Jamie denken en vroeg zich in plaats daarvan af wat haar neef en nichtjes van Mrs. Pooter zouden vinden, en of ze net als zij zelf in de enorme hondenmand zouden klimmen die van haar grootvaders Engelse dog Caesar was geweest. Kit vond het heerlijk om samen met Mrs. Pooter in de hondenmand te liggen, haar warme vacht te voelen, die heerlijke hondengeur te ruiken… en nu hadden ze een puppy.

Ze slaakte een zucht van doezelig geluk, schrok plotseling wakker toen ze de auto voor het huis hoorde stoppen, luisterde tot haar moeder de sleutel in het slot stak en zachtjes de deur achter zich dichtdeed. Kit wist dat ze een kop koffie voor zichzelf zou zetten, nog een beetje zou rondscharrelen, en even overwoog ze naar bene-den te gaan om met haar te kletsen. Dat was leuk, als ze kleine slok-jes van haar moeders koffie nam en ze allebei fluisterden. Kit gaapte en besloot dat ze veel te lekker lag. Ze stelde zich voor hoe de nieu-we puppy eruitzag en hoe ze hem zou noemen. Puppy's waren zo leuk… Toen Prue de trap op sloop, sliep Kit vast.

4

Tegen de tijd dat de kinderen een week bij hen waren, was het leven in The Keep compleet veranderd. Arme Ellen liep tientallen keren de twee trappen op en af tussen de keuken en de kinderkamers, en Freddy's vredige uurtjes waarin ze tijd had om te lezen, tuinieren en pianospelen waren meedogenloos ingekort en werden voortdurend onderbroken.

'Het is een kwestie van routine,' hield Ellen vol, terwijl ze het schoonmaken van de groente liet voor wat het was om de rijstpudding in de oven te redden.

'We moeten gewoon beter organiseren,' mompelde een afgeleide Freddy, terwijl ze haastig Susanna tussen de planten vandaan plukte en de puppy er vrolijk met Mols teddybeer vandoor ging.

'Je kunt niet overal tegelijk aan denken,' zei Fox geruststellend, terwijl hij de wringer in het washok van een jachtige Ellen overnam. 'De bakker wil weten of je nog iets extra's nodig hebt.'

'We zijn hier te oud voor, Ellen,' zuchtte Freddy, en liep zwoegend met een armvol linnengoed en kleine kledingstukken naar boven, waar ze Ellen tegenkwam die met een vol dienblad naar beneden liep. 'Misschien hebben we wat extra hulp nodig.'

'Het is voor het eerst sinds twintig jaar dat er kinderen in de kinderkamers slapen,' zei Ellen, die absoluut niet van plan was vreemden op haar territorium te laten. 'Natuurlijk kost het wat tijd om daar weer aan te wennen.'

'En het helpt niet dat Mol niets zegt.' Freddy keek hoopvol naar Ellen. 'Nog geen ontwikkelingen vanmiddag?'

Ellen schudde haar hoofd. 'Het is nog vroeg, mevrouw. Hij is overgevoelig. Heel erg fantasierijk. Het kost tijd.'

'De puppy helpt.' Freddy pakte de lading wat steviger vast. 'Ach ja, Ellen. We gaan maar weer verder. Vergeet niet dat Mrs. Blakiston op de borrel komt.'

Ellen liep naar de keuken en zette het blad op de lange eettafel met de merkwaardige selectie keukenstoelen. De puppy die inmiddels een volwaardig lid van de familie was, lag op het kleed in elkaar gerold bij het fornuis, terwijl zijn moeder lag te snurken in de grote mand. Aan de hoek van de tafel zat Fox thee te drinken met een mand groente bij zijn elleboog die in de bijkeuken onder de kraan was gewassen. Ellen keek hem peinzend aan, terwijl zich in haar bezige hoofd gedachten vormden en hervormden, zich bewust van het feit dat Fox in zijn element was. Hij had Peters vlieger opgedoken en had de zwijgende Mol meegenomen naar de hellingen achter The Keep om hem te laten zien hoe het moest. Fliss was natuurlijk ook meegegaan. Mol was nog altijd diepongelukkig als zij niet in de buurt was – waar hij haar kon zien en aanraken – maar hij vergat haar een paar magische tellen toen de vlieger de blauwe lucht in vloog en hoog boven hem heen en weer danste. Fox gaf hem het touw in handen en liet hem zien hoe je de vlieger kon laten scheren en zweven. Er stond een stevige zuidwestenwind en de betoverde Mol vergat de duistere angsten die zijn geest al zo lang bevolkten. Hij leunde tegen de wind in met het touw stevig in zijn vuist geklemd en zijn blik op de brede vlieger met de lange wapperende staart.

Fox had toegekeken en stilzwijgend genoten. Hij herkende Bertie in het kind met de donkere haren, donkere ogen, dezelfde intense blik en gevoelige, expressieve mond. Berties zoons hadden sprekend op hun moeder geleken, op wie Fox dol was, maar nu was er weer een Chadwick in The Keep – en Fox zag het als een persoonlijke uitdaging om weer een gelukkige, zorgeloze jeugd voor Mol te creëren. Terwijl hij naar hem keek, besefte hij dat dit de manier was waarop de jongen zou herstellen en niet door over hem te piekeren en artsen te raadplegen.

Ellen was het met hem eens en terwijl ze de lege borden in de diepe gootsteen stapelde, vroeg ze zich af hoe ze het beste gebruik van hem kon maken.

'Mevrouw maakt zich zorgen,' zei ze nonchalant met haar rug naar hem toe, terwijl ze de kraan liet lopen. 'Denkt dat we te oud zijn.'

Fox bekeek Ellen van achteren. De eens zo slanke taille was dikker geworden en in het gladde bruine haar zat nu veel grijs, maar haar enkels waren nog altijd fraai en ze was verrassend snel en vlug ter been op haar smalle voeten.

'Misschien zijn we dat ook wel,' opperde hij uitdagend. Hij genoot ervan om zo nu en dan een beetje met Ellen te bekvechten. 'We zijn ook niet meer zo jong.'

'Je hoeft geen intellectueel te zijn om daarachter te komen,' zei ze scherp. 'En kijk trouwens eens naar jezelf. Het is me opgevallen dat het je tegenwoordig wat meer tijd kost om het gras te maaien, nu je het zegt.'

Hij grinnikte waarderend achter haar rug. Ze had nog gelijk ook. Ellen had altijd alles door. Hij slaakte een diepe zucht.

'Jullie jongelui hebben makkelijk praten,' zei hij. 'Jij hebt mooi je figuur gehouden, meid. Zeker van al die trappen op en af stormen…'

'Stormen is er tegenwoordig niet meer bij,' zei ze, vertederd door het compliment, ook al geloofde ze er geen woord van. 'Kruipen zul je bedoelen. Mevrouw had het over extra hulp.'

De last van drie kleine kinderen zou het zwaarst op Ellens schouders wegen, dat wist hij, en daarom aarzelde hij voor hij iets zei.

'En wat vind jij daarvan?'

'We willen hier toch geen vreemde?'

Ze keek hem niet aan, hoofd gebogen, ellebogen druk in de weer. Fox duwde zijn stoel naar achteren, legde zijn enkel op zijn met ribstof bedekte knie en tastte in zijn vestzakje naar zijn verfrommelde pakje sigaretten.

'Heeft ze iemand in gedachten?' 'Ze' was niet oneerbiedig bedoeld. Freddy was de drijfveer in hun leven, haar wensen kwamen op de eerste plaats en ze hielden te veel van haar om jaloers op elkaar te zijn.

'Dacht het niet. Lastig om hier iemand voor vast te vinden. Het zou met kost en inwoning moeten zijn.'

Ze draaide zich om om de theedoek te pakken en keek hem aan om te zien of de kracht van haar woorden tot hem was doorgedrongen. Fox schraapte met zijn stompe, eeltige vingers bedachtzaam rond zijn kaken.

'Dat willen we niet, hè?' Hij sprak aarzelend, probeerde nog altijd haar gedachten te lezen. 'Maar het komt wel allemaal op jou neer.'

'Die Susanna is een handvol.' Ze leunde tegen de rand van het roomkleurige fornuis. 'En het is een heel groot huis om schoon te houden…'

'Als ik iets kan doen om te helpen,' bood hij aan, 'dan hoef je het maar te zeggen.'

'Zolang we maar weten waar we aan toe zijn.' Ze knikte naar hem. 'Misschien dat ik wel eens een beroep op je doe. Maar dat hoeven we mevrouw niet te vertellen.'

Er klonken voetstappen op de trap bij de hal aan de achterkant en Fliss kwam binnen, op de voet gevolgd door Mol.

'Het gaat stormen,' zei Fliss in de deuropening. 'De wind giert en loeit. Ik heb tegen Mol gezegd dat het alleen maar de wind is.' Met een smekende blik keek ze naar Fox, die er onmiddellijk op insprong.

'En dat is het ook,' zei hij. 'Het waait verschrikkelijk hard om The Keep, maar het is een prachtig geluid als je eraan gewend raakt en als je weet dat je binnen veilig bent en je niets kan gebeuren.'

'Susanna is er niet wakker van geworden, hoop ik,' zei Ellen, terwijl ze het kussen uit de schommelstoel in de grote leunstoel aan de andere kant van de tafel naast Fox legde en Mol erbovenop zette. 'Die slaapt geloof ik overal doorheen.'

'Ja, die slaapt als een blok,' stelde Fliss haar gerust, en schoof op de andere stoel. 'Grootmoeder kwam ons welterusten zeggen en zei dat we naar beneden moesten gaan. Mrs. Blakiston is er, zei ze.'

'Tijd voor een spelletje voor het slapengaan,' zei Fox, en woelde door Mols haar. 'Zullen we de dominostenen eens tevoorschijn halen, Ellen?'

Hun ogen ontmoetten elkaar boven het hoofd van het kind en ze knikte. Van de honderden kleine werkjes die nog op haar lagen te wachten, zou nu wel niets meer komen.

Toen Ellen naar het inbouwdressoir met de tere restanten van lang vergeten tafelserviezen liep, zuchtte Fliss van opluchting. Dit waren de fijnste momenten; als ze zich kon ontspannen in de wetenschap dat de anderen haar verantwoordelijkheid deelden. Ze keek naar de slapende honden, de geraniums op de brede vensterbank, de zachte glans van het porselein – dieprood, donkerblauw en bladgoud – op de planken in het dressoir. Gordijnen van patchwork die bij de kussens op het zitje in de vensternis en de schommelstoel pasten; de lappenkleedjes op de tegelvloer waren vaal maar dik. Achter de twee ramen liep de heuvel zó steil naar beneden dat het leek alsof de keuken hoog in de lucht zweefde. Fliss had gekeken hoe de vogels onder haar cirkelden, toen ze op een avond in de vensternis zat en uitkeek over de vele prachtige, gekleurde weilanden en ronde heuvels die steeds verder in elkaar overgingen, in een mistige blauwe oneindigheid waar de zon onderging in een waterval van goud.

'Het is hier fijn,' zei ze tevreden, terwijl ze keek hoe Ellen het deksel van de doos dominostenen haalde. 'Het is hier altijd lekker warm.'

Door de overgang vanuit Kenia voelden de kinderen de kou van een Engelse junimaand heel erg. Zelfs de heetste dag was nauwelijks warm genoeg en ze bibberden als de koele mist over The Keep trok of als de wind vanuit het westen over de heidevelden waaide en een ogenschijnlijk gordijn van regen over de heuvel voerde. Zodra de hutkoffers arriveerden, had Ellen hen goed ingepakt in hun winterkleren, zomer of geen zomer. Toen ze naar Fliss' gezicht keek, kreeg ze een nieuw idee.

'Het zou mijn oude benen natuurlijk wel een beetje sparen als we een paar maaltijden hier beneden aten,' zei ze, toen ze de dominostenen op tafel kieperde. 'En het is er warmer. Daar is toch niets tegen?'

'Helemaal niet.' Fox draaide de ivoren stenen zorgvuldig om. Hij glimlachte naar Mol. 'Lijkt je dat een goed idee? Zou je wel hier beneden willen eten, met de pup?'

Mol knikte en keek hoe de vingers van Fox de stenen omdraaiden. Hij miste de warmte van zijn moeder en de kracht van zijn vader, en hij miste zijn grote, dappere, stralende broer. In Mols ogen had Jamie altijd gestraald, zijn huid was bruin en glanzend, zijn haar was blond en schitterend als de zon; zijn gezicht weerspiegelde leven en gezondheid. Hij was nergens bang voor; niet voor de beesten die 's nachts in de kraal rondsnuffelden, niet voor de slangen in het lange, droge gras, en ook niet voor zwarte gezichten en het sinistere ritme van de trommels. Hij was onoverwinnelijk, onsterfelijk – en toch was hij gestorven. Opnieuw spookte het beeld door Mols hoofd en hoorde hij de woorden – 'Het overhemd van de jongen was doordrenkt met bloed. Ze sloegen zijn hoofd tot pulp totdat het bijna van zijn lichaam kwam…' Opeens had Mol het gevoel alsof zijn hoofd vol bloed stroomde en de spieren in zijn keel verkrampten opdat hij er niet in zou stikken. Het leek of het beeld nu altijd op zijn netvlies stond: Jamie bedekt met bloed…

Mol snikte even en stopte zijn hoofd tussen zijn over elkaar geslagen armen. De vingers van Fox bleven stil liggen, Ellen stak haar hand naar hem uit, maar razendsnel wipte Fliss van haar stoel en liep naar de puppy.

'Kijk,' riep ze, 'hij wordt wakker.' Ze sleurde hem in haar armen. 'Kijk, Mol. Hij zoekt je.' Ze zette hem pardoes bij Mol op schoot. 'We moeten een naam voor hem bedenken. Grootmoeder heeft gezegd dat wij mogen kiezen. Hoe zullen we hem noemen, Mol?' Haar gekwetter leidde hem af, zoals haar bedoeling was, en ze wendde zich tot Ellen terwijl Mol met de slaperige puppy worstelde. 'Waarom noemen jullie haar Mrs. Pooter?' Ze ging naast de teef zitten die één oog opendeed, maar stil bleef liggen.

'Jullie nichtje Kit heeft haar zo genoemd, toen ze nog een puppy was, net als deze,' zei Ellen, met haar ogen nog altijd op Mol gericht. Hij leek wat kalmer. De pup was enthousiast zijn gezicht aan het likken. 'Ze zei dat ze het uit een boek had. Een Mr. Pooter, zei ze, en ze vond het gewoon mooi klinken. Altijd een goeie voor namen geweest. Zo werd ze Mrs. Pooter. Och, och, och, wat was ze een donderstraal.'

'Dat is waar,' beaamde Fox, die de dominostenen aan het husselen was. 'Ze heeft een keer een van mijn laarzen opgegeten. Je kon haar geen minuut alleen laten. Zeg, kom op, we kunnen beginnen.'

'Jij moet Mol helpen,' waarschuwde Fliss, terwijl ze weer op haar stoel klauterde. 'Hij kan nog niet goed tellen. We zijn het hem net aan het…'

Ze beet op haar lip, draaide haar dominostenen om en zette ze in een halve cirkel zodat niemand anders ze kon zien. Ze had willen zeggen: 'We zijn het hem net aan het leren' toen ze zich plotseling weer herinnerde dat ze allemaal weg waren – mama en papa en Jamie. Zo nu en dan leek het net een droom en had ze het gevoel alsof ze gewoon op vakantie waren. Dan zou de deur opengaan en zouden ze alle drie binnenstormen… Ze slikte moeizaam en probeerde zich op haar dominostenen te concentreren.

'Ik begin wel,' zei Fox vrolijk. 'Een mooie dubbele drie. Wie heeft een drie om ertegenaan te leggen? Laat maar eens zien, Mol. Volgens mij wil de puppy ook meedoen…'

Het moment ging voorbij en Ellen merkte dat ze met ingehouden adem naar de ontreddering op het gezicht van het kind had zitten kijken. Ze moesten allebei rouwen, daar was ze zeker van. Rouwen was een heel natuurlijk, heilzaam proces, dat hen tot nu toe beiden ontzegd was. Ze besefte dat ze het spelletje ophield en legde snel een steen neer.

'Zo,' zei ze. 'Wie heeft die dubbele twee? En wie heeft er zin in een toffee?'

'Red je het een beetje, Freddy?' Julia Blakiston nam waarderend een slokje van haar gincocktail en keek naar Freddy die nog bij het dienblad bezig was.

'Ik vraag het me af,' antwoordde Freddy eerlijk.

Ze ging naast Julia op de bank zitten, hief haar glas omhoog en glimlachte oprecht naar de kleine, gedrongen vrouw met de wilde haarbos die zo haar best deed voor hulpbehoevenden en de zieken. Ze waren al dertig jaar vriendinnen; hadden elkaar ontmoet bij een liefdadigheidsbijeenkomst en onmiddellijk een band gevoeld. Julia had haar man ook verloren in de Eerste Wereldoorlog, maar ze had geen kinderen – ze waren nog maar een paar weken getrouwd geweest – en ze had haar verdriet en eenzaamheid verwerkt door zich met al haar liefde op het liefdadigheidswerk te storten. Ze waren allebei zelfstandige, intelligente vrouwen die vastbesloten waren het beste te maken van wat hen toekwam; ze waren enorm op elkaar gesteld en respecteerden elkaars sterke kanten en aanvaardden de verschillen tussen hen.

'Ik was helemaal vergeten hoe vermoeiend kleine kinderen zijn,' zei Freddy, en trok een been onder zich. 'En dan heb ik nota bene Ellen en Fox nog. Hoe sommige jonge moeders het tegenwoordig redden met een stuk of zes kinderen is mij een raadsel.'

'Het is helemáál moeilijk,' zei Julia bedachtzaam, 'als je tegelijkertijd je eigen verdriet moet zien te verwerken. Als iedere morgen de last zo zwaar is. Je gaat gebukt onder het verdriet en al je energie is op. Het is goed om bezig te blijven. Dat leidt af, maar' – ze schudde haar hoofd – 'tjonge, jonge, wat is het vermoeiend. Er is niemand die je ooit vertelt hoe vermoeiend het is om te rouwen.'

Freddy keek haar dankbaar aan. 'Dat is waar,' gaf ze toe. 'Ik moet iedere morgen weer mijn eigen verdriet bedwingen voordat ik aan mijn dag begin. Het was ook zo afschuwelijk. Zo zinloos, zo gewelddadig. Ik kan er niet aan denken. En toch denk ik eraan. Mijn gedachten kunnen het niet loslaten. Als een tong die voortdurend tegen een zere kies duwt. Ik denk aan hun angst, zie je? Ik zie ze voor me in hun auto – waarschijnlijk aan het zingen; ze zongen vaak in de auto – en dan die hinderlaag. De dood die zo onverwachts op die zonnige dag kwam. Waar dachten ze aan? Hebben ze erg geleden voordat de dood uiteindelijk kwam?'

Julia staarde naar het gekwelde gezicht van haar vriendin. 'We kunnen alleen maar hopen dat het snel is gegaan. Maar wat voor troost is dat nu? Soms zijn er geen antwoorden. Alleen pijn. Dat weten we allebei, Freddy. We moeten de pijn gebruiken. Je hebt het al eerder gedaan.'

'O, ja,' zei Freddy. 'Ik heb het eerder gedaan. Jij ook. Maar hoe helpt dat de doden?'

'We kunnen de doden niet helpen. Onze zorg moet bij de levenden zijn... Wanneer komt Theo?'

'Binnenkort. Ja, Theo zal een hele steun zijn – al weet ik nooit precies waarom.'

Julia schoot even in de lach. 'Theo ís gewoon,' zei ze. 'Hij is een van die zeldzame zielen die ons kunnen helpen door alleen maar in dezelfde kamer te zijn. Hij heeft iets stabiels, iets onveranderlijks.'

'En dat is vreemd, aangezien hij volkomen onpraktisch is. Hopeloos als het gaat om belangrijke zaken.'

Julia was opgelucht toen ze de lichte irritatie in Freddy's stem hoorde. Ze wist hoezeer het Freddy stoorde om toe te geven dat Theo haar emotioneel en spiritueel steunde, dat zijn onwrikbare geloof in iets dat ze niet met hem kon delen haar verfoeide. De irritatie was een teken dat Freddy zichzelf had vermand, dat het moment van pijn voorbij was – voorlopig.

'Vertel me eens wanneer je tijd hebt om te komen lunchen. Of kom een keer op de thee en neem de kinderen mee. Dan kunnen we picknicken bij het meertje. Ja?'

'Ja,' zei Freddy. 'Je bent een schat, Julia. Dat is echt iets om onze zinnen te verzetten. Ik haal mijn agenda even.'

Prue slenterde door Park Street en dacht aan Tony. Ze wist dat ze een beslissing moest nemen over hem, over hun toekomst, maar ze wilde er liever niet aan denken. Ze wist gewoonweg niet hoe de tweeling zou reageren op een man in huis. Ze waren eraan gewend dat vrienden kwamen en weer gingen, maar dit was iets anders.

Maar ik ben nog maar vierendertig, dacht Prue opstandig. Ik ben nog niet zo oud. Waarom zou ik niet hertrouwen?

Ze wist dat ze het antwoord op deze vraag in één woord kon geven: Freddy. Als ze met iemand wilde trouwen die fatsoenlijke vooruitzichten had, iets had om op terug te vallen, die betrouwbaar was en een harde werker, dan zou Freddy geen bezwaar maken. Het probleem was alleen dat Tony niets van dat alles was. Hij deed altijd erg vaag over zijn activiteiten in de oorlog – Prue had gehoord dat hij aan verschillende mensen verschillende dingen had verteld – en op het moment had hij helemaal geen baan. Ook had hij geen eigen huis. Hij woonde in een klein huurflatje in Park Row en leek nooit genoeg geld te hebben om het er eens van te nemen. Zijn verklaringen waren heel geloofwaardig. Zijn ouders waren overleden en zijn huis in Londen was tijdens een aanval gebombardeerd toen hij in het buitenland zat. Hij was alles kwijt. Toen ze vraagtekens zette bij zijn staat van dienst in de oorlog, vertelde hij haar dat hij bij de Geheime Dienst had gezeten en dat hij niet kon praten over zijn heldendaden.

Het klonk allemaal erg logisch – erg romantisch – maar iets zei haar dat Freddy daar niet zomaar genoegen mee zou nemen. De oorlog was per slot van rekening al meer dan tien jaar geleden; lang genoeg voor Tony om orde op zaken te stellen en een baan te vinden. Hij had laten doorschemeren dat hij nog steeds werd betaald door zijn werkgevers gedurende de oorlog, maar als dat het geval was, waarom zat hij dan altijd op zwart zaad?

Prue bleef even kijken naar de schoenen in de etalage van Meek.

Het was lastig om Tony het vuur na aan de schenen te leggen. Dan leek ze zo materialistisch en hij had al eens gesuggereerd dat zij, in geval van nood, genoeg had om de tijd door te komen die hij nodig had om iets te regelen. Hij dacht natuurlijk dat het negentiende-eeuwse huisje in Old Clifton van haar was – en dat was ook zo. Freddy had het gekocht toen Hal een beurs voor Clifton College had gewonnen en ze had het aan Prue en de tweeling gegeven – maar Prue bleef het zien als een lening en dat had ze nog niet aan Tony uitgelegd. Zou Freddy het goedvinden als Tony het met hen zou delen?

Ze draaide zich weer om en stak de straat over, slenterde over het gras totdat ze bij een leeg bankje kwam. Ze ging zitten, staarde naar de kathedraal en dacht aan Tony. Ze kreeg kriebels in haar buik als ze eraan dacht hoe Tony haar kuste, haar aanraakte... Ze haalde een sigaret uit haar handtas en inhaleerde diep, voelde de zon op haar gezicht en keek naar de bomen. Ze wist dat ze ja moest zeggen of anders bereid moest zijn hem kwijt te raken – maar stel dat Freddy haar het huis afnam of haar toelage stopzette? Ze zou er zeker van uitgaan dat hij voor zichzelf en Prue zou zorgen? Waarschijnlijk zou ze wel voor de tweeling blijven zorgen, de aandelen in een beheerd fonds voor hen stoppen, maar toch...

Prue drukte haar sigaret uit en wierp een blik op haar horloge. Ze had een lunchafspraak met een vriendin in het Royal Hotel. Maar er was tijd genoeg om nog snel even in de kledingwinkel aan de overkant een praatje te maken en rond te kijken.

5

Theo leunde uit het open raampje van de trein die het station van Temple Meads binnen tufte en zag Prue veel eerder dan zij hem. Hij glimlachte toen hij het slanke, alerte figuurtje zag dat enthousiast het verkeerde deel van de trein afzocht. Zoals gewoonlijk zag ze er keurig en modern uit en was ieder detail van haar kledij met zorg gekozen. Het keurige lijfje van haar blauwe zomerjurk werd om haar taille bijeengehouden door een brede strakke riem; de wijde rok had twee grote zakken en viel bijna tot op haar enkels. Ze droeg witte hooggehakte sandalen, had een wit tasje onder haar arm ge- klemd en droeg een blauw met witte verzameling veren op haar pas gepermanente hoofd. Theo vroeg zich af waarom ze het glanzend blonde haar in van die onnatuurlijke krullen dwong – ook al verfde ze het niet meer – en waarom ze haar brede, mooie mond met van die glanzend rode lippenstift bedekte. De trein remde af en bleef vervolgens dampend en puffend langs het perron stilstaan, terwijl kruiers de deuren openzwaaiden en de wachtende passagiers naar voren kwamen. Theo stapte uit, ontweek een kruier die haastig met een karretje voorbijkwam en liep op Prue af terwijl hij haar naam riep.

Bij het horen van zijn stem boven het gerammel en het fluiten van de stoom draaide ze zich met een verheugde en opgeluchte blik op haar gezicht om.

'Ik dacht dat je er niet in zat,' zei ze, en ging op haar tenen staan om zijn magere lichaam te omhelzen. 'Hoe gaat het met je? Je bent weer veel te mager. Nou ja, Ellen zal je wel bijvoeren.'

Ze kwebbelde verder, klampte zich aan zijn arm vast totdat ze buiten waren en naar de taxistandplaats liepen. Hij knikte, bestu- deerde haar en luisterde totdat ze zich in de auto liet zakken en hem echt aankeek.

Hij glimlachte naar haar. 'Zo… dus alles is goed met Kit en ze is met lof geslaagd voor haar balletexamen, Hal speelt in het cricketteam van school en ze hebben allebei zin in de vakantie. Maar hoe gaat het met jou, Prue?'

Ze haalde even haar schouders op en rommelde wat in haar tas. Theo bukte zich – zoals altijd – om door het raampje naar de elegante toren van de St. Mary Redcliffe Kerk te kijken en keek over zijn schouder toen de taxi verder reed. Hij richtte zich weer tot Prue, legde even zijn hand op haar arm en wachtte met opgetrokken wenkbrauwen op antwoord.

'Ach, je kent het wel. Net als altijd.' Ze wendde haar hoofd wat af om de rook weg te blazen, maar haar ogen keken hem aan en flitsten heen en weer.

Theo dacht: Ze zit te bedenken of ze me iets vertrouwelijks zal vertellen.

'Ik zit erover te denken om in augustus een weekje weg te gaan,' zei Prue, toen de taxi Park Street in reed, 'als de tweeling naar The Keep is. Dan kom ik wat later. Dat zal Freddy toch niet vervelend vinden? Wat denk je?'

Theo had het vermoeden dat dit slechts een deel van iets belangrijks was en besefte dat ze in de taxi niet in detail wilde treden.

'Ik kan het me niet voorstellen,' zei hij. 'Ben je ergens uitgenodigd of wil je gewoon even alleen zijn?'

Prue legde haar hand over de zijne op de zitting tussen hen in. 'Lieve Theo,' zei ze hartelijk, 'jij bent een van de weinige mensen die begrijpen wat het is om alleen te willen zijn.'

Ze leunde voorover om aan de chauffeur uit te leggen hoe hij in Waterloo Street moest komen. Theo betaalde en pakte zijn kleine koffer, terwijl Prue vooruitliep om de voordeur open te doen. In de hal stond ze op hem te wachten, haar hoed had ze afgezet.

'Jij slaapt in Hals kamer, zoals altijd,' zei ze. 'Hij slaapt op het vouwbed in Kits kamer. Ze zijn nog niet te oud om een kamer te delen! Als je klaar bent, kunnen we lunchen.'

Het was houting – die ochtend vers gekocht op de visafslag – met roomsaus, nieuwe aardappelen en doperwten. Theo at met zeldzame trek, altijd weer verbaasd dat Prue zo goed kon koken. Dat kwam waarschijnlijk doordat ze er altijd zó decoratief uitzag en zó gezellig was dat je je niet kon voorstellen dat ze zo praktisch kon zijn. Ze grijnsde naar hem toen ze de verse aardbeien met zelfgebakken zandkoekjes en slagroom op tafel zette.

'En klaag niet als de room niet dik genoeg is,' waarschuwde ze hem. 'Je bent nog niet in Devon. Wees blij dat de rantsoenering voorbij is.'

'Ik zou niet durven klagen over iets dat zo zalig is,' vertelde hij haar – maar hij zag dat ze zich tijdens het eten had ontspannen en hij bereidde zich in gedachten voor om te luisteren naar haar nieuwste probleem. Van begin af aan was hij de buffer tussen Prue en Freddy geweest. Hij wou dat ze elkaars verschillen konden accepteren en vriendinnen werden. Hij vroeg zich af of hij een naïeve oude vrijgezel was en dat het realistischer was om te accepteren dat Freddy en Prue water en vuur waren – toch bleef hij hopen. Hij schonk een kop zwarte koffie in en ging zitten.

Prue zat tegenover hem, deed wat room in haar koffie en keek hoe het in het zwarte vocht kringelde. Hoe moest ze beginnen? Ze keek op en zag dat hij naar haar zat te kijken. Plotseling sloeg haar hart even over van liefde. Lieve Theo! Hoe vaak had hij daar niet precies zo gezeten, kijkend, wachtend, met een tedere, geduldige blik op zijn gezicht?

'Ik houd toch zo van jou, Theo,' zei ze blozend.

'Ik houd ook van jou, lieve Prue,' zei hij onverstoorbaar. 'Wat wilde je me vertellen?'

Prue zuchtte, schudde haar hoofd vanwege haar eigen dwaasheid en ontspande zich. Ze had al die tijd al geweten dat ze Theo in vertrouwen zou nemen, dus waarom deed ze dan zo moeilijk?

'Ik ben verliefd,' zei ze pardoes.

Theo tilde zijn koffiekopje op en nam peinzend een slok. Als dat alles was, was er geen probleem. Prue was al zo vaak verliefd geweest sinds de dood van haar geliefde Johnny. Theo dacht dat ze onbewust een vervanger zocht; Freddy's gedachten waren minder complimenteus.

'Dat is het niet,' zei Prue scherpzinnig, zich heel goed bewust van Theo's gedachten. 'Dit keer is het anders. Ik houd echt van hem, Theo.'

'Houdt hij van jou?' vroeg Theo.

'Hij heeft me ten huwelijk gevraagd,' antwoordde Prue bijna uitdagend. Ze dronk haar koffie op, zette het kopje op het schoteltje en pakte haar sigaretten.

'Dat is niet echt een antwoord op mijn vraag,' zei Theo bedachtzaam.

Prue fronste. 'Anders zou hij me toch niet ten huwelijk vragen, of wel?' vroeg ze verontwaardigd. 'Natuurlijk houdt hij van me!'

'Dat is geweldig,' zei Theo onverstoorbaar, en schonk hen beiden nog eens in. 'Wat is dan het probleem?'

Prues verontwaardiging zakte weg en ze tikte haar sigaret zenuwachtig tegen de rand van de asbak. 'Hoe ik het Freddy moet vertellen,' zei ze zwak.

Theo slaakte een diepe zucht vanbinnen. Hij wist meteen dat de toekomstige huwelijkskandidaat naar Freddy's maatstaven niet 'geschikt' was en voor het eerst werd hij een beetje bezorgd.

'Waarom zou Freddy ertegen zijn?' vroeg hij. 'Als jullie van elkaar houden…'

De vraag bleef in de lucht hangen en Prue hief haar kin op en keek hem recht aan.

'Tony heeft geen baan,' zei ze, 'en zijn achtergrond is een beetje duister. Voor mij maakt dat helemaal niet uit, maar voor Freddy wel.'

'Als hij geen baan heeft, waar leeft hij dan van?' vroeg Theo, terwijl de moed hem in de schoenen zonk. 'Heeft hij een privé-inkomen?'

'Nee,' zei Prue bijna mokkend. 'Hij is zijn huis en alles in de oorlog kwijtgeraakt. Een voltreffer. Zijn ouders leven niet meer. Hij zegt dat hij tijdens de oorlog bij de Geheime Dienst zat en dat hij daarom niet kan praten over wat hij heeft gedaan. Misschien kan hij daarom zo moeilijk een baan vinden.'

'Waar leeft hij dan van?' vroeg Theo opnieuw. Hij was oprecht geïnteresseerd en dat was duidelijk. Prue liet haar defensieve houding varen, leunde met haar ellebogen op tafel en nam een trekje van haar sigaret.

'Ik weet het niet,' zei ze, en draaide haar hoofd opzij om de rook uit te blazen. 'Soms heeft hij een meevaller en dan is hij heel vrijgevig, maar ik weet niet waar het vandaan komt. Ik vraag het maar liever niet.'

'Misschien zou je dat wel moeten doen,' stelde Theo voorzichtig voor. 'Ik begrijp wel waarom Freddy er moeite mee zou hebben als ze denkt dat hij op jouw zak zou teren.'

'Waarom doet dat ertoe?' riep Prue uit, en duwde met een wild gebaar haar half opgerookte sigaret in de asbak. 'Als het andersom was, deed het er niets toe. Iedereen zou verwachten dat ik van Tony's geld leefde.'

'Daar heb je gelijk in,' stemde Theo in, 'maar helaas is de maatschappij nog niet zo ver dat het fatsoenlijk is als een gezonde jongeman van het geld van zijn vrouw leeft.'

'*Fatsoenlijk*,' schimpte Prue. 'Werkelijk, Theo, nou klink je net als Freddy.'

'Waarschijnlijk wel,' zei Theo meesmuilend, 'maar je weet dat dát precies is wat ze gaat zeggen, Prue, en helaas voor jou heeft Freddy de financiële touwtjes in handen. Als het nou je eigen geld was, als jíj het had verdiend of geërfd, dan zou het een andere zaak zijn. Maar in dit geval heeft Freddy het recht een paar vragen te stellen.'

Prue staarde hem aan. 'Dat is een beetje onder de gordel, vind je niet? Het geld zou niet eens ter sprake komen als Johnny nog leefde.'

'Als Johnny nog leefde,' bracht Theo naar voren, 'dan zouden we dit gesprek helemaal niet hebben.'

'O, Theo.' Prue liet zich met haar armen over elkaar in elkaar zakken. 'Het is niet eerlijk. Ik houd van hem. Het is echt serieus dit keer. Wat zal ik doen?'

'Kan ik hem eens ontmoeten?' vroeg Theo. 'Dan kan ik zelf beoordelen wat ik van hem vind. Als je mij om advies vraagt, kan ik op zijn minst met Tony kennismaken.'

'Graag,' zei ze direct. 'Ik weet zeker dat jullie het goed met elkaar kunnen vinden. Hij is heel aardig, Theo.'

'Goed dan.' Hij glimlachte naar haar. 'Laten we ieder oordeel dan maar uitstellen tot we elkaar hebben ontmoet. Wat dacht je van nog een kopje van die heerlijke koffie?'

'Ik zal even een verse pot zetten.'

Ze liep de kamer uit, haar hakken klikten op de houten vloer, haar rok zwierde en Theo sloot zijn ogen een paar tellen. Omdat hij alleen woonde had hij altijd wat tijd nodig om aan zijn familie te wennen en het was duidelijk dat er onenigheid zou komen. Hij dacht aan Freddy in The Keep met de kinderen en stelde zich voor hoe ze zou reageren op Prues verrassing. Hij bereidde zich geestelijk voor op het komende vuurwerk.

'En ga je in augustus met Tony weg?' vroeg hij, toen Prue weer terugkwam.

'Nee,' antwoordde Prue verrassend. 'Je had daarstraks gelijk, Theo. Ik heb tijd nodig om na te denken. Tony is er de laatste tijd heel vaak, vooral overdag, en ik wil gewoon even alleen zijn. Alles op een rijtje zetten. Begrijp je?'

'Jazeker.' Hij keek hoe de koffie stroperig, inktachtig in het tere, witte kopje vloeide. 'Dat lijkt me een uitstekend idee.'

'Nou zeg, dat is een opluchting.' Ze grijnsde naar hem. 'Dus je steunt me? Bij Freddy?'

'Ik zal haar er met alle plezier van overtuigen dat je wat rust nodig hebt,' stemde Theo behoedzaam in.

'Dat lijkt me een goed begin.' Ze schonk zichzelf nog een kop koffie in. 'Je vindt Tony vast heel aardig, Theo. Hij heeft het moeilijk gehad.'

'Jij ook,' zei Theo vriendelijk. 'En je hebt het fantastisch gedaan. Dat vinden we allemaal, hoor.'

Prue wist niet wat ze hoorde. Het was zelden dat de familie erkende dat het zwaar voor haar was geweest, en ze was er meer aan gewend haar positie te verdedigen dan om een complimentje te aanvaarden. Theo hief zijn kopje op als een klein gebaar van hulde en ging toen soepel over op een ander onderwerp. Er was voorlopig genoeg gezegd en hij had er geen behoefte aan om nog verder uitgehoord te worden voordat hij Tony had ontmoet.

Freddy stond in de serre rozen in een geslepen glazen schaal te schikken. Ze had van de begane grond van de westelijke vleugel een serre gemaakt, waar ze bloemen schikte en haar handschoenen en gereedschap bewaarde. De kamer had openslaande deuren naar de tuin op het westen, en Freddy bracht er veel tijd door. Vandaag stond ze aan een grote tafel en knipte en plukte aan de gele bloemen, terwijl de kinderen om haar heen rommelden. Fox had een koudwaterkraan en een kleine gootsteen geïnstalleerd en had een aantal planken opgehangen om de vazen en schalen op te zetten en alle attributen die Freddy nog meer nodig had bij het tuinieren. Hier lagen naslagwerken en krantenknipsels die met paperclips bij elkaar gehouden werden; klossen tuingaren lagen naast aangebroken zakjes zaad waarvan de bovenrand strak was dichtgevouwen zodat geen van de kleine, kostbare zaadjes kon ontsnappen. Er stonden glazen potten met beschreven etiketten en een aantal bakken met zaailingen die zich bij het raam op het zuiden in de zon koesterde.

Het grotere potwerk werd door Fox in de kas in de kruidentuin gedaan, maar er hing een heerlijke, warme, doordringende aardelucht in de serre waar Freddy dol op was. Aan de witte muren hingen oude jassen aan houten haken, daaronder stond een rij laarzen en overschoenen en er lag een oude strooien hoed op het vale kussen van een van de rieten stoelen. In een tuinmandje lagen modderige handschoenen, een snoeischaar en een kleine troffel en hark. Even buiten de deur naar de binnenplaats gonsde een bij loom tussen de grote bakken met geraniums. De puppy staarde er nieuwsgierig naar en deed snel een stap naar achteren toen de bij op hem af kwam. Hij danste eromheen, gromde en hapte, deed alsof hij ermee speelde, maar rende heel hard naar de veilige omgeving van de tuin toen het beest recht op hem af kwam.

Fliss, die als een balletje op een van de stoelen lag opgerold, schoot in de lach bij het zien van zijn capriolen – en werd toen plotseling stil.

Ze dacht: Ik lach. Mama en papa en Jamie zijn dood en ik moet lachen. Hoe kan ik lachen terwijl zij dood zijn? Wat ben ik slecht.

Het was al een aantal keren gebeurd. Susanna lachte natuurlijk heel veel, maar die had geen idee wat er in Kenia was gebeurd. Het leek alsof ze binnen een paar weken was vergeten dat ze ooit ouders en nog een broer had gehad, en ze was gelukkig bij grootmoeder en Ellen en Fox. Niemand kon Susanna kwalijk nemen dat ze zichzelf was; ze was te jong om beter te weten.

Fliss keek naar Mol die onder Freddy's tafel zat. Hij had bladeren en bloemen opgevangen die naar beneden waren gedwarreld en speelde er nu mee. Hij streek ze glad, rook eraan en was stil en tevreden. De puppy had hem inmiddels gevonden en was nu onder de tafel aan het scharrelen. Mol liet zich in zijn gezicht likken en stond toe hoe de hond over hem heen klom. Fliss keek toe. Mol was nooit uitbundig geweest zoals Susanna, of positief en extravert zoals Jamie; hij was altijd rustig, passief geweest, ook niet bezorgd en overgevoelig zoals zij zelf.

Alles was zo veranderd. Ooit waren het de Groten, Jamie en Fliss, en de Kleinen, Mol en Susanna geweest. Nu waren ze met zijn drieën eenvoudigweg 'de kinderen' en was haar speciale status – evenals Jamies kameraadschap – verdwenen. Jamie had Fliss altijd betrokken bij zijn plannetjes en ze was een prima eerste luitenant geweest: gehoorzaam, oplettend, bereid, vol aanbidding. Hij had haar gerustgesteld, haar angsten weggelachen, de beslissingen genomen. Nu droeg ze de verantwoording voor haar broertje en zusje zonder Jamies gezond verstand en bereidheid om het van haar over te nemen. Ze was niet voorbereid op zoveel verantwoording en had er geen aanleg voor; het bracht haar bezorgde aard naar voren.

Als Mol nou maar wilde praten. Een paar keer dacht ze dat hij op het punt stond en ze had hem wanhopig aangemoedigd – maar iedere keer had hij bijna in tranen zijn hoofd geschud en ze had het hart niet om boos op hem te worden. Het was alsof zijn keel dichtzat – maar hoe kon dat nou? Hij at en dronk, dus zijn keel kon wel open. Met gefronste wenkbrauwen dacht Fliss erover na. Het leek alsof hij in zijn woorden stikte…

Susanna, die naast Mrs. Pooter op de vloer zat en de kop van de hond met madeliefjes bedekte, slaakte een luide kreet toen Mrs. Pooter plotseling opstond en zichzelf uitschudde. De bloemen vlogen alle kanten op en Susanna krijste van creatieve frustratie – waarna ze vol pret in de lach schoot omdat de madeliefjes in haar haar en op haar schoot belandden. Fliss zuchtte jaloers. Echt iets voor Susanna dat haar drama een plezier tje werd.

Freddy wierp een blik op haar en veegde haar handen aan haar groene, jute schort af. Ze was doodmoe, niet alleen vanwege de niet-aflatende fysieke eisen van drie kleine kinderen, maar ook door haar eigen onvermogen om ze écht te helpen. Het was zo frustrerend om Mols zwijgen te aanschouwen, de hulpeloze spanning van Fliss' angst en bezorgdheid te voelen. Alleen met Susanna verliep het heel natuurlijk. Freddy was van nature autocratisch; ze wilde alles graag zelf in de hand hebben. Ondanks haar eenzaamheid en haar jonge jaren had ze haar tweeling vol zelfvertrouwen grootgebracht en was ze eraan gewend geraakt om het laatste woord te hebben en verantwoording te nemen voor haar beslissingen. Ze had er zelfs op gestaan dat Fox haar na de Eerste Wereldoorlog leerde autorijden. Hij had met alle liefde voor haar willen blijven chaufferen en was bijna geschokt dat ze zó onafhankelijk wilde zijn. Niettemin had ze laten zien dat ze er aanleg voor had en algauw scheurde ze in de kleine coupé over de smalle weggetjes, ging ze picknicken met de jongens en reed ze, enige tijd later, naar het station in Staverton als ze weer naar school gingen. Zonder deze ongebruikelijke vrijheid zou het bijna onmogelijk zijn geweest om zo'n goede vriendschap met Julia te sluiten, die aan de rand van de heide voorbij Ashbury woonde en een eigen auto had. Ze hadden allebei geluk – en daar waren ze zich van bewust. In die tijd waren auto's op het platteland van Devon zeldzaam. Zelfs nu, twaalf jaar na de oorlog, waren auto's nog altijd een luxe, en echtgenotes en moeders planden hun sociale leven rond het openbaar vervoer.

Freddy genoot van onafhankelijkheid en werd steeds sterker naarmate de jaren vorderden. Nooit aarzelde ze, nooit raakte ze in paniek – in ieder geval niet openlijk. Problemen besprak ze vaak met Julia – en ze luisterde altijd naar haar suggesties – maar was niet meer te overtuigen als ze haar eigen mening al had gevormd. De tweeling was bijna tot het uitbreken van de oorlog onder haar toezicht gebleven, hoewel de marine toen al bezig was om dat toezicht af te zwakken. Na het uitbreken van de oorlog was de wereld zo snel veranderd dat Freddy het niet had kunnen bijhouden. Ze had zonder meer haar goedkeuring uitgesproken over de rustige, praktische Alison, vond haar een uitstekende vrouw voor Peter; iemand die zijn genialiteit en charme naar voren bracht. Prudence was een andere kwestie geweest. Freddy had de glanzende – overdreven glanzende – krullen en de rode mond met achterdocht bekeken, evenals haar modieuze kleren en haar ontspannen manier van doen. Maar John hield van haar, was stapelgek op haar, en Freddy liet haar afkeur niet merken. Ze besefte dat het tijd was om haar jongens los te laten. Zelfs die beslissing nam ze vol zelfvertrouwen, en bracht haar dapper en hartelijk ten uitvoer. Ze had nooit kunnen denken dat ze met één schoondochter en met de verantwoordelijkheid voor drie van haar vijf kleinkinderen zou achterblijven…

Ze zag de verwarring van Fliss, hoorde de iele zucht en bereidde zich voor.

'Zullen we de tuin in?' stelde ze voor, terwijl ze de strik van haar schort losmaakte en hem over haar hoofd trok. 'Wie wil er op de schommel? Kom, Mrs. Pooter. Hup, naar buiten.'

Ze hielp Susanna overeind en tuurde onder de tafel naar Mol. Fliss liet zich van de stoel glijden en volgde hen het zonlicht in. Susanna rende over het gras vooruit en de puppy hoste met wapperende oren met haar mee; hij sprong heen en weer totdat ze over elkaar struikelden en over de grond rolden, en Susanna's kreten van pret zich vermengden met het hoge keffen van de puppy. Fliss wierp snel een blik opzij naar Freddy, bang dat Susanna zich misschien pijn had gedaan, maar Freddy keek vrolijk naar het tafereel en Fliss ontspande zich en keek toen naar Mol. Met een enorme schok zag ze dat hij lachte, zó hard dat hij ervan schudde – maar doodstil. Als hij had gehuild zou de schok niet minder zijn geweest en Fliss was helemaal ontdaan.

Ze dacht: Mol lacht. Hij weet dat ze allemaal dood zijn en tóch lacht hij. Wil dat zeggen dat lachen best mag?

Freddy haastte zich om het kluwen uit elkaar te halen en Mol rende haar achterna, greep in het voorbijgaan de puppy die op hem af kwam denderen en rolde op zijn beurt over hem heen. Langzaam voelde Fliss een enorme last van haar schouders vallen. Als Mol kon lachen, kon hij dan niet ook praten? Kon hij maar weer met haar praten zodat er iemand was met wie ze kon delen, herinneringen kon ophalen, en bij wie ze zich niet zo eenzaam voelde. Grootmoeder en Ellen en Fox waren zo lief en zo veilig – maar ook zó oud. Ze verlangde naar de kameraadschap van vroeger en was bang dat die nooit meer terug zou komen.

Mol rende naar de schommel die aan de onderste tak van de enorme eikenboom hing, klauterde erop en klemde nu de touwen in zijn handen. Hij zwaaide naar haar, zijn gezicht straalde nog altijd en ze rende over het grasveld naar hem toe. Soms mocht je dus best lachen, mocht je zelfs gelukkig zijn. Ze pakte het houten zitje en begon hem te duwen, hoger en hoger, terwijl Freddy lachte, Susanna in haar handjes klapte en Mol heen en weer vloog in de gevlekte schaduw onder de eikenboom.

6

Fox verliet de portierswoning en bleef even staan om een sigaret op te steken. De verharde weg strekte achthonderd meter voor hem uit, omgeven door velden aan weerszijden, voordat hij bij de oprijlaan kwam, maar Fox sloeg linksaf, over het pad naast de hoge stenen muur, totdat hij bij de groene deur kwam die op de kleine binnenplaats bij de keuken uitkwam waar de waslijn hing. Vanaf het grasveld was die niet te zien omdat hij werd afgeschermd door een rij rododendrons. Met zijn hand op de klink draaide Fox zich om en keek langs de steile heuvel naar beneden. Hier genoot Mrs. Pooter altijd van haar ochtendwandeling, joeg ze de konijnen de stuipen op het lijf, alarmeerde ze de schapen en maakte zich gewoon druk, iets wat ze het liefste deed. Mrs. Pooters voorgeslacht was niet duidelijk: collie, dat zeker, van het grote en wollige soort, gekruist met retriever of misschien spaniël. Het was niet met zekerheid te zeggen. Fox had haar als wollige puppy naar The Keep gebracht, gered uit een nest dat de buurman wilde verdrinken.

Freddy's geliefde terriër Kips was pas overleden en Fox hoopte dat de puppy haar verdriet wat zou verzachten. Hij zei dat ze voor Ellen was, om haar gezelschap te houden, en Freddy deed net alsof ze dat geloofde. De puppy bleef bij Ellen en Fox en kwam zelden naar de voorkant van het huis. Freddy had volgehouden dat geen enkele hond Kips kon vervangen, maar toch keek ze graag naar de capriolen van de puppy en liet ze haar vaak uit toen ze wat ouder werd. Uiteindelijk werd ze gewoonweg Mrs. Pooter en was ze van hen allemaal. Ze groeide op tot een grote roodbruine teef met hangoren en een schrandere blik in haar donkerbruine ogen. Ze was hebberig, geslepen en ondankbaar, en nog steeds wist niemand precies hoe ze drachtig was geworden. Al die jaren was ze nooit weggelopen, maar opeens was ze ontsnapt en kwam ze uren later met een zelfvoldane blik in haar harige ogen terug. Toen Freddy enige tijd later het ergste vermoedde, liet ze de dierenarts komen die Mrs. Pooter onderzocht en Freddy's vermoeden bevestigde. Toen hij weg was, hadden ze met zijn drieën naar de weinig berouwvolle Mrs. Pooter gekeken.

'Ik hoop niet dat ze naar de boerderij is teruggegaan,' had Freddy ongerust gezegd. 'Zou dat geen incest zijn?'

'Niet bij honden, mevrouw,' had Fox direct geantwoord. 'Het is niet hetzelfde. Die zijn niet zoals wij.'

Freddy had naar de zelfingenomen Mrs. Pooter gekeken die tevreden en lui in haar mand bij het fornuis lag.

'Dat weet ik nog zo net niet,' zei ze droogjes.

Voor de twee teefjes – die verdacht zwart-wit waren – had Fox goede huizen gevonden, maar het was een unanieme beslissing geweest om de roodbruine reu te houden. Hij had nog steeds geen naam. Ze hoopten allemaal dat dit Mol ertoe zou brengen om te praten. Ze hadden het allemaal over namen, deden voorstellen, wezen ze weer af, probeerden andere uit en baden ondertussen dat Mol ook iets zou zeggen. Tot nu toe had hij iedere keer zijn hoofd geschud als ze vroegen wat hij een mooie naam vond – maar ze bleven hopen.

Vanmorgen waren Mrs. Pooter en de puppy al op de binnenplaats. De puppy was nog veel te jong om echt uitgelaten te worden; als hij op de binnenplaats en in de tuin speelde, kreeg hij al genoeg lichaamsbeweging. Maar Mrs. Pooter was klaar voor haar wandeling en had zin om wat chaos onder het vee te veroorzaken en hoopte dat ze de konijnenbevolking kon terroriseren. Ze was helemaal hersteld van de vermoeiende moederlijke gevoelens die haar hadden overvallen. Het moederschap lag nu achter haar en ze kon haar vertrouwde en minder vermoeiende gewoontes weer oppakken.

Fox zette de puppy vriendelijk maar kordaat binnen, nam zijn wandelstok onder zijn arm en liep met Mrs. Pooter door de groene deur over de heuvelrug. Het was een stille, grijze morgen en de heuvels in de verte rezen geheimzinnig boven de mist die zachtjes door de vallei dreef. Hij had evengoed over een zee uit kunnen kijken waar zich eilanden verhieven, onwerkelijk en afgelegen. Een echoënde stilte werd verbroken door de scherpe krijs van een kraai en het treurige blaten van een schaap.

Hij volgde de uitgesleten schapenpaden die de hellingen kruisten op zoek naar de vertrouwde plekjes; het stuk graniet waar hij vaak even zat om een sigaretje te roken; de meidoorn. Mrs. Pooter rende vooruit met haar neus aan de grond. Van achteren zag ze er bezig en alert uit en het verbaasde Fox niet toen een konijn plotseling uit zijn schuilplaats stoof en ze er driftig achteraan vloog. Ze deed nooit echt kwaad en Fox liep er rustig achteraan omdat hij wist dat ze vanzelf terugkwam.

In gedachten was hij echter druk bezig met het op een rijtje zetten de gebeurtenissen van de afgelopen dagen. Fox koesterde zijn onafhankelijkheid en was blij dat hij niet in The Keep woonde. Hoewel hij Freddy toegewijd was en erg op Ellen was gesteld, had hij er behoefte aan om gescheiden te zijn, zijn eigen weg te gaan. In het begin was zijn toewijding voor Freddy de drijfveer in zijn leven geweest. Het was echter de liefde van een bediende voor zijn mevrouw, en voor hem was ze net zo onbereikbaar als een engel. Deze liefde beurde hem op, maar naarmate de maanden overgingen in jaren, had hij meer behoefte aan iets wat lichamelijk bevredigde. Hij had de gevoelens van Ellen geraden, besefte hoe passend dat was, wat een *keurige* oplossing, maar hij wist dat het niet zou werken. Hun wederzijdse liefde was te lauw voor een huwelijk en hij hield te veel van beide vrouwen om een breuk in de harmonie van The Keep te riskeren. Ze functioneerden beter apart, verbonden door een ongeïnteresseerde liefde die niet gehinderd of verward werd door gecompliceerde lichamelijke verlangens.

The Keep lag erg geïsoleerd, de dichtstbijzijnde dorpen lagen drie tot vijf kilometer verderop en zodoende was er weinig gelegenheid om een sociaal leven op te bouwen. Niettemin had Fox op een avond in de pub in Staverton een jongedame ontmoet. Haar man was in de oorlog overleden en ze kon met moeite de eindjes aan elkaar knopen. Ze huurde een klein huisje in het dorp en ze waren amper vrienden toen ze al minnaars werden. Ze was een boerendochter en ging algauw terug naar haar familie en hun boerderij in Devon. En dus was de jonge Fox weer alleen – maar niet voor lang. Dit keer was het een oudere vrouw die een ongelukkig huwelijk met een pummel had die haar sloeg en verkrachtte als hij dronken was. Fox schonk haar een zekere tederheid, een liefde die ze al heel lang niet had gekend, en hij gaf haar weer wat zelfrespect. Deze relatie hield een aantal jaren stand en toen ze plotseling overleed, was hij erg verdrietig. Hij bleef lange tijd melancholiek, totdat hij een weduwe ontmoette die een pension in Totnes had – hij had inmiddels een fiets en had zodoende zijn horizon verruimd – en met haar onderhield hij een romantische relatie die langzamerhand tot een gemakkelijke en vrijblijvende vriendschap was verwaterd.

Nu had hij het veel te druk met de komst van de drie kinderen om zich bezig te houden met zijn eigen zaken. Terwijl hij over de heuvel wandelde, waren zijn gedachten bij de stille Mol, brak hij zijn hoofd over dit probleem en probeerde hij een oplossing te bedenken. Misschien had Theo wat ideeën... Hij hoorde Mrs. Pooter ergens in het bosje opgewonden blaffen. Hij keek op zijn horloge en was verbaasd dat hij zo lang in gedachten was geweest.

Er was een zwak schijnsel in het oosten, een zacht, diffuus licht dat de koele grijze wazige wolken verwarmde. Een zachte bries kwam uit het niets en scheurde de mist aan flarden waardoor vormen en vertrouwde vergezichten even zichtbaar werden. Mrs. Pooter stond plotseling kwispelend naast hem, en hij legde zijn hand op haar vochtige kop.

'Oud vrouwtje,' zei hij teder. 'Naar huis dan maar? Tijd voor een ontbijtje?'

Ze leek hem te begrijpen en liep meteen in de richting van waar ze vandaan waren gekomen. Hij bleef even staan om een sigaret op te steken, hield de lucifer tussen zijn beide handpalmen en begon toen de klim naar boven en volgde haar terug naar The Keep.

'We kunnen weer een nieuw drama verwachten,' zei Freddy, toen Ellen haar een kopje thee op bed bracht. 'Theo vertelde dat Prue erover denkt om opnieuw te trouwen.'

Freddy deed allang niet meer zo formeel als in de beginjaren. Ze wist dat ze zich bij Ellen kon ontspannen, openlijk met haar kon praten, roddelen zelfs, in de wetenschap dat Ellen daar nooit misbruik van zou maken. Ellen en Fox, allebei van de oude stempel, noemden Prue in het openbaar nog altijd Mrs. John; onderling waren ze minder formeel. Ze waardeerden Freddy's openheid en zouden die nooit beschamen. Freddy wist hoe gelukkig ze zichzelf mocht prijzen. Zonder de steun en liefde van Ellen en Fox zou ze heel eenzaam zijn geweest en ze wist dat ze hen nooit zou kunnen vervangen. Het was een luxe om Ellen haar zorgen toe te vertrouwen, om zo vertrouwd met Fox te praten.

'Goh,' zei Ellen nu neutraal. Ze deed een stap naar achteren en wachtte op verdere informatie die zou aangeven hoe ze moest reageren.

Freddy hees zichzelf in de kussens omhoog en pakte het kopje. 'Theo probeert heel redelijk te zijn,' zei ze geïrriteerd. 'Ik vind het zó vervelend als hij die kalme, geruststellende toon gebruikt om me om te praten. Prue heeft hem kennelijk aan Tony voorgesteld.'

'Werkelijk?' Ellen was verbaasd. Als het al zo ver was, dan moest het wel serieus zijn. 'En wat vindt Mr. Theo van hem?'

'Theo vindt hem heel charmant.' Freddy lachte. 'Waarom zijn mensen toch altijd verbaasd dat bedriegers en charlatans charmant zijn? Dat hoort toch zeker bij hun werk?'

'Is hij dat dan?' vroeg Ellen geschokt. 'Nee toch, zeker?'

'Theo is erg tactvol en voorzichtig.' Freddy nam dankbaar een slok van haar thee. 'Maar hij is heel doorzichtig. De jongeman heeft geen werk en zo te horen ook geen vooruitzichten. Verder is hij goed opgeleid en charmant en erg knap. Tja…'

'Hoe komt Mrs. John erbij?' vroeg Ellen. 'Hoe zou hij voor haar moeten zorgen?'

'Dat vroeg ik me ook af. Kennelijk gaat Prue hém onderhouden.'

Ellen klikte afkeurend met haar tong tegen haar tanden. Freddy zuchtte.

'Inderdaad. Maar Prue is verliefd op hem, naar het schijnt. En hij op haar.'

'Tja…' Ellen aarzelde. 'En is Mr. Theo ervóór?'

'Niet echt. Maar hij leeft met Prue mee, omdat haar gevoelens voor deze man volgens hem oprecht zijn. Hij hoopt dat we haar niet in het harnas zullen jagen, waardoor ze misschien iets doms doet.'

'Misschien is hij meer verliefd op haar geld,' zei Ellen botweg.

'Daar ben ik ook bang voor,' zei Freddy. 'Natuurlijk kan hij ook echt verliefd op haar zijn.'

'Maar hoe kunnen we dat zeker weten?' Ellen klonk bezorgd. Ze was erg op Prue gesteld en vond dat Freddy het haar vaak erg moeilijk maakte. 'We willen toch ook niet dat ze gekwetst wordt.'

Freddy zuchtte. 'Nee, natuurlijk niet,' zei ze ongeduldig, 'maar waarom kan ze niet een verstandig iemand kiezen? Of is dat te veel gevraagd? Nou ja, we zien wel wat er gebeurt als hij ontdekt dat Prues toelage wordt ingekort als ze hertrouwt.'

'Dat klink wel hard, mevrouw.' Ellen fronste een beetje. 'Hoe moet ze het dan redden? En de tweeling dan?'

'Voor de tweeling wordt wel gezorgd,' zei Freddy vastberaden, 'maar ik zie niet in waarom wij een gezonde jongeman moeten onderhouden die heel goed in staat is om te werken. Prue zal heus niet omkomen, maak je daar maar geen zorgen om, maar misschien dat hij daardoor zijn ware gedaante toont.'

'Ik voorzie problemen,' zei Ellen somber.

'Ik ook,' beaamde Freddy. 'Alsof we nog niet genoeg op ons bord hebben. Ze komt over een paar weken met de tweeling hier, dus dan kunnen we het er fatsoenlijk over hebben. Theo blijft een tijdje om ons te helpen.'

'Goddank,' zei Ellen oprecht, zij het met weinig tact.

Freddy grijnsde. 'Denk je niet dat ik subtiel kan zijn, Ellen?' vroeg ze ondeugend. 'Je denkt toch niet dat ik zo tactloos ben dat ik Prues tere gevoelens kwets?'

Ellen ademde zwaar door haar neus toen ze Freddy's kop en schotel pakte. 'Mr. Theo houdt ons allemaal wel op het rechte pad,' zei ze ruw. 'Ik moet nodig aan het ontbijt van de kinderen beginnen.'

Freddy keek haar na met een glimlach op haar gezicht. Als Prues vrijer eenmaal besefte dat hij niet de rest van zijn leven van zijn vrouw kon profiteren, zou hij er waarschijnlijk wel vandoor gaan. Door hetgeen Theo haar had verteld, vermoedde ze dat zijn zogenaamde liefde voor Prue vooral eigenbelang was. Van Prue wist ze het niet zeker. Freddy's glimlach stierf weg. Diep vanbinnen was ze erg op Prue gesteld, ook al ergerde ze zich vaak aan haar, en ze wilde haar niet kwetsen. Misschien was het allemaal een bevlieging en zouden een paar weken in The Keep haar wel tot bezinning brengen.

Freddy duwde de dekens van zich af en ging diep in gedachten op de rand van het bed zitten. Het zou verstandig zijn het in detail met Theo te bespreken. Een paar ongelukkige geliefden was wel het laatste waar ze mee geconfronteerd wilde worden... Freddy kreunde. Ze had nog lang met Theo zitten praten en was moe, ze maakte zich zorgen over Mol, haar hele leven was overhoop gegooid en dan was daar nu ook nog Prue met al haar problemen. Ze voelde zich zwaarmoedig en had het gevoel dat ze niet genoeg energie had en dat ze het niet allemaal aankon. Ze moest denken aan haar gesprek met Julia, dat ze haar had verteld dat ze was vergeten hoe vermoeiend kleine kinderen konden zijn en ze herinnerde zich wat Julia over rouwen had gezegd.

Ze dacht: Ik ben tweeënzestig. Ellen is zestig. Fox is vijfenzestig. Het is zo'n óúd huishouden voor zulke jonge kinderen.

Ze bleef zitten piekeren. Ze had een idee waarvan ze wist dat Ellen er fel op tegen zou zijn, maar dat ze met Theo wilde bespreken. Haar gedachten schoten heen en weer – school voor Fliss, Mols zwijgen, Susanna, Prue – totdat ze helemaal in de war raakte en bijna de wanhoop nabij was. Het leven werd al met al veel te ingewikkeld voor haar. Ze haalde diep adem, rekte zich uit, pakte haar ochtendjas en ging in bad.

De kinderen zaten in de keuken aan hun ontbijt. Fox en Ellen aten altijd vroeg samen, voordat het gezin op was, maar over het algemeen kwam Fox bij het ontbijt van de kinderen even een kopje thee drinken. Voor Susanna hadden ze een kinderstoel opgedoken en Mol zat op een kussen zodat hij zonder problemen zijn ei kon eten. Mrs. Pooter hield scherp in de gaten of iemand iets liet vallen, terwijl de puppy, uitgeput van de vroege strooptocht in de tuin, bij het fornuis lag te slapen. 'Mondje open,' zei Ellen, en stopte een stukje brood met ei in Susanna's mond. 'Góéd zo, meisje. Nog een hapje voor Ellen.'

Susanna kraaide met haar mond vol ei, sloeg met haar vuist op het blad en leunde opzij om naar Mrs. Pooter te kijken, die wat dichterbij was gekomen in de hoop dat er een korstje of een paplepel per ongeluk op de grond viel. Fliss at langzaam, veegde zorgvuldig de druppels eigeel weg die langs de schil naar beneden liepen en doopte haar brood met zorg in het ei. Zo nu en dan keek ze naar Mol om te zien of alles wel goed ging, maar hij at zijn ontbijt zonder problemen en Fliss gaf zich over aan het genot. Ze kon zich alleen echt ontspannen als Ellen en Fox er waren, en de keuken was gauw een vredig en veilig toevluchtsoord aan het worden.

Het koude, vochtige weer dat snel na hun komst was neergedaald, had plaatsgemaakt voor heldere en warmere dagen. De ochtendmist was opgetrokken en de zon scheen. Terwijl ze haar melk dronk, merkte Fliss dat ze in geen weken zo opgewonden was geweest. Een gevoel vol verwachting van vlinders in haar buik waardoor ze haar ontbijt maar met moeite weg kreeg. Vandaag gingen zij en Mol hun nieuwe fietsen uitproberen. Ze waren natuurlijk niet echt nieuw: de tweewieler van Fliss was van Kit geweest toen ze jong was – nog jonger dan Fliss, want Fliss was klein voor haar leeftijd en de fiets was nu te klein voor de langbenige Kit. Mols driewieler was van zijn vader geweest en er zat een deksel op de glanzende 'bagageruimte' tussen de twee achterwielen, waar Mol zijn schatten in kon doen.

Fox had de fietsen uit het berghok bij de portierswoning gehaald en had beloofd ze schoon te maken en de onderdelen zo nodig te smeren, zodat ze vandaag klaar zouden zijn. Fliss keek hoopvol naar Fox toen hij in de deuropening van de keuken verscheen. Hij gaf haar een knipoogje voordat hij naar het fornuis liep, waar Ellen de theepot voor hem had laten staan. Fliss zette haar beker neer en keek naar Mol. Hij had van Fox op de driewieler op het pad op de binnenplaats mogen fietsen en Mols voeten waren als een razende in het rond gegaan toen hij zich over het stuur boog. Fliss en Fox moesten lachen toen ze hem zagen, en hij was met tegenzin afgestapt. Fox had hem de roestplekken laten zien en uitgelegd dat de pedalen nog sneller zouden gaan als hij ze smeerde, en toen had Fliss een wiebelende poging op Kits kleine Raleigh ondernomen…

Terwijl Mol zijn restje toast doorslikte en zijn melk opdronk, was zijn blik op Fox gevestigd. In gedachten zag hij de driewieler met de achterklep die hij open kon maken. Hij wilde wat zeggen, vragen of de fiets op de binnenplaats klaarstond, maar hij was zo aan zijn zwijgen gewend geraakt dat het bijna onmogelijk leek om woorden te vormen; hoe meer hij erover nadacht, des te moeilijker het werd. Hij slikte en slikte, de spanning steeg, zijn keel werd droog. Fliss keek toe en werd bang.

Ze dacht: Hij probeert wat te zeggen, maar hij kan het niet. Iets houdt hem tegen. Stel dat hij nooit meer iets zegt?

'Mol,' zei ze wanhopig. 'Mol, niet doen!'

Ellen, die Susanna's beker aan haar mond had gehouden, keek afgeleid op, geschrokken door de angst in Fliss' stem. 'Wat is er?' vroeg ze scherp.

'Het is Mol,' riep Fliss, bijna in tranen. 'Hij probeert wat te zeggen. Ik weet het zéker. Maar hij kan het niet. O, waarom kan hij het toch niet?'

Ze keken allemaal naar Mol, die slikkend en met ronde ogen van angst terugstaarde. Fox stapte naar voren, tilde Mol met een zwaai van zijn stoel en hield hem dicht tegen zich aan.

'Natuurlijk kan hij wel praten,' zei hij minachtend. 'Natuurlijk wel. Hij is een beetje roestig, da's alles. Logisch. Net als de oude fietsen. Ze zijn een tijdje niet gebruikt en daarom moeten ze gesmeerd worden, of niet dan? Net als met de kleine Mol. Doe eens open. Laat me eens kijken.'

Mol deed gehoorzaam zijn mond open en Fox tuurde naar binnen.

'Niks mis daarbinnen,' zei hij opgewekt. 'Allemaal in orde. Het komt wel, mettertijd.'

Hij wiebelde grinnikend Mols tong heen en weer en zowel Mol als Fliss voelden de spanning van zich af glijden. Als Fox erom kon lachen, dan kwam het vast goed. Over een tijdje zou Mol weer praten. Zijn keel moest alleen gesmeerd worden.

'Precies,' zei Ellen, en veegde Susanna's mond en plakkerige handen af. 'Kan niet praten, zeg. Nou vraag ik je. Je er druk over maken, is wel het ergste dat je kunt doen. Je moet niet zo hard proberen, dan komt het vanzelf wel.'

Fliss dacht dat ze van opluchting zou instorten. Ze sloeg haar trillende handen in elkaar en probeerde te glimlachen. Het was afschuwelijk om te zien hoe Mol slikte en slikte, zijn gezicht zo verwrongen...

'Zeg, wie gaat er mee fietsen?' vroeg Fox, terwijl hij Mol rustig op de grond zette. 'Ze staan op de binnenplaats te wachten. Heeft er iemand zin?'

Met hernieuwde opwinding liet Fliss zich haastig zakken, en zij en Mol stoven de deur uit. Ellen en Fox wisselden een veelzeggende blik met elkaar voordat hij hen volgde en hij Ellen met Susanna en de honden achterliet om de ontbijtboel aan kant te maken.

7

Theo sliep op de bovenste verdieping van de oostelijke vleugel. Hij vond het prettig om zo hoog verborgen te zitten en uit te kunnen kijken over de vallei en het weidse landschap. Vaak werd hij tijdens zijn dagelijkse rondje verleid om bij zijn studeerkamerraam of slaapkamerraam te zitten en naar de wolken te kijken die door het grote hemelruim buitelden als de storm uit het westen raasde; de paarse en gouden flarden die door de oostenwind voor de heldere zonsopgang werden uitgedreven; een smalle, nieuwe maan die in de lichtgroene gloed van de avondhemel hing. Het voortdurend veranderende uitzicht betoverde hem, trok hem keer op keer terug, leidde hem af van zijn werk. Voorheen had het er niet zo veel toe gedaan – er was geen serieus werk waarvan hij afgeleid kon worden – maar hoofdstuk vier van *Ethiek in oorlog*, 'Minimum aan strijdkrachten' getiteld, lag nu verlaten op zijn bureau terwijl hij op de stoel bij het raam zat.

Zijn verblijf was niet erg uitgebreid: twee grote kamers en een badkamer. Het grote vertrek was zijn slaapkamer die uitkeek op het noorden en oosten. Hier had hij altijd een stapeltje reservekleren liggen zodat hij niet veel mee hoefde te nemen. De slaapkamer was verbonden aan zijn studeerkamer die een raam op het oosten had en een raam dat uitkeek over de binnenplaats. Beide kamers waren gemeubileerd met bijna ascetische zuinigheid. Hij voelde zich ongemakkelijk als hij gebukt ging onder bezittingen, als hij met onnodige obstakels aan de aarde was verbonden. Wel hield hij van boeken; boeken – en cricket. Geen prullaria of foto's op het kastje in zijn slaapkamer en de roomkleurige muren waren kaal. Zijn studeerkamer was altijd opgeruimd; papieren netjes op een stapeltje; pennen en potloden keurig in een aardewerken potje op het oude, versleten met leer ingelegde bureau.

Theo kwam uit de stoel overeind en slenterde weer naar zijn bureau. Hij staarde een paar tellen naar zijn kleine, duidelijke handschrift op de pagina's – zonder het echt te zien. Hij dacht aan het gesprek over Prue dat hij een paar dagen geleden met Freddy had gehad. Ze had zich geweldig ingehouden. Ze had rustig naar hem geluisterd en beloofd haar best te doen om Prue niet tegen zich in het harnas te jagen wanneer ze hier met de tweeling voor de vakantie kwam. Hij had haar verteld dat Prue een weekje alleen weg wilde – en op dat moment had Freddy haar wenkbrauwen cynisch opgetrokken – maar hij had nadrukkelijk gezegd dat ze alleen ging, dat ze tijd nodig had om na te denken. Bij dit ongewone idee had Freddy enige emotie getoond, maar toen Theo haar streng aankeek, had ze haar best gedaan het voor zich te houden. Theo was er bijzonder dankbaar voor – al verbaasde het hem wel. Het was niets voor Freddy om haar woorden in te slikken of haar gevoelens te verbergen. Hij vroeg zich af of ze door de komst van de kinderen milder was geworden. Of misschien was ze eenvoudigweg zo uitgeput dat ze de kracht niet meer had om er ruzie over te maken. Hoe dan ook, Theo was veel te opgelucht om het in twijfel te trekken.

Er zweefden stemmen door het open raam dat uitkeek op de binnenplaats en Theo liep door de kamer. Zijn voetstappen werden gedempt door de Chinese kleden die Freddy op de eikenhouten vloer had neergelegd: als de vloer kaal was gebleven, was het hem niet eens opgevallen. Buiten mocht Susanna in een knalrood zonnepakje en met een slappe linnen hoed op haar hoofd, een stukje rijden op de fiets van Fliss. Freddy hield het kleine wriemelende lijfje stevig in het zadel, terwijl Fliss haar langzaam over het vierkante grasveld reed. Mol leidde de optocht op zijn driewieler en keek steeds achterom om te zien of de anderen wel bijbleven. Susanna's stralende gezichtje keek naar Freddy, die over haar stond gebogen en haar aanmoedigde, terwijl Fliss haar lading manhaftig vooruit duwde en het stuur stevig vasthield.

De zon had de hele dag bij vlagen geschenen, maar het was erg warm: benauwd en onweersachtig, windstil en drukkend. Fliss en Mol droegen een grijze korte broek en gele blouse en hun blote voeten zaten onder het zand. Mols huid was net als die van Susanna donker, zigeunerbruin, maar die van Fliss had de gouden kleur van honing omdat ze zo blond was. Freddy had altijd een verweerde huid. Urenlang tuinieren en wandelen met Mrs. Pooter stelden haar permanent bloot aan de wind en de zon zodat haar blote armen, die uit de blouse met korte mouwen staken, ondanks haar blonde haar en lichte huid, net zo bruin waren als die van Mol.

Theo herinnerde zich de jonge Freddy die als bruid naar The Keep was gekomen. Wat was ze mooi; lange benen, gracieus, haar blonde haar boven op het kleine fraai gevormde hoofd, haar grijze ogen helder en zorgeloos. Bertie was zo absurd trots geweest. Hij had zijn ogen amper van haar af kunnen houden, deze dochter van zijn commandant die hij tijdens een bal had ontmoet. Hij had geen moeder om haar welkom te heten. Hun moeder was, na een aantal miskramen en doodgeboren kinderen, bij de geboorte van Theo overleden. Ze had Theo negen maanden gedragen en was in het kraambed overleden – en Theo had zich de dood van zijn moeder nooit helemaal kunnen vergeven. Hun vader was bijna net zo verliefd geweest op Freddy als Bertie, maar een paar maanden na hun huwelijk was hij overleden en een jaar later was Bertie hem gevolgd. Het leek ongelooflijk dat dit allemaal meer dan veertig jaar geleden was gebeurd.

Terwijl hij omlaag keek, herinnerde Theo zich hoe hij en Bertie op de binnenplaats hadden gespeeld en de tweelingbroers Peter en John er later eindeloos rondjes hadden gefietst, net als Peters kinderen nu. Hij herinnerde zich hoe Prue en John, die in oorlogstijd een paar dagen verlof had, Hal en Kit in hun armen hadden, terwijl Freddy foto's maakte, en hoe Peter en Alison met hun kleine gezinnetje vol enthousiasme vanuit The Keep naar Kenia waren vertrokken...

De geur van de klimroos die tegen de muur onder zijn raam opklom, zweefde de kamer in en hij leunde naar buiten om hem in te ademen, draaide een roos om zodat hij de delicate geur beter kon ruiken. Deze beweging trok de aandacht van Mol en hij hield op met trappen om naar boven te staren. De anderen draaiden zich ook om en Freddy zwaaide.

'Theetijd,' riep ze. 'Kom je beneden, Theo? Ik heb versterking nodig. Ellen is nog in Totnes met Fox en we vergaan van de dorst.'

Susanna kraaide naar hem en zwaaide met haar mollige vuistjes toen Freddy haar van het zadel tilde, en Fliss glimlachte. Ze vond Theo aardig. Hij was anders dan de andere volwassenen die ze kende en ze vond het fijn dat hij haar als volwassene behandelde.

'Kom,' riep ze plotseling, en liet haar gebruikelijke reserve varen. 'Kom met ons theedrinken. Alstublieft.'

Vanuit het raam boog hij naar haar en ze bleven allemaal wachten en kijken naar de deur naar de binnenplaats die open moest gaan. Hij liep direct naar Fliss en ze zag dat hij een donkerroze bloemknop had geplukt, die hij nu met een ernstig gezicht in het knoopsgat van haar blouse stak, zodat ze eraan kon ruiken als ze haar kin een beetje liet zakken. De anderen keken hoe ze naar hem glimlachte en zijn hand pakte – en met zijn allen gingen ze naar binnen om thee te drinken.

'Je bent het toch met me eens, hè?' vroeg Freddy een paar dagen later aan Theo. 'Nu je de tijd hebt gehad om al het bewijs te bestuderen? We hebben iemand nodig om voor Susanna te zorgen. Het is gewoon te veel voor Ellen.'

'Ellen vindt van niet,' antwoordde Theo bedachtzaam.

Ze waren na het avondeten in de ontbijtkamer gaan zitten. Theo had een glas cognac in zijn hand en Freddy wist dat ze niet gestoord zouden worden en vrijuit konden praten. De ontbijtkamer was een hoge, vierkante ruimte, met een raam op het oosten waardoor hij er 's morgens op zijn best uitzag. Freddy had de eetkamer nooit een prettige ruimte gevonden en vanaf het moment dat de tweeling op kostschool zat, had ze al haar maaltijden in de ontbijtkamer genuttigd; behalve de thee. Die werd vanouds in de hal gedronken. In de winter brandde er een houtvuur in de granieten open haard; in de zomer stonden de grote voordeur en de ramen naar de binnenplaats open.

Freddy en Theo zaten aan een ovalen eikenhouten inklapbare tafel bij het raam. Ze had het zware mahoniehouten eetkamermeubilair weggedaan omdat het nogal gewichtig leek voor een vrouw die zoveel alleen was, en ze had de sfeervolle kamer met wat kleinere stukken ingericht. Het dressoir was eigenlijk de onderste helft van een eikenhouten keukenkast en de stoelen met hun fraaie ronde rugleuning hadden tapijtwerk zittingen die waren geborduurd door de eerste Mrs. Chadwick die in The Keep woonde. Aan de muur hingen een aantal prachtige aquarellen die door een Chadwick waren geschilderd die in Zuid-Afrika had gediend. De verfijnde zeegezichten en berglandschappen van de Kaap gaven deze rustige en typisch Engelse kamer een merkwaardig exotisch tintje.

Freddy schoof haar stoel naar achteren om haar benen te strekken. Ze was zich goed bewust van Ellens weerstand tegen haar idee, maar hoopte dat Theo aan haar kant stond.

'Het gaat niet alleen om het werk,' zei ze. 'We zijn zo'n oud gezin voor drie jonge kinderen. Susanna is nog geen twee. Ik weet wel dat ze Mol en Fliss heeft, maar er ontbreekt een hele generatie. Begrijp je wat ik bedoel? De leeftijdsgroep van hun ouders is weggevaagd. Ik kan me niet voorstellen dat dat goed voor hen is. Er is geen balans.'

Theo was even afgeleid geweest van de directe problemen in The Keep vanwege de cricketwedstrijd. Hij en Fox werden met enige regelmaat naar de radio van Ellen getrokken die op de kast in de keuken stond. Dan kropen ze bijeen om naar het commentaar te luisteren, gromden en juichten als schooljongens totdat Ellen haar geduld verloor en ze de keuken uit joeg. Hierna had Fox de oude wicketpaaltjes en cricketbat van de tweeling en een oude tennisbal opgedoken en was Theo op zoek gegaan naar Mol. Met zijn drieën waren ze op het smalle grasveld aan de zijkant van het huis een spontaan en luidruchtig wedstrijdje begonnen, terwijl Fliss gefascineerd toekeek.

Theo dacht aan Mol die gelachen had – die vreemde stille lach – om Fox die als een dwaas heen en weer had gerend terwijl de bal over de rododendrons vloog en Fliss er, aangestoken door hun enthousiasme, met Mol op haar hielen achteraan rende. Later had ze ook mogen slaan…

'Misschien heb je gelijk,' zei hij. 'Ze hebben mensen nodig die hen leren spelen.'

'Precies,' riep Freddy vurig. 'Zie je nu wat ik bedoel? Fox en Ellen zijn fantastisch, maar ze hebben gewoon de energie er niet voor. En het is meer. We zijn ouderwets. Daar ben ik me heel goed van bewust. We leven hier erg teruggetrokken. Het is belangrijk dat de kinderen bij de tijd blijven.'

'Het héle evenwicht is belangrijk,' zei Theo langzaam. 'De oudere generatie heeft een plaats binnen het gezinsleven. Tradities, ervaring.'

'Natuurlijk,' zei Freddy ongeduldig. Ze kon Theo nauwelijks laten uitpraten, zó graag wilde ze verder om haar mening duidelijk te maken. 'Dat begrijp ik ook wel. Maar daar hebben ze meer dan genoeg van. Wel vier. Het gaat om de generatie ertussen die helemaal ontbreekt.'

'Mmm.' Theo knikte, was het met haar eens. 'Prue is er nog, natuurlijk…'

'Prue!' riep Freddy laatdunkend. 'En trouwens, die is er toch helemaal niet? Ze komt lang niet vaak genoeg om echt iets te betekenen.'

Dat was waar en Theo was niet van plan erop door te gaan. Hij staarde naar de lichte zomeravond en dacht aan Mols bewonderenswaardige optreden met de cricketbat. Peter of Jamie had hem ongetwijfeld al wat eenvoudige aanwijzingen gegeven. Misschien werd hij later wel cricketer…

'Lang niet vaak genoeg,' zei Freddy defensief, omdat ze Theo's zwijgen als kritiek opvatte. 'We hebben iemand nodig die hier de hele tijd is.'

'Je zult wel gelijk hebben.'

Theo glimlachte naar haar en voor het eerst sinds hij hier was, zag Freddy hem echt goed. Ze had met haar aandacht bij andere zaken gezeten, had het zó druk gehad dat het haar niet eens was opgevallen dat er meer grijze lokken in zijn haar zaten, dat hij er ouder uitzag… Er kriebelde een golf van paniek in haar ribbenkast, haar hart sloeg ongewoon angstig over. Theo mocht gewoon niet oud worden. Hij was altijd Berties jongere broertje geweest, die ze kon plagen en bemoederen; ze kon zich Theo niet als een oude man voorstellen – een leven zonder hem was ondenkbaar. Julia had gelijk: als ze bij hem was, bracht hij haar tot rust.

Ze dacht: Hij is negenenvijftig. Dat is nog niet oud. Hoe zou ik het zonder Theo moeten redden?

'Ga niet weg,' zei ze tegen hem. 'Ga niet terug naar Southsea. Blijf bij ons. Ik heb je nódig, Theo.'

'Lang niet zo erg als je denkt, mijn lieve Freddy.' Hij lachte haar angsten weg. 'Ik geloof niet dat de tijd rijp is om voorgoed in The Keep te gaan wonen.'

'Dat komt doordat je vreselijk egoïstisch bent,' gromde ze. 'Je praat over God en het geloof, maar ondertussen denk je alleen aan jezelf.'

'Ik heb het bijna nooit over God en het geloof,' protesteerde hij vriendelijk, en lachte nog altijd. 'Jouw idee om een kinderjuffrouw voor Susanna en de anderen in dienst te nemen, is veel beter dan nóg een oude snuiter in The Keep.'

'Wij zijn geen oude snuiters, tenminste…' Freddy zag hoe onlogisch haar redenatie was en schoot in de lach. 'Maar je blijft toch nog wel een tijdje?'

'Een tijdje,' beaamde hij. 'In ieder geval totdat Prue en de tweeling er zijn.'

'Ja, natuurlijk.' Freddy zuchtte en schudde haar hoofd. 'Dat wordt een vol huis. Arme Ellen.'

'De tweeling helpt wel een handje,' zei Theo troostend. 'Wij allemaal. En het is goed voor de kleintjes om hun neef en nicht te zien.'

'Kon Mol dat afschuwelijke zwijgen maar doorbreken.' Ze had het al duizend keer gezegd. 'Soms denk ik dat hij op het punt staat, maar het lukt nooit helemaal.'

'Het komt wel. Dat weet ik zeker. Op een dag gebeurt er iets gedenkwaardigs en dan vergeet hij zichzelf even en komt zijn tong weer in beweging.'

Freddy keek hem nieuwsgierig aan. 'Je bedoelt dat hij een soort crisis nodig heeft?'

'Ik… ik denk het wel,' zei Theo langzaam. 'Ik denk dat hij moet worden opgeschrikt uit datgene waar hij zo vreselijk sterk op is gericht. Vroeg of laat móet het gebeuren.'

Freddy zweeg en dacht aan haar eigen verlies en verdriet. Ze had heel weinig tijd om erbij stil te blijven staan, maar het was altijd aanwezig. Theo keek naar haar en wist wat kwam.

'Hoe kun je in God geloven?' barstte ze uit. 'Hoe kún je, als zulke dingen gebeuren?'

'Dit was een daad van de mens, Freddy, niet van God. God probeert ons met liefde tot zich te brengen. Wij zijn degenen die Hem afwijzen en kiezen voor geweld en hebzucht en haat. De keuze is aan ons.'

Ze schudde haar hoofd, knipperde haar tranen weg. 'Ellen zal de koffie wel naar de salon brengen. Laten we nog even een wandeling maken voor het donker wordt. De tabaksplant is zó prachtig rond deze tijd. Kom, Theo.'

Hij kwam overeind en volgde haar, bedroefd dat hij haar geen troost kon bieden, boos om zijn eigen onmacht. Ze liepen over de tegelvloer van de donkere hal door de salon naar het terras. Freddy rilde toen ze de koele bries voelde. Ze stak haar arm door die van Theo en voelde de vertroostende warmte van zijn trui. Ze kon haar liefde niet verwoorden zoals Prue dat had gedaan, maar terwijl ze samen door de tuin liepen die ze bijna veertig jaar hadden gedeeld, verstrakte haar greep en hij deed hetzelfde omdat hij haar graag gerust wilde stellen.

Tijdens hun wandeling dacht Theo weer aan Tony. Hij begreep wel waarom zowel mannen als vrouwen hem aantrekkelijk vonden: knap – maar niet té knap – ontspannen in de omgang en met ridderlijke manieren. Mannen vonden hem waarschijnlijk een 'goeie kerel' en vrouwen vonden hem leuk: hij wond ze een beetje op zonder bedreigend over te komen. Theo vroeg zich af hoe oprecht Tony's liefde voor Prue was. Het was heel gemakkelijk om van Prue te houden – maar zou die liefde diep genoeg gaan? Prue had iemand nodig die intens van haar hield, zoals John had gedaan, beschermend zonder haar te verstikken en zonder haar liefde verkeerd te interpreteren. Het was duidelijk dat Prue eenzaam was en dat ze de tweeling vreselijk zou missen als die in de herfst naar kostschool ging. Het zou moeilijk zijn om haar ervan te overtuigen dat ze beter alleen af was dan met de verkeerde persoon. Tijdens de avond dat ze bij elkaar waren, had hij hen beiden gadegeslagen en het was duidelijk dat Prue erg verliefd was op Tony. Hij was lief voor haar geweest en hij leek een meelevende, aardige man, ook al kon hij haar niet onderhouden.

Later had Theo Prue moeten beloven dat hij zijn best voor haar zou doen bij Freddy, en Theo had toegezegd dat hij de situatie eerlijk zou voorleggen. Had hij dat ook gedaan? Hij kon het onmogelijk zeggen.

'De koffie zal wel koud worden,' zei Freddy, toen ze zich omdraaiden en weer naar huis liepen. 'Te veel zorgen, dat is ons probleem. Eerst de kinderen, vooral Mol, en nu Prue…'

'Speel eens wat,' stelde hij voor, toen ze over het terras liepen en de salon weer binnengingen. 'Dat helpt om je gedachten even opzij te zetten en ik kan me altijd veel beter ontspannen als ik naar jouw spel luister.'

Ze liep bereidwillig naar de Bechstein, terwijl hij de koffie inschonk.

'Nog speciale verzoekjes?' vroeg ze, toen hij haar kop naast haar zette.

'Niets weemoedigs, niets ingewikkelds,' antwoordde hij, toen hij met zijn eigen koffie naar zijn stoel liep. Hij glimlachte tevreden en genoot toen de eerst noten van de Holberg-suite van Grieg de stille salon vulden.

8

Terwijl de stoomtrein het station van Temple Meads uitreed, maakte Prue het zich gemakkelijk en ontspande zich voor het eerst sinds dagen. Het was vermoeiend geweest om voor de tweeling alles voor te bereiden voor een maand vakantie in The Keep en Tony had het er niet makkelijker op gemaakt. Hij begreep niet waarom Prue zo nodig een weekje voor zichzelf wilde hebben. Hij was duidelijk bang om haar te verliezen – dat Prue tot de conclusie zou komen dat ze liever vrij was – en ze vond zijn gebrek aan zelfvertrouwen eigenlijk heel vertederend. Meestal was zij degene die onzeker was, omdat ze heel goed besefte dat de meeste mannen zich wel twee keer bedachten voordat ze een weduwe met twee kinderen ten huwelijk vroegen. Het was geen moment in haar opgekomen dat Tony wel eens in haar geïnteresseerd zou kunnen zijn vanwege haar wereldlijke bezittingen; in Prues ogen waren die te onbeduidend om veel indruk te maken. Tony had altijd goede ideeën om zichzelf er weer bovenop te krijgen en had aangegeven dat hij eigen verwachtingen had. Het leek zo kinderachtig hem steeds te ondervragen, terwijl hij haar nooit vroeg iets te betalen en zoveel om haar gaf.

Tony vond liefde kennelijk veel belangrijker dan rijkdom en maatschappelijke positie; hij dacht waarschijnlijk dat ze het samen wel zouden redden. Als de gedachte aan Freddy niet op de achtergrond had meegespeeld, was ze misschien al op Tony's aanzoek ingegaan. Haar angst dat de tweeling misschien niet met Tony als stiefvader zou kunnen opschieten, was alleen een excuus om niet toe te hoeven geven dat ze bang was voor Freddy, dacht Prue. Ze probeerde haar angst te analyseren. Freddy was altijd heel aardig en vrijgevig geweest. Na Johnny's dood had ze voor hen alledrie gezorgd, omdat ze het, naar eigen zeggen, belangrijk vond dat de tweeling zich geborgen voelde en Prue hen niet alleen hoefde te laten om geld te verdienen. Prue, die helemaal niet wílde werken, was haar dankbaar – maar besefte dat schuld verplichtte.

Ze moest er heel eerlijk bij zeggen dat Freddy de dividenden van Johnny's aandelen wel direct aan haar uitkeerde en dat ze haar het huis had gegeven. En ook al had Prue Freddy nooit om geld gevraagd, ze was zich ervan bewust dat ze Freddy's financiële beschermelinge was, en van tijd tot tijd frustreerde haar dat. Natuurlijk had ze het allemaal af kunnen wijzen en zelf wat kunnen ondernemen – maar ze wist dat ze geen talenten had waarmee ze genoeg kon verdienen om zichzelf en de tweeling te kunnen onderhouden zoals ze dat gewend waren, en ze vond het niet eerlijk dat die daar de dupe van zouden worden. Hoe dan ook, op deze manier was het leven veel aangenamer; de tweeling kreeg een goede opleiding, het huis was erg mooi; Freddy dankbaar te zijn voor al deze voordelen was een kleine prijs die ze moest betalen.

Moeilijker was het om te bedenken hoe Tony in dit plaatje moest passen. Prue kon onmogelijk doen alsof ze Tony zomaar in haar huis en leven kon toelaten zonder Freddy te raadplegen. Theo had dat bevestigd. Zijn woorden bleven door Prues hoofd spoken. *Het is niet fatsoenlijk dat een gezonde jongeman van het geld van zijn vrouw leeft… Freddy heeft het recht een paar vragen te stellen.*

Prue vond dat Tony zich bij Theo van zijn beste kant had laten zien. Hij had een serieuze, bedachtzame kant getoond die Prue zelden zag, en hij had intelligente vragen gesteld over Theo's oorlogservaringen en hoe het was om aalmoezenier te zijn op een van Harer Majesteits oorlogsschepen. Theo had een paar vermakelijke anekdotes verteld, deed alsof de ontberingen niet veel voorstelden en had naar Tony's eigen ervaringen gevraagd. Tony had gezegd dat zijn eigen diensttijd onder het stempel 'topgeheim' viel, maar had een paar verhalen verteld die ondanks zijn geheimhouding heel waarheidsgetrouw klonken. Toen Theo vroeg wat hij sinds de afloop van de oorlog had gedaan, liet Tony vaag doorschemeren dat hij nog steeds van tijd tot tijd hetzelfde werk deed.

Prue had Theo gesmeekt zich niet als haar vader te gedragen en Tony niet als huwelijkskandidaat te behandelen. Daardoor had Theo niet verder kunnen vragen over Tony's inkomen of zijn vermogen Prue te onderhouden. Toch was het een gezellige avond geweest en Tony had een goede indruk gemaakt. Prue had nog nooit zoveel van hem gehouden als toen ze hem samen met Theo zag. Toen hij en Theo over de oorlog spraken, zag ze een mannelijkheid in hem, een hardheid die haar nooit eerder was opgevallen en waar ze knikkende knieën van kreeg omdat ze zoveel van hem hield. Hij was zo knap, zo ontspannen, zo charmant. Waarom moest hij zo nodig worden behandeld als een jonge knul die wat van haar wilde? Door haar wrevel die ze namens hem voelde, werden haar gevoelens voor hem nog sterker en ze begon zich af te vragen waarom ze in vredesnaam deze week voor zichzelf nam. Het was wel duidelijk dat zij en Tony van elkaar hielden; het ging niemand iets aan.

Zo dacht Tony er in ieder geval wel over. De liefde die ze hem had getoond toen Theo was vertrokken, was aangenaam en bemoedigend, en hij was verbaasd toen ze toch een week alleen weg wilde om 'alles op een rijtje te zetten'. Eerst had hij het wel amusant gevonden en had hij geprobeerd haar om te praten. Toen dat niet werkte, was hij gekwetst geweest en erg stil. Toen Prue uiterlijk onbewogen bleef – al woelden schuldgevoelens en spijt in haar – had hij haar ervan beschuldigd dat ze niet van hem hield, dat ze hem aan het lijntje hield. Ze was erg overstuur geweest, maar hij had de indruk gewekt dat hij haar alleen geloofde als ze met elkaar naar bed gingen. Omdat ze zich schuldig voelde, bang was hem kwijt te raken, zwak van verlangen om liefde te geven en te krijgen, had ze hem zijn zin gegeven.

Zelfs nu, een paar dagen later, terwijl ze in de trein zat, dacht Prue aan die middag in zijn flat en voelde een warme gloed in haar binnenste die door haar hele lichaam stroomde en als een glimlach op haar gezicht verscheen en bijna verlegen om haar lippen zweefde. Inwendig zuchtte ze. Waarom ging ze in vredesnaam weg? Nu de tweeling een maand naar The Keep ging, was het de perfecte gelegenheid om alleen te zijn met Tony, en hoewel werd verwacht dat ze een redelijke tijd bij haar familie doorbracht, zou het heel gemakkelijk zijn om te zeggen dat ze een paar weken naar een vriendin ging. Ze hadden per slot van rekening ook geaccepteerd dat ze een week naar het huisje van een vriendin in Cornwall ging. Waarom had ze dan ondanks alle tegenstand doorgezet? Was het de gedachte aan Freddy? Of was het een sterk instinct dat haar voor deze stap waarschuwde?

Prue dacht: Ik heb tijd nodig om uit te rusten en na te denken en alleen te zijn. Het gaat niet alleen om Tony. Ik moet alles even achter me laten. Zo simpel is het.

Tony voelde zich gerustgesteld nu ze de liefde hadden bedreven, en hij was minder humeurig, maar ze had hem moeten vertellen waar het huisje ongeveer was en moeten beloven dat ze hem zou bellen. Daar had hij genoegen mee genomen, waarna Prue al haar aandacht aan haar kinderen kon geven; korte broeken en blouses uitzoeken en proberen om alle spullen, waar ze naar eigen zeggen absoluut geen vier weken zonder konden, in koffers te persen. Eenmaal in de trein hadden ze de stoelen bij het raam geclaimd, waren ze tegenover elkaar gaan zitten en gaven elkaar opgewekt zo nu en dan per-ongeluk-expres een schop. Prue zag ze naar elkaar grijnzen, was vervuld met liefde voor hen en wist hoezeer ze hen zou missen als ze in de herfst naar kostschool gingen. Opnieuw werd ze door een beklemmende angst gegrepen. Zou hun gelukkige familiekringetje veranderen en verpest worden als er een vierde persoon bij kwam?

Kit leunde voorover en legde een hand op Prues knie. 'Is het al tijd voor boterhammen?' fluisterde ze. Ze keek even verlegen naar de andere passagiers die voor zich uit staarden en deden alsof ze haar niet hoorden, terwijl Prue naar het landschap keek en probeerde te bedenken waar ze waren.

'Taunton is het volgende station,' vertelde Hal haar. Hij raadpleegde zijn polshorloge – een kerstcadeau van Freddy – en trok een grimas. 'Het is nog geen twaalf uur. Misschien nog een beetje vroeg.'

'Ach…' Prue keek naar hun hoopvolle gezichten en ging door de knieën. Ze waren al vroeg opgestaan en het ontbijt leek al weer heel lang geleden. 'We kunnen onze boterhammen nu eten en de appels en de chocola voor straks bewaren.'

Hal sprong overeind om de picknickmand uit het rek boven zijn hoofd te pakken terwijl Prue verontschuldigend naar haar medepassagiers keek. Kinderen konden onderweg erg vermoeiend zijn en ze vond het heel vervelend om mensen lastig te vallen. Ze leunde voorover om hen te beschermen tegen eventuele nieuwsgierige blikken. Zachtjes praatten ze, aten boterhammen met ei en bespraken wat ze gingen doen als ze aankwamen. Daarna liet Prue de tweeling kwebbelen en vroeg zich af wat Theo Freddy over Tony had verteld en of ze erover zou beginnen... Ze gaf de veldfles met ranja aan Hal en begon het vetvrije papier op te vouwen. Theo was er in ieder geval om haar te steunen. Theo stond vast aan haar kant.

Het was erg warm. The Keep leek door de warmte gebukt te gaan onder een tijdloze ademloosheid; zelfs de vogels waren stil. Mol had zijn driewieler allang op de binnenplaats laten staan en verkoeling gezocht in de hal. Hij vond het fijn in de hal. Aan weerszijden van de granieten haard stonden twee hoge sofa's van vaal geworden chintz tegenover elkaar vol met kussens en daartussen stond de lange, lage tafel. Een diepe comfortabele leunstoel stond aan het eind van de tafel, zodat het geheel een kleine kamer in de hal vormde. Er lag een geruite plaid over de leunstoel omdat het er vaak tochtte. Dan nam Mol de plaid en kroop tussen de kussens op de sofa, trok de plaid over zijn hoofd en kon zich zo helemaal verstoppen.

Het was vandaag te warm om onder de plaid te schuilen en Mol klom op een van de sofa's en liet zich tussen de kussens zakken. Loom luisterde hij naar de stilte en rook de geur van oude stenen, muffe stoffen, bijenwas en hond. Het was koel in de hal en Mol doezelde een beetje. De hitte deed hem aan Afrika denken en hij droomde dat hij weer in de lage boerderij was en lag te slapen in de rieten stoel, terwijl de zon door de spleten in de luiken stroomde en strepen trok op de matten vloer. Vaag was hij zich bewust van Fliss' stem achter in het huis en van iemand anders – was het Cookie? – die een liedje voor Susanna zongen. Hij duwde zijn wang tegen het kussen, ontspande zijn ledematen, zijn oogleden werden zwaar. Susanna probeerde ook te zingen. 'Koetje doet boe-oe...' Ze lachte om haar eigen poging en Mol lachte in zijn slaap. Hij wist dat ze de volgorde van de dieren nooit kon onthouden; zelfs Fliss kon het niet. Alleen Jamie wist hoe het moest. En mama. Mol bewoog even. Er was iets angstigs met mama, maar hij wist niet precies was. Hij worstelde even met een vage herinnering, maar de hitte en de slaap hielden hem in hun web en zijn oogleden trilden niet langer maar vielen dicht. Andere geluiden drongen tot zijn bewustzijn door: voetstappen, een deur die dichtging; het geluid van een auto die dichterbij kwam; stemmen boven zijn hoofd. Hij kwam een beetje overeind. Iemand was nog aan het zingen. Plotseling werd de stilte wreed doorbroken door de kreet van Fliss die Mols droom verstoorde. 'Ze zijn er! Ze zijn er!'

Hij werd wakker, keek om zich heen. De hal verwarde hem, maar door de dringende klank die duidelijk hoorbaar was in Fliss' roep, haastte hij zich van de sofa naar buiten. Suf en half slapend staarde hij over de binnenplaats, terwijl zijn gedachten en dromen nog door elkaar liepen, toen de auto tot stilstand kwam en de portieren opengingen. Hij wist dat hij had gedroomd, dat hij bezorgd was om mama, mama en Jamie, maar daar waren ze eindelijk, veilig thuis.

'Ze zijn er!' Opnieuw schalde de stem van Fliss en Mol werd nu echt wakker. Hij was niet in Kenia maar in Engeland in The Keep met grootmoeder, en Jamie en mama en papa waren dood. Maar Jamie stapte uit de auto, zijn blonde haar schitterde in de zon, hij lachte, rekte zich uit en keek vrolijk om zich heen. Mols hart sloeg zo hard dat hij even zijn adem moest inhouden; zijn keel was droog. Het was een afschuwelijke, nachtmerrieachtige vergissing geweest. Jamie lééfde. Daar was hij op de binnenplaats, en papa en mama waren zeker bij hem. Er stapte nu een vrouw uit de auto; hij kon de wijde, katoenen rok zien, haar blote benen daaronder…

Mol hapte naar adem, slikte – en vond zijn stem. 'Mama!' schreeuwde hij. 'Mama! Jamie!' Hij rende de trap af over het gras waar de jongen en de vrouw als versteend bleven staan. 'Jamie!' schreeuwde hij. Hij sloeg zijn armen om Hals middel en keek toen naar Prue…

Hij schreeuwde weer, dit keer van verwarring en wanhoop, en Fliss stond al naast hem, haar gezicht bleek, tranen biggelden over haar wangen. 'Ik heb je toch verteld, Mol,' huilde ze smekend, 'ik heb je toch verteld dat Hal en Kit vandaag met tante Prue zouden komen. Dat Fox ze van het station zou halen. Ooo…'

In tranen zakte ze in elkaar, terwijl Mol ongelovig naar Hal bleef staren totdat Prue op haar knieën ging zitten, hem in haar armen nam en naar binnen droeg.

Freddy zat op Theo's stoel bij het raam, met haar armen om haar knieën geslagen. Hij zag haar gekwelde gezicht en toen hij langs haar liep om achter zijn bureau te gaan zitten, legde hij even zijn hand op haar schouder.

'Nou, de crisis hebben we zeker gehad en het ziet ernaar uit dat je gelijk had. Maar kun je je iets afschuwelijkers voorstellen?' vroeg ze uiteindelijk. Het bleef lang stil.

'Maar hij kan weer praten,' zei Theo.

Freddy knikte. 'Zoals je had voorspeld. Door de schok kwam zijn stem terug. Fliss is helemaal ingestort. Volgens mij heeft ze alles al die tijd binnengehouden en dit was de laatste druppel. Ze gaf zichzelf de schuld, zie je?'

'Hoe komt ze erbij, het arme kind? Wie had kunnen bedenken dat Mol Hal voor Jamie zou aanzien?'

'Ik had het moeten bedenken,' zei Freddy, en ze liet haar voorhoofd op haar knieën rusten. 'Ik wist dat ze heel veel op elkaar leken. Hun vaders waren tenslotte een tweeling en de twee jongens hebben altijd veel op elkaar geleken. Het is gewoon niet in me opgekomen.' Ze tilde haar hoofd op en keek Theo aan. 'Ik zal het mezelf nooit vergeven. Nooit. Arme, arme Mol.'

'Maar hij kan weer praten,' hield Theo vol. 'Als we dat bereikt hebben, dan is het het waard geweest. En Fliss kan nu rouwen. Het is gevaarlijk om zoveel intens verdriet binnen te houden. Het is veel beter voor haar als het er allemaal uit komt. En voor Mol ook. Ze hebben samen gehuild. Misschien heeft hij samen met haar zijn verdriet uitgestort... En hij praat nog steeds.'

'Dankzij Prue.' Freddy klonk perplex. 'Ze klampten zich aan haar vast. Ze hield ze in haar armen toen ze huilden.'

Theo keek naar haar en vroeg zich af of ze jaloers was, maar ze klonk alleen verbaasd.

'Misschien,' zei hij, 'is het omdat ze... moederlijk is. Haar kinderen zijn nog jong en ze is gewend aan onverwachte stormen en rampen. Misschien deed ze hen aan Alison denken.'

Freddy schudde verbijsterd haar hoofd. 'Wat het ook was, het werkte. En het heeft mij gesterkt in mijn overtuiging dat de kinderen een jong iemand nodig hebben. Ik ben ervan overtuigd.'

'Dat ben ik altijd met je eens geweest,' zei Theo. 'Ellen is degene die je moet overtuigen. Waar zijn de kinderen nu?'

'Ze helpen Prue en de tweeling met uitpakken. Ik denk dat je gelijk hebt, Theo. Misschien is het een geluk bij een ongeluk geweest. Laten we maar even afwachten hoe het rond theetijd gaat. Voorlopig laat ik ze maar even aan Prue over.'

Ze zwaaide haar voeten van de stoel en kwam overeind. Ze aarzelde en Theo glimlachte bemoedigend.

'Een glaasje?' stelde hij voor. 'Wat zeg je ervan? Ik denk dat we na al dat drama wel een opkikker kunnen gebruiken.'

Ze keek hem dankbaar aan. 'Goed idee,' zei ze hartgrondig. 'Wat heb je?'

Hij duwde zijn stoel naar achteren en liep naar de kast. 'Gin,' begon hij, toen hij erin keek. 'Whisky. Sherry. Dat is alles, ben ik bang.'

'Meer dan genoeg om te beginnen.' Freddy klonk weer meer zichzelf. 'Whisky, alsjeblieft. Niet te veel water.'

Hij liep naar de badkamer om water te halen, terwijl Freddy naar het raam slenterde en over de binnenplaats uitkeek. Mols driewieler stond verlaten onder aan de trap. Ze staarde ernaar en herinnerde zich hoe Peter erop had gefietst met zijn lievelingsbeer achterop. Slimme, charmante Peter; lieve, hartelijke John – haar lieve jongens: rennend en schreeuwend, cricket op het gras, om de beurt op de schommel, naar school, de oorlog… De tranen stroomden over haar wangen en ze kromp ineen van de pijn in haar hart. Ze riep om genade voor al degenen die ze had verloren, zocht blindelings hulp bij ze, en Theo rende op haar af en nam haar in zijn armen om haar te troosten.

9

Prue wandelde voor het eten nog even over het weggetje achter het huisje. Ze kuierde langzaam, bekeek bladeren, bestudeerde bloemen en bleef even staan luisteren naar de onbekende noten van de vogels. Zelfs nu, een paar weken na die gedenkwaardige aankomst in The Keep voelde ze een verbijsterde verrukking. Na dat afschuwelijke misverstand leek het wel of ze niets meer fout kon doen. Mol en Fliss hadden aan haar gehangen, samen met haar gehuild en waren geleidelijk tot rust gekomen en hersteld. Alleen zíj had hun verdriet kunnen verzachten, hun langzame herstel kunnen steunen, hun gemoedstoestand kunnen koesteren.

Prue dacht: Niet Freddy. Niet Ellen of Fox. Maar ík.

Ze maakte een sprongetje, genoot van de vrijheid die haar sportieve broek en platte schoenen haar gaven, was zich bewust van haar gebruinde gezicht en de eenvoud van haar haar dat nonchalant met een sjaal was opgebonden. Ze was gelukkig; onbezorgd en vrij. Naarmate de dagen voorbijgingen, nam de tweeling meer verantwoordelijkheid voor Mol en Fliss. Het was wel duidelijk dat Hal een held voor ze was. Ze keken vol bewondering en fascinatie naar hem, zelfs met verlangen; een verlangen dat Prue ontroerde. Ze had de nog altijd geschokte Hal in vertrouwen uitgelegd dat hij hen aan Jamie deed denken, dat hij een zekere mate van liefde moest verwachten. Het was niet meer dan natuurlijk dat ze een vervanger in hem zochten. Hal had gefronst, voelde een verantwoordelijkheid die hij misschien niet aankon, maar hij had zijn best gedaan om zijn kleine neefje en nichtje te helpen. De roerende dankbaarheid waarmee ze reageerden, raakte hem en spoorde hem aan nog meer te doen. Kit deed met hem mee. Ze was heel erg geschrokken van de scène op de binnenplaats. Toen ze getuige was van zoveel verdriet, was alle jaloezie uit haar hart verdwenen en ze had al het mogelijke gedaan om bij het herstel van de kinderen te helpen.

Toen alles weer een beetje tot rust was gekomen, had Prue – heel onbewust – haar nieuwe populariteit in The Keep versterkt door tussen neus en lippen door de naam van de zus van een vriendin te noemen die kinderjuffrouw was en werk zocht. Haar pupil ging nu naar school, haar werk was voorbij en ze had nog geen nieuwe baan. Bij het horen van Freddy's kreet was ze stil geworden en helemaal van haar apropos geraakt; maar Freddy was niet langer geïnteresseerd in het verhaal van Prue. Ze wilde alleen maar horen over deze kinderjuffrouw, deze vriendin van Prue die een baan zocht. Wat was ze voor iemand? Was ze betrouwbaar? Hoe oud was ze? Aangezien Prue met Carolines oudere zus op school had gezeten – van haar was het huisje dat ze mocht lenen – kon ze die vragen zonder problemen beantwoorden. Haar achting was nog verder gestegen, en toen ze voor haar vakantie naar het huisje op de grens van Devon en Cornwall vertrok, was haar positie binnen de familie die van een geliefde en zeer gewaardeerde dochter. Nog nooit was ze zo populair geweest. Ze hadden het niet meer over Tony gehad, maar ze was ervan overtuigd dat haar geen strobreed meer in de weg zou worden gelegd.

Prue haalde diep adem van puur genot en draaide zich om. Het was een warme geurige zomeravond. Lange strepen zonlicht vielen tussen de bomen door; diepe schaduwen lagen over het stoffige weggetje. De levendige blauwpaarse vogelwikke klom over de poederwitte bloemen van het akkerdoornzaad en schitterde tussen de bleke donzige grassen; donkerrode bladeren glommen in een web van netels en onder de zuring kroop een woelmuisje. Een piepklein winterkoninkje dat in de stapelmuur aan het scharrelen was, tjilpte verontwaardigd toen Prue zich vooroverboog om een tak witte kamperfoelie te plukken. Een groepje staartmeesjes hoorde dit en wipte over de heg naar het bosgebied daarachter.

Met de kamperfoelie in haar hand sloeg Prue het weggetje in dat naar het huisje leidde. Het was een vierkamerwoning van steen en lei, heel eenvoudig maar met genoeg comfort en het was maar een klein eindje lopen naar het dorp. Ze duwde de achterdeur open en liep naar de keuken. Haar avondeten was al klaar; een simpele maaltijd van plaatselijke met honing gebraden ham met een salade en bruin brood. De groenteman had kersen in de aanbieding en Prue had er wat van gekocht en in een blauw met witte kom gedaan. Toen ze door de keuken naar de provisiekast liep waar het eten koel en fris bleef, nam ze er een en genoot van de smaak. Ze pakte de boter, mengde de salade en legde het brood op de houten plank. Ze had nog wat lekkere Cheddar en haar vriendin had flessen wijn achtergelaten die onder de koude leistenen onder het aanrecht in de bijkeuken gekoeld lagen.

Het was een feestmaal. De ham was dik en sappig, de sla was knapperig, het brood zacht... Prue zuchtte tevreden, schonk nog een tweede glas koude witte wijn in, beet in een kers en leunde voorover om de kamperfoelie aan te raken die in een klein vaasje bloeide. Toen ze de klik van de deurklink hoorde, schrok ze en ze stond overeind tegen de tijd dat Tony binnen was. Ze keek hem met open mond aan en hij lachte – ook al had de lach een bezorgd trekje. Prue voelde een scherpe steek van afweer – ze had genoten van haar waardevolle rust en afzondering – maar ze voelde zich ontspannen door de wijn, die haar plezier had afgestompt tot een vaag verlangen... waarnaar? Opeens wist ze dat ze naar hem had verlangd, dat ze Tony nodig had om het helemaal volmaakt te maken.

'O, lieverd,' zei ze protesterend. 'Wat had ik nou gezegd? Ik had kunnen weten dat ik je niet kon vertrouwen...'

'Liefste Prue.' Hij klemde haar stevig tegen zich aan, vastbesloten om alle verwijten, hoe zwak ook, te pletten, om snel haar onzekerheden te overbluffen op de enige manier die hij kende. Hij zag de fles en was blij dat ze al wat milder was geworden, dat haar gevoelens voor hem sterker werden. 'Liefste,' zei hij opnieuw. 'Je weet toch wel dat ik niet zonder je kan. God, wat heb ik je gemist...'

'Werkelijk...' Maar ze lachte, onderging zijn kussen, aanvaardde ze. 'Hoe heb je me in vredesnaam gevonden?'

Hij gaf de gebruikelijke vleiende antwoorden, maar ze verlangde al zozeer naar hem dat ze de clichés en uitgekauwde opmerkingen niet in twijfel trok. Ze gaf hem te eten en samen dronken ze de fles wijn leeg en trokken er nog een open – en gingen weldra samen de smalle stenen trap op naar de slaapkamer.

Theo zette zijn bril af, wreef over de brug van zijn neus en liet zijn boek op zijn knieën dichtvallen. Freddy had zachtjes aan de Bechstein zitten spelen, van Rameau tot Scarlatti en daarna Couperin. Toen ze merkte dat de sfeer subtiel was veranderd, aarzelde ze, speelde nog een paar noten en stopte toen; vanaf de andere kant van de kamer keek ze naar hem, probeerde zijn stemming te peilen, wilde hem niet storen, maar verlangde ernaar een concretere band met hem te hebben. Ze vermoedde dat hij vaak bij haar zat uit... plichtsbesef? Ze liet haar schouders zakken. Plicht was een kil woord en vriendschap klonk misschien wat aangenamer, passender. Ze wist dat hij er vaak naar verlangde om alleen te zijn, om te werken of na te denken, maar vanavond had hij gevoeld dat ze behoefte aan gezelschap had en was na het eten bij haar in de salon gaan zitten. 'Speel wat voor me,' had hij gezegd – en ze was bereidwillig naar de piano gelopen...

De regen tikte gestadig op het terras en de lampen brandden. Lichtpoelen schenen op het gepoetste mahoniehout, weerkaatsten van de donkere, houten lambrisering en glommen op de koperen haardrand. Lang overleden Chadwicks staarden vanaf de muren naar beneden en keken hoe Freddy de bladmuziek opborg en opzij keek naar Theo. Hij staarde bewegingloos voor zich uit, zijn handen losjes in elkaar gevouwen op zijn schoot, afstandelijk, onbereikbaar. Hij was altijd in staat zich geestelijk helemaal af te sluiten, een eigen wereld binnen te gaan waar zij hem niet kon volgen. Ze respecteerde dat verlangen, maar toen ze hem zag zitten, zo dierbaar en vertrouwd, was het moeilijk hem los te laten, hem niet terug te halen.

'Weet je nog toen we elektriciteit kregen?' Ze kon het niet laten. 'Arme Ellen. Wat vond ze het afschuwelijk.'

'Alleen in het begin.' Theo legde zijn boek neer, als teken dat hij wel wilde praten. 'Toen ze besefte dat ze geen paraffinelampen meer hoefde te vullen en schoon te maken, was ze er helemaal voor.'

'Ze was zo vastberaden.' Freddy stond van de piano op en ging in een hoek van een van de sofa's zitten, trok haar lange benen onder zich en glimlachte bij de herinnering. 'Zij was degene die erop stond dat we een stofzuiger namen, weet je nog? Mijn hemel, wat moet zij die eerste jaren hard gewerkt hebben! Natuurlijk waren er toen nog meisjes om haar te helpen... Wat lijkt het lang geleden.'

'De twee oorlogen zijn wel keerpunten geweest. Naderhand was alles anders. Zoals de Industriële Revolutie. Mensen hebben andere verwachtingen, een andere benadering.'

'En nu al die praat over kernenergie.' Ze rilde. 'Wat zal er van de volgende generatie terechtkomen, Theo?'

Hij wist dat ze aan Hal en Mol dacht; zouden ook zij omkomen in een nieuwe oorlog? Hij probeerde haar af te leiden van de afschuw en begon over een onderwerp dat haar zeker zou opvrolijken.

'Je hebt me eigenlijk nog helemaal niet verteld wat de kinderen van Caroline vonden,' zei hij sluw. 'Ik weet dat je haar hebt gesproken, maar verder niets. Ik vond haar erg aardig. Wat een geluk dat Prue toevallig over haar begon.'

'Ze zat met haar zus op school, zie je. De kinderen vonden haar direct aardig. Ze is zo'n vrolijk, intelligent meisje. Vond je ook niet? Net wat ze nodig hebben. Ze ging zo ontspannen met Mols stotteren om... Denk je dat het blijvend is, Theo?'

Theo schudde zijn hoofd. 'Waarschijnlijk niet. Waarom zou het? Het is een resultaat van wat hij heeft meegemaakt. Een overblijfsel van toen hij niet kon praten. Ik zie geen reden waarom het niet zal wegtrekken, mettertijd.'

'Wat kun je me toch altijd weer geruststellen.' Ze glimlachte naar hem. 'Natuurlijk helpt het dat de tweeling haar al kent. Wat Hal zegt, is heilig als het om de kinderen gaat. Caroline had eigenlijk al gewonnen.'

'Arme Hal. Wat een verantwoordelijkheid.'

Ze keek bezorgd. 'Te veel, denk je?'

Theo dacht na. 'Ik denk dat het goed is dat hij hier niet woont,' zei hij uiteindelijk. 'Hij is Jamie niet. Hij is Hal. Dat mogen we geen van allen vergeten. Vooral Hal niet. Het is zo gemakkelijk – en verleidelijk zelfs – om onszelf een rol toe te eigenen, zeker als er macht en aanzien aan verbonden is.'

'Hemeltjelief! Ga je nu niet een beetje ver? Het zijn maar kinderen.'

'Lieve Freddy, daarom is het juist gevaarlijk. Als macht volwassen en ervaren mensen al corrupt maakt, kun je je voorstellen wat voor effect het dan heeft op een jonge knul?'

'Wat een eng idee. De aanbidding door zo'n klein jongetje zal

Hal toch zeker niet schaden? Hij is zo'n verstandige jongen.'

'Je hebt gelijk, natuurlijk.' Hij knikte, wilde haar geen angst aanjagen. Macht was iets dat Theo beangstigde; hij had de verraderlijke effecten gezien. 'Als hij hier de hele tijd was, zou hij het misschien hoog in de bol krijgen. Maar de kinderen kunnen dus goed met Caroline opschieten. En Ellen?'

'Ellen is…' Freddy aarzelde, en probeerde Ellens positie eerst zelf helemaal te begrijpen voordat ze het uitlegde. 'Ze zal zich niet van harte overgeven, maar Caroline heeft haar al voor zich gewonnen. Dat weet ik zeker. Ik denk dat het een heel goed idee is als we haar overhalen om de logeerkamer naast de kamer van de tweeling te nemen, in de westelijke vleugel. Met een badkamer ernaast. Veel logischer dan de hele dag drie trappen op en af sjouwen. Dan kan Caroline de kinderkamers op zich nemen en Ellen kan de taken weer op zich nemen die ze deed voordat de kinderen er waren. Dat is per slot van rekening al meer dan genoeg.'

'Maar vindt ze het niet erg om ze aan Caroline over te dragen?'

'O, ik denk het niet. Nu het met Mol beter gaat en ze allemaal een beetje hun draai hebben gevonden, denk ik dat ze dolblij is dat ze ze aan Carolines zorgen over kan laten. Susanna is op een heel vermoeiende leeftijd. Maar Ellen geeft zich alleen niet gauw over. Ze heeft zo haar trots. Goddank is Caroline een schat. Ze was zó tactvol en had direct alle kleine nuances door. Gelukkig is ze niet té mooi.'

'Kan een vrouw te mooi zijn?' vroeg Theo zich af.

'Het laatste wat we willen is een horde jongemannen hier,' zei Freddy vastberaden. 'Caroline lijkt me niet het type dat voortdurend wil dansen of naar de film wil. Ze komt uit een militair gezin, dus zal ze wel geleerd hebben zich aan te passen. Bovendien zei ze dat ze erg van het platteland houdt.' Freddy schudde verbijsterd haar hoofd. Ze kon haar geluk niet op. 'Ik kan bijna niet geloven dat we zo boffen.'

'En Prues beloning is dat je niet langer moeilijk doet over Tony?'

Freddy keek hem scherp aan en barstte toen in lachen uit. 'Wat slim van je. Maar zó gepland was het ook weer niet. Ik kan op het moment gewoon onmogelijk boos op haar zijn. Ik wil het Prue niet met opzet lastig maken, Theo. Ik wil dat ze gelukkig is. Maar als ik jou zo hoor, denk ik niet dat Tony degene is die daarvoor kan zorgen.'

'Ik ben bang dat je gelijk hebt, maar ik ben ook bang dat Prue daar zelf achter zal moeten komen.'

'Al die arme kinderen.' Freddy strekte haar benen. 'We zijn veel te oud voor dit soort onverwachte fratsen. Ik wil niet verantwoordelijk zijn voor een gezin in de leeftijd van twee tot vierendertig.'

'Ik moet zeker dankbaar zijn dat je mij daar niet bij schaart,' zei Theo even later.

'Ach, over jou maak ik me altijd zorgen,' zei Freddy luchtig. 'Daar ben ik aan gewend. Al die jaren dat ik zo vreselijk sociaal deed om een leuke, jonge vrouw voor je te zoeken. Julia en ik beraamden allerlei plannetjes maar er is nooit iets uit voortgekomen. De tijd die ik verspild heb om jou over te halen om thuis te komen... Maar goed. Ik wanhoop niet.'

Freddy was stil. Haar vingers speelden met de knot haar achter in haar nek en ze bleef met gebogen hoofd een tijdje zo zitten. Ze wist dat Theo op het punt stond terug te gaan naar Southsea en ze deed haar best dat te aanvaarden. Hoe ouder ze werd, des te eenzamer voelde ze zich. Dat klonk dwaas, aangezien ze werd omgeven door mensen, maar ze had behoefte aan iemand van haar eigen leeftijd, met dezelfde denkwijze en eenzelfde achtergrond. Wat zou het moeilijk zijn om Theo zonder verwijten en smeekbeden te laten gaan, maar toch schaamde ze zich om haar nood te tonen. Ze redde het wel, zoals ze het al die jaren had gered... Ze hief haar hoofd op en glimlachte naar hem.

Theo had haar gedachten juist geraden en roemde haar moed in stilte. Instinctief wist hij dat het nog geen tijd was om terug te gaan; dat hij daarmee Freddy's kracht zou ondermijnen. Ze moest het gevoel hebben dat ze alles onder controle had, maar toch was er iets in haar dat altijd voor Theo zwichtte. Op afstand werkte de relatie heel goed, maar hij wist dat het te vroeg was om zich bij haar te voegen in The Keep; dat haar onbewuste verlangen om zich aan hem te onderwerpen haar uiteindelijk tegen hem zou keren. Vanaf het allereerste begin had ze heel sterk moeten zijn – had ze voor de tweeling zowel moeder als vader moeten zijn, eigenares van The Keep – en die diepgewortelde vrouwelijke gevoelens en zachtere eigenschappen waren vervlogen. Theo was de enige die haar zelfvertrouwen kon doen wankelen, die haar deed twijfelen aan haar beslissingen en meningen over belangrijke zaken. Daar had hij nooit om gevraagd – hij had er nooit naar verlangd; hij was er eenvoudigweg geweest; Berties jongere broertje, bereid om waar mogelijk zijn vervanger te zijn. In die tijd had hij er vreselijk naar verlangd om op alle mogelijke manieren zijn broers vervanger te zijn. In plaats daarvan had ze hem gepest en geplaagd – en onvoorwaardelijk op hem vertrouwd…

Hij glimlachte naar haar. 'Met de verjaardag ben ik er weer,' zei hij. 'Het wordt wel een feest, dit jaar. Is Mol eind oktober niet jarig, net als jij en de tweeling? Wat een opwinding!'

Freddy aanvaardde de troost die hij bood. Twee maanden; twee maanden kon ze het wel redden. 'Het komt erg goed uit dat het in de schoolvakantie valt. De tweeling heeft er vreselijk veel zin in. Dan hebben we een vol huis, of niet? Ik zal Tony natuurlijk ook uitnodigen. Zo…' Ze keek even op haar horloge. 'Bedtijd? Een nachtmutsje, lijkt me. Ja? Het gebruikelijke? Nee, blijf maar zitten. Ik schenk het wel in.'

Hij keek hoe ze lang en slank bij het drankkastje stond en voelde die aloude, vertrouwde pijn.

Hij dacht: Ik houd van je, Freddy. Ik heb altijd van je gehouden, vanaf het allereerste moment. Maar hoe kon ik je dat zeggen en jouw vertrouwen in mij beschamen? Dan zou het nooit meer hetzelfde zijn geweest. Ik was alleen maar Berties kleine broertje, ook al ben je op je eigen manier van me gaan houden. Daar ben ik dankbaar voor…

Freddy dacht: Wat zou hij zeggen als hij het wist? Als ik hem vertelde dat ik dat allereerste moment verliefd op hem werd? Dat Bertie naast hem nooit meer dan tweede keus kon zijn? Wat beschamend. Wat oneerlijk tegenover Bertie. En hij was trouwens zoveel jonger. Zo leek het toen, tenminste. Na een tijdje viel het helemaal niet meer op. O, verdraaid. Niet allemaal weer opnieuw. Het is nu te laat…

Met de glazen in haar hand draaide ze zich om en gaf hem zijn whisky.

'Op ons!' zei ze vrolijk – en nam een slok van het koude, goudkleurige vocht.

'Ja,' zei hij na een ogenblik – en in de stilte die volgde, merkten ze dat de regen was opgehouden en dat de maan de hemel oplicht- te.

Boek Twee

Herfst 1961

10

Kit werd vroeg wakker, zoals meestal in The Keep, en dacht onmiddellijk aan Graham. De vakantie was bijna over en morgen ging ze terug naar Bristol; terug naar haar laatste jaar op school en terug naar Graham. Ze miste hem verschrikkelijk, was doodsbang dat hij in de tussentijd misschien met andere meisjes uitging. Hij was drie jaar ouder dan zij en veel ontwikkelder; een twintigjarige student aan de kunstacademie. Ze had hem in de paasvakantie op een studentenfeest ontmoet en was als een blok voor hem gevallen. Hij kleedde zich altijd in het zwart. Dat was zijn handelsmerk: zwarte trui of blouse en een strakke, zwarte spijkerbroek. Het accentueerde zijn blonde haar en zijn lengte, en toen ze het kleine appartementje boven in een flat nabij de universiteit binnenliep, was hij al het middelpunt van een groep giechelende meisjes die om zijn aandacht vocht. Kit wist instinctief dat dat niet de manier was om op te vallen. Ze had hem met rust gelaten en met een andere student gekletst die ze had ontmoet toen ze de afgelopen vakanties in de Old Vic werkte. Puur uit liefde had ze in het theater in King Street gewerkt – boodschapjes doen, koffie zetten, de vloer vegen – én omdat ze het zo fantastisch vond om in de nabijheid te zijn van de leden van het kleine toneelgezelschap en Val May.

Op Richard Pasco en Michael Jayston, die zich bij het gezelschap hadden gevoegd vanwege het Shakespeare-seizoen, was ze al verliefd, maar Graham Fielding, deze lange, elegante student, leek wat meer bereikbaar. Hij keek naar haar toen ze de toegevoegde waarde van Pasco's *Henry the Fifth* besprak en ze probeerde om niet overdreven te doen toen ze zijn blik op haar voelde. Hij was samen met een meisje, Wendy of zoiets, die zich aan hem vastklampte, aan hem hing. Ze had te veel gedronken en om de een of andere reden was ze bijna in tranen.

Kit wendde zich af, had medelijden met het meisje, maar voelde zich een beetje superieur. Het was toch wel duidelijk dat je met zulk gedrag geen man bij je kon houden? Ze praatte met haar eigen vrienden, nam wat curry en ging naast hen op de vloer zitten – en bleef uit de buurt van Graham Fielding. Iemand noemde zijn naam, fluisterde dat hij zo intelligent was en dat hij – als de rattenvanger van Hamel – achternagelopen werd en dat hij genoeg had van Wendy. Kit at haar curry, dronk haar wijn en deed alsof het haar nauwelijks interesseerde. Ze besloot vroeg weg te gaan. Het feest begon in paartjes uit elkaar te vallen en ze had geen zin om alleen over te blijven. Een aantal mensen had al te veel gedronken en iemand had een zwijmelige plaat van Peggy Lee op de draaitafel gelegd.

Ze neuriede de melodie toen ze haar jas haalde; een modieus exemplaar van grijs fluweel dat tot haar enkels kwam en een grote capuchon had. Kit was er dol op, liet hem niet graag op het groezelige, onopgemaakte bed bij de andere sjofele jassen liggen. Toen ze de slaapkamerdeur opendeed, zag ze dat er iemand op het bed zat. Het was Wendy. Haar gezicht was nat van de tranen en ze zag er beroerd uit. Graham stond lang en onheilspellend naast haar. Kit zag direct dat hij boos was. Beschaamd glimlachte ze flauwtjes. 'Sorry,' fluisterde ze, en probeerde niet naar hen te kijken.

'Ze heeft overgegeven.' Graham zei het alsof Wendy doof of ongevoelig was. 'Te veel gedronken, ben ik bang.' Hij haalde zijn schouders op en keek toen geïnteresseerd naar Kit.

'Ach jee,' zei Kit onhandig. Ze wilde weten of haar jas niet het slachtoffer was geworden van Wendy's uitspatting, maar om nu openlijk te kijken, vond ze een beetje harteloos. 'Gaat het weer?' vroeg ze haar. Ze liep wat dichterbij, maar hield één oog op de stapel jassen. De hare lag onder een tweedjas en dankbaar haalde ze hem ertussenuit en streek de kreukels glad. 'Wil je wat water?'

Wendy begon weer te huilen en zat als een klein kind in elkaar gedoken op het bed, en Kit keek naar Graham. Hij glimlachte naar haar en ze voelde een merkwaardige kriebel in haar maag.

'Ik zal Liz maar voorstellen dat ze hier blijft slapen,' zei hij vertrouwelijk, alsof hij en Kit medeplichtigen waren en de arme Wendy een lastige vreemde. 'Ze heeft heel erg overgegeven. Wat vind je?'

'Ik weet het niet,' zei Kit hulpeloos. 'Is ze een vriendin van Liz?'

Wendy kreunde en begon te kokhalzen, en Kit sprong opzij toen Wendy opstond en onzeker naar de deur stommelde. Ze liep naar de badkamer en begon over te geven, nog altijd luid kreunend, en Kit fronste onwillekeurig, al probeerde ze met haar mee te leven.

'Kom.' Graham nam haar bij de arm en liep met haar naar de gang. 'Wacht buiten op me. Ik ben zo terug.'

En zo had ze met kloppend hart beneden onder de lantaarnpaal staan wachten, en had ze zich afgevraagd of het niet een beetje ordinair was. Toen kwam hij de trap af rennen.

'Geregeld,' zei hij opgewekt. 'Arm kind. Ik ga morgenochtend wel even kijken hoe het met haar is. Zal ik met je naar huis lopen?'

Kit aarzelde. 'De bus komt zo,' zei ze onhandig, omdat ze niet goed wist wat ze met de situatie aan moest. 'Ik kan bij Maples opstappen en hij stopt vlak bij mijn straat.'

'Waar woon je?' vroeg hij, en liep in dezelfde pas met haar mee.

Toen ze het hem vertelde, glimlachte hij. 'Vind je het niet fijn om 's avonds over straat te wandelen? De stad is veel mooier in het donker, vind je niet? Mysterieuzer en spannend.'

Zijn stem was vertrouwelijk, een beetje plagerig, en ze had het hopeloze, heerlijke gevoel dat ze de situatie niet meer in de hand had. Ze mompelde iets onhoorbaars en hij sloeg een bijna broederlijke arm om haar heen. Net als Hal wel eens deed, dacht ze, terwijl ze heel goed wist dat Hals omhelzingen heel anders aanvoelden. Hij praatte ontspannen, gaf aan waar ze heen gingen, voorbij de bushalte, en het was alsof ze betoverd was, nu al gevangen in zijn web van charme. Toen hij in de schaduw tussen twee lantaarnpalen bleef staan, verwachtte ze zijn kus bijna misselijk van de zenuwen, maar toch verlangde ze ernaar. Ze was zich goed bewust van haar gebrek aan ervaring, maar hij had meer dan genoeg voor hen beiden en ze leerde snel. Na afloop hield hij haar dicht tegen zich aan en voelde ze zowel intens geluk als intense angst. Ze had haar eerste zoen gehad zonder zichzelf belachelijk te maken, maar ze vroeg zich af of hij het had geraden en haar nu verachtte. Het leek er niet op.

'Ik laat je nooit meer gaan,' mompelde hij. 'Dat weet je toch, hè?'

Kit dacht dat ze flauwviel van het bedwelmende gevoel van geluk en macht dat haar overspoelde. Deze zeer gewilde man was van haar… maar Wendy dan?

'Ik dacht… Is Wendy niet…?' mompelde ze beschaamd, maar vastbesloten de zaken glashelder te houden.

'Het is al weken voorbij,' verzekerde hij haar. 'Vergeet haar. Ik heb het veel liever over jou.'

Dat was bijna zes maanden geleden. Kit duwde zich overeind in haar kussens en voelde de vertrouwde mengeling van geluk en angst. Verliefd zijn was niet zo eenvoudig als ze had gedacht. Ze was alleen naar The Keep gekomen omdat Graham een vakantiebaan in een groot hotel in Hampshire had genomen. Het grootste deel van de zomer was hij er niet; wat verschrikkelijk zonde, terwijl ze samen hadden kunnen zijn. Het was zo moeilijk om tijdens de schoolperiode samen weg te kunnen.

'Het wordt geweldig,' had ze hem tegen een vriend horen zeggen. 'Het ligt vlak aan het strand. En denk eens aan al die mooie kamermeisjes.'

Ze had met de anderen mee gelachen, te trots om haar angst te laten zien, maar haar maag draaide zich om bij de gedachte dat hij tussen al die meisjes was. Hij had haar geregeld geschreven, had in detail over hen verteld, maar er iedere keer bij gezegd dat ze het niet haalden bij haar. Hij stuurde haar persoonlijke liefdesberichten die haar geruststelden. Hij zei dat hij haar miste en impliceerde dat ze bij terugkomst verder zouden gaan dan alleen stevig knuffelen. Dat ze, als ze echt van hem hield, dat ook zou laten zien…

Ze stapte uit bed en slenterde naar het raam dat over de tuin op het westen uitkeek. Het gras was zilvergrijs, nat van de dauw; de hele tuin leek een zacht zwart-wit. Alleen de puntjes van de hoge sparrenbomen aan het eind van de boomgaard hadden een levendige glans in dit vredige beeld; de eerste zonnestralen gaven hen een gouden gloed. Ze leunde met haar voorhoofd tegen het koele glas, doodsbang dat ze hem kwijt zou raken, doodsbang om 'te ver' te gaan. Stel dat ze zwanger werd. Graham had die kinderlijke angsten weggelachen. Hij wist er alles van: wist precies wat hij moest doen. Ze hoefde hem alleen maar te vertrouwen.

Kit dacht: Hem vertrouwen of hem kwijtraken. O, wat moet ik doen?

Wanhopig verliefd en vol verlangen, rusteloos van angst trok ze haar kleren aan en ging naar beneden om een wandeling in de tuin te maken.

Hoog in haar kleine slaapkamer keek Susanna vanaf een stoel bij het raam naar haar grote nicht die door de ochtenddauw wandelde. Het uitzicht van dit raam op het westen zou altijd verbonden zijn met haar eerste herinneringen aan The Keep. De tuin lag voor haar: het lange gazon met de veranderende symmetrie van kleur en vorm in de border langs de hoge muur; de boomgaard aan het eind van het gazon met zijn oude met mos bedekte fruitbomen die iedere lente werden bedolven onder een glorieuze bloesempracht; de rij hoge rododendrons die de kruidentuin aan de rechterkant verborgen hield, en achter de boomgaard de drie hoge sparrenbomen.

Zolang ze zich kon herinneren, leken de drie bomen oude vrienden, hoeders die waakten over de tuinen en The Keep. Hoewel ze dicht bij elkaar stonden, kon ze hun gezichten duidelijk zien, hun over elkaar hangende takken lieten een glimp van de lucht door die op ogen en tanden leek. De hoogste keek naar het noorden. Zijn neus en kin staken sterk vooruit en als het waaide, wuifde hij met zijn behaarde armen en kon Susanna zijn witte oog wreed zien schitteren. De tweede boom stond met zijn rug naar de zonsondergang, met zijn gezicht naar haar toe. Hij had een brede, getande glimlach en het leek alsof hij voortdurend grinnikte, zelfs als de storm boven zijn hoogste knoest woedde. De derde boom keek naar het zuiden. Hij zag er verlegen en vriendelijk uit, opende zijn armen voor de vogels en eekhoorns en verwelkomde het zonlicht. Ze wist zeker dat ze haar raam bewaakten. Ze keken elk een andere kant op, wuifden en bogen iedere ochtend naar haar als ze op de stoel bij het raam klom, met haar armen op de vensterbank leunde en over de tuin uitkeek om te zien of ze er nog stonden.

Nu keek ze naar Kit. Toen Kit zoals altijd in de zomervakantie een paar weken kwam logeren, had Susanna het gevoel dat er iets met haar was. Er was iets veranderd; een verstrooidheid in haar stem; een blik in haar ogen die door andere dingen in beslag werd genomen. Als Susanna haar aandacht vroeg, wilde dat ze een verhaaltje vertelde over Pudgie en Binker of haar leerde fietsen op de oude fiets van Fliss, dan leek het of Kit van heel ver moest komen, naar het heden moest worden teruggeroepen door de aandrang van Susanna. Daarna speelde ze met haar zoals altijd: enthousiast, dol, heerlijk. Susanna aanbad haar.

Ze ging hoog op haar knieën zitten en keek hoe Kit achter de bomen in de boomgaard verdween. Ze was het liefst naar beneden gegaan om bij haar te zijn, maar iets hield haar instinctief tegen. Hetzelfde instinct dat haar waarschuwde als Mol een van zijn donkere momenten had. Zo noemde ze die stilletjes, omdat het leek alsof het licht uit zijn gezicht verdween en er een duistere schaduw over hem viel. Dan werd ze voorzichtig, wist dat het niet de tijd was om hem lastig te vallen of om te zeuren of hij kwam spelen. Dan bleef ze stil naast hem zitten omdat ze wist dat hij haar nodig had, maar ging verder met haar eigen spelletjes, praatte in zichzelf. Als de schaduw wegtrok, ging ze heel gemakkelijk verder waar ze was gebleven. Hij was Mol en zo deed Mol; zo was hij.

Bij Kit was het anders. Haar schaduw was nieuw en Susanna vond het maar niets. Ze begreep het niet en de gedachte dat Kit ongelukkig was, maakte haar verdrietig, ook al zag ze er niet echt ongelukkig uit… Kit was nu helemaal verdwenen en Susanna voelde zich plotseling landerig en rusteloos. Ze slaakte een diepe zucht, trok een grimas om te zien of ze met haar lippen haar neus aan kon raken; ze liet zich van de stoel glijden en probeerde op haar hoofd te staan. Het was zo vroeg dat de andere kinderen vast nog niet wakker waren, maar heel misschien zaten Fox en Ellen al in de keuken met een kopje thee. Ze besloot om te gaan kijken.

Ze trok haar ochtendjas over haar pyjama aan – een oude van Fliss – deed voorzichtig de deur open, liep op haar tenen langs Carolines kamer en sloop over de achtertrap naar beneden naar de keuken. Tot haar verrukking was Ellen het fornuis aan het opstoken en thee aan het zetten.

'En wat doe jij zo vroeg uit je bed zonder pantoffels?' berispte ze haar afwezig. 'Ga maar gauw op de stoel zitten. Fox is al met de honden uit, maar wij nemen samen lekker een kopje thee, of niet?'

Susanna deed haar mond open om te zeggen dat ze anders nooit thee mocht – maar deed hem weer dicht. Achter haar ging de deur open en kwam Fliss binnen. Ze gaapte, zag bleek en moe in haar jaeger ochtendjas, haar dikke blonde haar in een lange vlecht op haar rug. Ellen klakte afkeurend.

'Wat hebben jullie toch?' vroeg ze niemand in het bijzonder. 'Fox zei dat Kit door de boomgaard schuimt en nu jullie beiden...'

'Hal en Kit gaan morgen naar huis,' zei Fliss treurig. 'We willen er nog een mooie laatste dag van maken.'

Ellen wierp een scherpe blik op haar. 'Hal is nog niet op,' zei ze. 'Die is nooit voor negenen zijn bed uit. Hij is tot nu toe iedere dag te laat aan het ontbijt verschenen.'

Fliss en Susanna keken elkaar aan, voelden de vertrouwde warmte van de keuken en Ellens gemopper en wisten dat Fox zoals altijd met de honden ergens op de heuvel was. De keukendeur ging open en Kit kwam binnen. Haar wandeling in de boomgaard had haar opgefrist en haar natuurlijke optimisme een nieuwe impuls gegeven. Ze zou Graham snel weer zien; iets anders deed er eigenlijk niet toe. Alles zou goed zijn als ze weer samen waren. Ze schoof een stoel naar achteren en grijnsde naar haar nichtjes.

'Goedemorgen, lieverds,' zei ze, als een ster uit de Old Vic en met precies de juiste hoeveelheid zwier. 'En hoe gaat het met ons allen vandaag?'

Susanna keek haar stralend aan. 'Ik zag je in de tuin,' zei ze.

'Ochtendblues,' zei Kit kort, en keek naar Fliss omdat ze wist hoe die zich moest voelen bij de gedachte dat Hal morgen wegging. Ze leefde met haar mee en gaf haar een vriendelijke trap onder tafel. 'Jij ook?' vroeg ze.

Fliss merkte dat ze bloosde, maar kon er niets aan doen. 'We zullen jullie missen,' legde ze uit.

'Kom een keer langs,' stelde Kit plotseling heel enthousiast voor bij dit nieuwe idee. 'Kom een keer naar Bristol. We moeten een keer afspreken als we allemaal vrij hebben. O, zou dat niet leuk zijn? Dat vindt Hal geweldig.'

Grootmoedig voegde ze dat eraan toe, omdat ze wist dat Fliss het fijn vond om te horen, maar de reactie van haar nichtje ging verloren in Susanna's klaagzang. 'Ik wil ook,' riep ze. 'Alsjeblieft, Kit. Ik wil ook mee.'

'Mag ik ook mee?' verbeterde Ellen haar automatisch en roerde in de pap. 'Mág ik ook mee?'

'Natuurlijk mag dat, Ellen,' zei Kit, en grijnsde ondeugend. 'Leuk juist.'

'Houd die brutaliteit maar voor je,' zei Ellen spits. 'En haal die ellebogen van de tafel, alsjeblieft, Susanna. Alleen de koningin en ooms en tantes mogen met hun ellebogen op tafel zitten, dat weet je heel goed, en voorzover ik weet zijn jullie geen van allen ooms of tantes. Stel je voor. Naar Bristol.'

'Je doet alsof het de noordpool is,' zei Kit. 'Geeft niet, Susanna. Zullen we vandaag picknicken? Misschien kunnen we naar het strand. Hand omhoog wie naar het strand wil. Iedereen is het ermee eens? Drink je thee op, dan maken we Hal en Mol wakker en kunnen we vroeg weg.'

'En wie gaat al die boterhammen klaarmaken?' wilde Ellen weten – maar ze wisten dat ze het een goed idee vond.

'Ik help wel,' bood Fliss met hernieuwde blijdschap aan. 'Dan regelt Susanna de kleden en zoekt Mol ondertussen de picknickmand op.'

'Eerst een goed ontbijt,' zei Ellen resoluut, toen ze Fox hoorde binnenkomen, zijn laarzen hoorde schoonkrabben en tegen de honden hoorde praten. 'Gaan jullie je broers wakker maken en als het ontbijt aan kant is, zullen we wel eens over een picknick nadenken. Niet alles tegelijk.'

Een paar uur later reed Hal hen allemaal, met Caroline naast zich, naar Bigbury. Zodra hij weer in Bristol was, moest hij zijn rijexamen doen en hij vond dat hij moest oefenen. Susanna zat bij Caroline op schoot met Mrs. Pooter aan hun voeten en de andere drie zaten tegen elkaar geklemd achterin met Mugwump, zoals de puppy heette, die nu net zo groot was als zijn moeder. In de achterbak lagen de picknickmand, zwemkleding, handdoeken en kleden, emmers en schepjes. Hal reed zorgvuldig, zich bewust van Carolines kritische blik, en parkeerde zonder problemen op het klif boven de baai. De zon brandde, maar er stond een stevige, koude wind uit het westen die witte koppen op de golven blies, en ze snakten allemaal even naar adem in de frisse, zilte lucht.

De afdaling naar het strand was steil en ze liepen voorzichtig met hun bundeltjes tegen zich aangeklemd. Mol en Susanna schuifelden en gleden vooruit. Het werd eb en ze vonden een beschut plekje achter wat rotsen, dat een natuurlijk poedelbadje vormde dat door de zon werd verwarmd en groot genoeg was voor Susanna om haar slagen in te oefenen. Vanwege de enorme brekers die op het gele, glooiende zand sloegen, mochten ze van Caroline geen van allen in zee zwemmen – zelfs Hal niet. Het was zó koud voorbij de bescherming van de rotsen dat Hal zich minzaam gewonnen gaf en zijn best deed om Susanna de schoolslag te leren, terwijl Kit en Fliss met de honden over het strand in de richting van Bantham liepen.

Mol was inmiddels een redelijk goede zwemmer dankzij Caroline en spetterde achter Susanna aan, hoofd omhoog, ogen vol concentratie toegeknepen. Hal had zijn hand onder Susanna's kin gelegd en moedigde haar aan. 'Goed zo, Sooz. Rustig aan. Niet zo wild. Houd het vloeiend.' Mol volgde haar spetterende spoor.

Caroline zat beschut achter de rotsen en volgde de les. Zelfs na vier jaar was ze soms nog verbijsterd dat ze zo volledig in het gezin was opgenomen. Ze had al vroeg beseft dat ze niet zo beeldschoon of flirtziek was dat jongemannen zich tot haar aangetrokken voelden en had gaandeweg geleerd tevreden te zijn met de liefde van kleine kinderen. Ze kwam vol overtuiging in hun leven, deelde hun overwinningen en teleurstellingen, maar ze bekeek ze objectief zodat haar inzicht wat hun welzijn betreft altijd juist was. Ze had tot dusverre geboft met al 'haar' kinderen, maar ze was nog nooit zo gelukkig geweest als hier in Devon. Terwijl ze achter de rotsen in elkaar dook en de wind door haar korte bruine krullen waaide, wist ze zeker dat ze in The Keep thuishoorde en dat ze vooral belangrijk was voor de drie jongste Chadwicks. Voorzover mogelijk had ze een leegte in hun levens gevuld, hen een gevoel van continuïteit gegeven. Ze was een ontbrekende schakel tussen de generaties en ze deed haar best hun afschuwelijke verlies goed te maken…

Ze ging gauw op haar knieën zitten toen Mol en Susanna het water uit klauterden, wikkelde ze in ruwe, warme handdoeken en gaf hen hete thee in plastic bekers.

'Ik heb z-zes s-slagen helemaal alleen gedaan, Caroline,' zei Susanna klappertandend. 'Heb je het gezien, Fliss? En jij, Kit?'

'Nou klink je net als Kleine Roe,' zei Kit goedgeluimd, toen ze de picknickmand uitpakte. 'Natuurlijk hebben we je gezien.'

'Verdraaid goed, Sooz,' zei Fliss. 'Ik heb een ei voor je gepeld. Kijk. Hier, met wat brood en boter. Er moet ook ergens een zoutvaatje zijn.'

Na de picknicklunch organiseerde Caroline wedstrijdjes met een wicketpaaltje als baken in het zand. Iedereen deed mee aan de drie-beenswedloop; Caroline met Kit, Fliss met Hal, Mol met Susanna. Hal en Fliss wonnen. Hal sleepte haar bijna de hele weg mee en ze stortten met zijn allen lachend, uitgeput op de twee kleden, buiten adem en dorstig…

'Moeten we echt naar huis?' vroeg Susanna droevig, toen ze een tijdje later op een rots zat en haar been uitstak terwijl Caroline het zand van haar voeten veegde en haar schoenen aantrok.

'Jullie grootmoeder wil graag met jullie allemaal theedrinken,' vertelde Caroline haar. 'Hal en Kits laatste dag. Jullie willen haar toch niet teleurstellen?'

'Het is niet z-zo erg,' zei Mol, die zijn vochtige, zanderige voe-ten in zijn strandschoenen duwde. 'Of wel, Sooz? We komen hier gauw genoeg weer.' Hij rilde in zijn donkerblauwe trui, sprong op en neer om warm te blijven en genoot van het zanderige gevoel van zijn voeten tegen het canvas.

'Volgende keer gaan we met de eend over Burgh Island,' beloof-de Caroline.

Dat was een hele traktatie. De eend was een speciaal voertuig met grote wielen en een hoog balkon waarop passagiers over de ver-hoogde weg tussen Burgh Island en het vaste land werden vervoerd. De kinderen waren dol op dat ritje, vooral als het vloed was en de wielen bijna helemaal onder water stonden. Ze juichten luid en pak-ten hun boeltje bij elkaar, hielpen Fliss om het zand uit de kleden te schudden, terwijl Kit de inhoud van de picknickmand controleerde. Ze klommen zoals altijd met tegenzin terug naar de auto, zich troostend met de gedachte dat ze dadelijk thee zouden drinken in de hal, met Ellens zelfgemaakte cakejes en jam en geklopte room.

Fliss bleef even staan, keek over haar schouder naar de beuken-de, bulderende zee en wilde dat deze dag altijd zou blijven duren; dat de vakantie nooit ophield. Zuchtend draaide ze zich om en volg-de de anderen over het pad omhoog, bedroefd in de wetenschap dat deze laatste kostbare dag bijna voorbij was; nu al vooruitblikkend naar de volgende keer dat ze allemaal weer samen zouden zijn.

11

Een week of twee later stond Fox op de heuvel onder The Keep en keek gespannen naar de gordel van bomen aan de voet van de helling. Het was een zachte middag eind september, de heuvels in de verte hadden een mistige blauwe gloed en over het hele landschap hing een zware, slaperige sfeer. Een buizerd hing even bewegingloos in de heldere lucht, voordat hij op een thermiekbel omhoogklom en zijn schaduw rustig over het land gleed. Een fazant kraste en bleef toen stil. Plotseling was er een explosie van geluid en kwam er een aantal figuren uit de schaduw van de bomen tevoorschijn die de heuvel oprenden.

De honden voorop, oren naar achteren, gevolgd door twee kinderen. Fox lachte luid. Op deze afstand kon hij Susanna en Mol moeilijk uit elkaar houden. Susanna's haar was bijna net zo kort als dat van Mol en net zo donker, en ze droegen allebei dezelfde korte broek en blouse. Met hun donkere huid, hun donkere ogen en hun stevige figuur waren ze het evenbeeld van hun grootvader.

Fox dacht: Chadwicks kinderen, dat zijn ze. Echte Chadwicks. En die Mugwump! Wat een naam voor een hond. Echt iets voor Kit...

Hij herinnerde zich dat het vier jaar geleden was, toen Kit de puppy zijn naam had gegeven, dat Mol voor het eerst hardop had gelachen: een roestig geluid, maar merkwaardig aanstekelijk.

'M-mugwump?' had hij ongelovig herhaald – en hij was gaan lachen en lachen. Kit had hurkend op de keukenvloer, waar ze met de puppy aan het spelen was, naar hem gegrijnsd.

'Goeie naam voor hem, of niet?' wilde ze weten. 'Of niet?' En Mol had geknikt, moest nog altijd lachen, terwijl de anderen dom hadden staan grijnzen, te blij om iets te zeggen. Fliss had tranen in haar ogen gehad...

Mugwump kwam nu dichterbij, met Mrs. Pooter op zijn hielen en de kinderen erachteraan. Fox bukte zich om hem achter zijn oren te krabbelen.

'Stom beest,' mompelde hij. 'En jij, jij oud vrouwtje…'

Mrs. Pooter stoof langs hem heen; beledigingen en complimentjes lieten haar koud. Ze dacht aan haar avondeten, wilde naar huis, werd een beetje te oud voor dit soort excursies. Susanna wierp zich tegen Fox aan.

'Hoe snel waren we?' vroeg ze buiten adem. 'Sneller dan gisteren?'

Fox keek op zijn horloge. 'Vier seconden sneller.' Hij keek naar Mol. 'Zijn jullie helemaal rond geweest?'

Mol knikte. 'H-helemaal rond,' zei hij, 'niet dan, Sooz? We konden je helemaal niet meer zien.'

'Goed zo, jongen.' Hij glimlachte naar Susanna. 'Je wordt goed, meisje. Doen je benen zeer? Wil je op mijn rug?'

Ze knikte, haar dikke haar wapperde heen en weer. Hij ging op zijn hurken zitten zodat ze op zijn rug kon klauteren, waarna hij, met Mugwump voorop en Mol als de hekkensluiter, over het smalle schapenpad liep. Susanna begon met een hoge ademloze stem te zingen en hield met haar bruine handjes Fox' hoofd stevig vast.

Happend naar adem bleef Mol even staan en keek achterom waar ze vandaan waren gekomen. Wat leek het ver weg! Hij kon er maar niet aan wennen hoe het landschap voortdurend leek te veranderen. Vanuit zijn slaapkamer in The Keep leek de heuvel waar hij over uitkeek helemaal niet hoog. Maar als hij beneden in de vallei stond, leek hij als een berg omhoog te rijzen, met de zachte, groene velden bijna verticaal, waardoor hij zich afvroeg hoe de schapen zich vasthielden. Hij staarde naar beneden naar de bomen en fronste. Hij vond het altijd verschrikkelijk als hij op het punt kwam waarop hij The Keep en de wachtende Fox niet meer kon zien. Het was een persoonlijke test geworden; een test waar hij nog niet voor was geslaagd omdat Susanna tot nu toe altijd bij hem was geweest. Hij wist – en Fox wist het ook – dat hij nog niet in zijn eentje rond het bosje durfde. Niet omdat het pad gevaarlijk was, maar eenvoudigweg omdat een diepgewortelde angst hem ervan weerhield om buiten het gezichtsveld te stappen van alles dat veilig was.

Stel dat er in de schaduw van de bomen iets afschuwelijks op hem wachtte? De dood kon onverwachts toeslaan op een zomerse dag. Hij huiverde, sloot zijn gedachten met opzet af voor beelden van hinderlagen en bloed. Deze zelfde angst maakte het noodzakelijk dat er altijd iemand van zijn kleine familie in zijn buurt moest zijn. Hij zat altijd bij het raam op Freddy te wachten als ze in Totnes boodschappen had gedaan, of op Fliss als ze pianoles had. Het was zo'n opluchting geweest dat ze naar dezelfde school konden, ook al vond hij het afschuwelijk om bij de deur naar de klas afscheid van haar te nemen.

Twee jaar geleden, toen ze dertien was, was Fliss naar kostschool gegaan en Mol had haar vreselijk gemist: niet alleen thuis, maar meer nog op school. Een jaar geleden was Susanna oud genoeg om met hem naar de lagere school in Dartington te gaan en hij had geglommen van trots toen hij Susanna wegwijs maakte. Susanna was nu zes, en hij, Mol, werd eind oktober negen; oud genoeg om naar kostschool te gaan. Er was over gesproken dat hij deze herfst al moest, maar er was niets van gekomen. Misschien volgend jaar... De angst sloeg om zijn hart en hij begon te rennen om Fox en Susanna in te halen.

De keuken was warm en uitnodigend. Ellen had een cake gebakken en er stond veelbelovend een pot pas gemaakte bramenjam op tafel. Mugwump slobberde uit de bak koud water in de hoek, terwijl Mrs. Pooter bij de deur lag, klaar om Susanna naar de hal te volgen. Niet alleen was zij de morsigste eetster, maar ze wilde ook nog wel eens kleine hapjes tussen Mrs. Pooters wachtende kaken laten glijden. Ze vormden een goed team, waren allebei ondeugend en hadden een sterk gevoel voor zelfbehoud. Ze begrepen en respecteerden elkaar en konden daarom goed met elkaar opschieten.

'Het ging goed, vandaag,' zei Fox tegen Ellen, toen hij de theepot pakte. 'Vier seconden van de tijd af. Wat zeg je daarvan?'

Met opgetrokken wenkbrauwen wierp ze een blik op hem, maar hij schudde zijn hoofd als antwoord op haar onuitgesproken vraag. Beiden wisten dat de tijd van de race niet het belangrijkste was, een bevlieging die was ontstaan na een sportdag op school. Opeens moest alles getimed worden – maar de loop om het bosje had zich tot iets veel belangrijkers ontwikkeld.

'Vier seconden,' zei Ellen vol bewondering. 'Tjonge. Dan zullen jullie wel een kop thee lusten, dunkt me. Hup, naar de bijkeuken, allebei. Goed je handen wassen. Jullie grootmoeder zit te wachten.'

'Het lukt hem nog wel,' zei Fox in de stilte die viel toen de kinderen weg waren. 'Het lukt hem nog wel.'

'Natuurlijk,' zei Ellen, en schonk melk in de twee bekers en zette ze op het volle theeblad. 'Als hij er klaar voor is. Er komt een dag dat hij ons allemaal verrast.'

'Hij is er nog niet klaar voor,' had Caroline een jaar geleden gezegd, terwijl ze Freddy resoluut aankeek. 'Hij moet nog niet weg. Dat zou niet goed zijn.'

Theo, die bij deze belangrijke discussie ontboden was, had heimelijk bewondering gehad voor deze klare taal.

'Daar moeten we het over hebben.' Freddy klonk een beetje onderdrukt. 'Daarom is Theo hier. We willen het bespreken en uiteraard willen we jouw… mening horen, Caroline.'

Theo moest zijn best doen om niet te grijnzen. Het was onmogelijk om Caroline het zwijgen op te leggen als ze een uitgesproken mening had over een beslissing die betrekking had op de kinderen, zelfs Freddy kon dat niet. Dan was ze niet tegen te houden, alsof je een heetwatergeiser probeerde af te dekken.

'Nou ja, die hebt u nu gehoord,' zei Caroline vlot. 'Hij is er niet klaar voor om in de herfst naar kostschool te gaan.'

'Dank je, Caroline.' Freddy's blik zou ieder ander de mond hebben gesnoerd. 'Ik denk dat je heel duidelijk bent geweest.'

'Misschien is het ook interessant,' zei Theo minzaam tegen Freddy, 'om te horen waarom Caroline dat precies vindt.' Hij glimlachte naar Caroline. 'Je zegt het wel op een manier alsof er geen discussie mogelijk is.'

'Ik vind het erg belangrijk.' Als Caroline praatte, bewoog haar hele lichaam – handen, schouders, voorhoofd, zelfs haar wenkbrauwen. Haar bruine krullen stonden dan rechtovereind en haar lichtbruine ogen sprankelden. Net zoals ze nu naar Theo keek, met geballde vuisten en een wanhopige, verwrongen blik op haar gezicht. 'Het is niet alleen het stotteren – ook al zouden de andere jongens hem waarschijnlijk genadeloos pesten – hij is gewoon nog niet… sterk genoeg.'

'Sterk genoeg?' herhaalde Freddy scherp. 'Hij is kerngezond. Hij rent als de wind en klimt als een aap in iedere boom.'

'Ik heb het niet over zijn lichamelijke welzijn,' zei Caroline ongeduldig. 'Hij is heel fit, dat is waar. Ik heb het over zijn emotionele kant. Hij is zo onzeker. Ik denk niet dat hij hersteld is van die afschuwelijke toestand in Kenia.'

Freddy sloot haar ogen en haalde diep adem. Caroline keek bezorgd naar Theo. Hij knikte, leunde voorover en legde een hand op Freddy's arm.

'We moeten het onder ogen zien,' zei hij. 'Misschien is hij er nog niet aan toe. Is dat erg? Is het zo vreselijk belangrijk dat hij in de herfst weggaat?'

Freddy leunde achterover in haar stoel. Er was iets van haar vitaliteit verdwenen en ze zag er moe en oud uit. 'Het is moeilijk voor een jongen om halverwege het jaar op school te beginnen,' zei ze. 'Dat zou jij toch moeten weten, Theo. Dan is het veel moeilijker om alles in te halen en vrienden te maken. Het is heel naar om er niet bij te horen en Mol is van nature al niet zo open. Hij zou een achterstand hebben. Ik wil het beste voor hem, dat is alles.'

'Hij is bang, zie je.' Caroline was iets rustiger nu ze haar standpunt duidelijk had gemaakt. 'Hij is bang om mensen kwijt te raken. Dierbaren, bedoel ik. Hij is altijd doodsbang dat ze niet terugkomen.'

Freddy fronste een beetje. 'Ik had gehoopt dat hij daar bijna overheen was,' zei ze. 'Ik dacht dat het beter ging.'

Caroline schudde haar hoofd. 'Hij kan het beter verbergen. Naarmate hij ouder wordt, leert hij om het achter een boel vertoon van moed te verbergen. Maar daaronder zit het nog steeds. Ik denk dat het zijn dood zou betekenen, als hij bij ons weg moest.'

Freddy leek een beetje van haar stuk door zo'n overdreven uitspraak, maar Caroline knikte heftig.

'Echt waar.' Ze keek naar Theo. 'Het klinkt raar, ik weet het. Maar ik meen het. Ik denk dat in zekere zin een belangrijk deel van hem echt dood zou gaan.'

'We begrijpen allebei wat je wilt zeggen,' zei Theo vriendelijk. 'Jij hebt het meeste contact met hem en ik weet dat je echt op hem gesteld bent. Ik leg me graag neer bij jouw oordeel.'

Geen van beiden keken ze naar Freddy, die zich in haar stoel bewoog. 'Goed,' zei ze. 'We zullen zien hoe het gaat. Misschien is het niet zo erg als hij een jaar later begint. Laten we hopen dat hij wat meer zelfvertrouwen krijgt. Dank je, Caroline. Je bent erg... behulpzaam geweest.'

Caroline glipte weg en Theo legde opnieuw zijn hand op die van Freddy. Ze knikte, aanvaardde zijn gebaar van steun. 'Dat is dan dat,' zei ze. 'Zullen we een stukje in de tuin wandelen? Ik heb behoefte aan frisse lucht en ik wil het even over Mol hebben.'

En zo was het idee van kleine proeven ontstaan; kleine testjes op zich die samen Mols zelfvertrouwen misschien zouden versterken. Freddy reed regelmatig met hem naar Totnes, vroeg zich af hoe ze hem kon helpen om zijn angst te overwinnen en bedacht nieuwe manieren om hem wat moed te geven. Aan tafel in het Quaker House achter een kopje koffie 'herinnerde' ze zich dan dat ze was vergeten om de krant te kopen.

'Ik vroeg me af,' zei ze dan bedachtzaam, 'of jij misschien mijn oude benen wat rust zou willen gunnen? Wat denk je? Je weet waar Cummings is, nietwaar? Twee winkels verderop?'

Mol knikte dan, stond met grote ogen van angst naast haar, maar voelde zich ook heel gewichtig. Ze gaf hem dan het geld, verfoeide zichzelf en deed een schietgebedje dat er zich geen problemen zouden voordoen... Enkele ogenblikken later kwam hij dan het café weer binnenstormen, uitgelaten over zijn succes, dolblij met deze triomf. Met limonade of ijs toostten ze op zijn prestatie en zat Freddy in gedachten alweer iets nieuws te bedenken. Eén keer had ze hem gevraagd om met een grote doos bij Harris de ijzerwarenwinkel te wachten, terwijl zij de auto haalde. Het duurde allemaal wat langer en toen de oude Morris Oxford eindelijk naast hem tot stilstand kwam, schrok ze vreselijk van de bleke doodsangst op zijn gezicht en zijn strakgespannen lichaam.

'Ik dacht dat je weg was,' zei hij met trillende lippen, en ze had hem stevig in haar armen genomen en zichzelf vervloekt dat ze zo wreed en ongevoelig was geweest.

Zou hij er ooit weer bovenop komen? Het was een vraag die ze zich allemaal stelden. Fliss leek tevreden met haar leven in The

Keep. Ze had haar verdriet verwerkt en haar aanbidding voor Jamie overgebracht op Hal; de anderen waren haar familie geworden en hoewel ze stil en gereserveerd was, was ze toch gelukkig. Susanna kon zich geen ander leven herinneren. Ze hadden afgesproken dat ze de tragische details van de dood van haar ouders en broer niet te horen zou krijgen, en ze hadden haar alleen verteld dat ze bij een auto-ongeluk waren omgekomen. Ze aanvaardde dit kalm, kon zich hen niet herinneren en bleef zich ontwikkelen als het vrolijke kind dat ze altijd was geweest. Alleen Mol bleef ernstig gekwetst, maar de volwassenen in zijn kleine wereldje bleven hopen dat het metter-tijd zou helen.

En zo werd afgesproken dat hij in The Keep zou blijven, samen met Susanna naar school zou gaan en zijn zelfvertrouwen zou ont-wikkelen. Het bosje was een soort symbool geworden. Ooit zou Mol in zijn eentje om het bosje rennen en zouden ze allemaal weten dat hij een angst had overwonnen die diep in hem geworteld zat; dat hij klaar was om verder te gaan.

Prue werd plotseling wakker, draaide zich op haar rug en gaapte. Ze had een verwarrende droom gehad waarin ze had geworsteld om naar een schoolconcert te gaan. De bus zat vol en ze moest Hals cel-lo dragen; vol excuses, verklaringen en tranen van frustratie… Prue gaapte opnieuw. Wat waren dromen toch raar! Hal had in geen ja-ren cello gespeeld. Ze kwam overeind, voelde met haar tenen naar haar slippers, gleed van het bed en pakte haar ochtendjas. Ze trok het dunne kledingstuk dicht en liep naar de badkamer.

Tegen de tijd dat ze eindelijk in de keuken stond, was het bijna tien uur. Ze was helemaal alleen. Prue rekte zich wellustig uit, ge-noot van dit zeldzame gebeuren. De tweeling zat weer op school en Tony was op bezoek bij zijn broer in het noorden, zoals hij geregeld deed. Prue had zijn broer maar één keer ontmoet, op het gemeen-tehuis vier jaar eerder, en kon zich hem amper herinneren.

'We kunnen eigenlijk niet zo goed met elkaar opschieten,' had Tony gezegd, toen ze hem er naderhand naar had gevraagd. 'Nooit gekund. Ik voel me wel een beetje verantwoordelijk voor hem, maar meer ook niet. Hij heeft het moeilijk gehad. Laten we maar niet meer aan hem denken, hè schat?'

Toch ging Tony drie of vier keer per jaar naar hem toe en hij stuurde geregeld geld. Prue deed er niet moeilijk over, stelde geen vragen. Haar eigen vader was een alcoholist, een acteur die altijd werkloos was en haar moeder had haar hele leven geprobeerd hem te beschermen. Toen Prue twaalf was, waren ze bij haar oudtante in Edinburgh gaan wonen; een rijke, vriendelijke, oude dame die haar kostschool had betaald en hen allemaal onderhield. Prue was opgelucht toen de oorlog uitbrak en ze eindelijk kon ontsnappen; meer nog toen haar vader overleed en ze hem niet meer aan Johnny – of Freddy – hoefde voor te stellen. Haar moeder en tante waren even op de bruiloft geweest en waren toen weer snel vertrokken, en uiteindelijk was haar moeder aan kanker overleden, terwijl de inmiddels hoogbejaarde oudtante nog altijd leefde. Prue schreef haar geregeld, stuurde haar foto's van de tweeling en ging af en toe op bezoek. Ze voelde zich schuldig dat ze zo weinig aangedaan was toen haar ouders overleden. Ze had erg haar best gedaan om van ze te houden, maar ze waren in die beginjaren zo op zichzelf gericht en dramatisch geweest; ze waren zo overdreven sentimenteel en gingen zo gebukt onder het leven toen ze ouder werden. Prue was bijna jaloers geweest op haar schoonzus Alison, wier ouders waren overleden toen ze nog een kind was en die zo praktisch en zelfverzekerd was. Wat leek het lang geleden dat zij en Johnny en Alison en Peter samen jong waren geweest.

Prue zette koffie en staarde uit het raam naar het huis van de buren. Misschien was haar huwelijk met Johnny het enige verstandige geweest dat ze ooit had gedaan. Het was de mooiste prestatie geweest. Het verbaasde haar nog steeds dat die knappe, getalenteerde, geweldige Johnny Chadwick haar had gekozen. Wat hadden ze fantastisch veel plezier gehad en wat miste ze hem verschrikkelijk. Daar kon Tony niet tegenop en toch was hij een goede partner, ondanks zijn buien. Met Tony wist ze nooit helemaal hoe de vlag hing en ze was opgelucht dat Kit ervoor had gekozen om intern naar Badminton School te gaan. Zodoende was de tweeling zelden getuige van de ruzies die zo nu en dan losbarstten. Het gaf Tony en Prue ook de privacy die zo belangrijk was. Tony kon temperamentvol zijn, gauw gekwetst en humeurig, en dat soort problemen waren het beste in bed op te lossen.

Een inmiddels vertrouwde angst drukte op Prue toen ze zich over tafel boog en naar de brieven staarde die ze in de hal had opgeraapt. Een envelop droeg het bekende wapen van de bank en ze keek er zenuwachtig naar. Ze had een paar maanden geleden bericht gehad dat ze rood stond. De grootte van het bedrag had Prue verbaasd en ze was opgelucht dat haar jaarlijkse dividend bijna werd uitgekeerd. Uiteindelijk had ze wat van Theo geleend. Het was niet voor het eerst dat ze de afgelopen vier jaar van hem had geleend, maar ze voelde zich schuldig en beloofde altijd dat ze het hem terug zou betalen. Theo had haar geschreven, een aangenaam grote cheque bijgevoegd en haar verteld dat er ergens in de buurt van Teignmouth een grote hoeveelheid porseleinaarde was gevonden en dat ze nog niet arm waren.

Ze pakte de envelop en vroeg zich af hoe ze het in vredesnaam zonder Theo zou hebben gered. Niet alleen omdat hij haar uit de penarie hielp, maar omdat hij de indruk wekte dat hij haar waardeerde, om haar gaf, dat ze belangrijk voor hem was.

Prue dacht: Ik had met Theo moeten trouwen. Waarom heb ik dat in vredesnaam niet gedaan?

Bij dit idee schoot ze even in de lach, scheurde ondertussen de envelop open en haalde de brief eruit. Vol ongeloof las ze de woorden, de glimlach gleed langzaam van haar gezicht, en nogmaals las ze de brief. Het was een beleefde maar onverbiddelijke brief van de directeur. Er stond een groot bedrag debet op haar rekening en de bank was genoodzaakt geweest enkele cheques terug te sturen. Ze kon haar rekening pas weer gebruiken als de schuld was afbetaald… Prue stak een sigaret op, haar ogen flitsten over het bijgevoegde afschrift. De schok schoot door haar hele lichaam, leek het wel. Onmogelijk! Het hele bedrag, haar héle jaartoelage was in vier grote opnames van haar rekening gehaald. Prue schudde haar hoofd; onmogelijk. Er was natuurlijk een vergissing gemaakt. Ze nam snel een slok van haar koffie, liet haar blik over het afschrift glijden en trok een grimas bij het zien van die akelige rode cijfertjes. Vervolgens zette ze bedachtzaam haar kopje neer en bekeek de posten wat beter. Er stonden andere bedragen, bedragen die ze niet herkende. Een aantal herkende ze wel: het wekelijkse huishoudgeld; een bedrag voor een paar schoenen; voor een jas voor Kit. Dat kon ze zich allemaal herinneren – maar waar was die vijftien pond voor geweest? En die honderdvijftig? Honderdvíjftig? Prue beleef stil zitten. Naast het bedrag stond het nummer van de cheque en onmiddellijk rommelde ze in haar tas en haalde haar chequeboekje tevoorschijn. Ze bladerde door de souches en verweet zichzelf dat ze ze altijd zo nonchalant invulde. Ze kon er maar een of twee controleren, maar de cheques waren wel weg; cheques waarvan ze zich niet kon herinneren dat ze ze had uitgeschreven; cheques waarvan ze zeker wist dat ze ze niet had uitgeschreven; cheques die ze wel moest hebben uitgeschreven, omdat ze er waren uitgescheurd.

Prue rookte bedachtzaam. Was het mogelijk dat ergens iemand een chequeboekje had met dezelfde nummers? Had de bank een vergissing gemaakt? Zo ja, dan waren de cheques door iemand anders uitgeschreven, maar van haar rekening betaald. Dat was de enige verklaring. Had ze de controlestrookjes maar zorgvuldiger ingevuld. Ze wou dat Tony thuis was. Hij had altijd geloofwaardige, geruststellende verklaringen voor dit soort schrikbarende gebeurtenissen; hij kon haar aan het lachen maken, haar opvrolijken. Hij kon weliswaar heel extravagant zijn, maar er was niemand zo gul als hij, als hij geld had. Ze keek op haar horloge. Zondagmiddag kwam hij laat thuis. Het had geen zin erover te piekeren; ze zou het met Tony bespreken en maandagochtend de bank bellen. Er was gewoon een vergissing gemaakt die rechtgezet moest worden.

Prue drukte haar sigaret uit en liep naar boven om een bad te nemen.

12

Kille vochtige flarden zeemist volgden Theo de trap op naar zijn appartement. De mist had al de hele dag vanuit Het Kanaal door het stadje gedwaald en had op alles een laagje nattigheid achtergelaten. Alleen uit macht der gewoonte had hij een avondwandeling gemaakt vlak voordat het onheilspellende licht helemaal verdween en hij was blij dat hij de warmte van zijn flat bereikte en zijn klamme overjas uit kon doen. Even stond hij mistroostig in het kleine halletje. Hij miste zijn boek. Na jarenlang werken, was het eindelijk door een kleine, gerespecteerde uitgeverij geaccepteerd en na de publicatie had het de aandacht getrokken van een achtenswaardige recensent en een vooraanstaand geestelijk leider die beiden een lovenswaardige recensie hadden geschreven. De eerste had het '… dit uiterst belangrijke werk…' genoemd, en de laatste '… een moeilijk en controversieel onderwerp dat fascinerend is beschreven en tot nadenken stemt…' Theo was verbaasd en opgetogen geweest; hij had het warme gevoel van voldoening ervaren. Toen de ophef wegstierf, merkte hij dat hij zijn werk miste; het had hem beziggehouden, zijn dag structuur gegeven. Zijn momenten van spirituele bezinning gaven hem kracht, maar hij had behoefte aan een praktische onderneming.

Terwijl hij probeerde te bedenken waarover hij nog meer iets intelligents te zeggen had, vroeg een oude vriend hem of hij diens parochie in de Midlands tijdelijk van hem wilde overnemen, omdat hij een operatie moest ondergaan. Theo deed dit met plezier, maar had geen spijt toen zijn tijdelijke aanstelling ten einde liep. Hij begon zijn leeftijd te voelen. Nadat het oorlogsschip waarop hij diende, was getorpedeerd, had hij lange tijd verzwakt in zee gelegen en hij had nog altijd last van bronchitisaanvallen. Hij had nooit echt goed voor zichzelf gezorgd en deze onverschilligheid begon zijn tol te eisen.

Theo wreef met zijn handen over zijn dikke, vochtige haar – hij was vergeten zijn hoed op te zetten – en liep naar de keuken. Vol afkeer keek hij naar zijn avondeten – vier slappe, kleurloze worstjes en een kapje witbrood – en voelde zich nog depressiever. Hij had vreselijk veel zin in een van Ellens stoofpotten met van die heerlijke knoedels en dikke jus en hij stelde zich voor hoe Ellen in de keuken in The Keep bezig was. Hij begon te watertanden toen hij zich de smaak van haar rundvleespastei voor de geest haalde, gevolgd door bijvoorbeeld pruimentaart met slagroom. Hij kreunde hardop. Waarom zat hij hier te vernikkelen in zijn koude kamers in Southsea, terwijl hij van de luxe en schoonheid van zijn huis in West Country kon genieten? Tja, het antwoord op die vraag kende hij. Zolang hij niet zeker wist of hij en Freddy zonder spijt in vrede samen konden leven, had hij het recht niet haar zuurverdiende rust te verstoren.

Hij raapte net de moed bijeen om de koekenpan uit de kast te halen toen de telefoon ging. Het was bijna een opluchting de keuken uit te gaan om op te nemen, ook al begon hij wel erg veel trek te krijgen. In het voorbijgaan greep hij het enige stuk fruit van de fruitschaal en nam een hap van de verschrompelde appel terwijl hij de hoorn opnam.

'Theo?' De stem aan de andere kant van de lijn werd wat wantrouwig. 'Wat ben je aan het doen?'

Theo slikte het stuk appel door, verslikte zich in de dikke schil en kreeg een hoestbui.

'Sorry,' hijgde hij. 'Sorry. Er schoot iets in mijn verkeerde keelgat. Sorry.' Hij rochelde even welluidend en was toen weer bij. 'Neem me niet kwalijk. Het gaat al weer. Ben jij dat, Prue?'

'Ja. Gaat het, Theo? Je hebt toch geen aanval?'

'Nee, nee. Echt niet. Ik verslikte me in een stukje appel. Hoe gaat het met je, Prue? Leuk om je te horen. Alles goed met de tweeling?'

'O, Theo.' Haar stem trilde, tranen dreigden. 'Er is iets heel afschuwelijks gebeurd.'

Theo maakte meelevende geluiden en vroeg zich radeloos af of zijn bankrekening nog wel een van Prues 'heel afschuwelijke' gebeurtenissen aankon. Hij tastte in zijn broekzak naar een zakdoek en snoot zijn neus terwijl hij naar haar stem luisterde die zei dat Tony bij haar weg was.

'Wég?' Dat was wel het laatste wat hij had verwacht. Hij was zich er zeer goed van bewust dat Prue hun relatie met het geld van haar toelage had onderhouden, met aanzienlijke hulp van hem zelf, ondanks de baantjes die Tony vond – en weer kwijtraakte. Theo vond het vreemd dat Tony die bron van inkomsten en zijn gemakkelijke leventje zomaar zou achterlaten. Hij fronste en dacht snel na. 'Weet je het zeker, Prue? Vergis je je niet? Waarom zou hij bij je weggaan?'

'O, Theo.' Hij hoorde dat ze haar best deed zich te vermannen. 'Ik weet zeker dat hij weg is. Hij ging bij zijn broer op bezoek en zou afgelopen zondag weer thuis zijn. Het is nu al donderdag en ik heb helemaal niets gehoord. Nog geen telefoontje, of iets.'

'Is het niet mogelijk dat hij een ongeluk heeft gehad?' vroeg Theo bezorgd. 'Heb je zijn broer gebeld?'

'Die heeft geen telefoon. Hij woont heel erg afgelegen ergens in de Borders. Ik weet gewoon dat hij weg is, Theo. Hij heeft… O god, Theo, hij heeft cheques vervalst.'

Theo was stil. Met een schok besefte hij dat hij deze suggestie niet onmiddellijk van de hand deed, maar zich afvroeg hoeveel schade Tony had berokkend.

'Theo?' Ze klonk verloren, maar de vermoeide wanhoop in haar stem wekte bij Theo de indruk dat ze hier al een tijd mee rondliep; dat ze zijn bedrog niet zojuist had ontdekt, maar al enige tijd haar best deed het te aanvaarden. 'Theo, hij heeft al mijn geld opgenomen. Ik had net mijn toelage gekregen en het is allemaal weg. Ik ben bij de bankdirecteur geweest. De cheques waren op naam van een vrouw uitgeschreven en ze heeft ze op verschillende plaatsen in het land verzilverd. Hij heeft ook nog wat kleinere bedragen uitgeschreven om dingen te betalen. Ik heb geen cent meer en ik sta vierhonderdzesentwintig pond en nog wat kleingeld rood.'

Theo deed zijn ogen dicht. Zijn hand greep de stoel naast hem beet, hij liet zich er langzaam op zakken en haalde diep adem.

'Mijn arme kind,' zei hij ten slotte. 'Mijn arme Prue. Wat afschuwelijk. Heb je het al aan iemand anders verteld?'

'Nee,' zei ze vlug. 'Aan niemand. O god, Theo. Wat zal Freddy wel niet zeggen?'

Ze klonk zó bang dat Theo medelijden met haar kreeg.

'Maak je over Freddy voorlopig maar geen zorgen,' zei hij. 'Zal ik naar je toe komen? Zal ik morgen komen zodat we alles kunnen bespreken? Dan kan ik de bankdirecteur geruststellen en je voorlopig even uit de brand helpen. Wat vind je?'

Ze begon te huilen, snikte zachtjes van opluchting en dankbaarheid. 'Ja, heel graag,' zei ze uiteindelijk. 'Maar ik kan het niet verdragen, Theo. Je bent al zo fantastisch geweest. Hoe kan ik nog meer van je lenen? En hoe moet ik het je terugbetalen? O, waarom doe ik altijd alles fout.'

'Sst,' zei hij vriendelijk. 'Stil maar, kleintje. Ik voel me vereerd dat je mij dit toevertrouwt. We zijn toch vrienden, Prue? Natuurlijk. Daar zijn vrienden toch voor? Ik kom morgen. De trein die ik altijd neem. Je hoeft me niet op te halen. Ik neem wel een taxi en dan ben ik rond lunchtijd bij je. Geen tranen meer. Neem maar een warm bad en een stevige borrel en probeer wat te slapen… Ja, ja, dat weet ik toch. Ik houd ook van jou. Tot morgen.'

Hij legde de hoorn op de haak en bleef even zitten om alles wat ze had gezegd tot zich door te laten dringen. Uiteindelijk stond hij met een zucht op en liep weer terug naar de keuken. De worstjes zagen er nog slapper en kleurlozer uit, het brood nog ouder, en plotseling verlangde hij naar een stevige whisky en een sappig stuk vlees. Hij werd overvallen door een zware aanval van roekeloze genotzucht.

'Denk maar niet dat ik jullie ga eten,' mompelde hij, en smeet de worstjes weer in de vliegenkast en de broodkorst in de broodtrommel. 'Denk dat maar niet.'

Hij liep naar de hal, pakte zijn jas, dacht dit keer aan zijn hoed en haastte zich de trap af, de deur uit, doelbewust in de richting van de warmte en het gezelschap van de Keppel's Head.

Na de zondagochtenddienst gingen Mol en Susanna naar hun eigen plekje achter in een hoek van de boomgaard. Hier had ooit een klein, stenen gebouw gestaan en in de vervallen overblijfselen achter een boom hadden ze een huis gebouwd om in te spelen. Oude kratten dienden als stoelen en een tafel, en ze aten er het eten op dat ze van Ellen hadden gekregen. Hier konden ze iedereen zijn, afhankelijk van wat hun lievelingsboek op het moment was. Tot voor kort waren ze de Kinderen van het Nieuwe Woud, opgejaagd door Rondkoppen, en daarvóór hadden ze als Peter Pan en Wendy Kapitein Haak uitgedaagd. Soms bedachten ze hun eigen spelletjes, maar vanmorgen waren ze druk bezig met het schoonmaken van hun huisje met een oude tuinbezem en een stoflap. Ellen had hen eerder op de morgen hun rantsoen chocolade gegeven, twee Cadbury repen, en deze lagen, van blauw papier en zilverfolie ontdaan, op twee kapotte schoteltjes die als borden dienden met daarnaast een fles sinaasappelsap die in twee kopjes zonder handvat kon worden geschonken. Dit was hun elfuurtje. Maar eerst moest het huishouden gedaan worden.

Spinnen zochten dekking toen Susanna haar stoflap met meer energie dan precisie in het rond zwaaide, maar de vloer werd redelijk schoon en de losse overtrekken werden buiten uitgeklopt. Deze overtrekken – oude, vale gordijnen – gaven een huiselijke sfeer als ze over de drie splinterige kratten lagen en het kleine kamertje zag er heel gezellig uit. De deur – een oude, roestige golfplaat – stond tegen de boom zodat er lucht en licht binnenkwam; een andere golfplaat vormde het platte dak en balanceerde gevaarlijk op de overblijfselen van de muren.

'Want mannen zullen zwoegen en vrouwen zullen schreien,' zei Susanna, en citeerde Ellen, terwijl ze met de lap over de oude kruiwagen zwaaide, waar ze een paar schatten verborgen hadden – een roestige koekjestrommel met wat kleffe koekjes en een paar beschimmelde kaarten in een houten doos. Ze zuchtte diep. 'Spinnen genoeg in al die spleten. Nou vraag ik je.'

Mol zette zijn bezem naast de open deur en kneep zijn ogen dicht tegen het felle licht buiten. Stof danste in het zonlicht en plotseling moest hij niezen.

'Tijd voor ons elfuurtje,' kondigde hij aan. Hij niesde weer, ging op een krat zitten en schonk voor allebei precies evenveel sap in.

Susanna beet een stuk chocolade af. 'Wat wordt ons nieuwe spelletje?'

'Stel nou…' begon Mol langzaam. 'Stel nou dat er in de tuin een schat lag begraven.' Caroline was hen een zorgvuldig ingekorte versie van *Schateiland* aan het voorlezen. 'En dan moeten wij die zoeken. Maar dan was er ook nog een andere bende.'

'Wat voor schat?' vroeg Susanna opgewonden. 'Zilverstukken?'

'Als je wilt,' zei Mol. 'We kunnen wel wat koperen muntjes in de zilverfolie van de chocola verpakken en vragen of Caroline ze voor ons wil verstoppen. Dan hebben we natuurlijk de kaarten nodig. Caroline kan ook een kaart tekenen. Dan is het t-topgeheim en zou de andere bende er ook achteraan zitten.'

Alleen al bij de gedachte aan de andere bende voelde Mol een angstige kriebel vanbinnen, maar Susanna sprong al overeind om de doos te pakken. Mol maakte hem open en haalde de kaart van het heidegebied achter Ashburton tevoorschijn en spreidde hem over de tafel uit, terwijl ze voorzichtig hun kopjes sap vasthielden. Samen bogen ze zich over de kaart. Er stonden al een aantal dingen met potlood op getekend, maar daardoor leek hij alleen maar echter.

'Dit is de boomgaard,' zei Mol. 'Zie je? En dit is de binnenplaats. Waar de x staat. Zeg, waar is het potlood…?'

Een eindje verderop was Freddy achter de fuchsiahaag aan het werk in de border die langs het gazon langs de hoge stenen muur liep. Ze was de herfstasters en de hoge Japanse anemonen aan het opbinden. Een zuidwesterstorm had de vorige nacht een chaos in de tuin veroorzaakt, zelfs in dit beschutte hoekje, en ze was druk bezig met herstellen en redden. De storm was de volgende ochtend geluwd en de lucht was fris. Tegen de achtergrond van de diepe, zachtblauwe lucht hingen slierten hoge, witte vederwolken, terwijl daaronder flarden kringelende, grijze wolken joegen, restanten van de storm. Een roodborstje zat boven op de muur te fluiten en een onverschrokken admiraalvlinder spreidde zijn vleugels op de gouden vruchten van de camelia.

Ondertussen was Freddy met haar gedachten bij allerlei andere zaken. De kinderen waren in haar gedachten, zoals altijd: Fliss had geschreven of ze op schoolreisje naar Stratford mocht; Susanna had een nieuwe winterjas nodig; Mol aarzelde of hij wel of niet naar een feest zou gaan waarvoor hij was uitgenodigd. En dan was er ook nog Fox die door een nare aanval van ischias niets meer kon, om nog maar te zwijgen over Caroline die al zijn taken op zich had genomen en haar eigen werk ook nog eens goed deed.

Freddy dacht: Wat zouden we hebben gedaan als Caroline er niet was? Wat is ze een zegen.

Ze ging weer op het gazon staan, schraapte de modder van haar dikke tuinschoenen en pakte nog wat twijngaren. Mugwump lag een eindje verderop op een dode tak te knagen die door de storm was afgerukt en kwispelde zachtjes met zijn staart. Hij hield haar goed in de gaten voor het geval ze zijn stok wilde afpakken, maar ze knipte nog een stuk garen af en liep verder langs de border om de chrysanten op te binden. Freddy glimlachte toen ze zag hoe hij op het gras lag en ze herinnerde zich de tijd dat ze niets bij hem in de buurt durfde te leggen uit angst dat hij het met zich mee zou slepen of kapot zou bijten. Ze had vaak achter hem aangehold om haar handschoenen, plantschopje of garen terug te halen. Hij was altijd dol op een partijtje touwtrekken, maar over het algemeen accepteerde hij zonder omhaal dat zijn speelgoed werd afgenomen. Hij was niet meer zo vernielzuchtig, maar ze miste zijn ondeugende streken.

'We worden allemaal ouder,' zei ze tegen hem, terwijl ze zich vooroverboog en verderging.

Mugwump voelde het verdriet in haar stem aan en vroeg zich af of ze misschien zin had in een spelletje. Hij stond op en sleepte de tak over het gazon, duwde hem naar haar toe en blafte een paar keer bemoedigend. Tevreden zag hij dat ze hem begreep, want ze pakte een uiteinde van de tak en begon ermee te schudden. Onmiddellijk greep hij het andere eind tussen zijn kaken, trok er uit alle macht aan en gromde opgewonden. Hij was teleurgesteld toen ze losliet.

'Pak hem dan, mal beest!' zei ze lachend. 'Je bent te sterk voor mij. Ik wil die oude stok van jou niet.'

Hij schudde hem nog eens uitdagend in zijn bek, maar ze was alweer met de bloemen bezig en hij gaf het op, ging liggen en begon weer te knauwen. Freddy's gedachten waren ondertussen naar Theo gegleden. Ze had getwijfeld of ze Fox' ziekte moest gebruiken om Theo een tijdje naar The Keep te lokken, maar dan zou hij haar misschien serieus nemen en zich verplicht voelen het lichamelijk werk van Caroline over te nemen. Freddy wist dat Theo onmogelijk kon toekijken terwijl Caroline houthakte en met kolen sleepte, het gras maaide en de moestuin onderhield. Uiteraard hielpen zij en

Ellen Caroline waar ze konden, zelfs Mol en Susanna hadden eigen klusjes gekregen, maar het onderstreepte des te meer het probleem dat op de loer lag naarmate ze ouder werden en minder aankonden. Natuurlijk zou Theo's extra paar handen goed uitkomen, maar zijn bronchitisaanvallen kwamen de laatste tijd steeds vaker en Freddy maakte zich zorgen om hem. Ze verlangde ernaar dat hij thuiskwam naar The Keep – niet in de laatste plaats omdat hij dan goedverzorgd was – maar ze was bang dat hij dan te hard zou werken. Misschien moest ze overwegen een jongere man parttime in dienst te nemen… Alleen zou Fox dat een afschuwelijk idee vinden… of niet? Ze herinnerde zich hoe afkerig Ellen was geweest bij het idee een kinderjuffrouw in dienst te nemen toen de kinderen er pas waren, maar nu waren zij en Caroline de beste vriendinnen.

Freddy bond de laatste plant op en keek op haar horloge; bijna tijd voor de lunch en Julia kon ieder moment komen. Maaltijden waren nog zo'n probleem. Toen Peter en John naar kostschool gingen, besloot ze dat het tijd was dat ze tijdens de vakanties de lunch samen met haar in de eetkamer genoten; vanaf hun dertiende dineerden ze ook samen. De eetkamer was al jaren niet meer in gebruik, op grote familiediners en formele gelegenheden na, maar ze wist dat ze er weer over na moest denken. Toen Caroline naar The Keep kwam, had Freddy gepiekerd waar ze moest eten. De jongens hadden de paar jaar voordat ze naar kostschool gingen een gouvernante gehad, maar die nam altijd een dienblad mee naar haar kamer. Zelfs Freddy besefte dat die tijd voorbij was en dat Caroline van even goede komaf was als zijzelf. Gelukkig had Caroline het probleem zelf opgelost. Ze was zonder ophef en heel natuurlijk in de keuken bij de kinderen gebleven, hoewel ze een enkele keer – op verzoek van Freddy – met hen dineerde in de ontbijtkamer. Prue en de tweeling aten nu altijd met haar – ze waren per slot van rekening al zeventien– en Fliss was blij maar wel een beetje verontrust toen werd voorgesteld dat zij de afgelopen vakantie ook met hen zou dineren. Freddy vond dat Fliss zich heel goed had gedragen, ook al genoot ze duidelijk van het feit dat ze werd behandeld als een van de volwassenen.

Binnenkort waren Mol en Susanna oud genoeg om zich bij hen te voegen en zou de eetkamer weer ten volle gebruikt worden.

Freddy raakte een beetje ontmoedigd bij het vooruitzicht dat de kinderen opgroeiden, van school zouden gaan, banen zouden vinden en zouden trouwen...

Ze dacht: In hemelsnaam! Susanna is nog maar zes.

Ze werd overvallen door een volgende angst. Zou ze nog leven als Susanna oud genoeg was om een echtgenoot te kiezen? Voordat ze dit alarmerende idee kon uitwerken, hoorde ze een stem en zag ze Caroline over het gazon naar haar toe komen.

'Daar bent u!' riep ze uit. 'Goh! U hebt hard gewerkt. Niet al te veel schade? Mooi zo. Mrs. Blakiston komt eraan en Theo heeft gebeld. Hij komt morgen. Theetijd. Hij komt om kwart voor vier aan.'

'Maar waarom zo onverwachts?' Freddy trok haar handschoenen uit. 'De verjaardag is pas over tien dagen. Is hij wel in orde?'

'Kerngezond,' verzekerde Caroline haar. 'Hij zei dat hij zin had in Ellens stoofpot met knoedels.'

Ze lachte en Freddy glimlachte terug, maar schudde haar hoofd bij zulk merkwaardig gedrag. Mugwump, die blij was met zoveel vrolijkheid, liep met zijn tak in zijn bek op hen af en liet hem uitdagend aan Carolines voeten vallen. Voor een goede stoeipartij kon hij altijd op Caroline rekenen. Ze pakte de tak en begon door het gras te rennen, sleepte hem achter zich aan en moedigde de hond aan. Mugwump rende achter haar aan, probeerde de opspringende tak te pakken wat faliekant mislukte. Freddy lachte hardop toen ze naar hen keek. Ze was opgelucht dat Theo binnenkort kwam. Ze besloot hem zelf op te halen en raakte onmiddellijk weer geïrriteerd toen ze zich herinnerde dat passagierstreinen het spoor naar Staverton niet langer gebruikten en dat ze helemaal naar Totnes moest. Maar het was een ongemak waar ze aan gewend begonnen te raken en het was heerlijk om Theo weer thuis te hebben. Dan kon ze hem haar ideeën over een parttime tuinman vertellen, ervan uitgaande dat ze het zich konden veroorloven... Freddy's glimlach vervaagde een beetje. Hoewel Peter heel goed verzekerd was geweest en Alison zelf wat geld had gehad dat in een fonds voor Fliss, Mol en Susanna zat, onderhield het bedrijf op het moment wel heel veel mensen. Niettemin was het wenselijk dat een paar van de kinderen zichzelf binnen niet al te lange tijd zouden kunnen onderhouden.

Hal had binnenkort zijn keuring voor de officiersopleiding van de Koninklijke Marine, maar Kit aarzelde nog, ging als een weermannetje heen en weer tussen verschillende carrières en Fliss leek nog helemaal geen bepaalde roeping te hebben.

Freddy verspilde geen tijd in de serre toen ze haar draad en schaar opborg en haastig een paar andere schoenen aandeed. Julia stak net de binnenplaats over toen ze naar buiten kwam en samen liepen ze het bordes op naar de voordeur.

'De zomer is voorbij,' kondigde Freddy aan. 'Het is tijd om de haard in de hal aan te steken en ons voor te bereiden op de winter.'

'Ik krijg het gevoel dat die opmerking me verdrietig zou moeten stemmen,' zei Julia, toen ze achter haar vriendin aan naar de salon liep, 'maar ik vind dat ieder seizoen zijn eigen voordelen heeft.'

'Omdat je jezelf gelukkig mag prijzen dat je onafhankelijk bent,' zei Freddy, en liep naar de dranktafel. 'Je sociale leven stopt niet als de winter begint. Het mijne ook niet – als ik een sociaal leven had, tenminste. Wij rijden in onze autootjes heen en weer, beschermd tegen het weer, niet gehinderd door het openbaar vervoer. Als ik die jonge vrouwen bij de bushalte zie vernikkelen van de kou, met hun zware boodschappentassen en baby's en kinderwagens…' Ze schudde haar hoofd. 'In de zomer is het al erg genoeg. In de winter lijkt het me ondraaglijk.'

'Een heleboel gezinnen hebben tegenwoordig een auto,' protesteerde Julia. 'Ik weet wel dat de echtgenoten die doordeweeks gebruiken, maar er is meer dan genoeg gelegenheid om in het weekend samen boodschappen te doen.'

'Misschien,' zei Freddy. 'Het is tegenwoordig allemaal gemakkelijker dan vroeger, dat ben ik met je eens, maar voor mijn gevoel waren jij en ik onze tijd vooruit, Julia. Ik vraag me af of onze vriendschap tot bloei was gekomen als we elkaar niet hadden kunnen zien wanneer we maar wilden.'

'Je hebt wel gelijk.' Julia pakte haar glas. 'In dat opzicht hebben we geluk gehad. We hebben meer vrijheden gehad dan de meeste vrouwen. Een kleine vergoeding voor alles dat we hebben verloren.'

Voor Freddy antwoord kon geven, stak Caroline haar hoofd om de deur.

'Goedemorgen, Mrs. Blakiston,' zei ze. 'De lunch staat klaar, Mrs. Chadwick.'

Freddy knikte. 'Dank je, Caroline. Zeg maar tegen Ellen dat we eraan komen.'

'Nog zo'n vergoeding, me dunkt,' zei Julia zachtjes, toen Caroline verdween.

'O, ja,' beaamde Freddy direct. 'En wat een fijne! Ik kan me niet indenken hoe we het zonder Caroline zouden hebben gered. Neem je glaasje mee, Julia. Eén waardevolle les die ik in mijn leven heb geleerd, is dat je nooit ruzie moet maken met de kok. Kom. Ik wil al je nieuws horen.'

13

Caroline was degene die de open haard aanstak; voor het eerst die winter. Door de zachte nazomer was het nog niet nodig geweest, maar de storm had de lucht afgekoeld en ze besloot dat een haardvuur extra uitnodigend zou zijn voor Theo. Er was plaats voor een enorm grote mand hout in de diepe stenen alkoof waar de haard in was gebouwd en gelukkig voor Caroline zat hij helemaal vol grote, droge blokken die ze in de brede haard legde. De haard werd een keer per jaar aan het eind van het seizoen geleegd, maar verder niet meer als het vuur eenmaal brandde. Iedere winter vormde zich een berg hete as naarmate de weken vorderden en zo nu en dan haalde Fox voorzichtig een aantal fikse scheppen weg, zodat de berg niet te hoog werd, maar het vuur ging zelden uit. Nu, aan het begin van het seizoen, had Caroline proppen krantenpapier en droge takjes nodig om hem aan te krijgen, maar algauw brandde hij dat het een lieve lust was. Ze ging op het kleine krukje zitten dat altijd tegenover de houtmand in de alkoof stond, en waar Susanna op wintermiddagen graag op zat met de roze gloed van de vlammen op haar wangen. Caroline sloeg haar armen om haar knieën en staarde, piekerend over het verleden, in het vuur.

In 1939 was haar moeder al een aantal jaren overleden en had haar vader, die als officier in het leger diende, Caroline aan de zorgen van haar oudere zus en hun tante toevertrouwd. Hij was in Noord-Afrika omgekomen. Caroline was er kapot van geweest, maar ze was de dochter van een militair en had geleerd dat dit het risico was. Ze was een verstandig en bedachtzaam kind, maar ze verlangde ernaar om bij een gezin te horen. Toen haar eigen familie geleidelijk verdween, besloot ze kinderjuffrouw te worden om zo bij het gezin van een ander te kunnen horen.

Nu dacht ze: Wat een geluk dat ik hier terecht ben gekomen. Die goeie Prue. Het beste wat ze ooit voor me had kunnen doen. Ik hoop maar dat ze me er niet uitzetten als Susanna oud genoeg is om naar school te gaan. Waar zou ik dan naartoe moeten? Dit is nu mijn thuis. Het mooie is dat Mrs. Chadwick me nodig heeft, niet alleen voor de kinderen, maar ook voor allerlei andere dingen. O, alstublieft, God, zorgt ervoor dat ze me willen houden.

Hoewel ze hem vier jaar geleden voor het laatst had gezien, moest ze opeens aan Jeremy denken. Jeremy: haar vorige werkgever, voor wiens kinderen ze had gezorgd en op wie ze hopeloos verliefd was geworden. Zijn vrouw was aan een zeldzame ziekte overleden en Caroline was ervan overtuigd geweest dat hij uiteindelijk meer zou willen dan haar vriendschap en hulp waarop hij na de dood van zijn vrouw zo had gerekend. Het was een vernederende schok toen hij na een feest thuiskwam en verkondigde dat hij verliefd was. Hij had verwacht dat ze blij voor hem zou zijn, dat ze hem zou feliciteren, en ze had haar best gedaan. Aangezien de jongste net naar school was, nam Caroline deze gelegenheid waar om haar ontslag aan te bieden; haar vernedering was compleet toen ze zag hoe opgelucht hij dit aanvaardde. Ze wist dat hij het moeilijk zou hebben gevonden om haar te ontslaan na de jarenlange steun die ze hem had gegeven. Uiteindelijk liet hij haar zonder wroeging gaan, en in de periode dat ze haar toevlucht had gezocht bij haar zus, was Prue langsgekomen om te regelen dat ze het huisje mocht lenen. Behalve haar zus kende alleen Prue de hele affaire, voorzover het dat al was. Jeremy had haar per slot van rekening nooit de indruk gegeven dat hij van haar hield. Niettemin kon ze hem niet vergeten…

Ze hoorde de keukendeur slaan en sprong overeind. Ellen kwam met de theespullen binnen.

'Iedereen komt tegelijkertijd,' zei ze gespannen. 'Mr. Theo en mevrouw komen vanaf het station, en de kinderen komen uit school. Hadden we er maar aan gedacht, dan hadden ze langs school kunnen rijden.'

'Geeft niet, Ellen,' zei Caroline, en hielp haar om het dienblad leeg te maken. 'Dat geeft Mrs. Chadwick de kans om alleen te zijn met Mr. Theo. Ik haal de kinderen wel van de bus om te zeggen dat ze een beetje door moeten lopen.'

'Die Mol,' zei Ellen, en telde de borden. 'Hij is vast weer kastanjes aan het rapen onder de grote boom op de hoek. Niet dat hij er nog meer nodig heeft. Ik heb al een hele bak in de oven staan.'

'Hij ruilt ze met zijn vriendjes,' vertelde Caroline haar. 'Hij maakt er een mooie knikkerverzameling van.'

Ellen zette kopjes op de schoteltjes en legde er lepeltjes bij. 'Hij durft nu in ieder geval naar huis te lopen zonder dat iemand hem opwacht,' merkte Ellen op. 'Hij heeft natuurlijk Susanna nog, maar het is toch weer een stapje.'

'Dat is het zeker.' Caroline controleerde de tafel en knikte. 'Alles aanwezig. Die cake ziet er zalig uit, Ellen. Hoe gaat het met Fox?'

Ellen klakte geërgerd met haar tong. 'Hij is vandaag opgestaan, de eigenwijze kerel. Hij zit in de keuken. De wijkverpleegster komt straks langs. Die zal hem wel eens toespreken.'

Caroline schoot in de lach. 'Arme Fox. Hij zegt dat haar handen van ijzer zijn en dat hij naderhand altijd onder de blauwe plekken zit.'

'Ze bewerkt hem inderdaad wel goed,' gaf Ellen met een zeker leedvermaak toe. 'Na afloop heeft hij steeds een kruik nodig met een zachte doek eromheen. Zo. Dat ziet er goed uit, al zeg ik het zelf.'

'Ik hoop dat je iets voor ons hebt bewaard,' zei Caroline, toen ze samen naar de keuken liepen. 'Ik blijf vandaag bij jou en Fox. Kan ik nog iets doen voordat ik de kinderen ophaal?'

'Je hebt al meer dan genoeg gedaan, mijn liefje.' Ellen gaf Caroline een vriendelijk klopje op haar hand. 'Ga maar gauw de kinderen halen en geniet van je wandeling. Het zal je goed doen.'

Caroline ging verbaasd en ontroerd weg; Ellen was niet iemand die haar gevoelens vaak toonde. Toen ze door het hek liep, vrolijkte ze op. Links van de oprijlaan stonden schapen in het veld te grazen en er waaide een stevige, koude wind over de heidevelden. Ze hield van de kracht van de elementen: de razende, bulderende wind die reusachtige bomen deed buigen; enorme golven die tegen de kust aansloegen; kletterende regen die de aarde reinigde. Hoezeer de mens ook zijn kracht mat met deze indrukwekkende natuurkrachten, ze bleven onaangetast en onoverwinnelijk; niet wreed maar eenvoudigweg onaangedaan. Dat vond ze een mooie gedachte.

Ze draaide haar gezicht in de wind, leunde ertegenaan en voelde de kracht toen ze zich over de oprijlaan haastte. Een stuk verderop werd ze beschermd door de hoge wallen en ze haalde haar vingers door haar korte krullen, verfrist, alle vernederende herinneringen weggeblazen. Twee kleine figuren kwamen de hoek om; Susanna en Mol liepen moeizaam naar huis. Toen Caroline hen zag, maakte haar hart een sprongetje van liefde. Ze stak haar handen hoog de lucht in, zwaaide en rende op hen af.

De werkkamer lag recht achter de salon en keek uit op het noorden. Overal tegen de muur stonden boeken, behalve de boeken van de kinderen en Freddy's eigen leesmateriaal. Er hing een lichtelijk sombere sfeer in deze stille kamer en Freddy had haar best gedaan hem wat op te vrolijken met gekleurde kleden en gordijnen met veel warme gouden en roomkleurige tinten erin geweven. Tussen de twee ramen stond een walnotenhouten tafel met een aantal stoelen en twee kleine bankjes van brokaat vol met paarse kussens die tegenover elkaar bij de open haard stonden.

Hier kreeg Freddy eindelijk Theo te pakken, de ochtend na zijn komst. Ze hadden een uur eerder samen ontbeten, maar er lagen allerlei huishoudelijke klusjes op Freddy te wachten en ze had Theo aan zijn eigen lot overgelaten. Die was zo rusteloos dat hij niet op zijn eigen kamer bleef. Hij vroeg zich af hoe hij Freddy Prues nieuws moest vertellen en slenterde naar de werkkamer in de hoop dat een boek hem misschien zou afleiden. Hij had Prue ervan overtuigd dat het verstandig was als hij het akelige verhaal aan Freddy vertelde. Want hoewel Prue wist dat het laf was, ze was doodsbang de confrontatie met haar schoonmoeder aan te gaan. Theo besloot dat Freddy beter kon denken dat Prue een lafaard was, dan om een definitieve breuk tussen hen te riskeren. Prue was veel te overstuur, veel te zenuwachtig om het verhaal helder en duidelijk te vertellen en hij wist dat Freddy al ver vóór het einde haar geduld zou hebben verloren.

Prue ging hier maar wat graag in mee en dus was Theo naar West Country vertrokken. Onderweg had hij in gedachten zijn verhaal gerepeteerd en zitten denken hoe hij Prue in een goed daglicht

kon stellen. Ze had hem verbaasd. Ondanks haar angst en be-
schaamdheid had ze twee manieren bedacht waarop ze het goed
kon maken en toen ze die aan hem had voorgelegd, voelde hij een
golf van liefde voor haar over zich heen komen...

De deur ging open en Freddy stak haar hoofd om de hoek.

'Ik was je al kwijt,' zei ze. 'Zoek je iets om te lezen of ben je voor
Ellen en de stofzuiger gevlucht?'

'Ik zat op jou te wachten,' zei hij ernstig. Hij trok haar verder
naar binnen en deed de deur achter haar dicht. 'Heb je even tijd om
te luisteren?'

'Natuurlijk.' Zijn toon waarschuwde haar en ze keek naar hem,
met haar vooruitgestoken kin en zette zich schrap voor wat ging komen. 'Wat is er? Zitten we niet veel lekkerder in de salon?'

'Misschien.' Theo haalde zijn schouders op. 'Maar we worden er
eerder gestoord. Kom zitten.'

Ze ging op een van de bankjes zitten, maar Theo bleef met zijn
handen in zijn zakken staan. Het bleef even stil en Freddy bestudeerde hem van dichtbij. Hij droeg een oude trui, die Ellen jaren
geleden voor hem had gebreid, en zijn gebruikelijke grijze broek.
Zijn dikke haar zat in de war en hij zag er ontspannen en aantrekkelijk uit en op de een of andere manier ook jonger dan hij er in maanden had uitgezien. Freddy werd plotseling overvallen door de angst
dat hij haar ging vertellen dat hij een vrouw had ontmoet, verliefd
op haar was en met haar ging trouwen.

'Wat is er, Theo?' vroeg ze scherp. 'Treuzel niet zo en zeg het gewoon.'

Hij hoorde de angst in haar stem en keek snel op. Ze staarde ijzig terug en de moed zonk hem in de schoenen.

'Ik moet je iets vertellen,' zei hij. 'Ik weet niet precies hoe ik
moet beginnen.'

Ze wist nu zeker dat haar angst gegrond was. Haar keel werd
dichtgeknepen door woede en jaloezie en ze zei niets. Naderhand
was ze zó opgelucht dat ze zich daardoor niet belachelijk had gemaakt, dat ze bij de gedachte alleen al vaak midden in de nacht badend in het zweet wakker werd.

'Het gaat om Prue,' zei hij – en ze dacht dat ze zou flauwvallen
van opluchting. 'Tony is bij haar weg. Althans, hij is sinds twee we-

ken verdwenen en Prue heeft ontdekt dat hij haar cheques heeft gestolen en haar handtekening heeft vervalst.'

Ze kon het amper bevatten. Haar extreme reactie op de eerste ontzetting had haar geschokt en ze kon slechts met moeite in zich opnemen wat hij haar nu probeerde te vertellen. Ze schudde haar hoofd alsof ze de verwarring wilde weghalen en hij kwam naast haar zitten.

'Ze wilde het je zelf vertellen…' Dat moest hij heel duidelijk maken. '… maar ik stond erop dat ik het je zelf eerst zou uitleggen. Ze is erg overstuur.'

'Dat kan ik me voorstellen.' Haar stem was onvast en ze schraapte haar keel. Hij legde zijn hand op de hare en ze draaide haar hand om zodat ze hem stevig vast kon houden. Wat zou het onverdraaglijk zijn om Theo te verliezen – vooral aan een andere vrouw. Hij keek haar met een vreemde blik aan en ze concentreerde zich en ontspande haar gezicht tot een normale uitdrukking. 'Vertel me alles. Vanaf het begin. Sorry. Het is nogal een schok.'

Zijn meelevende, bezorgde blik bracht haar bijna weer van haar stuk, maar het was duidelijk dat hij niets vermoedde en ze deed snel een schietgebedje. Hij begon te praten, vertelde over Tony's reisjes die nu een onheilspellender karakter hadden gekregen; de vele keren dat Prue rood had gestaan zonder dat ze wist hoe ze zoveel had kunnen uitgeven; en als laatste dat Tony Prues toelage helemaal had opgenomen en andere cheques had vervalst om dingen te betalen. Freddy luisterde stil, terwijl haar eerste reactie langzaam weg begon te zakken en ze zich bewust werd van de omvang van Tony's bedrog.

'O, werkelijk, Theo,' zei ze, toen hij was uitgesproken. 'Ik kan haast niet geloven dat Prue zó goedgelovig kan zijn. Of zo warrig. Houdt ze haar uitgeschreven cheques dan helemaal niet bij? Haar hele toelage! O, het is te erg voor woorden, zelfs voor Prue!'

'Je kunt niets afkeurends tegen haar zeggen wat ze niet al tegen zichzelf heeft gezegd,' zei Theo na een tijdje. 'Ze is gebroken, zó vernederd voelt ze zich. Dubbel, zelfs. In de eerste plaats omdat ze zonder een stuiver achterblijft en in de tweede plaats omdat haar man haar heeft verlaten voor een andere vrouw. Ze is heel wreed gebruikt en bedrogen. Prue is dan wel erg nonchalant als het om haar financiën gaat, maar haar enige echte fout is dat ze is gevallen voor

de verkeerde persoon. Dat zou ons allemaal kunnen overkomen.'
Freddy keek hem even snel aan en keek toen de andere kant op. 'Ja, toch?' zei hij vriendelijk en een beetje triest. 'Prue mag niet veroordeeld worden omdat ze te veel van iemand houdt en te vrijgevig is.'

Boze woorden lagen op Freddy's lippen, maar ze slikte ze woedend in. Ze wilde graag tekeergaan tegen Prues slapheid, maar ongewild had Theo al haar wapens ontzenuwd.

'Wat moet er gebeuren?' vroeg ze uiteindelijk een beetje bitter. 'Stel je voor dat we hem zijn gang laten gaan. Hem onze zegen geven. Ik ben bang dat mijn vrijgevigheid niet in dezelfde klasse valt als die van Prue.'

Ze kneep haar lippen op elkaar, verfoeide zichzelf, maar Theo glimlachte teder naar haar. Ze keek hem nijdig aan.

'We hebben de politie gebeld,' vertelde hij haar. 'Natuurlijk moet hij aangehouden worden als dat mogelijk is, maar het geld zijn we waarschijnlijk kwijt.'

'En waar moet Prue dan van leven?' wilde Freddy weten. 'Hoe moet haar rekening aangevuld worden? Ze komt zo'n duizend pond tekort, als ik het goed begrijp. Het gaat niet alleen om Prue. We moeten ook aan de tweeling denken.'

'Prue heeft er goed over nagedacht. Ze begrijpt best dat ze de boedel veel geld heeft gekost en haar voorstel is dat jij haar huis verkoopt om je zo schadeloos te stellen.'

Freddy gaapte hem aan. 'Haar húís verkopen?'

Hij knikte. 'Voor haar gevoel is het nooit echt van haar geweest, ook al ben je zo goed geweest om het haar te schenken. Het lijkt haar het beste als het wordt verkocht om haar schuld te vereffenen.'

Prues onschuldige opmerking raakte Freddy als een klap in het gezicht en ze was erg gekwetst. Ze kon zich nog herinneren hoe trots ze was geweest op haar gulle gebaar en hoe verfijnd ze was omgegaan met Prues verbazing en stotterende dankbaarheid. Ze kookte inwendig.

'En waar moeten ze dan wonen?' vroeg ze minachtend. 'Waar moeten ze van léven?'

'Prue heeft een baan gevonden,' zei Theo. Hij was overduidelijk zo trots op haar dat Freddy ineenkromp. Hij verwachtte dat Freddy ook trots op Prue was; in plaats daarvan was ze beschaamd en voelde ze zich heel nietig.

'Als wat?' mompelde ze.

'Vanaf volgende week werkt ze in een van de grote warenhuizen in Queen's Road, op de damesmodeafdeling. En ze hoopt ergens een klein flatje te kunnen huren.'

'En denkt ze nu werkelijk dat ze kan leven van het salaris van een winkeljuf?' Opnieuw verfoeide ze zichzelf. 'Het is belachelijk en helemaal niet nodig,' zei ze nijdig. 'Ziet ze me soms als de boze stiefmoeder die haar kans afwacht om haar in de kou te zetten? Wat mij betreft is ze nog altijd mijn schoondochter en als zodanig zal ik voor haar zorgen. Waarom zou de tweeling in een armoedig flatje moeten wonen omdat Prue zo'n waardeloze mensenkenner is?'

'Zo waardeloos nu ook weer niet,' wees Theo haar vriendelijk terecht. 'Ze koos John als eerste.'

Freddy's lippen begonnen te trillen en ze klemde ze stevig op elkaar. Hij mocht niet zien hoe gekwetst ze zich voelde door Prues afwijzing van het huis en door zijn strijd voor Prue die haar, Freddy, in zo'n slecht daglicht had gezet. Theo zag alleen dat ze van haar stuk was, dacht dat het door de zinspeling op haar geliefde John kwam en sloeg zijn armen om haar heen.

'Vergeef me,' zei hij.

Freddy klampte zich aan zijn trui vast en wreef de stof tussen haar vingers. 'Wat moet ik doen?' vroeg ze.

Even zweeg hij en hield zijn armen om haar heen, opgelucht dat ze het zo goed had opgevat.

'Ik vind dat we een compromis moeten sluiten,' zei hij ten slotte. 'Ik vind dat Prue het huis moet houden, maar dat het goed voor haar zou zijn om te werken. Het zal haar zelfvertrouwen goeddoen en dan heeft ze het gevoel dat ze iets nuttigs doet. Ze zal zuinig en verstandig moeten zijn en ik denk dat ze heel erg haar best zal doen. De tweeling heeft niets te lijden, daar zorgen we wel voor.'

'En de schuld bij de bank?' Ze hield zijn trui nog steeds vast, hoofd gebogen, ogen dicht.

'Kan het van de boedel worden betaald?'

'Ik denk het wel. Maar hij is geen onuitputtelijke bron, Theo. Hij wordt op het moment zoveel aangesproken. Daar wil ik het een andere keer nog met je over hebben.'

'Prima. Maar als we het ons kunnen veroorloven om Prues

schuld af te betalen, dan vind ik dat we dat moeten doen. Ik heb nog wat aandelen die ik van mijn tante heb geërfd...'

'Nee, nee,' zei ze ongeduldig. 'Volgens mij heeft Prue jou al genoeg gekost.' Ze keek hem schrander aan. 'Of niet?'

Haar ogen daagden hem uit, maar hij glimlachte nietszeggend. 'Vrouwen zijn dure wezens,' zei hij peinzend. 'Dat weet ik wel. Wil jij niet weten wat je voor je verjaardag krijgt? Susanna zeurt al de hele tijd om een nieuwe fiets...'

'De oude fiets van Fliss is nog prima,' zei Freddy kortaf. 'En over die cadeautjes...' Ze aarzelde. Theo's cadeautjes waren zeldzame voorwerpen, met liefde en zorg uitgezocht. 'Wat heb je dan voor me gekocht?' vroeg ze overmoedig.

Hij barstte in lachen uit, gaf haar een snelle zoen en trok haar overeind. Hij had een paar mooie kandelaars gevonden van Bristols blauw glas waar ze zo dol op was. Ze zouden prachtig op haar hoekkastje staan tussen haar andere schatten.

'Wacht maar af,' zei hij. 'Wil je iets voor me doen? Bel Prue. Wees lief voor haar. Ze zal zó opgelucht zijn. Wil je dat voor me doen?' Hij wist dat ze niet van telefoneren hield en veel liever brieven schreef.

'O, goed dan,' zuchtte ze, en voelde de irritatie weer opwellen omdat ze niet van hem gescheiden wilde zijn, ook niet voor even. 'Daarna moeten we praten, Theo. Over Fox en... o, van alles.'

'Ik zal op je wachten,' zei hij. 'Ga Prue bellen. Zeg haar dat je trots op haar bent dat ze een baan heeft. Je bent een lieverd, Freddy. Ik wacht in de salon op je.'

14

Prue legde de hoorn op de haak en bleef verbijsterd staan. Toen ze het geluid van Freddy's stem aan de andere kant van de lijn hoorde, was ze verslapt van angst – en verbazing: ze had een brief verwacht – en ze had zich instinctief schrap gezet. Freddy kon heel koel zijn en haar woorden waren verbluffend scherp, waardoor Prue altijd als een stamelend hoopje ellende achterbleef. Vanaf het moment dat ze wist dat Theo in The Keep was, had Prue zitten wachten op een bericht van haar schoonmoeder. Vreemd dat ze Freddy nog altijd in die rol zag. Prue vroeg zich af wat ze nu werkelijk van elkaar waren nu ze hertrouwd was, maar dat was niet relevant. Freddy zou altijd haar schoonmoeder zijn, ze was Johnny's moeder; grootmoeder van de tweeling; verzorgster en voorvechtster… Prue schonk zichzelf een borrel in. Het was pas halftwaalf, maar ze had behoefte aan iets sterks.

Toen ze een bijtende gin-tonic naar binnen slokte, dacht Prue aan het telefoontje. Het was waar, Freddy's medeleven voor haar lot was niet onverdeeld; haar geruststelling dat Prue zich niet druk hoefde te maken over haar schuld bij de bank was een tikkeltje terughoudend; haar felicitaties met Prues nieuwe onafhankelijkheid had een lichtelijk wrange bijsmaak. Alsof Freddy het hele gesprek op een citroen had zitten zuigen… Prue giechelde van dankbaarheid en opluchting – en gin – en liet zich in een stoel vallen. Het kwam wel goed. Ze was zo overweldigd door Freddy's grootmoedigheid dat Tony's ontrouw er even niet meer toe leek te doen. Het belangrijkste was dat alles met de bank geregeld werd en dat zij en de tweeling niet naar een armoedig zitslaapkamertje hoefden te verhuizen. Ze wist heel goed dat ze zich alleen de eenvoudigste vorm van huisvesting had kunnen veroorloven en hoewel ze bereid was geweest het huis op te offeren, had ze haar schuldgevoelens dat ze de tweeling hun thuis afnam niet van zich af kunnen schudden.

In stilte hief ze haar glas naar Theo op. Ze wist heel goed dat ze haar redding aan hem te danken had. Freddy zou haar wel uit de brand geholpen hebben, al was het alleen maar voor de tweeling, maar niet zo edelmoedig. Het was lief van Freddy dat ze het huis mocht houden. Prue had verwacht dat Freddy zou voorstellen dat het hele gezin maar naar Devon moest verhuizen. Theo had haar hiervoor gewaarschuwd. Het was per slot van rekening een voor de hand liggende oplossing. De tweeling zat op school en ging binnenkort toch het huis uit en er was meer dan genoeg ruimte voor Prue in The Keep. Ze kreeg bijna een hartverzakking bij de gedachte om permanent onder een dak te wonen met Freddy – zelfs al was het een behoorlijk groot dak – maar ze had geprobeerd dit voor Theo te verbergen. Prue nam nog een slok gin en glimlachte wrang. Vermoedelijk dacht Freddy er precies hetzelfde over en had ze haar eigen positie willen beschermen door erop te staan dat Prue haar huisje moest houden. Wat de redenen ook waren, Prue voelde zich slap van blijheid. Ze vond het geen enkel probleem om te werken in een poging de schade te herstellen – dat was niet meer dan eerlijk – maar ze was intens opgelucht dat de tweeling geen gevolgen zou ondervinden van haar stommiteiten.

Het vertrouwde verdriet bekroop haar weer. Ze vroeg zich af waar Tony was en voelde een steek van ellende en gêne dat ze zó was bedrogen. Het was nu wel duidelijk: toen hij doorhad dat Prue geen grote erfenis te wachten stond, dat hij geen erfstukken in contant geld kon omzetten, had hij plannen gemaakt om weg te gaan. Achteraf kon ze het patroon zien. Ze zag hoe de bezoekjes naar het noorden langzamerhand waren toegenomen – hij had haar verteld dat zijn broer ziek was – hoe hij had geëxperimenteerd met het hier en daar vervalsen van haar cheques. Natuurlijk had ze zich tot hem gewend met haar zorgen en hij had ze snel weggepraat, gelachen om haar verwarring, haar afgeleid met liefde.

Prue dacht: God, wat ben ik dom geweest. Zo gemakkelijk te bedotten. Ik vertrouwde hem, bedreef de liefde met hem en al die tijd ging hij waarschijnlijk ook met háár.

Blozend van schaamte en woede klemde ze haar kiezen op elkaar, maar ze wist nu dat ze diep vanbinnen niet van hem hield; dat de schaamte en de woede eerder het resultaat waren van haar gekwetste trots dan van ware passie. Ze bedacht zich hoe ze van Johnny had gehouden. Als Johnny haar had bedrogen dan… Prue deed haar ogen dicht. Het zou het einde van haar wereld hebben betekend. Zelfs nu, achttien jaar later, veroorzaakte de gedachte aan Johnny met een andere vrouw echte pijn. Nee, ze hield niet echt van Tony. Het was een slap aftreksel, dat uit eenzaamheid en behoefte was voortgekomen, maar de pijn van zijn ontrouw en bedrog was erg genoeg. Was ze maar voorzichtiger geweest…

Het was voorbij. Prue nam een laatste slok en duwde zich uit de stoel overeind. Het was afgelopen en ze moest zich eroverheen zetten. Ze had een nieuwe kans en ze was van plan hem aan te grijpen en Freddy te laten zien dat ze het waard was. Prue liep naar de keuken en zette haar glas op de afdruipplaat. Ze moest nieuwe kleren kopen voor maandag; het uniform bestond uit een kantoorgrijze rok en een witte blouse. Dankzij Theo had ze genoeg geld om zich naar tevredenheid uit te rusten en ze was vastbesloten hem van haar eerste salaris terug te betalen. Ze besloot te gaan winkelen, maar eerst zou ze een fatsoenlijk bedankbriefje aan Freddy schrijven. Ze was te verdwaasd geweest om haar aan de telefoon echt te bedanken en het was belangrijk dat Freddy wist hoe dankbaar ze haar was. Opgewekter dan ze in maanden was geweest, liep Prue naar de kleine zitkamer en ging achter haar bureau zitten.

'Het ziet ernaar uit dat Tony Prue heeft verlaten,' zei Ellen tegen Fox, toen ze 's morgens vroeg samen een kop thee dronken. 'Hij is er zonder iets te zeggen met al haar geld vandoor gegaan.'

Fox staarde haar ongelovig aan, en met toegeknepen mond, ingetrokken kin en met een 'ik heb het je wel gezegd'-uitdrukking knikte ze naar hem. Hij floot.

'Arme Prue,' zei hij. 'Arm kind. Wat nu?'

Ellen haalde haar schouders op. 'Theo en mevrouw zijn het aan het regelen,' vertelde ze hem. 'Prue heeft een baan gevonden om te helpen. Werkt in een groot warenhuis, verkoopt damesmode.'

Ze keken elkaar aan en vonden het maar niets dat iemand van de familie tot zoiets genoodzaakt was.

'Een andere vrouw in het spel?' vroeg Fox voorzichtig.

'Echt weer iets voor een man,' riep Ellen verontwaardigd. 'Overal vrouwen bij halen. Waarom zou er een andere vrouw in het spel zijn?'

Fox dronk zijn kopje leeg en zette het op de afdruipplaat. 'Dat is geen kwestie van erbij halen,' zei hij treiterig. 'Die bemoeien zich uit zichzelf overal mee. Let op mijn woorden, er is ongetwijfeld ergens een vrouw die problemen veroorzaakt.'

Ellen aarzelde, verscheurd door de opluchting dat ze de schuld en verantwoording bij een onbekende del kon leggen en de erkenning dat Prue in Tony de verkeerde had gekozen. Fox grijnsde om haar dilemma.

'Waar zijn de honden?' vroeg hij. 'Ze zijn er toch niet zonder mij vandoor, hè? Tot straks, meisje.'

'En wie heeft gezegd dat jij alweer gezond genoeg bent om te wandelen?' wilde ze weten, afgeleid door deze schandelijke ongehoorzaamheid. 'Je hoort te rusten, jij.'

'Een kalme wandeling kan heus geen kwaad,' zei hij minachtend. 'Ik doe het rustig aan. Een beetje lichaamsbeweging heeft nog nooit iemand kwaad gedaan…'

Hij verdween en Ellen bleef bezorgd achter.

'Mannen,' mopperde ze, en zette met een klap de pan pap neer. 'Mánnen…'

Freddy zat in het bankje dat van oudsher voor de Chadwicks was bestemd en dat recht achter de predikantsbank stond, en probeerde zich op de preek te concentreren. Ondanks haar lange en constante gevecht tegen het geloof, vond ze hier altijd rust in haar vertrouwde hoekje van de kleine stenen kerk. Het logge, grijze gebouw met zijn hoekige Normandische toren zag eruit alsof hij eenvoudig, onopgesmukt en zonder vertoon uit de aarde was verrezen in de stille begraafplaats. Zo stond hij er al negenhonderd jaar en het was niet meer dan logisch dat deze plaats, waar zo veel aanbeden en gebeden was, een zekere rust uitstraalde. Freddy hield zich voor dat deze rust door de onderbreking in de dagelijkse beslommeringen kwam, een gedwongen pauze waarin niets van haar gevraagd werd en ze alleen op de juiste momenten hoefde te staan, zitten en knielen, maar naarmate ze ouder werd, begon ze de momenten in dit hoekje steeds meer te waarderen.

Ze keek opzij naar haar familie; maar vijf vanmorgen. Ellen ging altijd naar de vesper zodat ze de lunch kon voorbereiden, en een enkel keertje ging Fox met haar mee. Op dit ogenblik was hij herstellende van zijn ischias en nog helemaal niet mobiel genoeg om naar de kerk te gaan. Caroline zat aan de andere kant van de bank en Mol en Susanna zaten met Theo tussen zich in. Mol zat heel stilletjes met zijn ogen op de predikant gericht, met wie hij een onwaarschijnlijke vriendschap had opgebouwd. De predikant verzamelde postzegels, een hobby die Mol fascineerde omdat hij de verzameling van zijn vader en zijn oom had geërfd. Toen de predikant een keer op de thee was in The Keep had hij met Mol over zijn hobby gesproken en een paar weken later was Mol uitgenodigd in de pastorie om de interessante verzameling van de predikant te bekijken. Caroline was met hem meegefietst en had met de echtgenote van de predikant zitten praten. Zij was een verrukkelijk kleine, mollige vrouw die overheerlijke zandkoek kon bakken. Het was een gezellige gewoonte geworden en de eerste zaterdag van de maand gingen Mol en Caroline altijd op de thee bij de predikant. Deze zondagochtend was Freddy blij om te zien dat zijn hechtere band met de predikant hem kennelijk had aangemoedigd om naar de preek te luisteren.

Susanna zat met haar duim in haar mond tegen Caroline aan en slingerde met haar benen heen en weer. Freddy fronste een beetje. Ze zou gestimuleerd moeten worden om rechtop te zitten en ze was te oud om te duimen. Caroline was fantastisch, daar was geen twijfel over mogelijk, maar ze had wel de neiging de kinderen wat te verwennen…

Freddy dacht: Ik word oud. Dat blijkt wel als je de volgende generatie bekritiseert.

Ze dacht aan de tijd dat ze hier met de tweeling en hun gouvernante had gezeten. Miss Smollet zou dat hangerige gedrag en het duimzuigen niet getolereerd hebben – bovendien werden Peter en John voor de preek naar buiten gebracht en dan bleef hun moeder in luisterrijke stilte achter. Beiden waren ze hier getrouwd, oorlogshuwelijken met alle noodzakelijke restricties, maar Freddy had haar uiterste best gedaan en zij en Ellen hadden er samen een schitterend gebeuren van gemaakt. Hal en Kit waren in deze kleine grijze kerk gedoopt, evenals Fliss en Mol. Geen wonder dat ze ervan hield – niet dat het iets met het geloof of met God te maken had, natuurlijk, maar gewoon een gevoel van samenhang en familie.

Theo keek even opzij en ze glimlachte naar hem, blikte geamuseerd naar Mol die er zo geconcentreerd bij zat, en dacht aan andere keren dat ze de afgelopen achttien jaar met haar kleinkinderen in deze bank had gezeten. Toen ze klein waren, gedroeg de tweeling zich altijd veel beter dan ze dacht – gezien het feit dat Prue hen zelden meenam naar de kerk – en ze zeiden het onzevader luidop en zongen enthousiast met de hymnen mee. Toen de drie kleintjes in The Keep kwamen, werd arme Hal het grote voorbeeld voor hen allen en moest hij verplicht zijn beste beentje voorzetten terwijl Kit tijdens de preek uit het Boek der Psalmen voorlas en Mol bij de liturgie hielp. Freddy zag nog voor zich hoe de twee jaar oude Susanna op Carolines schoot zat te slapen en Mol stilletjes naast haar zat, terwijl Fliss haar wenkbrauwen had gefronst bij het horen over de broer van de verloren zoon, omdat ze vond dat hij niet eerlijk was behandeld. Ze nam de bijbel heel serieus en was geraakt door de opmerking van de arme, trouwe broer: '... *toch hebt gij mij nooit een bokje gegeven om eens met mijn vrienden feest te vieren.*' Haar tere hart was geroerd geweest, haar gevoel voor rechtvaardigheid gekrenkt en naderhand had ze Freddy erop aangesproken. 'Maar waarom, grootmoeder?' had ze gevraagd. 'Hij bleef thuis, deed al het werk en zorgde voor het land. Waarom mocht hij geen feest met zijn vrienden hebben?' Freddy had met een valse glimlach op haar gezicht naar Theo gekeken. 'Dat moet je aan je oom vragen, lieve schat,' had ze met onbetamelijke pret geantwoord. 'Die kan dat veel beter uitleggen dan ik.'

Freddy grinnikte in stilte en dacht aan de blik op Theo's gezicht. Fliss was een doorn in zijn oog geworden. De zondag daarop was het de lamme man geweest die was genezen. Ze wilde weten wat er met het dak was gebeurd nadat het was opengebroken om de man naar beneden te laten zakken en voor de voeten van God te zetten. Wat had de eigenaar van het huis daarvan gezegd, wilde Fliss weten. Hadden de vrienden van de man het na afloop weer moeten maken?

'Ze heeft het aangeboren gevoel van een landeigenaar,' zei Theo later tegen Freddy. 'Eerst de verloren zoon die zijn erfenis verkwanselt en nu een gezinshoofd uit Palestina met een dak dat twee-duizend jaar geleden kapot is gemaakt. Laten we hopen dat 1 Koningen 21 niet aan bod komt als lezing van het Oude Testament voordat ik weer naar Southsea ga.'

Later had Freddy deze verwijzing opgezocht en gelezen dat dit het verhaal van de wijngaard van Nabot was... Lieve Theo. Ze keek weer naar hem; hij zat voorover, had zijn hoofd gebogen, en met zijn handen losjes tussen zijn knieën luisterde hij gespannen. Ze voelde de vertrouwde wrijving tussen liefde en verdriet. Wat had ze geworsteld met God; maar was dat het wel? Worstelde ze misschien met zichzelf, met haar liefde voor hem, het bittere lot dat ze verliefd werd op een man terwijl ze zich net had verloofd met zijn broer. God was een goede zondebok voor haar verdriet; een handige stok om Theo mee te slaan. Merkwaardig dat ze het nodig vond om naar hem uit te halen en hem te kwetsen, terwijl ze van hem hield, alsof ze een reactie wilde uitlokken, hem wilde straffen omdat hij op de verkeerde tijd op de verkeerde plaats was, omdat hij niet op haar verliefd was. Het had haar extreme voldoening geschonken om zijn geloof af te wijzen, met hem te spotten; maar hij had het haar niet gegund.

'Volgens mij wil je mijn ziel helemaal niet redden,' had ze een keer tegen hem gezegd.

'Jouw ziel is een zaak van God, niet van mij,' had hij geantwoord. 'Het is geen wedstrijd, Freddy. Je hebt een vrije wil.'

Ze had zich vernederd gevoeld, omdat ze het idee had dat haar ziel bijzonder en zeer gewild was ter meerdere glorie van God.

'Ik dacht dat het de taak van priesters was om zondaars te redden.' Ze had het spottend gezegd, om te verbergen hoe dwaas ze zich voelde.

'Misschien,' had hij gezegd. 'Maar zo werk ik niet. Ik ben geen missionaris. God raakt mensen op Zijn eigen manier. Als God je hart heeft geraakt, zijn er geen vragen meer.'

Ze voelde zich gekwetst, afgewezen. 'Maar hoe weet je dan... of Hij je hart heeft geraakt?' had ze ongemakkelijk gemompeld.

'Dat weet je,' had Theo op besliste toon gezegd.

'Aangezien je kennelijk geen zieltjes redt,' vroeg ze, 'wat doe je dan wel?'

'Ik beschouw Hem,' had Theo geantwoord. 'Ik aanbid Hem. En ik bid.'

'Gebeden zijn geen antwoorden,' zei ze spottend. 'Zelfs ik weet dat.'

'Ik denk dat je bidden verwart met de lijst eisen waarmee jij Hem altijd bombardeert,' opperde hij. 'Mensen gebruiken hun geloof als een soort onderhandelingstafel. Als jij dit doet, doe ik dat. Als jij daarvoor zorgt, doe ik dit of dit nooit meer. Dat is geen bidden.'

'Wat ís bidden dan?' vroeg ze.

'Bidden is vol liefde en verlangen wachten,' zei hij. 'In stilte op God wachten. Meer kun je niet doen. God doet de rest. Het is zwaar en vermoeiend en vaak ondankbaar, maar een enkele keer word je gegrepen. Het hangt van God af. Het is geen nieuw concept. De psalmist zegt: *Vurig verwachtte ik de Here... en Hij hoorde mijn hulpgeroep.* Jesaja schrijft: *Maar wie de Here verwachten, putten nieuwe kracht; zij varen op met vleugelen als arenden.* Het staat allemaal in de bijbel...'

Freddy kreeg bij deze herinneringen het merkwaardige gevoel dat haar leven precies was geweest zoals het had moeten zijn, dat ze had gevochten tegen iets dat niet bestond. Wat zou ze ongelukkig zijn geweest als ze Bertie met Theo had bedrogen; wat een afschuwelijk idee om haar tweeling Peter en John, Berties zoons, nooit gehad te hebben; hoe dankbaar ze was voor Theo's kracht en kameraadschap die niet waren bedorven door schuldgevoelens of verward door seks. Het was afschuwelijk geweest haar man en zoons te verliezen, maar ze had altijd nog deze lieve kinderen, Peters kinderen, die een toekomst hadden. Een adembenemend moment zag Freddy glashelder dat de dood onbelangrijk was; even zag ze een beeld van reusachtige oneindigheid met een grote Macht in het centrum, en zag ze hoe de hele mensheid er onbewust naartoe werd geleid, verward en verloren door het lawaai en de angst om te overleven, maar met een intens en onbewust verlangen om een te zijn met God, terug naar de Bron...

De predikant reciteerde: 'En nu tot God de Vader, God de Zoon en God de Heilige Geest,' en de parochie werd wakker, greep naar haar gezangboeken, rinkelde met de collecte. Met een schok kwam Freddy weer terug op aarde. Haar hart bonsde van verrukking, maar al snel vervaagde dit gevoel. Verward keek ze opzij naar de bank waar Caroline Susanna haar muntstukje gaf en Mol in zijn broekzak naar het zijne graaide, terwijl Theo, nog altijd diep in gedachten verzonken, afwezig op zijn broekzakken klopte. Freddy pakte haar geld en haar gezangboekje, terwijl de organist de eerste noten van 'Prijst des Heren machtig woord' speelde. De vrouw van de predikant glimlachte – en met een ongewoon hartelijk, vertrouwd, zelfs gelukkig gevoel glimlachte Freddy terug.

15

Het weekend daarop kwam de familie bijeen voor de verjaardag. Het was heel eenvoudig begonnen, zoals een familietraditie vaak begint. Freddy's verjaardag was eind oktober en toen de jongens nog klein waren, maakten ze er een echt feest van. Rond theetijd bracht iedereen dan zijn cadeautjes en kaarten, die waren gemaakt onder het wakend oog van Ellen en later dat van Miss Smollet; cadeautjes met liefde ingepakt, kaarten met kleurpotlood getekend. De thee werd altijd in de hal geserveerd, maar het was een speciale thee met al het lekkers waar Freddy en de jongens dol op waren. De verjaardag viel altijd in de schoolvakanties en zo was het in de loop der jaren een grootse traditie geworden. Toen Hal en Kit nog geen dag later werden geboren, was het een extra reden om feest te vieren; hetzelfde gebeurde toen Mol arriveerde, dit keer een dag vóór Freddy's verjaardag. Nu vierden ze het allevier samen met een groot feest. Het begon met thee en cadeautjes in de hal en toen Hal en Kit oud genoeg waren om voor het diner op te blijven, ging het 's avonds verder. Dit jaar zou Freddy zevenenzestig worden, de tweeling achttien en Mol negen.

Toen ze zich voor de thee klaarmaakte, was Fliss ingelukkig dat ze weer thuis was. Nog maar een jaar geleden had ze zich heel anders gevoeld toen ze naar school ging; wat was ze toen zenuwachtig geweest. Ze had zich erg ongerust gemaakt over Mol en Susanna, bang dat er zonder haar niet zo goed voor ze zou worden gezorgd. Ze hadden beloofd haar geregeld te schrijven en zij had Caroline overstelpt met eindeloze adviezen over wat ze wel en niet moest doen. Wat had ze naar ze verlangd die eerste weken van het trimester toen ze zich zo eenzaam voelde. Ze had de kleine cadeautjes die ze samen met Freddy zorgvuldig hadden uitgekozen, als schatten bewaard: een mooie donkerblauwe schrijfmap van Mol en een bijpassend adresboekje van Susanna. Als ze alleen al naar deze kostbare aandenkens keek, kreeg ze al tranen in haar ogen en verlangde ze naar huis, naar haar kleine broertje en zusje, maar gaandeweg had ze haar draai gevonden en vriendschappen gesloten.

Nu staarde ze naar zichzelf in de spiegel boven de oude wastafel, die ook als kaptafel en bureau diende, en keek bezorgd naar een puistje op haar kin. Ze had haar vijftiende verjaardag in september gevierd en Freddy had een mooie mouwloze feestjurk van groene crêpe georgette voor haar gekocht. Hij had een beschaafde ronde neklijn en een klokvormige rok. Fliss vond hem heel erg volwassen, de delicate kleuren pasten bij haar lichte huid, het ontwerp accentueerde haar slanke figuurtje. Ze zou hem vanavond bij het diner dragen, wilde dolgraag dat Hal haar zou zien, zou zien hoe volwassen ze was als ze haar haar had opgestoken – en nu had ze die nare puist. Fliss haalde haar poederdoos uit het laatje, die ze voor diezelfde verjaardag van Prue had gekregen en depte wat poeder op de kwade plek. Grootmoeder vond zo'n cadeautje maar niets, dacht ze, vond haar een beetje jong om make-up te gebruiken, maar ze had niets gezegd en Fliss had bijna niet geweten hoe ze Prue moest bedanken. Ze kon haar familie maar moeilijk overtuigen van het feit dat ze bijna volwassen was, ook al stond Caroline meestal aan haar kant. Het probleem was dat Caroline niet bijzonder geïnteresseerd was in kleren en make-up en geen idee had wat de nieuwste kleuren lippenstift waren. Fliss was wel geïnteresseerd, waanzinnig geïnteresseerd in ál die dingen en verliet zich op haar nicht Kit om haar te helpen. Prue verwachtte niet anders dan dat haar dochter lippenstiften uitprobeerde en met haar haar experimenteerde, en Kit was heel gul met haar adviezen en niet in de laatste plaats met sommige producten die achteraf vergissingen waren gebleken.

Kit was degene die Fliss had aangespoord om over een bustehouder te beginnen. Al bijna net zo stotterend als Mol had ze op een ochtend de moed bij elkaar geraapt toen Ellen en Caroline bezig waren om de bedden af te halen.

'Een bustehouder?' Ellen klonk bijna geschokt, toen ze de lakens van Mols bed trok. 'En wat wou je daarin stoppen?'

Fliss werd bij de herinnering weer bijna net zo rood als toen. Caroline had het veel beter begrepen.

'Dragen de andere meisjes een bustehouder?' vroeg ze.

Fliss had beteuterd maar wrokkig geknikt. Dat ze klein was, wilde nog niet zeggen dat ze een kind was.

'Alle meisjes in mijn klas dragen beha's,' had ze afwerend gemompeld. 'Iedereen behalve ik. Ze plagen me ermee.'

'Nou vraag ik je,' had Ellen tegen niemand in het bijzonder gezegd. 'Een bustehouder!'

Beslist en geringschattend had ze Mols kussen opgeschud, maar Caroline had Fliss een knipoogje gegeven.

'Als we weer in Plymouth zijn, gaan we wel eens bij Spooner kijken,' zei ze. 'Maak je maar geen zorgen. We regelen wel wat.'

Ze had haar woord gehouden en zo werd Fliss de trotse eigenaresse van twee beha's. In haar slaapkamer had ze er een aangeprobeerd en zich van opzij bekeken om de kleine heuveltjes te zien. Ze was zeker geen Jayne Mansfield, maar zoals de verkoopster op de lingerieafdeling had gezegd: 'U groeit nog wel, Miss. Geen zorgen.' De klein cups hadden een zachte katoenen vulling, waardoor ze wat vorm kregen, en toen Kit ze zag, adviseerde zij om er watten in te stoppen als ze wat extra vorm wilde. Ze hadden samen gegiecheld en Fliss voelde zich een heuse volwassene; eindelijk een vrouw, machtig en mysterieus. Onder haar donkerblauwe trui waren deze prachtige, nieuwe borsten nauwelijks te zien, maar in de ragdunne stof van haar feestjurk was het iets anders.

Fliss liet de poederdoos in de la glijden en keek op haar horloge. Het was bijna theetijd. Genoeglijk bekeek ze haar kamer, blij dat ze weer thuis was. Toen Mol eenmaal was hersteld van de afschuwelijke schok dat zijn ouders en zijn broer dood waren en hij weer alleen durfde te slapen, had Fliss deze kamer gekregen, die jaren geleden Miss Smollets zitkamer was geweest. Caroline had hem niet nodig omdat ze de zitkamer van Ellen en Fox naast de keuken gebruikte. Zodoende was Fliss erin getrokken. Ze vond het heerlijk. Het raam op het noorden keek over het landschap uit en ook al was het een kleine, koude kamer, hij was van haar en hier stonden al haar schatten.

De muren waren wit geschilderd en tegenover het raam stond het ijzeren bed waar ze vanaf het eerste begin in The Keep in had geslapen. Er hing een aantal mooie bloemenprenten aan de muur en op de beschilderde kast tegen de muur aan de voet van het bed had ze een paar van haar kostbaarste schatten uitgestald. Er stond een met bloemetjes beschilderde porseleinen pot waar Alison haar kleine sieraden in had bewaard. Fliss tilde het verfijnde dekseltje op en keek erin. Haar eigen parelketting en haar gouden bedelarmband die ze vanavond omdeed, hadden er een veilig plekje. In haar vaders kleine albasten doos waar vroeger zijn manchetknopen in zaten, lag nu een stel waardevolle schelpen en wat andere snuisterijen, en haar moeders schildpad haarborstels lagen naast een zilveren foto van het kleine gezinnetje.

Fliss staarde ernaar. Peter stond achter Alison met een hand op haar schouder en Jamie stond trots naast hem. Fliss zat naast haar moeder met haar arm om Mol geslagen, terwijl baby Susanna vredig in Alisons armen lag.

Fliss dacht: Wat zien we er compleet uit. Zo normaal en beschermd en gewoon. Wie had kunnen denken dat er zoiets zou gebeuren?

Ze had geleerd om niet te lang stil te blijven staan bij de tragedie die haar jeugd had overschaduwd, om aan andere dingen te denken als het verdriet dreigde, maar ze miste Jamie nog altijd. In de mahoniehouten omlijsting van haar spiegel op de wastafel zat een oud gekruld kiekje van hem waarop hij met zijn handen in zijn zakken naar haar glimlachte. Fliss bukte zich. Alleen al als ze naar hem keek, gaf hij haar moed, gleed er een glimlach over haar gezicht. Onder dit kiekje zat er nog een, van Alison en Peter tijdens een harddraverij die iedere zondagmiddag op de Ngong Renbaan in Nairobi werd gehouden. Haar vader keek opzij: lang, zelfverzekerd, knap. Haar moeder met haar oude strooien hoed keek een beetje vragend, bijna kritisch, alsof ze het idee had dat de persoon achter de camera niet helemaal wist wat hij deed. Fliss kon zich die blik herinneren. Die had haar alert gehouden, oplettend en voorbereid. Haar moeder had van hen allemaal grote verwachtingen en er hing altijd een zekere spanning om aan die verwachtingen te voldoen. Haar vader was veel spontaner, zette haar boven op zijn schouders als haar korte beentjes zijn grote passen niet meer konden bijhouden, las haar bij het naar bed gaan verhaaltjes voor terwijl zij genoeglijk in de kom van zijn arm lag…

Fliss wendde haar blik af en zwaaide de deur van de ingebouwde hangkast open. Ze haalde haar prachtige jurk tevoorschijn, streelde het zachte materiaal, bewonderde de kleuren, totdat het verstikkende gevoel verdween en ze de kamer weer duidelijk kon zien; het sobere wit opgefrist met vrolijke kleuraccenten. Er lagen warme kleden op de donkere vloer en er hingen dikke paarse gordijnen van chenille voor het raam. Deze felle kleurengloed werd herhaald in de patchwork quilt die Ellen gedurende de lange winteravonden had genaaid en waar Fliss zo dol op was. De afgelopen jaren had Ellen steeds weer opnieuw over alle stukjes moeten vertellen.

'Dit blauwe fluweel was van je grootmoeders avondjurk,' zei ze dan, terwijl ze het goed bestudeerde en met haar vinger over de stof gleed. 'En dit stukje gingang is van een jurk van Kit toen ze net zo klein was als Susanna nu. En zie je dit lapje katoen? Dat is van een oud overhemd van Fox. Werkelijk waar! Het viel van ellende uit elkaar. Wat maakte die goeie man een stampij toen hij zag dat ik het eindelijk uit elkaar had gehaald. De bloemetjeslapjes zijn van een zomerjurk van je tante Prue, van, o, ver voor de oorlog...'

Voor Fliss was de quilt een familiegeschiedenis en als ze er 's nachts onder lag, voelde ze hen allemaal dichtbij. Ze deed de kast dicht en bekeek zichzelf zo goed mogelijk in de spiegel, die ze draaide en kantelde. Ze droeg haar groen met blauwe kilt en wollen trui en wist dat het grootmoeders goedkeuring kon wegdragen. Maar ze verlangde nog altijd naar het moment waarop ze haar mooie jurk aan mocht trekken, haar dikke vlecht kon uitborstelen en haar haar kon opsteken. Ze keek nog even naar de andere foto's in de rand van de spiegel. Een van Susanna die stralend op de oude fiets van Fliss zat; een van Mol die met toegeknepen ogen naar de camera keek met Fox ergens op de achtergrond; een van Kit die op haar knieën zat en een arm om Mrs. Pooter had geslagen. Fliss keek weer op haar horloge; tijd om naar beneden te gaan voor de thee. Ze pakte de cadeautjes voor haar familie, liep de slaapkamer uit en haastte zich naar de hal.

Terwijl Fliss in haar slaapkamer rondscharrelde, zat Kit op een van haar lievelingsplekjes. In elkaar gedoken, zat ze samen met Mrs. Pooter in de hondenmand. Het was zo genoeglijk om tegen de warme vacht te zitten, met de vertrouwde hondengeur in haar neus, de oude prikdeken tegen haar vingers. Al van kinds af aan zat ze graag bij de honden. Mrs. Pooter vond Kits gedrag vermoeiend en onnodig en gromde een tijdje inwendig voordat ze zich zover mogelijk uitstrekte en haar kop op Kits dijen legde. Kit deed haar ogen dicht, rook Mrs. Pooters vacht en aaide haar oren. Ellens stem kwam van ver uit de keuken, samen met de overheerlijke bakgeuren: vers brood, verse cakejes, taart.

'... en ik zou wel weten wat je grootmoeder zou zeggen als ze je nu in de hondenmand zag zitten. Je bent geen baby meer, jongedame. Achttien morgen, en dan nog in een hondenmand, nou vraag ik je. En ik hoop dat je niet van plan bent in die oude broek bij de thee te verschijnen. Je grootmoeder ziet je graag in een rok, dat weet je heel goed. Waarom je er zo nodig als een boerenknecht uit wilt zien, is mij een raadsel. Zie eens hoe mooi Fliss eruit ziet in haar kilt. Ga nu maar naar boven om je te verkleden en vergeet je handen niet te wassen...'

De stem, die op de een of andere manier Kits veilige en tevreden gevoel versterkte, stierf weg toen Fox de keuken binnenkwam. Hij werd gevolgd door Mugwump die direct naar de hondenmand liep, nieuwsgierig snuffelde en Kits gezicht likte. Ze lachte en slaakte een kreetje toen hij bij hen in de mand wilde. Mrs. Pooter protesteerde, gaf een diepe, lage grom, waardoor Mugwump zich een beetje terugtrok. Ellen wendde haar aandacht tot Fox, en Kit deed haar ogen dicht en had haar eigen gedachten. Het was de eerste verjaardag dat zij en Hal zonder Prue naar Devon waren gekomen. Prue moest zaterdag de hele dag werken en hoewel Freddy had voorgesteld om het op zondag te vieren, had Prue dit afgewimpeld; het was gewoon te gek om op zaterdag nog laat te komen en vervolgens zondag weer haastig terug te gaan, omdat ze maandagochtend weer moest werken. Deze beslissing was voor beide vrouwen enigszins een opluchting geweest. Ze voelden zich na de recente problemen nog niet op hun gemak bij elkaar. Toch voelde Freddy zich schuldig dat Prue op de verjaardag van de tweeling niet bij hen kon zijn. Ze had haar erover geschreven, maar Prue had direct opgebeld om haar gerust te stellen.

'Ik vind het juist fijn dat ze komen,' had ze gezegd. 'Er is voor hen ook niets aan dat ik de hele vakantie en op hun verjaardag moet werken. We hebben afgesproken dat we van tevoren een feestje vieren en dan nog een keer als ze terugkomen. Heus. Ik vind het veel prettiger dat ze bij jou zijn. Drink maar een glaasje op mij.'

Freddy had beloofd dat ze dat zouden doen, maar de tweeling had het toch moeilijk gevonden om haar achter te laten toen het zover was. Ze hadden haar op het station stevig omhelsd, verwoed naar haar gezwaaid totdat het perron uit het zicht verdween en toen een rustige reis gehad in een van de nieuwe dieseltreinen. Kit werd door allerlei gevoelens verscheurd. Aan de ene kant vond ze het verschrikkelijk om Prue alleen te laten, aan de andere kant wilde ze dolgraag naar The Keep. Zij en Hal waren erg geschrokken door Tony's ontrouw en bedrog, maar ze vonden het niet erg dat hij weg was. Hij had geprobeerd tactvol te zijn en hen de gelegenheid gegeven om tijd met Prue door te brengen, maar toch had de tweeling het gevoel dat hij hun kleine gezinnetje had verstoord en er niet in was opgenomen. Hij was soms humeurig en bijtend, en hoewel ze wilden dat Prue gelukkig was, duurde het niet lang voordat duidelijk werd dat hun huwelijk niet ideaal was. De tweeling was oud genoeg om te beseffen dat dit redelijk normaal was en dus concentreerden ze zich op hun eigen leven. Omdat ze op kostschool zaten, zagen ze Tony nauwelijks. Zijn reisjes naar het noorden plande hij altijd tijdens de vakanties, zodat ze alleen met hun moeder konden zijn. Het was dus niet verbazingwekkend dat ze hem niet misten.

Kit had zich voorgenomen om haar moeder te steunen. Haar eigen gevoelens voor Graham hadden haar een idee gegeven hoe ze zich voelde, maar haar moeder leek het allemaal heel rustig op te nemen. Kit vermoedde dat ze deed alsof; maar met de nieuwe baan en het oplossen van Tony's nalatenschap van problemen had Prue het bijna te druk om ongelukkig te zijn.

'Het is bijna een opluchting, lieverd,' had ze een beetje triest aan haar dochter toegegeven. 'Misschien ben ik te lang alleen geweest om nog te trouwen. Het was dom van me om te denken dat iemand zich met je vader kon meten.'

Kit had haar geknuffeld, een kop thee voor haar gezet en geprobeerd een goede dochter te zijn. Volwassen zijn was een verontrustende zaak met allerlei regeltjes. Aan de ene kant wilde ze dolgraag zesendertig zijn en een nauwsluitende zwarte jurk en parels dragen, maar aan de andere kant was ze heel blij dat ze nog op school zat. Ze had weinig vrije tijd – ze was vastbesloten om Engels of geschiedenis te gaan studeren – en daarom werden Grahams steeds verdergaande eisen afgehouden, terwijl zij alles op een rijtje probeerde te krijgen. Ze hield van hem – dat wist ze heel zeker – maar was doodsbang om 'te ver' te gaan. Wat waren dat enge woorden. Sommige meisjes op school lachten haar uit, beweerden dat zij 'het' wel hadden gedaan en dat het niets om het lijf had. Het was wel opvallend dat ze nooit in details traden en ze vermoedde dat ze net zo onwetend en bang waren als zij. Ze wilde er niet met Prue over praten omdat die al zo veel zorgen had, en dus sprak ze met Hal. Hij bevestigde haar vermoeden dat meisjes die het deden door mannen als 'makkelijk' werden bestempeld, veracht werden, waardoor ze nog wanhopiger werd.

'Als hij van je houdt,' had Hal nogal streng gezegd, 'dan moet hij je ten huwelijk vragen. Niet dat je moet trouwen, daar ben je nog te jong voor, maar dan zouden jullie je kunnen verloven.'

Er was geen aanzoek over Grahams lippen gekomen en Kit werd steeds bezorgder. Hij had al een beetje gesuggereerd dat er genoeg meisjes waren – die meer ervaring hadden en geraffineerder waren – die maar al te graag niet zo preuts deden, en Kit wist niet of ze dat als bluf moest zien of dat ze hem zijn zin moest geven. Soms wilde ze wanhopig graag haar preutsheid vergeten, zich ontspannen en genieten van zijn liefdesspel, maar angst weerhield haar ervan. Ze besefte langzamerhand dat ze wel van hem hield, maar hem niet altijd even aardig vond, en dat was verwarrend en beangstigend. Op het afgelopen feest had hij veel aandacht besteed aan een ander meisje om Kit jaloers te maken, te vernederen. Ze herinnerde zich de ongelukkige Wendy en had met pijn in haar hart haar trots bewaard, en had een tijdje later geweigerd haar week in The Keep op te geven om bij hem te zijn. Ze wist dat hij haar dan zou belagen en ze vertrouwde zichzelf niet genoeg om hem van zich af te houden. Het was een opluchting hier in The Keep te zijn, weer kind te zijn, te luisteren naar het gezeur van Ellen terwijl ze opgekruld in de hondenmand lag. Hier waren geen spanningen, werd ze niet onder druk gezet om anders te zijn dan ze was… Met een veertje kriebelde ze Mugwumps neus, die moest niezen en daardoor de aandacht van Ellen trok.

'En nu die mand uit en naar boven om je te verkleden,' zei ze boos. 'Kijk nu toch eens! Onder de haren! Hup, naar boven.'

Fox trok haar de mand uit en Kit borstelde zich af. Ze grijnsde naar hen.

'Maak je niet dik, lieverd,' zei ze, en gaf Ellen een snelle zoen. 'Ik ben al weg.'

Ze schoot neuriënd de keuken uit en Ellen schudde haar hoofd, kneep haar lippen op elkaar en negeerde Fox die glimlachte. 'Dat meisje…' zei ze.

Theo zat al in de hal te wachten toen Freddy beneden kwam. Hij kuste haar op beide wangen en toen de kinderen bij elkaar kwamen, gaf hij haar een doos. Hij was niet ingepakt – Theo was nogal onhandig – en ze tilde voorzichtig het deksel op, duwde het papier opzij. In de doos zaten twee kandelaars van Bristols blauw glas; oud en teer en prachtig. Ze raakte ze voorzichtig aan, glimlachte en keek naar hem. Hij hief zijn kopje naar haar op – en vervolgens wisselden de kinderen hun cadeaus uit, scheurden het pakpapier los en slaakten opgewonden kreten. Caroline schonk thee in en genoot van de drukte. In tegenstelling tot Theo was ze erg handig en had voor Mol en Hal een wollen trui gebreid. Die van Mol was roomwit, die van Hal donkerblauw. Ze omhelsden haar, hielden vol bewondering de trui voor zich en verklaarden dat hij perfect was. Kit had de gebreide rode baret al opgezet en de bijpassende wollen sjaal omgeslagen en nam nu een dramatische pose aan. Caroline grijnsde naar haar, opgelucht dat ze volmondig waren goedgekeurd en hoopte dat Freddy de biografie van Grieg mooi zou vinden. Fliss ging met de cakejes rond, keek stralend naar Freddy die een vederlichte zijden sjaal om haar schouders drapeerde en blies haar grootmoeder een dankbare kus toe. Kit kreeg een ketting van granaat en zilver die van Freddy's moeder was geweest en Hal kreeg een paar gouden manchetknopen die eens van Bertie waren geweest. Fliss, Mol en Susanna hadden met wat financiële hulp van Freddy een zilveren fotolijst voor Kit gekocht en een paar zwarte onyx boordknoopjes voor Hal.

De tafel werd bedolven onder de cadeaus en de kaarten en het gezelschap werd steeds luidruchtiger. De leunstoel verdween onder Mols stapel speelgoed en boeken, en toen Ellen met de taart vol met kaarsjes binnenkwam, begon iedereen te juichen. Fox volgde haar met zijn felicitaties en zo was iedereen bij elkaar om als gebruikelijk naar Theo's korte toespraak te luisteren en om elkaar veel goeds voor het komende jaar te wensen. Toen hij uitgesproken was en met een glimlach naar iedereen in het gezelschap keek, wisten ze precies wat hij ging zeggen en allemaal vielen ze bij.

'God zegene ons, allemaal.'

16

De donderdag na het feest, een prachtige, warme herfstdag, stelde iemand voor om ergens in Dartmoor te gaan picknicken. De appels waren geplukt – nog zo'n geweldige, jaarlijks terugkerende gebeurtenis – en Ellen en Caroline waren appeljam aan het maken, terwijl Fox de rest van de oogst opsloeg voor de winter. Caroline was degene die voorstelde om Hal te laten rijden zodat de volwassenen verder konden met hun werk en er meer ruimte in de auto was. Naarmate de kinderen groter werden, was het steeds moeilijker om met zijn allen, plus chauffeur en een of twee honden in de auto te passen, dus Carolines voorstel was heel redelijk. Niettemin maakte Freddy zich erg bezorgd. Hal had in de zomervakantie zijn rijbewijs gehaald, maar hij was nog niet ervaren. Caroline wees haar op het feit dat Fox hem vaak in de Morris Oxford had laten oefenen en dat hij de laantjes en de weg naar de heidevelden goed kende. Freddy wist dat Hal voorzichtig was – ze had zich wel eens door hem naar de kwekerij in Totnes laten rijden en was onder de indruk van zijn bekwaamheid – maar toch werd ze doodsbenauwd bij de gedachte dat al haar dierbare kleinkinderen aan zijn zorg werden toevertrouwd. Iedereen verzamelde zich op de binnenplaats om ze uit te zwaaien en om de achterbak vol te stoppen met de picknickmand en de kleden, de slagbalbat en de tennisballen, Susanna's vlindernet en alle andere benodigde attributen voor een Engelse picknick. Freddy zag erop toe dat de verstandige Fliss naast Hal zat, oplettend en bereid, een tweede paar ogen. Mrs. Pooter lag aan haar voeten en Susanna en Mol zaten met Kit en Mugwump achterin geperst. Toen alle passagiers een plekje hadden, ging Hal achter het stuur zitten.

'Wees heel voorzichtig, lieverd,' spoorde Freddy hem aan. 'Je hebt een kostbare lading.'

Hij straalde vrolijk naar haar. 'Geen zorgen, grootmoeder,' zei hij, trots dat hij verantwoordelijk mocht zijn voor hun uitje en dat haar auto hem was toevertrouwd. 'Ik breng ze allemaal weer veilig thuis.'

Bij het horen van zijn onbekommerdheid werd ze door zo'n bijgelovige angst gegrepen dat ze een onverwachte, atavistische behoefte had om mogelijk jaloerse of eigenzinnige goden die misschien naar deze opschepperij luisterden, gunstig te stemmen. Was ze dan helemaal gek geweest – zelfs die ene dromerige seconde – om te denken dat de dood niet belangrijk was? Misschien was dit een test. Ze wierp een onrustige blik op Theo, die met een vermakelijke blik in zijn ogen naar haar keek, en wist dat hij haar gedachten had geraden. 'Doe iets,' zei ze beteuterd, en met een openlijke grijns op zijn gezicht stak hij zijn arm uit en maakte een plechtig kruis voor het groepje. Ze keek hem boos aan, draaide zich om en keek de auto na die hobbelend tussen de beide portierswoningen door reed. Mols gezicht tuurde door de achterruit, Susanna's hand wapperde door het zijraam. Fox, Ellen en Caroline wijdden zich weer aan hun verschillende taken, en Freddy en Theo bleven alleen achter.

Ze stond heel stil, met haar armen strak over elkaar alsof ze zichzelf vasthield, terwijl Theo naar haar keek. Haar gezicht stond ernstig, bijna wanhopig, en in haar oude grijze tweedpakje zag ze er elegant en ontzagwekkend uit. Hij liet zijn liefde in stilte naar haar stromen en even later keek ze op.

'Ik weet nu geloof ik precies hoe Mol zich voelt,' vertelde ze hem. 'Die afschuwelijke angst dat al je dierbaren in één klap weggenomen worden. Het is zo gemakkelijk om te denken dat het alleen andere mensen overkomt, hè? Maar het is Mol overkomen en hij zal zich nooit meer helemaal veilig kunnen voelen.'

'Het is jou ook overkomen,' zei Theo. 'Waarom zeg je nú opeens dat je Mol begrijpt? Juist jij moet altijd hebben geweten hoe hij zich voelt.'

'Niet helemaal,' zei Freddy. 'Zie je, ik was volwassen toen het gebeurde. Ik was al een echtgenote en een aanstaande moeder toen Bertie omkwam. Niet erg doorgewinterd misschien, maar ik was volwassen. Mol was nog maar vier toen hij zijn moeder en vader en grote broer verloor. Zó waren ze er nog, zó was hij ze kwijt. Vier

jaar, Theo. Geen wonder dat hij niet alleen om het bosje durft te lopen. Hij is doodsbang dat wij er ook niet meer zijn als hij de bocht
om komt.'

'En Fliss?'

Freddy zuchtte. 'Fliss,' herhaalde ze. 'Ze was nog maar tien, het
arme ding, maar ik denk dat het proces van volwassen worden voor
haar al was begonnen. Alison was een veeleisende moeder en er
werd veel van Jamie en Fliss verwacht. Ze heeft vreselijk geleden,
natuurlijk, maar ze moest onmiddellijk de leiding nemen en had
geen tijd om erbij stil te staan. Ze mist Jamie en Peter nog altijd, dat
weet ik wel. Alison waarschijnlijk wat minder. Fliss is een tobber,
net als Alison, maar daaronder is ze heel gereserveerd.'

'En ze heeft de details niet gehoord,' voegde Theo eraan toe.
'Daar moest Mol ook nog eens mee worstelen.'

'Ze zijn allemaal dol op Hal.' Freddy keerde zich naar het huis en
stak haar arm door die van Theo. 'Daar maakte jij je zorgen om,
weet ik nog.'

'Ik denk dat Hal die verantwoordelijkheid wel voelt.' Theo's
stem klonk bedachtzaam. 'Maar hij is heel sterk. Hij lijkt erg op zijn
vader.'

Haar vingers knepen in zijn arm. 'O, Theo,' zei ze hees van emotie. 'Toen hij dat zei, over veilig thuiskomen, leek hij zo op John
toen hij de oorlog inging. Ik weet waarom ik net zo bang was. John
zei bijna precies hetzelfde. "Maak je geen zorgen," zei hij. "Ik kom
terug." Maar hij kwam niet terug.'

'We moeten ze loslaten. Dat weet je,' zei Theo teder. 'Als we ze
bereidwillig en vol vertrouwen laten gaan, komen ze altijd weer terug, tenzij…'

'Zeg het niet,' zei ze heftig. 'Laten we het over iets anders hebben.'

'Ik moet weer terug naar Southsea,' zei hij, omdat hij wist dat het
haar zou afleiden. 'Door Prue en de verjaardag ben ik al te lang
weggebleven.'

'Waarom?' wilde ze weten. 'Wat houdt jou in Southsea? Waarom wil je niet hier blijven, waar je thuishoort?'

Ze stonden in de schaduw van de veranda, boven op het bordes
en staarden elkaar aan.

Freddy dacht: Zeg gewoon 'ja', Theo. Kom alsjeblieft naar huis. Als jij hier bij me bent, kan ik alles aan. Ik heb je hier nodig om samen met jou oud te worden, om mijn angsten op afstand te houden, omdat we vrienden zijn.

Ze stond stijfjes, rechte schouders, kin vooruit, en Theo werd overspoeld door de zo bekende onzekerheden: de angst om zich te binden, dat het niet goed was voor haar; dat hun gezamenlijke verlangens en behoeftes hun individuele kracht zouden ondermijnen.

Hij dacht: Is het tijd? Is het eindelijk voor ons allebei goed?

Hij deed het enige wat hem bij een moeilijke beslissing altijd hielp: hij liet al zijn gedachten varen en bad in stilte om hulp. Het kwam snel. Heel duidelijk zag hij dat het misschien niet alleen te vroeg was, maar ook – en net zo dodelijk – te laat; dat deze liefde die ze deelden, kon vergaan, kon bederven, zelfs sterven door te wachten op het juiste moment. Heel even had hij een overtuigende zekerheid, maar Freddy keek alweer de andere kant op.

'Ik kom,' zei hij – en ze draaide zich weer om, stralend van blijdschap en verbazing. 'Zodra ik alles in Southsea kan regelen, kom ik.'

'Gauw?' vroeg ze snel. 'Is dat gauw? Je bedenkt je niet?'

'Nee,' zei hij, 'ik zal me niet bedenken. Met Kerstmis ben ik thuis. Dat beloof ik.'

Het picknickgezelschap arriveerde veilig en wel in Haytor Rocks met maar één angstig moment. Doordat er een auto veel te snel over een van de smalle weggetjes aan kwam rijden, schrok Hal waardoor hij een ruk aan het stuur gaf en zachtjes vloekte.

'Stomme idioot!' mompelde hij – en wierp een beschaamde blik op Fliss, die bijna net zo geschrokken was van Hals vloeken als van het bijna-ongeluk.

Ze glimlachte naar hem, verborg haar schok om niet zo truttig te lijken. 'Hij reed veel te hard,' stelde ze hem gerust, om zijn zelfvertrouwen op te krikken. 'Dat was een snelle reactie van je.'

De drie achterin deden hun best weer recht te gaan zitten en Mugwump stak zijn kop uit het open raampje.

'Rustig aan,' riep Kit uit. 'Die arme Susanna belandde zomaar op de grond.'

Fliss wierp een bezorgde blik naar achteren, maar Susanna was alweer op de achterbank geklauterd en stelde de bekende vraag. 'Zijn we er bijna?'

'Bijna,' zei Fliss, toen ze over een wildrooster hobbelden. 'Het duurt niet lang meer. Houd je goed vast.'

Kit staarde vol plezier boven Mols hoofd naar buiten toen ze eindelijk bij het open heideveld aankwamen. De verlaten weg slingerde tussen heuvelachtige met varens bedekte heidevelden die glommen in de felle middagzon en die tot aan de voet van de hoge granieten rotspunten strekten. Stekelige bremstruiken schitterden met gele bloesem die een zoete, nootachtige geur door de warme lucht verspreidde. Door de wind gebogen meidoorns, die paars zagen van de vruchten, boden vlekkige schaduw voor de grazende pony's die steigerden en weggalopeerden toen ze de auto zagen. Plotseling stak een schaap de weg over zonder op of om te kijken en Hal moest vol op de rem staan. Toen de auto tot stilstand kwam, kon Kit ergens hoog in de lucht een leeuwerik horen zingen.

'Konijntjes!' fluisterde ze in Mugwumps oor – hij stond tot het uiterste gespannen bij het open raam en jankte zachtjes.

Hal parkeerde de auto bij Haytor Rocks en gezamenlijk legden ze de kleden en de picknickmand op het verende, door schapen aangevreten gras en keken om zich heen, lachten, rekten zich uit, een beetje onwennig nu geen van de oudere familieleden bij hen was.

'Eerst eten?' vroeg Fliss, die vond dat iemand de catering moest regelen. 'Of klimmen? Wat doen we?'

'Klimmen,' zei Kit direct. 'Straks zitten we veel te vol om nog dingen te beklimmen.'

Ze staarden naar de grijze, grillige rotsen, hoog gestapeld in vreemde vormen, die stenige vuisten en vingers in de lichtblauwe lucht staken; granieten eilanden in een zee van brandende varens.

'Kom op,' riepen Susanna en Mol. 'Kom op, nou.'

Ze hupten tussen de varens, sprongen de kleinere rotsen die her en der verspreid lagen op en af en riepen de honden die met hun neus aan de grond en met kwispelende staart heen en weer draafden.

'Zal ik bij de picknickmand blijven?' stelde Fliss onzeker voor, omdat Caroline dat altijd deed om nieuwsgierige pony's weg te jagen. 'Wat denk je?'

'Niet nodig,' zei Hal ongeduldig. 'Het is heel veilig. Er zijn geen pony's in de buurt. Rol anders de kleden op als je bezorgd bent. Kom.'

'Ik blijf wel,' zei Kit plotseling. 'Nee, echt. Dat wil ik. Ik ben afgepeigerd om je de waarheid te zeggen en die arme Mrs. Ooter-Pooter redt het toch niet naar de top. Die blijft wel bij mij, nietwaar, oude dame? Braaf beest. Echt, Fliss. Kijk niet zo bezorgd. Ik ga lekker in de zon liggen. Ga maar gauw. Wedden dat je de top niet in tien minuten haalt? Ik houd het bij op mijn horloge.'

En weg waren ze, de twee kleintjes voorop, Mugwump op hun hielen. Kit keek hen even na en ging toen liggen. Met de warme zon op haar oogleden luisterde ze naar de veldleeuweriken en met haar vingers speelde ze met het oor van Mrs. Pooter. Ze dacht aan Graham, vergat op haar horloge te kijken en viel in slaap.

Hal nam grote passen, werd overweldigd door een gevoel van welzijn en succes en ademde met volle teugen de frisse lucht in. Het was bijna raak geweest, toen die stomme chauffeur hem de heg in duwde, maar al met al had hij het goed opgelost. Even dacht hij tevreden aan een paar momenten van de heenreis en keek toen naar Fliss die bijna moest rennen om hem met zijn lange passen bij te houden. Hij voelde een nieuwe tederheid voor haar van binnen. Hij was altijd op zijn kleine neefje en nichtjes gesteld geweest, maar de trouwe toewijding en bewondering van Fliss hadden haar een bijzonder plaatsje in zijn hart gegeven. Toen ze afgelopen zaterdagavond verlegen maar opgewonden de salon binnenliep in haar nieuwe jurk, had hij een bijna pijnlijke sensatie in zijn hart gevoeld. Ze zag er zo lief, zo kwetsbaar uit – en zo anders, met haar haar op de een of andere manier boven op haar hoofd, waardoor de slanke nek werd geaccentueerd en de ronde vormen van haar kleine borsten net zichtbaar werden...

Hij fronste toen de klim steiler werd en onder zijn voeten losse kiezels rolden. Het leek onmogelijk dat de kleine Fliss een vrouw werd. Ze was zo klein en slank, zo lief en vertrouwd. Maar die avond was ze een vreemde voor hem; ze straalde met een soort innerlijk mysterie dat alleen zij kende, een mysterie dat haar veranderde. Hij was merkwaardig verlegen geweest en nogal onhandig, blij dat hij Kit van kind tot vrouw had zien opgroeien en daarom wat ervaring

159

had met zo'n plotselinge verandering. Kit leek zich met gemak te kunnen bewegen tussen de twee werelden van kind- en vrouw-zijn, waardoor hij in de war raakte, maar toen hij Fliss zag, wilde hij haar beschermen – en wilde hij nog iets anders. Hij wist niet zeker of het verkeerd was om opgewonden te raken bij het zien van je eigen nichtje en hij had zich schuldig – en verward – gevoeld door dit oncontroleerbare verlangen, omdat hij het merkwaardige idee had dat Fliss wilde dat hij zich zo voelde. Maar hoe kon ze? Ze was zo jong, zo onschuldig – en zijn nichtje.

'Hoi!' riep Mol ergens boven hem en Hal leunde naar achteren, keek omhoog naar de rotsen waar Mol en Susanna stonden te dansen en te zwaaien. Fliss liep hijgend achter hem aan en hij stak zijn hand uit om haar omhoog te trekken. Ze lachte. Haar gezicht was rood en de glanzende blonde lokken wapperden losjes om haar gezicht. Ze droeg een oude blouse van Kit en het vale blauw weerspiegelde de kleur van haar ogen en accentueerde de warme kleur van haar huid. Hal voelde diep vanbinnen iets trekken toen hij naar haar staarde en zich voorstelde hoe de borsten tegen de binnenkant van de blouse drukten. Hij zag haar gezicht veranderen, hoewel ze zich nog steeds aan hem vasthield, en plotseling wilde hij haar kussen, wist hij dat ze wilde dat hij haar kuste, en hij trok haar dichter tegen zich aan, zijn hart ging als een razende tekeer, bonsde in zijn oren...

In een steentjesregen gleed Susanna gillend van pret en ongeduld op haar billen naar beneden en kwam naast hen staan.

'Kom op. O, toe, kom nou,' riep ze. 'Kit houdt de tijd bij, weet je nog? Mol is al boven.'

Nog een verwoestende seconde staarden ze elkaar aan, voordat ze Susanna volgden en het laatste steile stukje omhoogklommen waar Mol hoog in de herfstzon al op hen stond te wachten.

'Kijk,' zei hij, 'je kunt wel kilometers ver kijken. Net als toen de d-duivel Jezus in de woestijn lokte en Hem de koninkrijken van de wereld aanbood als Hij hem aanbad. Zo moet het eruit hebben gezien, denk je niet?'

'Ja,' zei Hal, na een ogenblik. 'Net zo.'

Hij had wat moeite met ademhalen, wat niet zo gek was na al dat klauteren, en hij keek niet naar Fliss die stil was.

'Kit ligt te slapen,' zei Susanna teleurgesteld. 'Ik heb almaar gezwaaid. Nu heeft ze ons niet geklokt.'

'Geeft niet,' troostte Hal hen. 'We doen het gauw genoeg weer.'

'Na het eten?' vroeg Mol hoopvol.

'Misschien niet na het eten,' zei Hal dubbelzinnig. Hij wou dat Fliss iets zei. Ze stond gespannen en stil, en staarde over de heidevlakte in de richting van Teignmouth, in de blauwe, wazige verte waar de zilveren zee glinsterde en schitterde. 'Maar jij en Sooz kunnen wel, als je wilt, en dan klok ik jullie. Ik kan de hele weg naar jullie kijken.'

Ze juichten luid en begonnen vallend, glijdend en joelend aan de afdaling. Mugwump schoot uit de varens tevoorschijn waar hij allerlei interessante geurtjes had gevolgd, en rende ze achterna. Hal schraapte zijn keel.

'Ze zijn helemaal gestoord wat dat klokken betreft,' zei hij onhandig. 'Alles moet tegenwoordig geklokt worden, is je dat ook opgevallen? Fox is ermee begonnen met het rondje om het bosje, maar nu is het bij vrijwel alles.'

Fliss knikte, keek nog steeds de andere kant op en hij vroeg zich af of hij de signalen verkeerd had ingeschat en dat ze geschokt was. Misschien had hij haar bang gemaakt.

'Fliss,' smeekte hij. 'Fliss…'

Ze keek hem aan met een blik die zó vol liefde was dat hij ervan schrok. Dus hij had het niet verkeerd… Ze vond… Vond wat?

'Fliss,' begon hij opnieuw – maar ze schudde haar hoofd.

'Kom,' zei ze – en haar stem was licht en levendig, borrelend als stromend water. 'Kijk. Kit is wakker. Ze is de picknickmand aan het uitpakken. Mol en Susanna zijn er ook al bijna. Wie het eerst terug is.'

En weg was ze, over de rotsen klauterend, de helling af. Lachend keek ze achterom, met haar vlecht over haar schouder. Hij volgde haar, verward, alsof hij op de een of andere manier de controle over de situatie niet langer in de hand had, maar Fliss wel. Er was iets gebeurd, en hij had geen flauw idee wat. Hij begreep het niet en dat irriteerde hem. Hij zag het tafereel beneden: zijn zus zat op haar knieën op het kleed, de twee kleinere kinderen kwamen aangerend, de honden zaten zoals altijd weer in de weg, met de auto op de achtergrond. Het zien van de auto hernieuwde zijn zelfvertrouwen, evenals zijn gevoel van superioriteit en overwicht binnen de familie. Hij was de oudste, had de leiding over allemaal.

Hij slenterde naar hen toe, handen in zijn zakken, wou dat hij een sigaret had om zijn verfijnde imago compleet te maken en glimlachte vaderlijk naar hen allen, hoewel hij de blik van Fliss ontweek. 'Is het eten klaar?' vroeg hij. 'Wat gaan we straks doen? Slagbal? Of gaan jullie tweeën de Everest weer beklimmen?'

Hij strekte zich op het kleed uit, legde zijn handen nonchalant en ongedwongen onder zijn hoofd, terwijl de meisjes bezig waren het eten klaar te zetten. Susanna liet zich boven op zijn middenrif vallen, legde haar hoofd op zijn borst en zong in zichzelf. Goedmoedig kietelde hij haar, maar duwde haar opzij toen Kit hem een boterham gaf, rolde op zijn zij en leunde op zijn ellebogen. Fliss zat op haar hurken, fronste toen ze de thee inschonk en opeens had hij gevoeld hoe goed het was om jong en sterk te zijn en aan het begin te staan. Wat leek het hem afschuwelijk om net zo oud te zijn als Freddy en Theo die alles al gehad hadden, oud en der dagen zat waren. Die uitdrukking had hij een keer gehoord en hij was erdoor getroffen omdat het zo triest was. Wat afschuwelijk om niet langer passie te voelen, niet alleen voor mooie, jonge meisjes, maar passie voor autorijden, zeilen, rennen, dansen…

Fliss gaf hem een kop thee en hij grijnsde naar haar, knipoogde medeplichtig, trok haar in hun eigen wereldje. Tot zijn vreugde zag hij dat ze bloosde en ze perste haar lippen op elkaar alsof ze vreselijk moest lachen met diezelfde uitbundige vreugde die hij voelde.

'Dus,' zei hij weer vol zelfvertrouwen, 'eerst slagbal, en als er dan nog tijd is mogen jullie de rots nog een keer beklimmen. Mooi. Dat is geregeld. Waar zijn die boterhammen?'

17

Het had de hele dag geregend. Donkere, grijze wolken dreven vanuit het westen boven de heuvel en verborgen het landschap in een dikke mist. Tegen vier uur was het donker. Caroline was naar het eind van de oprijlaan gereden om de kinderen van de schoolbus af te halen en nu zaten ze verwarmd door de thee genoeglijk in de keuken naar een kinderprogramma op de radio te luisteren. Freddy was naar de salon gegaan waar ze de lichten en de haard aan had gedaan. Ze trok de gordijnen dicht tegen de sombere novemberavond en ging achter de piano zitten.

Caroline stond in de hal te luisteren. Ze had geen verstand van muziek maar vond het heerlijk om naar Freddy's spel te luisteren. Dit was een van haar lievelingsstukken en terwijl ze ernaar luisterde, begon haar hart sneller te kloppen en voelde ze zich tegelijkertijd droef en uitgelaten. In de stilte die volgde, klopte ze snel aan en deed toen de deur open. Freddy had heel stil gezeten. Aan deze sonate – Chopins Derde in B kleine terts – waren herinneringen verbonden. Ze had het hier in de salon voor Bertie en zijn broer en admiraal Chadwick gespeeld op haar allereerste avond in The Keep, al was het niet op deze piano. Het instrument was niet zo goed – geen van de Chadwicks speelde – en toen ze trouwde, had ze erop gestaan dat haar eigen piano meekwam. Het was doodstil geweest na afloop en toen ze opkeek, had ze gezien dat Theo vanaf de andere kant van de kamer naar haar had staan kijken. In die tijd kleedden de Chadwicks zich nog speciaal voor het diner en ze kon hem zich nog goed herinneren: het oogverblindende wit van zijn overhemd tegen het zwart van zijn jacquet; zijn bruine ogen bedachtzaam op haar gericht…

'Mrs. Chadwick?'

Geschrokken draaide ze zich om en zag Caroline in de deuropening. 'Wat is er?' Haar stem klonk scherp omdat ze zo in gedachten verzonken was geweest en ze deed haar best haar emoties te verbergen.

'Neem me niet kwalijk dat ik u stoor.' Caroline liep de kamer een stukje in. 'Het is… nogal belangrijk.'

'Natuurlijk.' Freddy draaide zich om op het krukje en glimlachte naar haar. 'Maak je geen zorgen. Ik ben alleen maar een beetje melancholiek. Kit noemt het "de blues". Het zal wel door het weer komen. Wat is het probleem? Vind je het moeilijk om weer te wennen na je vakantie?'

'O, nee, helemaal niet.' Caroline schudde haar hoofd, aarzelde – en lachte. 'De waarheid is dat ik u dit helemaal niet wil vertellen. Het is niet in mijn eigen belang, ziet u, maar mijn geweten knaagt aan me.'

Freddy stond op en liep op haar af. 'Waar heb je het in vredesnaam over, Caroline?' vroeg ze, en fronste. 'Kom alsjeblieft naast me zitten. Zo.'

Caroline zuchtte. 'Ik ben bij mijn zus geweest, zoals u weet,' zei ze. 'En toen ik daar was, kwam er een vriendin van haar op bezoek. Eigenlijk is ze ook mijn vriendin, maar ze is wat ouder, van de leeftijd van mijn zus. Afijn, om een lang verhaal kort te maken, haar kinderen zitten in New Forest op school en daar heeft ze uitgebreid over verteld. Het is een gemengde school…' Ze pauzeerde. 'Dat betekent dat het voor jongens en meisjes is.'

'Ik weet wat gemengd betekent, dank je, Caroline,' zei Freddy ongeduldig. 'Waar wil je met dit verhaal naartoe?'

'Het interessante is dat ze meisjes van acht tot achttien aannemen en jongens van acht tot veertien. Het is een kostschool en zo te horen een erg goede. Pauline is bijzonder tevreden. Ze heeft er drie kinderen. Twee meisjes en een jongen. De jongen gaat nu naar een andere school, maar de meisjes blijven. Toen moest ik onmiddellijk aan Mol en Susanna denken, ziet u?'

'In welk opzicht?' vroeg Freddy koel, omdat haar eerste reactie was om de kinderen te beschermen. Als het om haar kleinkinderen ging, had ze liever dat alle ideeën van haar zelf kwamen.

Caroline was zich daar heel goed van bewust en keek haar voorzichtig aan. 'Het punt is dat het me zo'n leuke school lijkt. Er is een meer waar de kinderen kunnen zeilen en ze doen allerlei spannende dingen. Kamperen in het bos, danslessen, toneel…'

'Hebben ze ook nog tijd om de kinderen iets te leren?' vroeg Freddy luchtig.

Caroline lachte meesmuilend. 'Ik pak het geloof ik niet zo goed aan, hè?' vroeg ze. 'Weet u, het klonk net wat voor Mol en Susanna. Als Susanna acht is en Mol elf zouden ze samen kunnen gaan. Ik heb het aan Pauline gevraagd en ze vinden het geen probleem om een jongen van die leeftijd aan te nemen. De meisjes geven het een andere sfeer en het is wat meer ontspannen, als u begrijpt wat ik bedoel, en op die manier zouden ze bij elkaar kunnen blijven.' Ze balde haar vuisten, wilde zo graag dat de koele Freddy het begreep. 'Het lijkt me een goede plek voor Mol. Ergens waar hij aan zijn zelfvertrouwen kan werken en waar hij kan worden voorbereid op de grote school.'

'Ik ben helemaal niet van plan om Susanna naar kostschool te sturen als ze acht is,' zei Freddy monotoon.

'Dat weet ik,' riep Caroline gefrustreerd. 'Dat bedoelde ik ook toen ik zei dat dit geen eigenbelang is. Ik had gehoopt dat u me hier wilde houden totdat Susanna naar de middelbare school gaat als ze dertien is, net als Fliss. Denkt u niet dat ík haar op haar achtste weg wil sturen. Alleen zou op deze manier Mols probleem wel opgelost zijn en als u het mij vraagt zou Susanna het geweldig vinden. Ze is een opgewekt, gemakkelijk, evenwichtig kind, maar ik denk dat ze Mol vreselijk zal missen als hij weggaat en het zal hier ook wel erg saai voor haar zijn met…'

'Met al die ouwelui?' vulde Freddy aan, toen Caroline aarzelde.

'Ja, eigenlijk wel,' antwoordde ze bot. 'In haar ogen, in ieder geval.' Ze haalde haar schouders op. 'Ik wil alleen het beste voor ze.'

'Vergeef me.' Freddy legde haar hand op Carolines gebalde vuist. 'Dat willen we allemaal. Denk je echt dat Susanna het daar goed zou doen?'

'Waarom niet? Kijk.' Haar hele lichaam was gespannen om haar gedachten te uiten. 'U moet niet denken dat ik bereid ben Susanna op te offeren om Mol te beschermen. Dat zou heel erg verkeerd zijn. Ik weet alleen zeker dat zij mee wil als hij gaat, en dat ze het prima zou redden, misschien nog wel beter dan Mol toen die acht was. En het is per slot van rekening pas over twee jaar. Alleen is het zo'n populaire school dat ze nu al ingeschreven moeten worden, omdat er anders geen plaats is. U kunt zich altijd nog bedenken, als blijkt dat ze er geen van beiden klaar voor zijn.'

'Ik zal een folder aanvragen,' zei Freddy. 'Hoe heet de school?'

'De Reigerpoort School. Er is een reigerkolonie naast het meer.' Caroline leek plotseling erg moe. 'Tja, dan…'

'Het is goed van je dat je de kinderen boven je eigen belangen stelt,' zei Freddy vriendelijk, 'en het klinkt als een geweldig goed idee, maar ik hoop niet dat het betekent dat we jou ook kwijtraken.'

Caroline staarde haar verrast aan. 'Maar wat moet ik als de kinderen weg zijn?' vroeg ze.

'De grote vakanties zijn er altijd nog,' zei Freddy. 'Krokus- en herfstvakanties, hutkoffers en snoepdozen. Brengen en halen, uniformen aanmeten bij Daniel Neal. Het is een vermoeiende bezigheid, vraag maar aan Ellen. Nee, ik denk niet dat we je kwijt willen. Tenzij je er natuurlijk niets voor voelt om al je tijd met – wat zeiden we ook al weer? – een stel ouwelui door te brengen.'

'U zei dat.' Caroline probeerde tevergeefs haar blijdschap te verbergen. 'U weet hoe fijn ik het hier vind. U bent mijn familie. The Keep is mijn thuis. Ik zou het vreselijk vinden om dit, of een van jullie, achter te laten.'

Freddy bleef even stil. 'Ik dacht dat die kwaliteiten door de oorlog waren vernietigd,' zei ze uiteindelijk. 'Dank je, Caroline. Je bent een deel van mijn familie geworden en ik hoop dat we nooit afscheid van je hoeven te nemen.'

Met tranen in haar ogen stond Caroline op. 'Dank u, Mrs. Chadwick.' Ze wist niet hoe ze anders haar gevoelens goed kon uiten. 'Ik ga Ellen maar eens helpen met het avondeten van de kinderen. Het spijt me dat ik uw spel heb onderbroken.'

Ze glipte naar buiten en deed zachtjes de deur achter zich dicht. Freddy bleef zitten en staarde naar het vuur. Waaraan had ze zoveel loyaliteit verdiend? Al die jaren had ze die lieve, oude Ellen en Fox gehad om haar te beschermen en voor haar te zorgen en nu zette Caroline die traditie voort. Wat een geluk, wat had ze vreselijk veel geluk. Haar gedachten werden wat praktischer: twee jaar om de kinderen voor te bereiden op kostschool. Tegen die tijd was Mol toch zeker wel over die diepgewortelde angsten heen? Hij ging zo vooruit – of kwam dat alleen doordat hij het beter kon verbergen, zoals Caroline een keer had gezegd?

Freddy dacht: Theo komt huis! Híj kan Mol helpen. Hij zal hem helen, zijn geest helen en hem sterk maken.

Ze was zo gelukkig, zo opgelucht, dat ze bleef zitten en naar het vuur glimlachte, totdat ze werd overweldigd door de behoefte om te spelen en ze opstond en weer naar de piano liep.

De bus hobbelde langzaam vooruit, de wielen piepten op het natte wegdek, de regen plensde tegen de donkere, bewasemde ramen. Het trottoir glom onder het licht van de straatlantaarns en iedereen die uit zijn werk kwam, haastte zich met gebogen hoofd, in elkaar gedoken door de niet-aflatende bui. De passagiers in de bus, die langzaam door het spitsuur trok, schommelden somber, onderuit-gezakt op hun plek heen en weer, terwijl de bus van halte naar halte slingerde. Hij was nog niet opgetrokken en had zich achter de bijna stilstaande rij auto's aangesloten, of hij moest alweer een nieuwe groep kletsnatte passagiers binnenlaten. De mensen in het gangpad klampten zich aan de stangen vast toen de bus Princess Victoria Street insloeg. Toen de chauffeur aan de bel trok, kwam hij schokkend tot stilstand en mensen liepen trekkend en duwend naar achteren, klaar om uit te stappen.

Prue sprong de bus uit en rende over het natte trottoir. Haar voeten en enkels waren al doorweekt voordat ze Waterloo Street in liep. Ze stapte de hal in, deed het licht aan en trok haar druipende regenjas uit. Ze hing hem aan de kapstok en voelde op de tast waar haar gemakkelijke, oude schoenen stonden en deed haar doorweek-te nette paar uit. Het huis was koud en ongezellig op deze bedomp-te dag eind november en zoals altijd voelde ze de energie uit zich stromen toen ze de eetkamer binnenliep om een glaasje sherry in te schenken. Ze nam haar drankje mee naar de zitkamer waar ze de lampen en de elektrische haard aandeed, voordat ze haar schoenen uitschopte en zich met haar benen onder zich in een leunstoel liet vallen. Ze liet haar hoofd tegen de leuning zakken en deed haar ogen dicht. Ze vond het niet zo erg om te werken, in ieder geval niet zo héél erg – de meisjes waren aardig en de kleren waren mooi –

maar wat zou het zalig zijn om thuis te komen in een warm huis, waar het eten klaarstond en een borrel op haar stond te wachten. Wat boften getrouwde mannen die aan het eind van een dag hard werken binnen konden sloffen en verder niets meer hoefden te doen. Geen eten klaarmaken, geen kleren wassen, niet strijken, geen klusjes. Hoewel ze ze miste, was ze bijna blij dat de tweeling op school zat en ze zich niet ook nog zorgen hoefde te maken om hen.

Ze schaamde zich toen ze dacht aan haar collega's die hun werk, man en kinderen, huis, zelfs honden en katten hadden. Misschien kwam het doordat zij laat was begonnen – of misschien was ze van nature gewoon lui. Ze trok een grimas en begon zich te ontspannen toen ze een slokje van haar sherry nam. Het was fijn dat de kerst eraan kwam. Op alle afdelingen werden al versieringen opgehangen en er hing een feestelijke, vrolijke sfeer. Toch werd ze vaak triest als ze zich afvroeg of de rest van haar leven er zo zou uitzien.

Het had haar aandacht in ieder geval wel afgeleid van Tony. Er was tot nog toe geen nieuws over hem, maar de pijn trok langzaam weg, waarschijnlijk omdat ze tegenwoordig over het algemeen te moe was om nog iets anders te voelen, op een dringend verlangen om te slapen na. Ze verlangde ook naar de kerstvakantie in The Keep. Even had het ernaar uitgezien dat ze niet meer dan een paar dagen vrij kon krijgen. Wanhopig was ze naar de personeelschef gegaan en had ze uitgelegd dat ze de vakantie al veel eerder dit jaar had geboekt – voordat ze deze baan had genomen – en dat zij en haar kinderen de hele week tussen kerst en oud en nieuw samen wilden zijn. Hij was er niet blij mee geweest. De grote uitverkoop in januari moest in die paar dagen georganiseerd worden, vertelde hij haar, en het zou de werkdruk voor haar collega's behoorlijk vergroten. Gelukkig waren het juist deze vrouwen die haar hadden aangemoedigd om vrij te vragen en dus kon ze doorzetten. Ze had beloofd extra zaterdagen te werken om het in te halen en bood aan langere dagen te maken in de periode voor kerst zodat ze zo veel mogelijk kon doen voor de uitverkoop. Onwillig had de chef haar haar zin gegeven – Prue was een goede verkoopster en hij wilde haar niet kwijt – maar zei wel dat de week zou worden ingehouden op haar vakantiegeld. Roekeloos had Prue ja gezegd. Eén vogel in de hand was beter dan tien in de lucht; de zomer was nog ver weg en Kerstmis was al over drie weken. Ze was snel naar de afdeling gerend om het goede nieuws te vertellen.

Prue was populair en haar collega's hadden medelijden met haar omdat ze door haar man in de steek was gelaten. Ze was van nature heel open en kon ze aan het lachen maken. Zij mochten haar omdat ze geen 'air' had, hoewel ze duidelijk uit een heel ander milieu kwam. Veel vaste klanten waren vriendinnen van haar en ze kon eindeloos met ze grappen, ze ervan overtuigen dingen te kopen zodat haar commissie omhoogging, en ze stuurde ze door naar andere afdelingen voor accessoires; sjaals, handtassen, schoenen, hoeden. Ze genoot van haar werk omdat ze wist dat het veel erger had kunnen zijn, maar toch verlangde ze naar de gelukkige, zorgeloze tijd voordat Tony ten tonele was verschenen. Wat had ze het leven vanzelfsprekend gevonden; wat was ze onverschillig geweest tegenover de zorgen en angsten van andere mensen.

Ze had zoveel geluk dat Freddy haar steunde en voor de kinderen zorgde. Toen ze de verhalen van sommige vrouwen in de winkel hoorde over hun tegenspoed en problemen, was ze ziek van schaamte en besefte ze hoe verwend ze nog altijd was. Ze had geen knagende zorgen over huur of hypotheek en haar kinderen kregen een uitstekende scholing. Het was een verhelderende ervaring – en daar was ze blij om – maar, o, wat zou ze het fijn vinden als ze haar oude leventje op magische wijze weer terugkreeg. Ze was moe en eenzaam, niet gewend aan de uitputtende dagelijkse discipline. Niemand wist hoezeer ze de verjaardag had gemist, hoewel het misschien een pijnlijke bijeenkomst voor haar en Freddy zou zijn geweest. Toch verbaasde het verlangen haar; het verlangen om ze allemaal te zien; Fox en Ellen en de kinderen, lieve, grappige Caroline – en die schat van een Theo…

Toen ze zich uit haar stoel overeind hees, zichzelf dwong over het avondeten na te denken, ging de telefoon.

'Theo.' Haar stem schoot van blijdschap omhoog. 'Ik zat net aan je te denken. Wat leuk om wat van je te horen.'

'Hoe gaat het met je, Prue?' vroeg hij. 'En de tweeling? Mooi zo. Ik denk dat je misschien mijn laatste nieuws nog niet hebt gehoord, dus bel ik om anderen voor te zijn.'

'Nee, ik heb niets gehoord.' Ze stond op één voet en legde haar andere tegen haar kuit om hem te verwarmen. Het was koud en tochtig in de hal. 'Wat is er gebeurd?'

'Ik ga weer naar The Keep,' vertelde hij haar. 'Voorgoed, bedoel ik. Het is dwaas om hier in mijn eentje aan te modderen. Wat vind je ervan?'

'Ik vind het geweldig,' zei ze hartelijk. 'Ik weet dat het goed is om onafhankelijk te zijn, maar het is vast en zeker de juiste beslissing. Je zult er goed verzorgd worden.'

'Ik begrijp werkelijk niet waarom iedereen denkt dat ik niet voor mezelf kan zorgen.' Ze hoorde dat hij glimlachte. 'Ik doe het al zo'n vijftig jaar.'

'Maar Ellen en Caroline kunnen het beter,' vertelde ze hem lachend. 'O, ik ben zo blij voor je. Waarom zou je in vredesnaam in je eentje worstelen, terwijl dat helemaal niet hoeft? Al weet ik dat je graag alleen bent, Theo. Ik weet dat je het nodig hebt. Hoe ga je dat oplossen met al die vrouwen om je heen?'

'Geen idee. Hoe is het in Bristol?'

'Koud en ellendig,' antwoordde ze. 'Het is een smerige dag en ik vind het vreselijk om in een leeg huis thuis te komen. Maar goed. Het kan erger. Wanneer ga je naar Devon?'

'Over een week of twee. Met de kerst. Ik hoop dat jij ook kunt komen?'

'Jazeker. De hele week. Is het niet fantastisch? Ik stuur de tweeling vooruit, omdat ik tot en met de dag voor kerstavond moet werken. Het is maar goed dat het dit jaar op een zondag valt, anders had ik de dag voor kerst ook de hele dag moeten werken. Maar op zondagochtend werkt er toch nog een aantal mensen en ik heb beloofd dat ik dan nog een paar uur kom helpen, maar ik kom zo gauw mogelijk. Met een beetje geluk op tijd voor het diner.'

'Goed zo. En alles is echt goed? Wat geld betreft en zo? Je bent toch wel eerlijk tegen me?'

'Waarom zou ik liegen? Je zou het direct doorhebben. Het gaat goed. Heus.'

'Pas goed op jezelf. Tot gauw.'

Ze zei dag en hing op en voelde zich merkwaardig sentimenteel. Wat was hij lief en aardig; een voortdurende toetssteen in de onbekende wateren van het leven.

Ze dacht: Ik zou het gewoon niet kunnen redden zonder Theo. Goddank wordt er straks goed voor hem gezorgd. Hij hoort thuis in The Keep en het betekent dat ik hem vaker zie.

Plotseling leek Kerstmis heel ver weg en ze vroeg zich af hoe ze de dagen door zou komen voor ook zij naar Devon kon.

18

Theo was de eerste van de familie die voor de kerst thuiskwam. Hij kwam op een ijzig koude dag aan, aan het begin van de middag. Freddy stond op het perron in Totnes op hem te wachten, met haar handen diep in haar zakken en haar dikke bontbeklede laarzen aan haar voeten. Ze glimlachten naar elkaar, wilden geen van beiden hun emoties tonen, bang de controle over dit moment te verliezen.

'Ik heb een hekel aan deze akelige nieuwe treinen,' zei Freddy, en omhelsde hem kort. 'Ze hebben totaal geen sfeer.'

'En ook geen roet en rook.' Hij gaf haar een van zijn tassen. 'Lukt dat? Het is de lichtste. Dank je.'

'Is dit de som van al je wereldlijke bezittingen?' vroeg ze. 'Twee koffers en een tas? Lieve hemel. Prue neemt dat mee als ze een weekendje komt.'

Hij lachte. 'Ze heeft vreselijk veel zin in Kerstmis. Ik heb begrepen dat de tweeling wat eerder komt.'

Toen ze door het hek liepen, viste Freddy de autosleutels uit haar zak. 'Arme Prue begint vroeg en is laat klaar om haar vakantie maar te verdienen, en ze denkt dat het voor Hal en Kit leuker is om hier te zijn. Maar ze zijn eerst nog een week thuis, voor ze hier komen. De vakanties beginnen tegenwoordig zo vroeg. Toen wij jong waren, hadden we volgens mij helemaal niet zulke lange vakanties.'

'Maar onze ouders dachten vast van wel,' zei Theo droogjes, en zette zijn koffers in de kofferbak. 'Het is maar hoe je het bekijkt.'

De Morris tufte over de brug in de richting van Dartington en The Keep. Freddy kon goed rijden, rustig en zelfverzekerd, en Theo ging op zijn gemak zitten en genoot van het vertrouwde landschap. Het was een schitterende dag met een helderblauwe lucht en een stralende zon die geen indruk maakte op de laag rijp. Theo merkte dat het onrustige gevoel dat hem beklemde, afnam. Hij ging eindelijk naar huis.

'Waarom kun jij zo goed autorijden en ik zo slecht?' klaagde hij. 'Ik weet zeker dat het andersom hoort te zijn.'

'Omdat je een man bent?' wilde Freddy weten. 'Wat een onzin. Mensen hebben verschillende talenten. Het heeft niets met mannen of vrouwen te maken. Kijk maar naar de kinderen.'

'Hoe bedoel je?'

'Caroline heeft gelijk als ze zegt dat Susanna kostschool veel eerder aan zou kunnen dan Mol, of zelfs Fliss. Ze is een gezelschapsdier, maakt zich niet zo'n zorgen en sluit gemakkelijk vriendschap. Ze is duidelijk tot meer in staat dan Mol op die leeftijd.'

'Maar is dat wel een goed voorbeeld? Hoe zouden ze zijn geweest als ze in hun jonge leven geen tragedie te verwerken hadden gekregen? Het heeft ongetwijfeld zijn weerslag gehad op Fliss en Mol, maar Jamie was heel zelfverzekerd.'

Freddy wierp een scherpe blik op hem toen ze Shinners Bridge naderden. 'Ik hoop dat je niet bent thuisgekomen om alleen maar met me te bakkeleien,' zei ze.

Theo wierp zijn handen in de lucht. 'Stel je voor,' zei hij. 'Je weet toch dat ik een lafaard ben? Maar vertel eens over die school die Caroline heeft ontdekt. Zo te horen is het misschien een oplossing.'

'Dat begin ik ook in te zien,' beaamde Freddy, terwijl ze op hoge snelheid over de smalle weggetjes reed. 'Ik heb net de folder gekregen. Als we thuis zijn, zal ik hem je laten zien.'

Thuis: het woord had op allebei tegelijkertijd een effect. In de emotionele stilte die volgde, legde Freddy haar hand over de zijne die op zijn knie lag. Theo hield hem even stevig vast en liet toen los.

'Dank je,' zei hij. 'Dank je dat je me het gevoel geeft dat The Keep mijn thuis is. Er zijn niet veel mensen die zo edelmoedig zouden zijn.'

'Doe niet zo raar,' zei ze ruw – en hij keek even opzij. Ze slikte en probeerde te glimlachen. 'Sorry. Maar wat mij betreft is dit altijd je thuis geweest. Ik dacht dat je dat wist.'

'Ik geloof het wel,' zei hij na een ogenblik. 'Natuurlijk wel. Ik ben hier toch vaak genoeg geweest…?'

'Nee,' zei ze snel. 'Niet vaak genoeg. Ik kan je niet zeggen hoe heerlijk iedereen het vindt dat je eindelijk thuiskomt… En daar zijn we.'

Ze reed door de poort en zette de auto stil. Theo staarde naar het huis: grijs, imposant, prachtig, vol herinneringen. Ze keek naar hem en zwijgend schudde hij zijn hoofd. Ze knikte, alsof ze het met hem eens was, het begreep en ze kuste hem zachtjes op zijn wang.

'Welkom thuis, Theo,' zei ze.

De zon stond laag aan de hemel toen de kinderen uit school kwamen. De plassen op de oprijlaan waren bedekt met een dikke laag ijs; de modderige karrensporen waren tot diepe enkelzwikkende groeven bevroren; er lag rijp op de takken en op de resterende bevroren bladeren die bruin en kwetsbaar in de heg geplakt zaten. Mol bleef bij het hek staan en staarde over de vlakten waar de winterse stoppelvelden door de laatste zonnestralen, die vlammend achter de heuvels in het westen ondergingen, koper werden gekleurd. De bomen stonden er grimmig en zwart bij en hun schaduw viel als een uitgestrekte, bevroren stilte op de grond. Achter hem sprong Susanna op de plassen, zong in zichzelf en probeerde het ijs te breken dat onder haar gewicht kraakte en splinterde, maar niet meegaf. Hij keek over zijn schouder naar haar en toen naar de hulst naast het hek. De glimmende, puntige bladeren waren felgekleurd – maar niet zo fel als de bessen die rood glinsterden in de laatste oogverblindende stralen zon.

Een beeld van bloed kwam in zijn gedachten op, maar werd onmiddellijk verdrongen. Dat kon hij nu; met opzet een beeld afwijzen dat het verleden misschien kon oprakelen. Langzamerhand had hij geleerd dat het de enige manier was om met de afschuw om te gaan; het wegstoppen, afsluiten. Het werkte, bevrijdde hem van angst, hielp hem zijn beheersing te bewaren; de prijs die hij hiervoor moest betalen, kwam in de vorm van nachtmerries. Maar ook daar leerde hij mee om te gaan. Hij werd zich steeds vaker bewust van het begin van een droom; het bekende verlammende gevoel van angst dat voorafging aan de dreigende donkere figuur, hoewel de dromen niet altijd hetzelfde waren. Alleen de machteloosheid was constant; niet in staat zijn om te ontsnappen, om doof of blind te zijn voor wat zou volgen. Vaak was hij in staat om zichzelf, badend in het zweet en trillend, wakker te maken, voordat er iets was gebeurd. Soms – maar niet meer zo vaak – werd hij schreeuwend of

174

huilend wakker. Als hij geluk had, hoorde niemand hem. Maar meestal kwam Caroline binnen om hem te troosten, met hem te praten, totdat hij niet meer beefde. Hij móést het gewoon overwinnen voordat hij naar kostschool ging. Het idee dat het op een slaapzaal gebeurde waar andere jongens bij waren, was op zich al genoeg om een nachtmerrie te veroorzaken. Maar nu zag het ernaar uit dat Caroline uitstel voor hem had geregeld; nog twee jaar – en Susanna ging met hem mee.

Hij draaide zich weer om. De opluchting stroomde door zijn hele lichaam en hij liet het hek los terwijl hij naar haar keek. Zich niet bewust van iets of iemand danste ze zingend over de oprijlaan; met haar knieën omhoog en haar armen uitgestrekt, oefende ze het dansje dat ze had geleerd voor de uitvoering van school. Wat hield hij van haar. Ze was de enige van de familie die niet door het bloed was aangetast. Verder wist iedereen het; kon iedereen het zich herinneren. Hij zag het soms in de blik van Fliss en hij wist wat zijn grootmoeder dacht als ze pianospeelde, met haar wangen nat van de tranen, als ze dacht dat ze alleen was. Hij had nog altijd de neiging zich te verbergen, onder kleden en kussens te kruipen, hoewel hij een beetje te groot werd om zich te verstoppen en omdat het nogal gevaarlijk kon zijn. Dan zag en hoorde je dingen die je niet wilde begrijpen... Alleen Susanna kende de afschuwelijke, misselijkmakende waarheid niet; onschuldig en vrij bekeek ze de wereld. Hij zou nooit vrij kunnen zijn; Jamies bloed had zijn hele wezen bezoedeld, maar hij kon het overwinnen. Hij had nog twee jaar; er kon een boel gebeuren in twee jaar.

Mol haalde diep adem en liep de oprijlaan door. Hij keek voorbij Susanna en even leek zijn hart stil te staan; doodsangst verstikte hem. Er kwam iemand op hen af; lang en sinister. Met een lange, zwarte schaduw voor zich uit kwam hij onverbiddelijk dichterbij. Dit was zijn droom die werkelijkheid werd; geen kans om te vluchten, geen kans om zich te verstoppen en de Dood kwam naderbij. Mol wist dat het gezicht met op elkaar geklemde lippen en blinde ogen glimlachte, als hij het zou zien; grimmig en triomfantelijk en angstaanjagend. Het geluid van achter uit zijn keel trok de aandacht van Susanna. Ze maakte een buiging voor haar denkbeeldige publiek, keek over de oprijlaan en volgde Mols starende blik. Toen hij haar doordringende schreeuw hoorde, begon hij te beven, deed zijn ogen even dicht en opeens was ze weg; schreeuwend vloog ze de oprijlaan door.

'Het is oom Theo. Hij zou ons op komen halen als hij er was.' Haar stem echode naar achteren en ongelovig staarde hij in de verte toen de man zijn armen uit elkaar deed en het kleine figuurtje optilde en in het rond zwaaide. Met een bonzend hart, bijna huilend van opluchting begon ook hij met trillende benen te rennen en kwam bij Theo aan toen deze net Susanna weer op de grond zette, zodat hij nu kon worden opgetild, dicht tegen Theo's hart werd gedrukt en stevig werd vastgehouden; veilig.

Fliss was al bijna een week thuis toen de tweeling arriveerde. Ze zag direct dat er iets met Kit was gebeurd; ze was broos, deed vrolijk, had al haar emoties aan de oppervlakte. Fliss keek bezorgd naar haar, voordat ze zich ervan bewust werd dat zij zelf ook zo deed bij Hal. Altijd als hij in de buurt was, merkte ze dat ze ook zo praatte en zich ook zo gedroeg; dan voelde ze zich licht, buiten adem, opgewonden. Te midden van alle drukte viel het bijna niet op, en als iemand het al zag, werd het afgedaan als levenslust en kerstvreugde. Hal zag het wel, maar hij deed er erg volwassen over – vooralsnog.

Zaterdagmiddag, de dag voor kerstavond, toen Theo en Hal met de kinderen hulst aan het knippen waren, Caroline en Ellen in Totnes de laatste inkopen deden en Freddy bij Julia Blakiston op de thee was, liep Fliss de slaapkamer binnen en zag dat Kit hartverscheurend lag te huilen.

'O, wat is er?' Fliss deed de deur achter zich dicht, maar bleef geschokt op dezelfde plek staan. In al die vier jaar had ze Kit nog nooit zien huilen. 'Kit? Ben je ziek?'

Kit tilde haar hoofd van het kussen en Fliss zag dat ze wel huilde, maar op de een of andere manier heel triomfantelijk keek.

'Wat is er toch?' fluisterde ze, en kwam dichterbij. 'Alsjeblieft, Kit. Is alles goed?'

Kit kwam overeind en trok haar naast zich op bed. 'O, ik kan je niet zeggen wat een opluchting het is,' zei ze. 'Ik ben ongesteld. O god, ik ga dood van blijdschap.'

Fliss fronste niet-begrijpend en Kit schoot in de lach en omhelsde haar. 'Lieve Flissy,' zei ze met haar vertrouwde dramamaniertjes. 'Denk even na. Ik heb het met Graham gedaan.'

'O.' Fliss trok haar knieën op en staarde vol bewondering en ontsteltenis naar Kit.

'En ik kan je wel vertellen, het was niets om over naar huis te schrijven.' Ze keek nu serieuzer. 'Goh, het deed pijn. En er was allemaal bloed. God, het was zó gênant. Maar hij legde een handdoek op bed…'

'Wiens bed?' Fliss vond eindelijk haar stem terug.

'Dat van hem. We waren op een feest geweest en ik had een beetje te veel gedronken. Kijk nou niet zo, lieverd. Die dingen gebeuren. Maar goed, ik ging dus mee naar zijn kamer. Hij was helemaal voorbereid…' Ze rilde. 'Daardoor vond ik het wel een beetje ordinair, maar ik was heel, tja, heel blij en… ' Ze haalde haar schouders op. '… dat het ging gebeuren. Ik vond het niet fijn, ook al is het dat misschien wel als je eraan gewend bent.'

'O, Kit. Heeft hij je ten huwelijk gevraagd?'

'Nee, lief nichtje, dat heeft hij niet. Dat zou ik niet eens willen. Naderhand bedacht ik dat ik hem misschien toch niet zo aardig vind en toen werd ik bang dat ik misschien zwanger was.'

'Gossie!'

'Hij had iets om,' zei Kit ontwijkend. 'En hij zwoer dat het goed was, maar ik maakte me toch zorgen. Weet je?'

Fliss knikte. Ze wist het niet, maar kon het wel raden. 'Stel je voor dat je dat aan grootmoeder zou moeten vertellen,' zei ze.

Kit huiverde. 'Alsjeblieft, zeg. Het is voorbij. Stel je voor dat ik met hem zou moeten trouwen. Ik zou doodsbang zijn geweest.'

Fliss staarde naar haar en nam zich voor om nooit, maar dan ook nooit zo'n risico te nemen, zelfs niet voor Hal… Ze begon te begrijpen hoe Kit zich had gevoeld – maar toch…

'O, godzijdank is alles in orde met je, Kit,' zei ze. 'Wat zou het anders een afschuwelijke kerst zijn geweest. En arme tante Prue zou zó bezorgd zijn geweest.'

'Ik weet het.' Kit grimaste. 'Ik had gezworen dat ik me de rest van mijn leven voorbeeldig zou gedragen als het goed kwam.' Ze kreeg de slappe lach. 'Ik ben mijn hele leven nog nooit zo vaak naar de wc geweest. Iedere tien minuten, in de hoop dat – je weet wel.'

Fliss schoot ook in de lach. 'Je bent hopeloos,' zei ze hartelijk.

'Weet ik,' zei Kit trots. Ze ging van het bed af en rekte zich uit, draaide in het rond en lachte nog altijd. 'Kom. Fox en Hal hebben de boom in de hal gezet en wij zouden de versieringen opzoeken voor morgen. O, Fliss, ik ben zo blíj!'

De middag voor kerst stond Ellen in de keuken vruchtenpasteitjes te maken en Caroline was de kersttaart aan het glazuren, terwijl ze ondertussen naar een uitzending van kerstliederen luisterden op Ellens radio.

'Daar krijg ik altijd tranen van in mijn ogen,' zei Ellen, terwijl ze ervaren het deeg sneed.

'Ik ook,' zei Caroline opgewekt.

Het bleef even stil.

'Waar zijn de meiden?' vroeg Ellen zich af. 'Ze gedragen zich vreemd. Vooral Kit.'

'Het zal de leeftijd wel zijn, denk je niet?' opperde Caroline. 'Al die hormonen die tekeergaan. Fliss wordt al net zo.'

'Hormonen,' snoof Ellen minachtend, terwijl ze bedreven met de vruchtenvulling in de weer was. 'Toen ik jong was, hadden we geen hormonen. Hormonen, nou vraag ik je. Daar is Fox met de honden. Wees eens lief en zet het water op. Ik zit onder de bloem.'

Toen Caroline Susanna ervan had verzekerd dat de kerstman het wel zou weten te vinden, hing ze een van Ellens oude sokken aan een haakje aan de achterdeur.

'Ik heb geen knop aan mijn bed, zoals jij,' zei ze tegen Mol, die geïnteresseerd en een beetje bezorgd toekeek. 'Vorig jaar hadden we ze over de stoel gehangen, maar dit jaar wil ik hem helemaal vol en uitpuilend zien hangen als ik wakker word. Caroline zegt dat de kerstman wel weet waar hij hangt.'

'Hij zal het wel g-gewend zijn om goed om zich heen te kijken,' zei Mol. Hij huiverde. Zelfs van de gedachte aan de vrolijke, vriendelijke kerstman in zijn kamer werd hij al zenuwachtig. Stel dat die witte baard op elkaar geklemde, glimlachende lippen verborg? De glimmende ogen werden misschien opeens groot en leeg en genadeloos. Vorig jaar had hij niet kunnen slapen en was hij bij Caroline gebleven totdat de kust veilig was. 'Wat zouden we d-doen als we hem z-zagen, vraag ik me af.'

Hij zei het gemaakt kalm, maar iets waarschuwde Susanna en ze werd zich bewust van een zekere spanning. Ze fronste – bedacht zich dat Mol last had van nachtmerries – en haalde de slaphangende sok van de deur.

'Ik vind het toch niet zo'n goeie plek,' kondigde ze aan. 'Grootmoeder zei dat we onze sokken wel aan de schoorsteenmantel in de hal kunnen hangen. Daar komt hij per slot van rekening ook naar beneden. Zullen we dat doen? Dan kan Fliss die van haar er ook bij hangen. En Caroline. Iedereen. Dan hoeft hij helemaal niet naar boven.'

'M-maar,' protesteerde Mol, die niet egoïstisch wilde zijn, 'dan zie je hem niet als je wakker wordt.'

Susanna haalde haar schouders op en wond de sok om haar arm. 'Dat vind ik niet erg, hoor. Dan word ik wakker en kunnen we samen naar beneden. Het lijkt me leuk om ze allemaal naast elkaar te zien hangen, wat jij?'

'Ik ga mijn s-sok halen,' zei Mol, blozend van opluchting. 'Laten we naar beneden gaan en kijken waar we ze gaan ophangen. Kom, Sooz.' Hij aarzelde even. Hij wou dat hij iets voor haar kon terugdoen, maar hij wist niet wat. 'Ik hoop echt dat hij die step voor je brengt, Sooz.'

'Ik ook,' zei ze vrolijk. 'Kom op. Laten we Caroline vragen waar we ze mogen hangen, en dan is het theetijd. Vruchtenpasteitjes. Mmm.'

Tegen de tijd dat Prue later op kerstavond kwam, was alles klaar. Fox had haar van het station gehaald en toen ze de hal binnenliep, stonden ze allemaal op haar te wachten. De boom die helemaal tot aan het plafond kwam, schitterde door het licht van alle kaarsjes die, op het haardvuur na, als enige brandden. Het engelenhaar en de ballen glommen en schitterden, en kleine prachtig verpakte cadeautjes hingen aan de stevigere takken. Hulst en maretak waren met paars lint bijeengebonden en versierden de hal; er stonden vruchtenpasteitjes en sherry op de tafel bij de haard klaar. Ze stond heel stil in de deuropening en staarde er vol vreugde naar, terwijl de familie glimlachte om haar pret.

'Het is volmaakt,' zei ze uiteindelijk, en – alsof de betovering was verbroken – schoten ze naar voren om haar te begroeten, te omhelzen, te kussen en welkom te heten.

Met zijn allen gingen ze rond het vuur zitten, terwijl Susanna en Mol om de boom heen kropen en aan alle cadeautjes zaten en Hal Fliss onder de maretak een zoen gaf. Kit zag hen en grijnsde om Fliss die zich afvroeg of iemand ooit aan geluk was overleden.

De twee meisjes gingen samen met Prue en Caroline, Hal en Theo naar de nachtmis. Caroline zat achter het stuur – tot grote teleurstelling van Hal – maar het betekende wel dat hij achterin met Fliss op schoot kon zitten, terwijl Prue en Kit naast hem geklemd zaten. De oude grijze kerk baadde in het kaarslicht en toen ze weer buiten kwamen, hing er een koude, witte maan aan de sterrenhemel. Hun adem dampte in de ijskoude lucht en de rijp knerpte onder hun voeten.

Toen de auto de binnenplaats opreed, ging de voordeur open en stroomde het licht uit de hal naar buiten de trap af tot op het gras. Freddy stond op hen te wachten, lang en slank, in haar hooggesloten blouse en lange, fluwelen rok, met een sjaal om haar schouders geslagen.

'De kinderen liggen eindelijk in bed en de sokken hangen,' zei ze. 'Nu maar kijken of de kerstman komt. Fox heeft het vuur opgestookt en Ellen heeft net een pot hete koffie gezet. Kom binnen en word warm. En een heel gelukkig Kerstmis voor ons allemaal.'

Even bleven ze staan luisteren naar de kerstklokken die door het stille landschap te horen waren, en glimlachten naar elkaar. Daarna gingen ze naar binnen en deden de deur achter zich dicht.

Boek Drie

Winter 1965

19

Theo zat achter zijn bureau en had geen erg in de wind die om The Keep gierde. Hij werd volledig opgeslokt door een vergeeld, beduimeld document dat bijna negentig jaar oud was. Hij was bezig om een geschiedenis van de Chadwicks samen te stellen. Fliss, die een sterk gevoel voor familie had, had hem gesmeekt om dat te doen. Ze had zich over oude foto's en brieven gebogen, ze bekeken, onderzocht en uitleg geëist, totdat Theo ermee had ingestemd om de familiegeschiedenis te boek te stellen. Hij genoot ervan. Er was genoeg te doen in The Keep – meer dan genoeg lichamelijke arbeid om het bezit te onderhouden – maar hij vond het heel aangenaam om zich boven in zijn studeerkamer terug te trekken zodra de mogelijkheid zich voordeed om het werk aan zijn project te hervatten.

Hij zette zijn bril af, wreef in zijn ogen en strekte zich naar achteren in zijn stoel. Langzaam merkte hij dat het koud was in de kamer. De korte januaridag was bijna voorbij en de kamer was donker, op het schijnsel van de lamp op zijn bureau na. Freddy had erop gestaan een lamp neer te zetten zodat hij zijn ogen niet zou vermoeien als hij probeerde vale documenten of onduidelijke handschriften te lezen. Toen hij zonder meer Freddy's aanbod had afgewezen om kolen naar boven te laten brengen zodat de haard aan kon, had ze hem ook van een elektrische kachel voorzien – die hij altijd vergat aan te doen, totdat hij er, zoals nu, door zijn koude, onhandige vingers aan werd herinnerd. Hij kwam stram overeind en trok de gordijnen dicht, bleef even naar de binnenplaats kijken waar de regen in de wind zwiepte, tegen de ramen kletterde en tegen de klimplanten beukte die zich aan de hoge muren vastklampten. Er scheen een licht door het raam van Fox' portierswoning dat op de natte tegels viel en Theo zag binnen iemand lopen. Fox trok ongetwijfeld droge kleren aan, voordat hij kwam theedrinken. Theo trok de gordijnen naar elkaar toe en duwde zijn koude handen in de zakken van zijn vest. Zelfs met dit warme, wollen jasje over zijn dikke trui had hij het nog koud en hij deed de kachel aan, voor het geval Freddy bovenkwam en boos werd omdat hij zichzelf verwaarloosde.

Eerlijkheidshalve moest hij toegeven dat niemand zijn werk onderbrak, tenzij hij te laat voor het eten was. Freddy woonde al veel te lang alleen, onafhankelijk en heel goed in staat haar eigen tijd in te delen, om zijn gezelschap voortdurend nodig te hebben. Ze was zo tactvol en verstandig om niet te veeleisend te worden en zorgde ervoor dat hij nooit werd gestoord bij zijn dagelijkse gebedsperiodes – 's morgens en 's avonds – die zo'n wezenlijk deel van zijn bestaan vormden. Ze respecteerde zijn onvoorwaardelijke behoefte om zijn eigen weg te gaan en hij had zo'n vermoeden dat zij, na zoveel jaar alleen, eenzelfde behoefte had. Zelfs na drie jaar vonden ze elkaars dagelijkse aanwezigheid veel te kostbaar om er misbruik van te maken. Ze waren allebei zó bang om de gezellige en vertrouwde sfeer te bederven dat ze liever het zekere voor het onzekere namen en vastberaden onafhankelijk en angstvallig oplettend bleven; de wetenschap dat de ander er was, was voldoende.

Theo dacht: Het was te vroeg noch te laat voor ons. Als een wonder heeft het gewerkt.

Hij had zich nog nooit zo prettig gevoeld. Het had iets heel bijzonders om de voorbijgaande seizoenen te delen met iemand van wie hij hield, van wie hij al zo lang had gehouden, en omdat hij het zich zo lang ontzegd had, was deze beloning des te zoeter. Hij was er nog altijd van overtuigd dat de relatie ten onder zou zijn gegaan door de druk van zijn eigen verlangens en Freddy's trots als hij in de beginjaren was teruggekomen naar The Keep. Hij had nergens spijt van.

Hij keek op zijn horloge en zag dat het theetijd was; Freddy was waarschijnlijk al in de hal. Bij de gedachte aan het fel brandende vuur en de hete thee liep hij de studeerkamer uit en ging hij naar beneden. Freddy lag met haar benen op de bank en met gebogen hoofd de overlijdensadvertenties in *The Times* te lezen. Ze keek somber omhoog en hij vermoedde dat ze over Winston Churchill aan het lezen was; door zijn studie had hij het recente nieuws over de dood van de grote staatsman tijdelijk uit zijn hoofd gebannen, maar de kranten zouden er vandaag wel bol van staan. Net als Freddy zag Theo zijn dood als het eind van een tijdperk en ze hadden samen herinneringen opgehaald; aan de oorlog en aan zijn toespraak die iedereen die thuis wachtte en iedereen die vocht moed had ingesproken. Het was alsof er een hele levenswijze met hem stierf; niettemin was hij al zo oud dat zijn dood geen grote schok voor het land kon zijn.

De bijna sinistere oerklanken van de jaren zestig beat leken een achtergrond te vormen voor nieuwe en beangstigende ontdekkingen in wetenschappelijke oorlogvoering en in de zorgwekkende toename van criminele activiteiten en geweld: de Grote Treinroof, de Profumo-affaire, de moord op John Kennedy, de oorlog in Vietnam. Voor Freddy was de dood van Churchill symbolisch voor het verlies van een laatste grote beschavingsbolwerk; de wereld stevende op een ramp af. Dat had ze ook zo tegen Theo gezegd.

'Onzin,' had hij direct gezegd. 'De laatste twee jaar van de oorlog kun je nauwelijks een voorbeeld van beschaving noemen. Het leven is altijd gewelddadig en grof geweest. De geschiedenis laat een voortdurende cyclus zien. Er zijn vredige en voorspoedige periodes die worden onderbroken door oorlog en geweld. Het is een kwestie van geluk waar je wordt geboren. Als er een nare tijd aankomt, zal dat niet voor het eerst zijn en zullen we daar ook wel weer doorheen komen. De mensheid is verbazingwekkend veerkrachtig en vindingrijk.'

'Ik weet niet of ik dat een troost vind of niet,' antwoordde ze. 'Ik heb nog steeds het gevoel dat er onheilswolken dreigen.'

'Er hebben eerder onheilswolken gedreigd, maar dat betekende nog geen Armageddon, ook al dachten we dat soms,' zei hij. 'De Eerste Wereldoorlog. De Cuba-crisis. Jij en ik hebben twee wereldoorlogen en een depressie overleefd, Freddy. Die onheilswolken zullen we ook wel overleven.'

'En de wolken van Hiroshima?' had ze hem scherp gevraagd, omdat ze niet getroost wilde worden, maar haar treurnis wilde delen. Ze voelde zich verrassend triest, oud, moe en nutteloos en zijn gezonde realisme irriteerde haar. 'Een kernoorlog zouden we niet overleven.'

'Ik denk niet dat we die zouden willen overleven,' antwoordde hij luchtig, in de hoop haar wat positiever te stemmen zonder gevoelloos over te komen. 'Je weet toch dat Hal zegt dat kernmacht het ultieme afschrikmiddel is. Iedereen is veel te bang voor de verwoestende effecten om een confrontatie te riskeren.'

'Wat weet Hal daar nu van?' vroeg ze boos. 'Hij is nog maar net onderluitenant. Niet echt een expert op het gebied van wereldveiligheid te noemen.'

'Dat is waar.' Theo glimlachte om haar vastberaden somberheid. Hal, die in zijn laatste jaar van de officiersopleiding van de Koninklijke Marine in Dartmouth zat, werd meestal gezien als een autoriteit op het gebied van oorlogvoering in het algemeen. 'Wat is het leven toch vreselijk. Zal ik tegen Ellen zeggen dat ze na het eten maar twee glaasjes arsenicum naar de studeerkamer moet brengen? Dan hebben we het gehad.'

Onwillekeurig schoot ze in de lach, en zoals altijd was hij erin geslaagd haar op te peppen; had hij haar gered van de wanhoop…

'Kom en warm je bij het vuur,' zei ze, en gooide *The Times* opzij. 'Hoe vordert het?'

'Niet erg,' antwoordde hij. 'Ik ben nog steeds bezig een aantal documenten uit te zoeken over een rechtszaak in 1850. Mijn grootvader was een vastberaden en sluwe man, als ik het goed lees.'

Toen hij ging zitten en zijn koude handen dicht bij de vlammen warmde, terwijl Freddy thee voor hem inschonk, ging de voordeur open en kwam Caroline uit de natte, koude duisternis. Een regenkap zat strak om haar hoofd en ze had een aantal pakjes bij zich.

'Wat ziet het er hier gezellig uit,' zei ze, en deed de deur dicht en trok haar regenkap af. 'Het is beestachtig daarbuiten.'

'Hang gauw je spullen op en kom een kopje thee drinken,' stelde Freddy voor. 'Volgens mij kun je wel wat warms gebruiken. En dan kun je ons meteen vertellen hoe het met Fliss is en hoe het in Exeter was.'

Theo trok zijn wenkbrauwen naar Freddy op toen Caroline door de deur achter in de hal verdween. Ze fronste eventjes en schudde haar hoofd om aan te geven dat hij moest wachten tot Caroline terug was. Hij pakte zijn thee en pijnigde zijn hersenen om zich te herinneren of ze het over dit tochtje naar Exeter hadden gehad en of het belangrijk was. Vanwege de regen had hij vanaf het ontbijt op zijn studeerkamer gezeten en aangezien Julia Blakiston voor de lunch was uitgenodigd, had hij een dienblad mee naar zijn kamer genomen om Freddy zo de gelegenheid te geven van het gezelschap van haar oude vriendin te genieten. Hij wist zeker dat Freddy het bij het ontbijt niet over het tochtje had gehad – of zijn vergeetachtigheid moest nog erger zijn dan hij dacht. Even later kwam Caroline terug, haar korte krullen geplet door het regenkapje, haar bruine schoenen vochtig, haar wangen rood.

'Hoe was het met Fliss?' Freddy schonk een kopje thee voor haar in. 'Is het gelukt met de stof?'

'Het was heel gezellig ondanks het weer,' zei Caroline stralend. 'Fliss wilde per se brokaat. Ze zegt dat het helemaal "in" is.' Ze trok een laconiek gezicht en haalde haar schouders op om haar eigen domheid. 'Maar toen ze verleden week bij Bobby was gaan kijken, zeiden ze dat ze geen goud op voorraad hadden, dus hadden ze het besteld. Ik heb absoluut geen verstand van mode, maar ik moet zeggen dat het beeldschoon is.' Ze wachtte even. 'Ik heb voor mezelf ook nog een jurk gekocht, voor als ik met Miles uit eten ga.'

'Toe maar.' Terwijl Caroline dankbaar een slok hete thee nam, wisselde Freddy een blik met Theo bij het horen van een mannennaam. 'Laat je hem niet zien?'

'O.' Ze was dankbaar en verrast tegelijkertijd. 'Tja, als u hem echt wilt zien...'

'Natuurlijk willen we hem zien,' zei Freddy. 'En wat je nog meer hebt gekocht. Die pakjes zagen er interessant uit. Wat heb je met ze gedaan?'

Caroline keek een beetje beschaamd. 'Die heb ik in de garderobe laten liggen,' mompelde ze. 'Ik dacht niet dat iemand ze wilde zien.'

'Natúúrlijk wel,' zei Freddy. 'Goeie hemel! Winkeluitjes zijn altijd interessant. Ga gauw je buit halen. Schiet op, anders wordt je thee koud.'

Aarzelend stond Caroline op. 'Als u het zeker weet...'

'Ik geloof dat we ze niet mogen zien,' zei Freddy tegen Theo – waarop Caroline grijnsde en snel ging.

'Zíjn we dan geïnteresseerd?' vroeg Theo welwillend. 'Ik weet niet zeker wat ik van damesmode moet vinden.'

'Doe niet zo flauw,' zei Freddy bits. 'En, in hemelsnaam, doe een beetje je best. Ze is verliefd, de arme schat. Dat is zo klaar als een klontje. Doe alsjeblieft of je het leuk vindt.'

Theo was nog steeds bezig om dit verbijsterende stukje informatie te verwerken toen Caroline met haar pakjes terugkwam.

Freddy duwde de theespullen aan de kant zodat Caroline de jurk op het lage tafeltje kon leggen.

'Prachtig.' Freddy gleed met haar vingers over de zachte grijsgroene stof, het omslaglijfje en de halfwijde rok. 'Enig. Vind je ook niet, Theo?'

Ze keek hem waarschuwend aan, terwijl Caroline, zich niet bewust van de stille wenk, naar haar nieuwe jurk staarde.

'De kleur past helemaal bij je,' zei Theo onverwachts. 'Hij accentueert het groen van je ogen.'

Beide vrouwen staarden hem met open mond aan. Caroline was als eerste weer bij haar positieven. 'Van mijn ogen?' vroeg ze ongelovig.

'Jazeker,' zei Theo gedurfd. 'Dat is me wel vaker opgevallen. Groenbruin, zijn ze volgens mij. Heel ongewoon. En mooi.'

Caroline was helemaal stil van deze extravagante en onverwachte hulde; Freddy staarde hem met toegeknepen ogen en op elkaar geklemde lippen aan. Hij glimlachte liefjes naar haar. Langzaam en bewust haalde ze door haar neus adem, alsof ze een innerlijk conflict wilde onderdrukken, waarna ze zich weer tot Caroline wendde.

'En wat zit er in dat andere pak?'

Caroline kleurde een beetje toen ze voorzichtig de jurk weer in het vloeipapier vouwde. 'Ik ben nogal buitensporig geweest,' zei ze schuldbewust. 'Ook al was hij in de uitverkoop. En Fliss…' Ze bleef even stil.

'En Fliss heeft je overgehaald,' zei Freddy. 'Ik geloof je. Ga door. Biecht maar op.'

Caroline hield een dikke, bruine winterjas omhoog. Hij was luxueus en wijd, en de kraag was eigenlijk een lange sjaal met zwarte franje aan het eind.

'Tjonge,' zei Freddy uiteindelijk. 'Die is ook ongetwijfeld "in".'

'Eh, ja.' Caroline keek haar bezorgd aan. 'Misschien is hij een beetje té modieus, maar Fliss wist het zo zeker…'

'Doe hem eens aan,' zei Theo plotseling. 'Je moet hem aan zien.'

Knalrood van schaamte stond Caroline op en trok de jas aan. Ze staarde hen even aan en zwaaide toen impulsief de sjaal om haar nek en draaide op haar tenen in het rond. Blozend en lachend poseerde ze en keek hen verlegen aan.

'Wat denkt u?' vroeg ze buiten adem.

Ze glimlachten allebei. Theo klapte in zijn handen en Freddy knikte.

'Fliss heeft gelijk,' zei ze. 'Je ziet er enig uit.'

'Echt waar?' Ze keek zo opgelucht dat ze allebei om haar moesten lachen. 'Goh, ik was op de terugweg in de trein toch zo zenuwachtig. Ik bleef er maar naar kijken. Begrijpt u? Ik ben er niet aan gewend om zo veel in een keer te kopen.'

'Je hebt heel verstandig gekocht,' verzekerde Freddy haar. 'Die jas is van een goede kwaliteit, waar je nog jaren mee toe kunt. En de jurk…'

'Ach, het was zo lief van… van Miles om me uit te nodigen…' Ze begon weer te blozen toen ze de jas over de rug van de sofa legde, ging zitten en haar kopje pakte. 'Het is maar een etentje met wat vrienden van hem, als de andere naar Ladies' Night zijn. Fliss heeft er reuze veel zin in. Het wordt vast erg leuk.'

'Ladies' Nights zijn altijd leuk.' Freddy schonk Theo nog eens in. 'Vooral in de onderofficiersmess. Niet zo stijf als in de officiersmess. Zeg, ze mag wel opschieten als die jurk nog op tijd klaar moet zijn.'

'Ik weet het.' Caroline verslikte zich bijna in haar thee. 'Zaterdag over een week. Een van haar kamergenoten helpt.'

'Dus alles gaat goed met haar?' Freddy ging met haar kop thee achterover zitten. 'Heeft ze haar draai weer gevonden?'

Theo keek toe terwijl ze praatten en vroeg zich af hoe het kwam dat Freddy op haar zeventigste veel eleganter en mooier was dan Caroline met haar vierendertig jaar. Het hielp natuurlijk dat ze lange benen had en heel bevallig was, terwijl Caroline klein en gedrongen was met weinig opvallende gelaatstrekken. Toch was ze een stuk jonger. Hij probeerde zich te herinneren wie Miles was…

'Hij is Hals afdelingscommandant,' zei Freddy later, toen Caroline met haar buit in haar armen geklemd, wegging. 'Hij is het afgelopen trimester begonnen, en dat had je geweten als je ooit eens luistert naar wat we zeggen. Ze komen de meisjes hier ophalen voor Ladies' Night, dus dan kunnen we hem ontmoeten. Kit komt vanuit Londen. Hal heeft een medeofficier voor haar gestrikt en ze logeren met zijn allen in het huis van Miles in Above Town. Hij woont niet op de basis, al heeft hij ook een vertrek in het opleidingsinstituut. Hij is weduwnaar en kapitein-luitenant-ter-zee. Kapitein-luitenant-ter-zee Harrington.'

'O, díé,' riep Theo, die nu eindelijk bij was.

'De meisjes zijn al een paar keer mee geweest naar feesten en naar het Kerstbal. Arme Caroline is helemaal weg van hem…' Ze sloeg in wanhoop haar ogen op. 'Niet te geloven dat je dat niet is opgevallen. Je bent hopeloos. Hal heeft het zo vaak over Miles en dan begint Caroline helemaal te glimmen.'

'Ik vond dat ik het met de jurk anders heel erg goed deed,' zei Theo een tikkeltje trots.

'Groenbruin!' snoof Freddy spottend. 'Laten we hopen dat Miles net zo vindingrijk is. Trouwens, ik kreeg vanmiddag een brief van Mol. Neem een plak cake, dan lees ik hem voor…'

Kit verliet het souterrain van het kleine rijtjeshuis in Scarsdale Villas, rende het trapje op en liep in stevige pas naar Earls Court Road. Haar dunne, zachte lichtbruine haar viel over de schouders van haar nog altijd geliefde mantel, die nu begon te slijten. Maar de knielaarzen waren nieuw; zo nieuw dat ze er steeds eventjes met plezier naar keek en ze bewonderde als haar lange benen onder de jas vandaan kwamen. Ze had een zaterdagbaantje bemachtigd in een kleine galerie in Kensington Church Street en ze vond het er zo leuk dat ze hoopte dat ze een fulltime baan aangeboden zou krijgen als ze deze zomer afstudeerde. Toen ze Kensington High Street insloeg, trok ze de jas wat steviger om zich heen. De wind voelde koud aan, maar het regende tenminste niet meer. Kit neuriede zachtjes. Het souterrain was het beste dat ze tot nu toe had gevonden en de andere meisjes – medestudenten – waren leuk. Natuurlijk miste ze het wel om op zaterdagochtend in Portobello Road rond te snuffelen op zoek naar een koopje of koffie te drinken met vrienden in King's Road, maar de baan betaalde goed. Er kwamen allerlei interessante mensen in de galerie en ze vond het geweldig om de kunstenaars te ontmoeten. Er werden veel verschillende soorten werk getoond: schilderijen, keramiek, beeldhouwwerken, foto's. Over het algemeen werd er om de twee weken een nieuwe expositie getoond en dat was altijd heel spannend. Deze week waren het beeldhouwwerken van metaal, vreemde, uitgerekte vormen en ontwerpen die Kit fascineerden. Eén in het bijzonder, met metalen rondingen in de vorm van een vrouw gedraaid, die ze graag zou willen hebben om op haar kamer in het souterrain te zetten. De prijs was natuurlijk buitensporig – maar toch werden de beelden verkocht. Er stonden twee rijen van zes stoelen, met hun ruggen tegen elkaar in het midden van de studio onder de kroonluchter. Mensen gingen er zitten om naar de foto's en schilderijen te kijken die aan de witte muren hingen, of naar de keramiek en de beeldhouwwerken die op witte kisten stonden.

Terwijl ze naar het verkeer keek en wachtte tot ze Kensington Church Street kon oversteken, betrapte ze zich erop dat ze aan Devon en The Keep moest denken. Ze was er met Kerstmis geweest, maar de afgelopen maanden was ze steeds minder in Bristol en Devon geweest. Kit keek schuldbewust, maar wist het snel te rechtvaardigen. In de eerste plaats was het met een zaterdagbaantje moeilijk om een weekend weg te gaan, en bovendien had ze iets met een van de twee jongemannen die boven haar een flat deelden. Jacques Villon – Kit noemde hem De Staak – was heel lang, knap en leuk, en zeker vijfentwintig. Hij hield van klassieke jazz… Ze bedacht zich plotseling – met een zekere gêne – wie aan het eind van het eerste jaar haar grote liefde was geweest. Paul was toen tweedejaars en het was allemaal vreselijk romantisch. Ze hadden elkaar de eeuwige liefde verklaard en ze had hem mee naar huis genomen om hem aan Prue voor te stellen. Hij was twintig, had geen cent te makken en had alleen vage plannen voor de toekomst. Hij was een aantrekkelijke, serieuze Schot die overduidelijk dol was op Kit, maar – tot haar grote teleurstelling – was Prue uiterst voorzichtig geweest. Ze had hem gastvrij ontvangen, maar er was een aantal ongemakkelijke stiltes gevallen, vooral toen ze over trouwen begonnen.

Een week later arriveerde er een verordening van The Keep. Zolang de kinderen werden onderhouden door de familie werd er niet

verloofd of getrouwd, totdat de opleiding – in welke vorm dan ook
– was voltooid. Als ze wilden leven zonder de financiële steun of de
toelage die ze vanaf hun eenentwintigste verjaardag kregen, dan
was dat geheel aan hen. Kit was geschokt door die harteloosheid en
ze was door de telefoon tegen Prue tekeergegaan, had de familie
wreed en gemeen genoemd en Prue een verraadster. Een week of
twee zagen zij en Paul zichzelf als een moderne Romeo en Julia, en
ze stelde Paul voor om samen naar The Keep te gaan om de confrontatie met haar grootmoeder aan te gaan. Paul was om een of andere reden niet zo happig geweest op dit plan en de passie leek wat
te bekoelen. De romantiek van ongelukkige geliefden begon onvermijdelijk te vervagen; hun vrienden kregen genoeg van hun liefdes-
verklaringen; haar grootmoeder reageerde vriendelijk maar onver-
murwbaar op Kits hartstochtelijke brieven; de hoofdpersonen
bleven zonder publiek achter. De grote vakantie begon en Paul ging
terug naar Schotland. Kit ging naar Bristol, naar Prue en Hal, die
door zijn moeder en grootmoeder was geïnstrueerd om een aantal
leuke uitjes te organiseren met een aantal medeofficieren. Tegen de
tijd dat Kit en Paul in de herfst weer in Londen waren, was het allemaal voorbij.

Op de stoep in haar mantel gedoken, verwonderde Kit zich dat
liefde zo kon sterven. Ze dacht aan de innig gearmde wandelingen
langs de rivier, de kussen in donkere portieken, de hete handtaste-
lijkheden in het lange gras van het park. Ze schudde haar hoofd,
voelde zich wereldlijk en ontwikkeld. Het zou de winter nooit hebben overleefd; waar hadden ze naartoe gekund, behalve de achter-
ste rijen van de bioscoop…? Wat leek het nu lang geleden, wat naïef
en onschuldig was ze geweest dat ze zich zo had laten inpalmen
door een onvolwassen en harteloze jongen en dat ze had gedacht
dat ze voor altijd van hem zou houden. Wat was het heerlijk om
zelfverzekerd te zijn en je eigen leven in de hand te hebben, om naar
jazzclubs te gaan met donkere jongemannen die precies wisten hoe
je kon flirten en lol maken.

Ze sprong vrolijk tussen twee hoge bussen door en was gelukkig.
Volgende week ging ze met de groep naar Dartmouth voor Ladies'
Night. Ze wou dat ze eraan had gedacht om Jake uit te nodigen.
Hals medeofficieren waren in vergelijking nogal onontwikkeld, ook

192

al waren ze volwassener dan andere jongemannen van dezelfde leeftijd. Natuurlijk was Miles Harrington er… maar dat ging iets te ver. Die was minstens vijfendertig. Kit zag de galerie-eigenaar van de andere kant aankomen en wist dat ze vroeg was. Dat had ze heel bewust gedaan. Als ze de baan wilde hebben, moest ze enthousiast overkomen. Kit bande gedachten aan Ladies' Night en donkere jongemannen uit haar hoofd en concentreerde zich op haar werk.

20

Fliss was vrijdagavond al vroeg op weg naar The Keep. Ze was de vorige herfst met haar opleiding voor basisonderwijzeres in Exmouth begonnen en had er haar draai gevonden. Het studentenhuis was een negentiende-eeuwse woning die op tien minuten loopafstand van de universiteit lag en ze deelde de grote kamer beneden – ongetwijfeld vroeger de eetkamer of de salon – met twee andere meisjes. De kamer was zo groot dat er voor alle drie een bed, een bureau en een kast kon staan. Boven hadden de derdejaars meisjes een studeerslaapkamer; het was er een komen en gaan en ze hadden altijd een hoop spontane pret. Ondanks haar nieuwe onafhankelijkheid draaide het leven van Fliss nog altijd om The Keep en haar familie. Toen ze vanavond de veerboot naar Starcross nam, was ze in gedachten al bij het komende weekend. Ze had nauwelijks oog voor de laaghangende mist die zich in melkachtige slierten over het donkere water kronkelde en de boegen van de kleine boten die voor anker lagen aan het zicht ontnam. De lichtjes van Exmouth verdwenen in de verte toen de veerboot rustig over het brede water tufte in de richting van het bos en het hertenkamp van Powderham. Geen van beide waren ze zichtbaar op deze vroege avond in februari; alleen de invallende duisternis gaf aan dat ze dichter bij de andere kant kwamen, totdat de mist iets optrok en het weer wat lichter werd en het licht van het kleine stationnetje van Starcross zichtbaar werd.

Toen ze over de pier naar het station liep, dacht Fliss hoe fantastisch het was dat ze over een halfuur al thuis was. De trein uit Exeter was op tijd en ze stapte in. Omdat het te donker was om de duinen bij Dawlish Warren te zien, gaf Fliss zich over aan haar gedachten en verwachtingen. Tijdens Hals eerste jaar in Dartmouth had zij nog op kostschool gezeten aan de noordkust en in zijn tweede jaar, als adelborst, was hij op een kruiser gestationeerd die naar het Verre Oosten ging. Alleen in de zomervakantie hadden ze elkaar kunnen zien en zelfs toen was ze te jong geweest om serieus genomen te worden. Maar nu was hij eindelijk terug voor zijn laatste jaar en was zij van school af en oud genoeg om naar feestjes en Ladies' Nights te gaan.

Fliss slaakte een zucht van genoegen en verlangen. Wat hield ze veel van hem. Hij had nog steeds iets weg van Jamie: de beschermende zorg, vaak verhuld door goedmoedige ongeduldigheid; het feit dat hij op haar positieve mening en steun rekende, vaak verborgen door mannelijke onverschilligheid; het gevoel dat ze bij hem helemaal veilig was. Ze werd helemaal week van bewondering als ze hem in zijn uniform zag; lang, blond, zelfverzekerd. Het was alsof haar hart uit haar lichaam sprong en naar het zijne snelde. Als ze door een menigte waren gescheiden, of ze dansten met anderen, dan zochten zijn ogen de hare en gaf hij haar een heimelijk knipoogje dat als een omhelzing aanvoelde. Ze wist dat hun vrienden en familie hen bijna als broer en zus zagen, maar zij had eigen magische herinneringen aan gestolen zoenen en opgewonden momenten waarin de sfeer zo geladen was dat ze dacht dat ze doodging.

Ze staarde de duisternis in en vroeg zich af hoe de familie zou reageren als ze vertelden dat ze van elkaar hielden. Natuurlijk had je dat bakerpraatje over neven en nichten die mismaakte kinderen voortbrachten en natuurlijk was een boel inteelt gevaarlijk, maar zulke verhalen kwamen niet voor in de familie Chadwick. Zij en Hal zouden de eerste neef en nicht zijn die trouwden en het was duidelijk dat zij veel meer op haar moeder leek dan op haar vader; ze was klein en slank en alleen aan het dikke blonde haar was te zien dat ze de kleindochter van Freddy was. Hal daarentegen was het evenbeeld van zijn vader en leek heel erg op Freddy. Bij de gedachte aan haar grootmoeder kromp ze ineen van bezorgdheid. Zou ze het ermee eens zijn? Fliss herinnerde zich hoe snel ze Kits verliefdheid had afgehandeld – en nu raakte die verordening Hal en haarzelf. Maar grootmoeder hield toch zeker zoveel van hen dat ze hen gelukkig wilde zien? Op die manier zou de familie nog dichter bij elkaar blijven. Ze wist zeker dat Kit blij voor hen zou zijn, en Mol en Susanna waren nog te jong om zich over iets als inteelt zorgen te maken.

De kleine frons die zo vaak op haar zachte blonde wenkbrauwen zat, werd dieper. De school in New Forest was een briljante vondst geweest. Susanna en Mol hadden er snel hun draai gevonden en Mol was er zo gelukkig als maar kon op enige afstand van zijn familie. Zijn stotteren was een tijdlang een stuk erger geworden, maar gaandeweg had hij zich in zijn nieuwe omgeving kunnen ontspannen en het was nu bijna verdwenen. De familie was dolblij met zijn vooruitgang, maar Fliss maakte zich nog altijd zorgen om hem. Tijdens de kerstvakantie had ze hem 's nachts een aantal keren horen schreeuwen en één keer toen ze naar de badkamer liep, zag ze hem op de overloop bij zijn slaapkamer staan met een lege blik in zijn ogen. Haar hart had overgeslagen van angst, maar toen ze zag dat hij sliep, had ze hem weer naar bed gebracht en was ze bij hem blijven zitten totdat hij weer natuurlijk en diep ademde.

De volgende ochtend had ze het er met Caroline over gehad. De serieuze uitdrukking op diens gezicht had Fliss' angst bevestigd.

'Ik denk dat hij zijn gevoelens verbergt,' zei ze uiteindelijk. 'Ik wil Mrs. Chadwick geen angst aanjagen, maar ik houd hem in de gaten. Het gaat beter nu Mr. Theo er is. Het is goed voor Mol om een mannelijk familielid in de buurt te hebben.'

'Maar ik dacht dat het zo veel beter ging,' had Fliss bedroefd gezegd.

'Dat is ook zo. Heus,' had Caroline haar haastig getroost. Ze wilde haar niet bang maken. 'Maar het is natuurlijk logisch dat hij goede en slechte dagen heeft.'

'Maar waarom?' riep Fliss. 'Natuurlijk zullen we nooit vergeten… wat er is gebeurd. We zouden niet kunnen. Maar waarom is het zo afschuwelijk voor Mol? Waarom moet hij zo vreselijk lijden?'

Caroline was even stil geweest. Ook al wist Fliss dat Mol het afschuwelijke nieuws op bijzonder gruwelijke wijze had gehoord, ze was zich niet bewust van de schokkende details. Haar was verteld dat de auto in een hinderlaag was gelokt, dat haar ouders en Jamie waren neergeschoten en direct waren overleden. Iedereen had gewacht om te zien of Mol zou vertellen wat hij had gehoord en toen het ernaar uitzag dat hij de afschuwelijke details voor zich zou houden, hadden ze gebeden dat Fliss en Susanna de waarheid nooit te horen zouden krijgen. Wat Fliss had gehoord was al akelig genoeg, maar ze had geen idee hoezeer Mol daadwerkelijk had geleden.

'Het was waarschijnlijk zijn leeftijd,' zei Caroline uiteindelijk. 'Jij was net oud genoeg om het te kunnen bevatten, Susanna was veel te jong om er iets van te begrijpen. Mol zat er net tussenin en doet er veel langer over om het te aanvaarden.'

Fliss dacht: Ik móést wel. Ik had geen keuze. Ik was de oudste en er was niemand anders totdat we in The Keep kwamen.

Zelfs nu voelde ze de verantwoordelijkheid voor haar broertje en zusje, en daarom was ze juist zo blij met Hal. Hij was groter, ouder, had de leiding; net als Jamie vroeger, alleen met alle extra magie. Natuurlijk waren grootmoeder, oom Theo, tante Prue er – en Ellen, Fox en Caroline niet te vergeten – die allemaal de zorg van haar overnamen; maar toch maakte ze zich met name zorgen over Mol en Susanna. De oudere familieleden leken niet te veranderen – toch was ze voortdurend bang dat deze dierbare mensen plotseling zouden overlijden en haar weer alleen zouden laten. Het was vreemd dat ze zo tijdloos waren; ze waren onveranderd de afgelopen acht jaar. Caroline was anders. Ze bleef onveranderd – maar op onverklaarbare wijze leek Fliss haar in te halen. De kloof tussen hen werd kleiner en soms – zoals toen ze de jurk en de winterjas kochten – waren hun posities omgekeerd en leek zij wel de oudste. Ze wilde dolgraag met Caroline over haar gevoelens voor Hal praten, maar iets weerhield haar ervan.

Fliss verschoof onrustig op haar zitplaats en staarde naar buiten toen de trein Newton Abbot binnenreed. Het was alsof ze wachtte op een teken van Hal; iets meer dan een snelle, heimelijke demonstratie dat ze meer waren dan neef en nicht; iets dat zonder twijfel liet zien dat het hem net zo serieus was als haar; een bewijs… Ze rilde van genot in afwachting van die verklaring. Hal zou nooit tegen de wensen van zijn grootmoeder ingaan, dat wist ze zeker. En dat betekende dat ze op de een of ander manier nog achttien maanden moest zien door te komen voordat ze haar opleiding had afgerond en Hal zijn vier jaar had vol gemaakt. Misschien vond hij dat ze zich niet moesten vastleggen op iets dat niet openlijk kon worden erkend. Dat was ongetwijfeld erg integer, maar zij verlangde naar meer vastigheid. Ze liet haar fantasie de vrije loop en dacht aan de toekomst, bedacht oneindig veel manieren waarop Hal eindelijk zijn liefde voor haar zou verklaren…

Caroline haalde Fliss van het station op. Zij reed nu het meest, ook al reed Freddy zelf nog wel naar Totnes of naar Julia in Ashburton. De meisjes omhelsden elkaar op het perron, allebei opgewonden bij de gedachte aan het komende weekend en samen renden ze door de fijne motregen naar de auto.

'Wanneer komt Kit?' vroeg Fliss, en gooide haar tas op de achterbank van de Ford die de plaats van de oude Morris Oxford had ingenomen. 'Ik kan haast niet wachten tot ik haar weer zie.'

'Ze komt erg laat,' waarschuwde Caroline. 'Een werkgroep of een college of zoiets. Ze zei dat ze er niet onderuit kon. We kunnen haar wel samen ophalen, als je wilt.'

'O, ja. Dat vindt ze leuk. Jammer dat Mol en Susanna geen vrij hebben. Het zou zo leuk zijn als iedereen thuis was.'

'Dat duurt nog twee weken, ben ik bang.' Caroline verliet het station en sloeg de weg richting Dartington in. 'Ik denk niet dat Kit zo gauw nog een zaterdag vrij kan krijgen.'

Fliss trok een grimas. 'Wat naar. Maar goed, ze vindt het erg leuk om in de galerie te werken, geloof ik. En hoe bevalt de jurk?'

'Hij is prachtig.' Caroline schudde haar hoofd. Ze kon nog altijd niet geloven hoe ze eruitzag in de grijsgroene jurk. 'Je had helemaal gelijk over de kleur.'

'Ik wist het gewoon,' zei Fliss tevreden. 'Zodra ik hem zag, wist ik dat hij perfect voor je was. Die van mij was nog maar net op tijd af. Leuk dat Miles en Hal ons op komen halen, hè?'

'Heel aardig.' Caroline deed haar best om rustig en koel over te komen. Niemand mocht vermoeden hoe ze zich voelde. 'Ik ben blij dat we er niet in onze avondkleding naartoe hoeven. Miles zei dat we ons bij hem kunnen verkleden. Veel prettiger. Ze komen rond theetijd. Ik vind het niet erg om te rijden, maar soms is het wel prettig om gereden te worden.'

'Arme Caroline.' Fliss tuurde door de duisternis naar haar. 'Je zult er wel genoeg van krijgen om ons altijd te brengen en te halen.'

'Onzin. Ik ben dol op autorijden. Alleen bij speciale gelegenheden is het wel eens prettig om het niet te hoeven.'

'Daar staat die lieve, oude school,' zei Fliss, en tuurde door het raampje toen ze door Dartington reden. Ze lachte. 'Wat een raar idee dat Mol en ik daar iedere dag naartoe gingen. Het lijkt alweer zo lang geleden.'

'Acht jaar,' zei Caroline. 'En je hebt er maar twee jaar op gezeten.'

'Leeftijd is iets heel merkwaardigs, vind je niet?' Fliss borduurde voort op haar eerdere gedachtegang. 'Het lijkt zo raar dat Mol en Susanna nog steeds kinderen zijn en dat ik volwassen ben. Maar jij bent absoluut niet veranderd. Voor mijn gevoel sta ik in leeftijd nu dichter bij jou dan bij hen. Vreemd.'

'Ik begrijp wat je bedoelt.' Caroline schakelde en draaide de auto op de smalle laan die naar The Keep leidde. 'Mensen veranderen met sprongen. Als je een bepaalde leeftijd hebt bereikt, lijk je jaar in jaar uit hetzelfde, en dan opeens maak je weer een sprong naar voren.'

'Precies,' zei Fliss langzaam. 'Grootmoeder en oom Theo zijn in die acht jaar helemaal niet veranderd. Ze lijken nog precies hetzelfde. En jij ook. Maar Kit en Hal en ik…'

'Jullie zijn van kinderen in volwassenen veranderd. Dat is een grote sprong. Maar er verandert niet zoveel tussen bijvoorbeeld dertig en vijfenveertig. Of tussen zestig en vijfenzeventig. En ik denk dat we vanbinnen helemaal niet veranderen.'

'Dat lijkt me vreselijk,' zei Fliss bedachtzaam. 'Om je jong te voelen, maar er van buiten oud en rimpelig en grijs uit te zien.'

'Afschuwelijk,' beaamde Caroline. 'Daar hoef jij je voorlopig nog geen zorgen over te maken.'

Er viel een kameraadschappelijke stilte. Allebei dachten ze aan de pret van het komende weekend, totdat de auto door de poort zwaaide en voor de garage tot stilstand kwam.

Fliss slaakte een diepe, gelukkige zucht toen ze de lichten aan de andere kant van de binnenplaats zag. 'Thuis,' zei ze. 'Dank je wel, Caroline.' Ze pakte haar tas en stapte uit. 'Kom op. Ik snak naar een kopje thee en daarna wil ik je mijn jurk laten zien.'

De sfeer in de auto was zo beladen van de opwinding toen ze van The Keep naar Dartmouth reden, dat het een wonder was dat hij niet explodeerde. Fliss kon het ruiken; de lucht stond er bol van. Achterin geplet tussen Kit en Hal was ze bijna misselijk van de spanning. Alleen Kit leek nergens last van te hebben – maar Kit was altijd in staat haar eigen vorm van opwinding te creëren; ze was altijd in staat het te maken. Het leek wel of iedereen tegelijkertijd praatte en lachte; iedereen behalve Caroline. Caroline was stil; sprakeloos van geluk. Ze had niet verwacht dat ze door Hal voor in de auto zou worden geplaatst alsof ze een eregast was. Ook al behandelden de Chadwicks haar als een van hen, ze was zich altijd bewust van haar positie binnen het gezin. Ze was hen dankbaar voor hun vrijgevigheid en zorgde ervoor dat ze er geen misbruik van maakte. Caroline hoefde nooit herinnerd te worden aan haar bijzondere status; ze vergat het zelden. Om voorin naast kapitein-luitenant-ter-zee Miles Harrington te zitten was een onverwachte eer. Haar blik gleed onderzoekend opzij. De twee mannen droegen wat Hal zijn 'nette kloffie' noemde; voorzover zij kon zien, bestond dat uit een grijze flanellen pantalon en tweedjasje. Haar aangeboren gezonde verstand waarschuwde haar dat hij een klasse hoger was – dat hij met zijn uiterlijk en charme iedere vrouw kon krijgen die hij wilde – maar het feit dat hij ongebonden was, gaf haar een sprankje hoop. Ze keek hoe de lange vingers van zijn hand om het stuur lagen en haar blik bleef even op zijn trouwring rusten…

Miles zag haar blik, glimlachte naar haar en zag hoe een blos haar wangen kleurde. Hij voelde zich reusachtig blij dat hij in dit familiegroepje was opgenomen. Zijn vrouw was aan leukemie overleden – een lang en traag stervensproces – en in deze jonge zorgeloze groep voelde hij zich als herboren. Hij was jong getrouwd, nog jonger dan Hal nu, halverwege zijn opleiding. Belinda was een stil, lief meisje geweest dat een ziekelijke en nerveuze vrouw was geworden. Hij had zijn best gedaan om voor haar te zorgen en haar gelukkig te maken. Nu, bijna vijf jaar na haar dood, had hij het gevoel alsof het leven hem een tweede kans had gegeven. Al direct vanaf het begin was hij erg op Hal gesteld. Natuurlijk was Chadwick een bekende naam binnen de marine. Hals vader en grootvader waren in de strijd gesneuveld en er hing een Chadwick tussen de admiraalsportretten aan de muren van de onderofficiersmess. Hij vond het fijn dat hij zijn hoge smalle huis in Dartmouth aan deze familie ter beschikking kon stellen en deelgenoot kon zijn van hun zorgeloze plezier. Caroline was wel eens eerder mee geweest naar een of twee feesten en het was Hals idee geweest dat Miles haar meenam naar het Kerstbal. De avond was zo'n succes geweest dat Miles hen had uitgenodigd voor oudejaarsavond.

200

Toen hij hoorde dat Hal van plan was Fliss en Kit mee te nemen naar Ladies' Night, dacht hij er serieus over na. Nu had hij opnieuw de kans om bij hen te zijn, alleen werd hij natuurlijk niet uitgenodigd voor Ladies' Night in de onderofficiersmess. Uiteindelijk wist hij het zo te regelen dat hij zijn gastvrijheid kon tonen; opnieuw het plezier kon delen. Hij nodigde hen uit om het weekend bij hem te logeren en aangezien Hals medeonderofficieren veel te jong waren voor Caroline, besloot hij haar uit te nodigen voor een diner met wat vrienden, terwijl de anderen naar Ladies' Night gingen. De volgende dag konden ze dan met zijn allen lunchen.

Toen ze zich later hadden omgekleed en hij wat voor hen had ingeschonken, keek hij op een afstandje gefascineerd toe, blij dat ze er allemaal waren. De drie vrouwen konden nauwelijks meer van elkaar verschillen. Caroline met haar bruine ogen, bruine haren, aantrekkelijk in haar mooie jurk, was heel eenvoudig en direct. Natuurlijk gaf haar leeftijd haar een zelfvertrouwen dat de andere twee nog niet hadden, maar in zekere zin was ze aandoenlijk ongekunsteld. Ze was ouderwets, maar op de best mogelijke manier. Kit daarentegen was echt mooi. De lange zwarte nauwsluitende jurk had een echte Londense uitstraling en haar make-up was subtiel maar dramatisch; een dun lijntje kohlpotlood accentueerde haar grijsblauwe ogen en op haar brede, mooie mond zat een lichtgekleurde lippenstift. Ze zag er modern, spannend, uitdagend uit terwijl ze met een glas in haar hand naar haar partner luisterde en een smal, zwart bandje van haar schouder gleed. Miles deed een stapje opzij om Fliss te kunnen zien. Ze stond stil met haar handen in elkaar geslagen toe te kijken hoe Hal met Kits partner discussieerde. Haar gezichtje was intens: lichte, gave huid; brede, grijze ogen; puntige kin. De dikke vlecht blond haar leek bijna te zwaar voor haar slanke hals, en ze had een ouderwetse blik over zich die charmant maar kwetsbaar was. Hal wendde zich tot haar en haar gezicht lichtte op toen ze zich naar hem toe boog…

Miles zag dat Caroline naar hem keek en hij vroeg zich af of ze zijn gedachten had geraden. Met een bijna schuldbewuste lach hief hij zijn glas naar haar op, nodigde haar uit om hetzelfde te doen, wat ze ook deed. Ze proostten met elkaar, twee volwassenen in het gezelschap van grote kinderen en hij wierp weer een blik op Kit en

Fliss, terwijl hij zich nog steeds afvroeg of zijn liefde zichtbaar was, of het van zijn gezicht was af te lezen. Hal keek om zich heen, betrok hem bij het gesprek, deed een beroep op zijn steun, en het moment ging voorbij.

Hal was heel trots toen hij zijn beide dames met zijn medeonderofficieren en hun gasten naar de onderofficiersmess begeleidde. De lange, mahoniehouten tafel glom van het glaswerk en zilver. De stewards stonden keurig in het gelid, klaar om te anticiperen en te bedienen. Er hingen portretten van admiraals aan de muren die naar de knappe jongemannen in hun uniformen en naar de jonge meisjes in hun prachtige jurken keken. Hal had het gevoel dat hij een grootse familietraditie voortzette. Hij glimlachte naar Fliss en verheugde zich erop om na het diner met haar te dansen. Hij voelde zich sterk en gelukkig, was zich bewust van een overvloed aan energie en zelfvertrouwen, blij met zijn gekozen carrière. Overal om hem heen werd gepraat toen gang na gang volgde en de wijn door de discrete stewards werd ingeschonken – 'Rood of wit, mevrouw? Rood of wit, sir?' Er werd een toost uitgesproken – 'De koningin, God zegene haar' – terwijl volgens traditie het gezelschap bleef zitten en de port werd ingeschonken.

Toen ze zich klaarmaakten om naar de discotheek ernaast te gaan, glimlachte Hal naar Fliss.

'Blij?' vroeg hij.

Ze schudde haar hoofd, niet in staat een passend uitbundig antwoord te geven, en hij lachte, dolgelukkig met haar reactie. Kit keek naar hen, was zich bewust hoe mooi ze er samen uitzagen, zo anders dan anders. Er hing vanavond een magische sfeer om hen heen waardoor ze hen nauwelijks herkende. Toen ze hen de mess uit volgde, zag ze dat ze hand in hand liepen.

21

Een week later maakte hevige sneeuwval de wegen onbegaanbaar en was The Keep tijdelijk afgesloten van de bewoonde wereld. Fox en Caroline haalden herinneringen op aan de winter van 1963, schepten de weg vrij naar de houtschuur en van de binnenplaats naar de portierswoning. Ze strooiden kruimels voor het roodborstje en hingen niervet in de rododendrons voor de specht. Mrs. Pooter, die nu dertien en oud en humeurig was, weigerde verder te lopen dan de plaats bij de keuken, maar Mugwump was nog jong genoeg om lichaamsbeweging nodig te hebben. Hij en Fox gingen – tegen Ellens uitgesproken wensen in – de heuvel op, waar de sneeuw met grote vlagen had geblazen, waardoor het landschap onherkenbaar was; een witte, doodstille wereld, alle bekende plekjes begraven of vermomd, die in de verte overging in het grijze wolkendek in het noorden. De wind was bijtend koud en in dit ongastvrije landschap waren geen vogels of dieren te zien. De ijskoude lucht raspte in Fox' lichaam en zijn ogen begonnen te tranen; als Ellen die valse opmerking niet had gemaakt over 'dwazen en óúde dwazen', dan zou hij direct zijn omgedraaid. Trots leidde hem verder over het smalle pad, totdat Mugwump roekeloos in een diepe sneeuwwal sprong en helemaal verdween. Hij stuntelde hulpeloos, piepte wat angstige korte blafjes, totdat Fox hem bij zijn halsband wist te grijpen en hem eruit trok, waarbij hij uitgleed en zijn enkel verzwikte.

'Wat had ik je gezegd?' zei Ellen nijdig, en duwde Fox in een stoel bij het fornuis, terwijl Caroline met een handdoek de klompen sneeuw en ijs van Mugwumps oor veegde. 'Als er één ding is dat vaststaat in de wereld, dan is het dat je er altijd van op aan kunt dat een man moeilijk doet. Mr. Theo heeft een van zijn hoestbuien, net nu we geen medicijnen kunnen halen. Mrs. Chadwick maakt zich zorgen of de kinderen volgende week met de vrije dagen wel thuis kunnen komen. Er moet hout gehaald en sneeuw geruimd worden en jij moet zo nodig de heuvel op alsof het hartje zomer is. Nu vraag ik je. Je enkel verzwikt en ongetwijfeld je ischias weer aangewakkerd. Nou, ik heb geen medelijden met je. Zet die ketel eens op, Caroline. We hebben hete thee nodig. En die hond, die overal staat te druipen…'

Caroline grijnsde meelevend naar hem toen ze de ketel op de hete plaat zette en Fox knipoogde nonchalant maar ook een beetje beschaamd terug.

'IJskoud, daarbuiten,' zei hij, in een zwakke poging wat medeleven op te wekken.

'Is het heus?' vroeg Ellen sarcastisch, toen ze een krukje onder zijn enkel legde. 'Je zou het niet zeggen. Met al die sneeuw en al dat ijs en de wind uit het noorden. Wat een verrassing. En ik maar denken dat je een mooi bosje lentebloemen voor me mee zou nemen. Leg die hond in zijn mand, Caroline. Zijn moeder is tenminste verstandiger. Daar mogen we dankbaar voor zijn.'

Fox liet met zijn hand tegen zijn rug een dramatische kreun horen en in een flits stond Ellen naast hem. 'Maak je geen zorgen,' zei hij dapper. 'Het is niks. Alleen wat kramp.'

Toen ze snoof, rinkelden de kopjes op het dressoir. 'Niks alleen,' zei ze boos. 'Nou ja, er zit niets anders op. Ik zal je zelf een massage met valkruid moeten geven. Denk maar niet dat de verpleegster nu komt.'

Caroline schoot in de lach toen ze Fox' gezicht zag. 'Eerst maar een kopje thee,' stelde ze tactisch voor, 'en een paar aspirientjes. Het zou me niets verbazen als dat al helpt.'

'Precies,' stemde Fox enthousiast in. 'Een paar van die pillen en wat hete thee. Dat is het.'

'We zullen zien,' waarschuwde Ellen dreigend. 'Ik houd je in de gaten, mijn jongen. Nee, maar. Kijk nu toch eens hoe laat het is. Mrs. Chadwick zit op de thee te wachten…'

'Je verdient die valkruidmassage,' zei Caroline streng, toen Ellen met het dienblad naar de hal was gelopen. 'Werkelijk waar.'

'Ik weet het,' kreunde hij schuldbewust. 'Maar ze zei dat ik te oud was. Ik heb nog wel wát trots, hoor.'

'Opgeknapt?'

Hij knikte. 'Die pillen werken prima. God zij geprezen dat we al het hout vroeg hebben binnengehaald, anders zou ze het me nooit laten vergeten. God zegene je. Je bent een fijne meid.'

Caroline grinnikte. 'Wat een stelletje. Nog erger dan een oud getrouwd stel.'

'Mij zie je niet met een dominee en een ring,' zei Fox vrolijk. 'De vrouw die mij aankan, is nog niet geboren. Verandering van spijs doet eten, zeg ik altijd maar…'

'Als Valentino zijn ervaringen met je heeft gedeeld,' zei Ellen, die ongemerkt weer binnen was gekomen, 'kun je dan misschien wat boter uit de koelkast halen, Caroline? Als je jezelf kunt losmaken, tenminste…'

De sneeuw verdween net zo snel als hij was gekomen. De wind draaide naar het westen en het regende meedogenloos. Tegen de tijd dat Mol en Susanna thuiskwamen, was de wind toegenomen en beukte de storm tegen het huis, rinkelde tegen de ruiten en gierde in de schoorsteen. Het eerste jaar op kostschool was het Caroline of Freddy die ze haalde en bracht. Maar naarmate de tijd verstreek, besloot Freddy dat het verstandig was ze een of twee keer samen met Caroline in de trein te laten reizen, en toen Mol twaalf was, gingen ze voor het eerst alleen.

'Om te beginnen moet het de reis naar huis zijn,' had Freddy gezegd. 'Te naargeestig om alleen terug naar school te gaan. Het zou zo goed zijn voor Mol als het zonder grote problemen lukt.'

Zij en Caroline hadden zich over het spoorboekje gebogen. Het leek onmogelijk een trein te vinden die zonder overstappen tussen Totnes en Southampton reed. Zelfs als ze ze in Exeter ophaalden, moesten ze nog overstappen in Salisbury of Westbury.

'Westbury is een heel klein station,' had Caroline bedachtzaam gezegd. 'En ze hoeven geen spoor over te steken. Denkt u dat ze dat zouden kunnen?'

Freddy had het aan Mol en Susanna voorgesteld. Mol had niets gezegd, maar Susanna juichte.

'O, laten we het proberen,' smeekte ze. 'Dat is leuk. Massa's kinderen gaan alleen met de trein en we hebben het al eens met Caroline gedaan.'

Freddy had naar Mol gekeken. Hij glimlachte, maar zijn ogen waren uitdrukkingsloos, merkwaardig leeg. 'Waarom niet?' had hij met bijna volwassen luchtigheid gevraagd. 'Dat kunnen we wel, hè Sooz?'

'Dat denk ik wel,' zei ze serieus. 'Iemand zet ons aan de andere kant op de trein. Het is een avontuur.'

'We komen jullie in Exeter ophalen,' had Freddy gezegd. 'Het is wat lastiger om daar over te stappen en je moet er lang wachten. Zo zijn jullie veel eerder thuis dan met de trein.'

Ze keek weer naar Mol die zijn wenkbrauwen optrok en zijn schouders ophaalde. 'Tja…' zei hij.

Doodsbang en met een bonzend hart had Freddy die middag doorgebracht. Theo had geprobeerd haar te helpen.

'Ze hebben beloofd in Westbury iemand om hulp te vragen en extra goed op te letten voordat ze de trein naar Exeter nemen,' hielp hij haar herinneren. 'En ze zijn allebei heel verstandig.'

Freddy knikte. Als ze haar mond opendeed, was ze bang dat ze zou schreeuwen; haar zenuwen waren rauw van angst. Als er iets misging, zouden Mols jaren van vooruitgang teniet worden gedaan. Zijn zelfverzekerde en evenwichtige uitstraling was bijna verontrustend volwassen, maar ze wist dat hij zich daaronder nog heel onzeker voelde. Ze besprak het met Theo.

'We kunnen het niet allebei hebben,' had hij gezegd. 'Hij moet leren zijn angsten te overwinnen, anders gaat hij ten onder. Wij zijn er niet altijd. Als we hem tot in het oneindige proberen te beschermen, is hij op een dag écht alleen en zijn al zijn angsten werkelijkheid geworden.'

'Het voelt gewoon niet goed,' had Freddy wanhopig geantwoord. 'Hij heeft een zekere starheid waar ik bijna bang van word. Ik wil dat hij zich eroverheen zet, Theo, niet dat hij het wegstopt. Dat is toch gevaarlijk?'

'Dat hangt ervan af.' Theo keek bedachtzaam. 'Hij is erg jong. Hij heeft hard moeten werken om zijn angsten te beheersen. Ik zie hem vaak heel normaal spelen en praten, en ik hoop dat dat steeds meer de norm wordt en dat die beheersing een gewoonte wordt die hij steeds minder nodig heeft.'

Freddy was niet overtuigd. Ze was blijven piekeren en de eerstvolgende keer dat ze de kinderen van school haalde, sprak ze uitgebreid met het personeel, maar moest uiteindelijk accepteren dat Mol het gewoon goed deed en veel vrienden had, ook al waren het geen boezemvrienden.

De middag van de grootse reis was ze meer dan een uur te vroeg naar Exeter gegaan. Ook al ging Caroline met haar mee, Freddy wilde per se zelf rijden. Ze zei dat ze iets nodig had om zich af te leiden.

Toen de kinderen uit de trein stapten, was Mol bleek, stil van opluchting en Susanna straalde en kwebbelde van opwinding, maar toen Susanna hun hele avontuur vertelde, was Mol algauw ook in staat mee te doen. Caroline moedigde hen aan en genoot, terwijl Freddy in stilte verder reed en nog altijd slap en misselijk was van de spanning. Een uitgebreide thee stond al voor de helden klaar en ze moesten het hele verhaal nog een keer vertellen, eerst aan Theo in de hal en daarna aan Ellen en Fox in de keuken. Het liep het gevaar een waar epos te worden – vergelijkbaar met Hannibal die de Alpen over ging – en de kinderen gingen uitgeput maar opgewonden over hun succes naar bed.

De volgende morgen voor het ontbijt rende Mol in zijn eentje rond het bosje.

Hij stond op de heuvel. De zuidwesterstorm raasde boven zijn hoofd en de wolken raceten hoog in de lucht voor de wind uit. Zonnestralen, doorzichtige gouden pilaren, kwamen uit de grijze massa tevoorschijn en verlichtten zo nu en dan een veld van rode aarde of een zwarte groep kale bomen. Hij zette zich schrap tegen de harde wind, herinnerde zich hoe hij hier zijn vaders vlieger had gevlogen, met Fox naast zich, bang dat het touw door de wind uit zijn handen zou worden gerukt. Hij herinnerde zich dat hij hier op Hals schouders over de smalle schapenpaden had gerend; op stille zomerse middagen naar de rivier, om aan de zanderige waterkant pootje te baden of over de rotsen te klauteren. Eén keer hadden ze een dam gebouwd… Hij dacht aan vroege ochtendwandelingen met de honden, aan Mrs. Pooter die achter de konijnen aan zat en de schapen uit elkaar dreef, aan de wedstrijdjes die hij met Susanna had gelopen als Fox boven op de heuvel met zijn stopwatch stond te wachten. Ten slotte keek hij naar het bosje…

Wat herinnerde hij zich die ochtend nog goed. Hij was vol opwinding over het succes van de vorige dag wakker geworden en was uit bed gesprongen, had snel zijn kleren aangetrokken, bang dat de moed hem in de schoenen zou zinken, zoals al zo vaak was gebeurd. Hij was naar de keuken gegaan waar Fox en Ellen van hun eerste kopje thee genoten.

'Ik g-ga eromheen,' had hij gezegd – meer niet – en ze hadden hem aangestaard.

Hij had Fox als getuige nodig, maar had niet op hem gewacht. Hij had de achterdeur open gewrikt en was de koele ochtendlucht in gerend, had de honden genegeerd en was de groene deur door gegaan en de heuvel opgelopen. Rennend en springend was hij naar beneden gerend, hij durfde niet achterom te kijken toen op het pad stofwolkjes onder zijn rubberen zolen vandaan stoven. Pas op het allerlaatste moment wierp hij een blik naar achteren; op het punt waar het bosje de heuvel en de hoge muren van The Keep aan het zicht ontnam, had hij nog een keer omhooggekeken. Fox stond er als een rots in de branding met een arm omhoog. Met een bonkend hart en een droge keel had hij harder dan ooit gelopen, zijn ogen op de plek gericht waar hij alles wat hem dierbaar was weer kon zien… Hij had het gehaald. Slap van uitputting en opluchting, happend naar adem was hij aan de klim omhoog begonnen. En toen stond Fox naast hem, die hem in zijn armen trok, hem in de lucht gooide en het uitschreeuwde. Pas veel later besefte Mol dat ze allebei hadden gehuild…

Hij draaide zich abrupt om toen hij een stem achter zich hoorde; Fliss kwam op hem af. Hij glimlachte, stak zijn hand op, maar was afwachtend, waakzaam. Hij wist dat ze hem zou uithoren, dat ze zou vragen of alles goed met hem was, of er nog problemen waren, hoe het op school ging. Haar zorgzaamheid die eens zo geruststellend was geweest, voelde nu beklemmend. Hij vroeg zich af waarom dat was, waarom de bezorgdheid van Fliss zo veel vernietigender was dan Susanna's ogenschijnlijke onverschilligheid over zijn handicap. Voelde hij zich bij Fliss niet zo sterk omdat ze bang was dat hij het niet zou redden? Susanna ging ervan uit dat hij net als iedereen was. En toch begreep ze hem; ze wist het als hij een 'zwarte bui' had en alleen gelaten wilde worden. Misschien kwam het gewoon doordat hij bij Susanna normaal kon zijn, dat ze zijn 'zwarte buien' ook normaal vond. Andere jongens hadden woedeaanvallen, vlagen van onzekerheid, momenten van angst en depressie; waarom zouden zijn aanvallen anders zijn? Susanna gaf met haar nonchalante aanvaarding aan dat het volgens haar niet anders was; hij was net als andere jongens. Fliss liet met haar bezorgde vragen en haar zorgvuldige bewoordingen merken dat zij dat niet vond.

'We vroegen ons al af waar je was,' zei ze, toen ze dichterbij kwam. 'De lunch staat klaar.'

'Ik verga van de honger,' zei hij, toen ze in gelijke tred terugliepen. 'Ik krijg trek van de wind. Ruig, hè?'

'Nou.' Ze keek over het landschap. 'Volgens mij gaat het zo regenen. Hoe gaat het?'

'Prima. Heel goed. En met jou? Bedankt voor je brief. Die Ladies' Night klonk leuk.'

'O, dat was het ook.'

'En Hal? Alles goed met hem?' Hij zag de kleine glimlach en wist dat hij even veilig was. Hij had al vroeg geleerd om mensen af te leiden van zichzelf, maar bij Fliss was Hal het enige onderwerp waarmee dat lukte.

'Misschien komt hij straks nog,' zei ze vrolijk. 'Hij zei dat Miles hem misschien zou brengen. Je moet Miles een keer leren kennen, hij is heel aardig…'

Terwijl hij naar haar keek, voelde hij zich heel ondankbaar. Hij had haar zo nodig, steunde zo op haar, dat het gemeen was om het haar kwalijk te nemen dat ze van hem hield. Niet dat hij het haar echt kwalijk nam… Hij glimlachte naar Fliss, zag dat hij nu bijna net zo groot was als zij en besefte met een schok dat hij haar net zo nodig had als Susanna. Het was een andere relatie, dat was alles. Ze was bijna een moeder voor hem, iemand bij wie hij altijd terechtkon, op wie hij altijd kon bouwen, iemand die heel veel van hem hield – maar die hem van tijd tot tijd irriteerde met haar zorgzaamheid. Bovendien was ze zes jaar ouder. Hij kon haar niet commanderen en op haar nummer zetten zoals Susanna…

'… dus misschien maken we er een viertal van en gaan we in Church House eten. Wat jammer dat je nog te jong bent.'

Hij deed alsof hij teleurgesteld was. Nu Fox, Ellen en Caroline samen een televisie hadden gehuurd, hadden de vakanties in The Keep een extra dimensie gekregen. De televisie stond in de zitkamer naast de keuken die ze met zijn drieën deelden, en daar waren Mol en Susanna meestal te vinden op winteravonden als ze thuis waren. De nieuwigheid was er nog altijd niet van af en hij keek ernaar uit om, voordat hij naar bed ging, nog een uurtje te kijken. Het was waarschijnlijk iets te veel van het goede om te hopen dat *Z-Cars* er vanavond op was. Soms verbood Ellen het, maar meestal kon ze wel overgehaald worden als Susanna en hij genoeg smeekten.

'Ach, nou ja,' zei Fliss. 'Jij bent algauw oud genoeg om dat soort dingen te doen.'

'Ik heb echt zin in de parade na Hals buluitreiking,' vertelde hij haar. 'Goddank hebben we dan al vakantie.'

'Anders zou grootmoeder wel een vrijstelling hebben gevraagd,' lachte Fliss. 'Ze is vastbesloten dat de hele familie erbij moet zijn. Het wordt fantastisch. En naderhand is er een bal.'

'Wacht maar tot ik aan de beurt ben.' Hij zei het dapper en vroeg zich af of hij door de keuring zou komen. 'Tegen de tijd dat ik naar Dartmouth ga, is Hal al admiraal.'

'O, Mol,' zei ze, en gaf hem een kneepje in zijn arm. 'Ik ben blij dat je nog steeds bij de marine wilt.'

'Natuurlijk,' zei hij nonchalant, terwijl hij haar door de groene deur volgde. 'Dat is toch traditie? Ik bén per slot van rekening een Chadwick.'

Na de lunch liepen hij en Susanna samen naar de binnenplaats waar ze besluiteloos bleven staan. Ze wilden niet naar het huis in de boomgaard. De losse hoezen waren voor de winter opgeborgen en hun schatten stonden op Mols slaapkamer. Het kleine huisje was vochtig en somber.

'Laten we onze fietsen pakken,' stelde Susanna voor. 'Dan gaan we naar Dartington om wat chocolade te kopen. Ik heb nog wat zakgeld. Dan zijn we net De Vijf. Dan ben jij Julian en ik Dick. Ik wou dat ik Petronella heette. Of Georgina. Van mijn naam kun je geen jongensnaam maken. Zullen we?'

'Waarom niet?' Hij vond het steeds moeilijker om op te gaan in hun kinderwereld van doen alsof, maar als hij zich ontspande en het niet erg vond om zich een beetje belachelijk te voelen, had hij toch plezier. 'Dan nemen we een voorraadje mee in de fietstassen.'

'Ik ga een van de kaarten halen,' zei Susanna blij. 'We kunnen de andere weg terugnemen. Die is langer en we kennen hem nog niet zo goed. Dan wordt het een avontuur. Ga jij Ellen om wat grog en koekjes vragen? En neem geld mee, als je dat nog hebt. Gauw. Wie het laatst terug is, is een watje…'

22

Op Prues drieënveertigste verjaardag ging Kit vroeg van college weg en ging naar Bristol om het met haar te vieren.

'Er valt niet veel te vieren,' zei Prue met een meewarige blik. 'Ach, lieverd, ik word oud.'

'Kop op, mam.' Kit leunde tegen de deurpost en keek naar haar moeder die in een stapel kleren op het bed aan het rommelen was. 'Je lijkt geen dag ouder dan vijfendertig. Per slot van rekening heb ik je onder handen genomen. Wil je iets drinken? We hebben nog genoeg tijd. Ik heb voor halfnegen een tafeltje gereserveerd.'

'Goed idee.' Prue klaarde wat op. 'Ik ben aangekomen. Niets past me meer... van de avondkleding in ieder geval.' Ze keek even naar Kits korte rokje. 'Naar jou zullen ze wel kijken. De minirok is in provinciaal Bristol nog niet echt aangeslagen. Het is hier net boven de knie en stijgende, maar die van jou lijkt wel een gordijnval.'

Kit grinnikte. 'Die ouwe Hal doet er ook zo ouderwets over,' beaamde ze. 'Maar zijn vrienden vinden het wel mooi.'

'Dat geloof ik graag.' Prue gaf het op en ging op het bed zitten. 'Het heeft geen zin, lieverd. Jij moet maar iets voor me uitkiezen. Ik vind mijn avondkleding opeens zo saai.'

'Ik schenk iets in,' zei Kit, 'en dan gaan we daarna experimenteren. Blijf waar je bent.'

Prue bleef stil zitten wachten. Ze vond het heerlijk als Kit thuiskwam en het huis op zijn kop zette met haar muziek en haar wanorde. Ze sleurde Prue mee naar jazzkelders en pubs in King Street of naar het Italiaanse eethuisje in Queen's Road, klaagde over haar saaie kleren en nam haar mee naar Anne Scarlett in Park Street voor een nieuw kapsel.

'Zo, Mark,' had ze tegen de knappe jonge eigenaar van de kapsalon gezegd, 'haal die afschuwelijke permanent eruit en knip het in laagjes. Zacht en luchtig. Geen paniek, mam. We weten wat we doen...' En ze ging op de stoel naast hen zitten, slingerde met haar lange benen en kwebbelde dat het een lieve lust was. Naderhand dronken ze een kop koffie in Fortes, voordat ze zich op het serieuze winkelen stortten: schoenen, kleren, make-up.

'Niet van die hoge hakken,' zei Kit dan, als Prue naar stiletto's en pumps neigde. 'Deze zijn pas echt hot...' Daarmee bedoelde ze een paar platte, open schoenen van zacht roodbruin leer. 'Toe, pas ze eens. Ze zijn mooi. En nu...'

Een Frans, blauw linnen pakje met de rok op de knie – 'Nee, echt niet,' zei Prue verschrikt, 'daar ben ik te oud voor' – en een kort jasje met een smalle riem stonden alweer op Kits lijstje. 'Het staat je fantastisch,' zei Kit, 'vooral met die schoenen. Bij korte rokjes horen platte schoenen of lange laarzen. Nu hebben we nog iets nodig om het af te maken...'

De blouse was van wit katoen met een kanten boord in plaats van manchet en kraag. 'Zie je hoe mooi dat onder het jasje uitkomt?' vroeg Kit. 'Heel hot. En wat dacht je van een nieuwe lippenstift? Die donkere troep maakt je oud...'

'Besef je wel dat ik de moed niet heb om het aan te trekken?' vroeg Prue, toen ze met al hun aanwinsten om zich heen geschaard een kopje versterkende thee zaten te drinken in het Berkeley.

'Natuurlijk wel,' zei Kit. 'Kom maar naar mij toe in Londen als je moed nodig hebt. Je moet met je tijd meegaan, mam.'

Tot haar verbazing had ze de kleren gedragen – ze vond ze geweldig en genoot van de jaloerse blikken van haar vriendinnen. Die waren veel te geremd en bovendien hadden ze geen kinderen die met hen omgingen zoals Kit met Prue omging. Hun vriendschap die was begonnen in de eerste, eenzame tijd dat ze Johnny zo misten, had zich tot iets heel kostbaars ontwikkeld en ze wist dat ze zich heel gelukkig mocht prijzen. Met Hal was het anders. Toen hij eenmaal van school af was, zag ze hem steeds minder en vorig jaar was hij het grootste deel van de tijd op zee geweest, ergens in het Verre Oosten. Nu hij voor zijn laatste jaar terug was in Dartmouth – beter bekend als het academische jaar, waarbij hij zich concentreerde op wiskunde en talen – kwam hij vaak in het weekend naar Bristol. Dan had hij de weekenden vrij, tenzij hij officier van dienst was, of de eerstejaars cadetten onder zich had. Natuurlijk zag hij The Keep ook als zijn thuis. Als hij liftte, kon hij er in een halfuur zijn. Prue was niet jaloers, maar ze verfoeide wel het aantal uren tijdens de vakantie dat ze in de winkel stond, en die ze samen hadden kunnen zijn. Ze was dol op hem; hij leek zó op Johnny dat ze altijd even schrok als ze hem zag. Verleden werd heden en herinneringen kwamen boven die een bitterzoete pijn achterlieten. Net als Kit behandelde hij haar ontspannen en informeel, waardoor ze zich weer jong voelde, maar hij had ook een kritische kant die bleek uit zijn voorzichtige mening over de kleren en haardracht die Kit voor haar had uitgezocht. Hij had liever dat ze er wat meer als een moeder uitzag dan een zus, maar hij was wel erg trots op haar en genoot zichtbaar van de complimentjes van zijn vrienden over zijn mooie moeder. Prue vond het heerlijk als hij het huis vulde met deze jonge officieren, als ze voor hen kon koken en naar hun eindeloze verhalen kon luisteren over de onrechtvaardigheden van de opleiding bij de Koninklijke Marine… 'En toen zei hij: "Doe ik je pijn, jongen?" En ik zei, "Nee, sir." En toen zei hij: "Nou, dat zou anders wel moeten, jongen. Ik sta op je haar, verduveld. *Ga naar de kapper*…"' Ze verwende ze allemaal, bemoederde ze en flirtte met ze, allemaal tegelijkertijd, en ze miste ze vreselijk als ze weggingen en ze weer alleen was.

Het was een enorme opluchting dat haar toelage na die toestand met Tony was blijven komen. Hij was nooit opgespoord en het kon Prue niet langer schelen. Mettertijd kon ze een scheiding aanvragen op grond van het feit dat hij ervandoor was gegaan en in de tussentijd besloot ze om de naam Chadwick weer aan te nemen. Dat voelde goed: Johnny's naam; de naam van haar kinderen. Ze voelde zich direct beter. Moeilijker was het om haar baan op te geven. Nu ze eenmaal het gebaar had gemaakt om onafhankelijk te zijn, vond ze het gênant om te stoppen, uit angst dat daaruit bleek dat ze maar al te graag op de zak van de familie wilde teren. Het werk was niet vervelend, ze genoot van het gezelschap van de andere dames, maar ze was gauw moe en vond het erg uitputtend om de hele dag te staan. Belangrijker was dat ze de tweeling nauwelijks zag als die vakantie had. Uiteindelijk besloot ze een compromis te sluiten; ze ging twee dagen per week werken, plus een zaterdag per maand.

Ze had het onderwerp tijdens een bezoek aan The Keep ter sprake gebracht en had eerst Theo als klankbord gebruikt.

'Vind je dat ik fulltime moet blijven werken, ook als dat niet nodig is?' had ze hem bezorgd gevraagd.

Theo had zorgvuldig over de vraag nagedacht en had zich afgevraagd wat erachter zat. 'Werk is een uitstekend medicijn tegen verveling,' had hij uiteindelijk gezegd. 'Het kan ook goed zijn voor je eigendunk, het kan je geest verruimen en je fit houden, afhankelijk van het soort werk. Maar voor de meeste mensen is het eenvoudigweg een manier om te overleven en voor een enkeling is het iets om echt van te houden. Dat zijn mensen die werkelijk geluk hebben. Als je niet gelukkig bent op je werk, Prue, dan is er moreel gezien geen enkele reden waarom je het zou moeten blijven doen.'

'Vroeger verveelde ik me wel eens,' zei ze, 'toen de kinderen naar school waren en er zo weinig te doen was. Daarom ben ik waarschijnlijk ook met Tony getrouwd. Ik was eenzaam. Het werk is wél erg vermoeiend, maar het echte probleem is dat ik geen tijd met de tweeling door kan brengen als ze vakantie hebben. Ik dacht dat ik misschien parttime kon gaan werken. Als compromis, en dan zien hoe het gaat. Wat vind je?'

'Dat lijkt me een uitstekend plan,' had hij hartelijk geantwoord. 'Kit en Hal hebben zulke lange vakanties en het is vervelend dat jullie niet samen kunnen zijn. Misschien betekent het ook dat je wat vaker bij ons kunt komen? We zien je veel te weinig.'

'Lieve Theo.' Ze had hem stevig omhelsd. 'Wat zal Freddy ervan vinden, denk je?'

'Ik denk dat ze het een heel goed idee vindt. Maar je hebt haar toestemming niet nodig, hoor. De mijne ook niet.'

'Dat weet ik.' Prue had gefronst. 'Alleen, als ik weer afhankelijk wordt van de boedel dan ben ik bang dat Freddy denkt dat ik me druk.'

'Als John nog leefde, zou hij ook een toelage hebben,' had Theo resoluut gezegd. 'Dan zou hij jou hebben onderhouden, zou je ruim hebben kunnen leven en voor zijn kinderen hebben gezorgd. Hij zou niet hebben gewild dat je ging werken, tenzij het iets was wat je graag voor jezelf wilde doen, dat weet ik zeker. Je hebt het goedgemaakt. Wees gelukkig.'

'Je bent lief,' had ze ontroerd gezegd. 'Dat zal ik doen.'

Nu ze op bed zat te wachten tot Kit met hun drankjes terugkwam, besefte ze dat ze dat inderdaad gedaan had. De afgelopen achttien maanden was ze voor het eerst in jaren weer echt gelukkig geweest. Haar leven was in balans; werk, plezier – en een zekere mate van rust.

Ze dacht: Wat heb ik geluk gehad.

Kit kwam met twee glazen binnen en balanceerde gevaarlijk met een pakje onder haar arm. 'Dit moet je nu maar hebben,' zei ze, 'ook al ben je morgen pas jarig. Je hebt het vanavond nodig. Dat kan ik wel zien.' Ze gaf haar een glas en het cadeau en hief toen haar eigen glas. 'Gefeliciteerd.'

Vervolgens zette ze haar glas op Prues nachtkastje en begon neuriënd door de kleren op het bed te rommelen.

'Och, lieverd…' zei Prue ademloos. Ze hield een zijden sjaal met franje omhoog waar bloemen op waren geborduurd in de kleuren van juwelen: smaragdgroen, saffierblauw, robijnrood. 'Hij is werkelijk prachtig. Waar heb je die in vredesnaam gevonden? Hij moet een fortuin hebben gekost. O, Kit…'

'Nee, hoor. Geen paniek, mam. Ik heb hem bij een kraampje in Portobello Road gevonden.' Kit trok een lange blauwe fluwelen rok uit de stapel. 'Aha! Dit is precies wat ik zoek. Waar is die zijden blouse? Dit is echt hot.' Ze legde de twee kledingstukken bij elkaar alsof Prue ze aanhad en nam de sjaal uit haar onwillige handen. 'Kijk, je gooit de sjaal er zo omheen. Zie je? Zo zie je er geweldig uit.'

'Je bent een schat.' Prue stond op en kuste haar dochter. 'Dank je wel voor mijn cadeau en dat je speciaal naar huis bent gekomen. Dat is het allermooiste cadeau.'

'Het wordt geweldig leuk,' beloofde Kit haar. 'Zo, waar is die zilveren ketting van je…?'

Freddy was op bezoek bij Julia die tijdens het winterse weer op een stuk ijs was uitgegleden en haar enkel had gebroken. Omdat ze geen kant op kon, was ze humeurig en rusteloos. Ze worstelde dapper verder, zwaaide tussen haar krukken en weigerde Freddy's hulp bij de lunch, totdat ze zich beiden, onder het genot van een kop koffie in de salon, eindelijk konden ontspannen.

'Wat ben je toch een koppige, oude vrouw,' zei Freddy teder. 'Geef je je dan nooit gewonnen? Zelfs niet met een gebroken enkel?'

'Daar houd ik niet van,' zei Julia onverbiddelijk. 'Dat is de eerste stap op de gevaarlijke weg naar de schroothoop.'

'Op onze leeftijd moeten we toch zeker…' begon Freddy overredend.

'Júíst op onze leeftijd moeten we verder ploeteren,' onderbrak Julia haar. 'Voor je het weet, vinden ze ons onbekwaam en neemt een of ander intelligent jong wicht de beslissingen voor ons, zegt ons wat we moeten eten en hoe lang we in de tuin mogen werken. Nee, nee. Oud zijn is niets voor lafaards, Freddy, dat weten we allebei, en ik weiger een babysitter in te huren. Mrs. Pearse is afdoende. Die houdt wel een oogje in het zeil.'

'En dat is maar goed ook, gezien de omstandigheden.' Freddy lachte eventjes. 'Je hebt natuurlijk gelijk, maar ik schaam me als ik aan mijn legertje helpers denk – Ellen, Fox, Caroline.'

'Dat is iets anders,' zei Julia. 'Jij moest een gezin grootbrengen en je hebt een groot huis te onderhouden. Ellen en Fox zijn al van oudsher bij je. Maar om nú iemand in dienst te nemen, is onverdraaglijk.'

'Dan moeten we maar hopen dat Mrs. Pearse de druk aan kan,' zei Freddy luchtig. 'Zij is toch ook niet meer een van de jongsten.'

'We kennen elkaar al veertig jaar,' zei Julia tevreden. 'Ze komt al vanaf haar negentiende, toen ze pas getrouwd was, drie dagen in de week. We kunnen het goed vinden samen. Ze weet hoe ik ben.'

'We hebben allebei geluk gehad,' zei Freddy peinzend, 'ook al worden Ellen en Fox er niet jonger op. Ik weet gewoon niet hoe we het zonder Caroline zouden hebben gered.'

'Ik ben wel jaloers op jouw Caroline,' gaf Julia toe. 'Als ik zeker wist dat ik iemand als Caroline kon vinden, zou ik misschien anders denken over extra gezelschap. Maar goed. Schenk nog eens een kop koffie in en vertel me hoe het met Mol en Susanna gaat.'

Caroline ruimde de laatste borden op en hing de theedoek over de rand van het fornuis. Het was warm en stil in de keuken en de gordijnen waren dichtgetrokken om de kille februariavond buiten te houden. De honden lagen in hun mand te slapen. Ellen had de hele dag hoofdpijn gehad en was rond etenstijd met een kop thee en een aspirine naar bed gestuurd, waardoor Caroline nu alles alleen moest doen. Ze vond het niet erg. Terwijl ze de afdruipplaat en de tafel afnam, voelde ze zich ongewoon gelukkig. Ze was iemand die graag in gezelschap was, graag mensen en drukte om zich heen wilde. Daarom was The Keep zo'n volmaakte plek voor haar: er was altijd iemand om mee te praten, er gebeurde altijd wel iets en het was er een komen en gaan. Hoe meer er te doen was, des te gelukkiger ze was. Ze was sterk en actief, had er een hekel aan om duimen te draaien. Zelfs het nieuwtje van de televisie was er na een paar weken af. Hij verveelde haar algauw en alleen het bekvechten van Ellen en Fox als ze weer eens commentaar leverden op een programma was vermakelijk. Fox zat nu in de kleine zitkamer naar het nieuws te kijken. Ze had hem zijn kop thee gebracht en was even blijven kijken terwijl de nieuwslezer hen vertelde over Amerikaanse straalvliegtuigen die de Vietcong in Zuid-Vietnam bombardeerden.

'Daar gaan we weer,' had Fox met treurige tevredenheid gezegd, maar Caroline was weggegaan omdat ze niets meer wilde horen en even op zichzelf in de keuken wilde zijn om aan Miles te denken. Het was veelzeggend dat haar bewustzijn van een dreigende oorlog was toegenomen toen ze Miles had leren kennen. Al haar oude angsten waren teruggekomen; de angst die was verbonden met de liefde voor een militair. Ze was tien toen de laatste oorlog uitbrak en toen hij voorbij was, was ze oud genoeg om zich de angst en de ontberingen te herinneren, oud genoeg om alles van verlies te weten.

Terwijl ze de benodigdheden voor de koffie op het dienblad klaarzette om naar Freddy en Theo in de salon te brengen, was ze in gedachten bezig met een ander probleem; als Miles haar ten huwelijk vroeg, hoe zouden ze het dan in vredesnaam in The Keep zonder haar redden? Aan de ene kant maakte de gedachte aan een aanzoek haar erg verlegen; bang om verwaand over te komen, of te veel te verwachten. Hij was zo'n aantrekkelijke man, populair en met een goede kans op bevordering en ze maakte zich geen illusies over haar eigen gebrek aan charme. En weer een andere, realistische kant van haar hield haar voor dat Miles geen jonge knul meer was; ook was hij niet iemand die graag flirtte en van de ene vrouw naar de andere ging. Hij was vast en zeker te aardig en te nuchter om haar aan het lijntje te houden. Maar was daar dan sprake van? Terwijl ze wachtte tot het water kookte, nam ze haar speciale bundeltje herinneringen door. Zelfs zij moest toegeven dat het een spaarzame collectie was. Er waren geen omhelzingen of tedere woorden; die momenten waren op andere dingen gebouwd, die eerder tussen de regels door te lezen waren dan dat ze duidelijk onthuld werden: een bewustzijn van vertrouwde ideeën en hoop; herkenning van gedeelde gedachten en reacties; gelijke rollen. De echt bijzondere herinnering was aan de avond dat hij haar had uitgenodigd om met hem en zijn vrienden te dineren toen de anderen naar Ladies' Night waren. Hij had zich keurig, hoffelijk en attent gedragen, maar voor haar gevoel was het een belangrijke stap geweest. Ze had vaak het gevoel dat zij en Miles niet helemaal bij de groep jonge mensen hoorden. Ze hadden allebei verantwoordelijke posities en het was heel natuurlijk dat ze daardoor naar elkaar toe werden getrokken. Vaak als hij toekeek hoe de anderen zich vermaakten, zag ze een... Caroline aarzelde. Ze wist nooit hoe ze die blik moest definiëren. Verdriet, tederheid... en iets wat ze niet helemaal kon plaatsen. Als hij zag dat ze naar hem keek, glimlachte hij snel en rechtte zijn rug alsof hij de zorgen van zich afschudde. De opgewonden bui van zijn jonge vrienden deed hem misschien alleen maar denken aan zijn eigen jeugd. Misschien, en dat was veel waarschijnlijker, toonden hun capriolen wat hij had gemist. Ze wist dat hij heel jong en ongelukkig was getrouwd. Geen wonder dat hij soms verdrietig keek.

Caroline zette koffie en plaatste de pot op het dienblad. Eigenlijk was er erg weinig waarop ze haar hoop op een aanzoek kon baseren. Haar ervaring met Jeremy had haar geleerd dat van iemand houden niet altijd genoeg was; hij moest ook van jou houden. Maar toch zocht Miles haar altijd weer op, was graag haar partner, bracht graag tijd met haar door. Ze hield zichzelf voor dat het huwelijk een enorme verbintenis was en dat Miles misschien veel te veel aan zijn vrijheid gewend was. Hij had tijd nodig om aan het idee te wennen. Ach, er was tijd genoeg... Maar hoe zouden ze het in vredesnaam zonder haar redden? Hoe kon ze hen allemaal achterlaten?

Ze balanceerde voorzichtig met het dienblad, opende de deur

naar de hal – en aarzelde. De deur van de salon stond op een kiertje en Freddy was piano aan het spelen. Caroline stond heel stil te luisteren. Dit was het stuk dat ze zo mooi vond, allerlei naamloze verlangens in haar opwekte en haar tot tranen toe roerde. Freddy had verteld dat het een stuk van Chopin was – maar welk? Even pijnigde ze haar hersenen en toen haalde ze haar schouders op. Het was in ieder geval nóg iets wat zij en Miles gemeen hadden: ze waren allebei volledig onbekend met muziek. Met een glimlach liep ze de hal door en duwde met haar schouder de deur naar de salon open.

Theo glimlachte naar haar, gebaarde dankjewel toen ze het dienblad op het lage tafeltje zette. Ze zette de kopjes en schoteltjes zachtjes neer omdat ze de muziek niet wilde doorbreken en genoot van de rust en warmte in de heerlijke kamer en de kameraadschappelijke sfeer tussen de twee oudere Chadwicks. Ze ging weer weg; Theo deed de deur achter haar dicht en Caroline bleef nog even staan luisteren totdat Freddy klaar was met spelen. Even bleef het stil en toen hoorde ze het geroezemoes van stemmen en het gerinkel van porselein.

Caroline dacht: Wat heerlijk als Miles en ik op die manier samen oud zouden kunnen worden…

23

Vakantie. Wederom maakten Mol en Susanna de reis vanuit New Forest alleen. Met zijn boek op schoot luisterde Mol hoe Susanna met een medepassagier kwebbelde. Reizen met Susanna was een beproeving op zich; ze was vriendelijk, open, vol vertrouwen. Volwassenen reageerden vrijuit; stelden haar vragen, boden haar snoepjes aan.

'Je mag geen snoepjes van vreemde mensen aannemen,' had hij bestraffend gezegd, toen de dikke, kletsgrage oude dame in Honiton was uitgestapt. 'Dat heb ik je al zo vaak gezegd.' Maar ze stopte het snoepje toch in haar mond. Met een uitpuilende wang grijnsde ze naar hem.

'Aargh!' Ze sloeg haar handen om haar keel. 'Ik ben net bij het vergiftigde stuk.' Ze rolde met haar ogen, hapte artistiek naar adem en onwillekeurig moest Mol grijnzen. Hij duwde haar van zich af toen ze zich tegen hem aan liet vallen.

'Houd toch je kop, stommerd. En je weet dat het niet mag. Dat heeft Caroline gezegd.'

'Weet ik.' Susanna kwam overeind. 'Maar het hangt ervan af wie het is. Ze was aardig.'

Mol zuchtte. Iedereen was aardig tegen Susanna; dat maakte ze bij mensen los. Haar vertrouwen dat iedereen die ze tegenkwam vast en zeker een goede vriend zou worden, was over het algemeen terecht. Hij daarentegen vertrouwde niemand. Als ze onbezorgd naar het toilet ging, was hij doodsbang dat er iemand op de loer lag om haar weg te lokken met snoepjes of speelgoed of een puppy. Daar had hij in de krant over gelezen en hij had Caroline gesmeekt om tegen Susanna te zeggen dat ze niet met vreemden mocht praten. Caroline had geprobeerd om uit te leggen dat ze Susanna's vertrouwen in de mens niet wilde schaden. Natuurlijk moest ze voorzichtig zijn en haar gezond verstand gebruiken, maar er kon haar niets gebeuren als Mol bij haar was.

'Maar ik ben er niet altijd,' legde hij uit. 'Ik kan haar niet de hele tijd in de gaten houden...'

Hij herkende de meelevende blik die ze hem had gegeven. Hij was er inmiddels aan gewend; wist wat ze allemaal dachten.

Mol dacht: Maar ik ben heus beter. Ik denk er lang niet meer zoveel aan als vroeger, maar de wereld is geváárlijk...

Bij de gedachte dat er iets met Susanna zou gebeuren, hapte hij al angstig naar adem en hij had Caroline laten beloven dat Susanna niet alleen mocht reizen als hij de Reigerpoort School verliet. In de herfst ging hij naar Blundell's School, waar generaties Chadwicks voor hem hadden gezeten, maar Susanna bleef in New Forest. Ze liet niet merken dat ze het eng vond, behalve dat ze zei dat het zonder hem niet hetzelfde zou zijn, maar toch maakte hij zich zorgen om haar. Uiteindelijk was hij naar oom Theo gegaan.

'Liefde is afschuwelijk,' had hij ernstig beaamd, 'maar ook fantastisch. Zelfs op ons treurige menselijke niveau kan liefde herscheppen. Hij kan helen en genezen, maar ook vernietigen. Maak je je zorgen om haar voor háár bestwil of voor je eigen?'

'Mijn eigen?'

'Het is moeilijk,' had oom Theo bedachtzaam gezegd. 'Over het algemeen is het natuurlijk niet zo duidelijk. Liefde is een verwarrende zaak. Maak je je zorgen omdat Susanna het misschien erg vindt of omdat jij niet zonder haar kunt?'

Mol herinnerde zich nog dat hij ellendig en verward stram en rechtop had gestaan. 'Alleb-bei,' had hij uiteindelijk gezegd. 'Ik wil niet dat haar iets overkomt zoals in de k-kranten. Maar ik... heb haar nodig.'

Dat laatste had hij bijna boos gezegd, omdat hij het niet wilde toegeven. Hij schaamde zich.

'En waarom niet?' had oom Theo rustig gevraagd. 'We hebben elkaar allemaal tot op zekere hoogte nodig. Dat is heel normaal. Maar je kunt geen kooitje om Susanna bouwen en haar een gevangene van jouw liefde maken. Dat zou niet eerlijk zijn. Zij moet vrijheid hebben, net als jij. Dat is de moeilijkheid met de liefde. Instinctief willen we onze dierbaren om allerlei redenen vasthouden, maar daar moeten we ons tegen verzetten. Het is niet eerlijk om mensen tot in het oneindige te beschermen, tenzij we kunnen garanderen dat we altijd bij ze kunnen zijn. Ze moeten leren zichzelf te beschermen. Zie het leven als een rivier. We kunnen er niet naast lopen, er angstig naar kijken en ons aan iemand anders vastklampen. Vroeg of laat moeten we leren zwemmen. Susanna moet dat ook leren, maar in de tussentijd zullen we allemaal zo dicht mogelijk bij haar blijven.'

'Maar volgend trimester ben ik niet meer bij haar,' had Mol volgehouden. 'Dat is het hem nu juist. Wie blijft er dan bij haar?'

'In de herfst,' had oom Theo gezegd, 'zit ze al drie jaar op kostschool. Susanna heeft het geluk gehad dat jij er was toen ze op eigen benen moest leren staan. Ze heeft inmiddels veel vrienden die op haar zullen letten. Je moet je niet te veel zorgen maken, Mol. Het kan heel naar zijn als mensen zich zorgen om je maken. Verstikkend en verzwakkend.'

Ook al gebruikte oom Theo rare woorden, Mol wist meteen wat hij ermee bedoelde. Zo voelde hij zich als Fliss zich zorgen maakte over hem.

'Kun je je nog herinneren toen je voor het eerst alleen reisde?' had zijn oom gevraagd. 'En hoe je de volgende morgen rond het bosje rende?' Mol had geknikt. 'Hoe deed je dat opeens? Hoe voelde je je?'

Mol had geaarzeld. 'Goed,' had hij uiteindelijk gezegd. 'Wel… sterk.'

'Ja.' Oom Theo had geknikt. 'En zie je ook hoe van het een het ander kwam? Omdat je de reis alleen had gemaakt, had je zoveel moed dat je om het bosje heen durfde. Zie je dat? Zo leert het leven ons. Zo worden we steeds sterker. Als we de kans krijgen. Maar stel dat grootmoeder je nooit alleen had laten reizen omdat ze bang was dat jullie iets zou overkomen?'

Mol had hem aangestaard en oom Theo had geglimlacht. 'We waren allemaal zo bezorgd, die dag. Als er iets met jullie was gebeurd, zouden we het onszelf nooit hebben vergeven, maar toch moesten we het doen. Om jullie te laten groeien.'

Mol was stil geweest, had het in gedachten uitgewerkt. 'Liefde is vreselijk,' was hij ten slotte uitgebarsten. 'Het is… v-vreselijk.'

'Vreselijk,' had oom Theo beaamd. 'En prachtig. Net als het leven. Het geeft en neemt. Het is niet wreed of oneerlijk, maar eenvoudigweg de wet der natuur. Er moeten wel wetten zijn, anders zou het een onbeschrijflijke warboel zijn.'

Mol keek uit over de riviermond. Het werd eb en de kleine roeibootjes lagen scheef, met hun kiel in de lucht. Waadvogels renden door de glanzende modder aan de waterkant en een aalscholver vloog laag over de grond naar zee. In het diepe water lagen boten voor anker terwijl zeemeeuwen erboven schor krijsend door de lucht buitelden. De zon scheen tussen de wolkenflarden en weerspiegelde op het water. Met een dramatische roep sprong een reiger op en sloeg traag met zijn vleugels boven de riviermond met zijn lange poten achter zich aan.

'Kijk,' zei Susanna, met haar neus tegen het raam gedrukt. 'Daar zit Fliss op school.' Terwijl hij naar buiten keek, voelde Mol zich vanbinnen helemaal tot rust komen. Hier bleef altijd alles hetzelfde. Kalm, onveranderlijk, ver weg van de drukke, gevaarlijke wereld... Susanna trok aan zijn arm, wees naar de herten onder de bomen. Even raakten hun handen elkaar aan, hielden elkaar stevig vast en voelde hij hete tranen achter in zijn keel. Ze had het altijd in de gaten...

'Zo.' Ze zat weer op de bank en slingerde met haar benen. 'Nu niet lang meer. Zo meteen kunnen we de zee zien. Waar is de chocolade?'

Caroline stond op het perron te wachten en zwaaide toen de trein eraan kwam. Ze pakten hun bagage en liepen naar haar toe, omhelsden haar en gingen op zoek naar de auto. Het was Mols beurt om voorin te zitten en hij keek naar alle vertrouwde beelden terwijl Susanna achterin aan het kwebbelen was: het kasteel, de pub, het waterrad bij Shinners Bridge, Dartington School. Toen de auto de binnenplaats op reed, ontspande hij zich zoals hij nergens anders kon. Spanning en angst vielen van hem af en hij vroeg zich af of hij zich ooit ergens anders zo zou kunnen voelen. Grootmoeder kwam de trap af. Ze liep langzaam en plotseling zag hij dat ze oud was... Doodsangst greep hem beet, duwde hem terug in de afgrond. Eén helder moment zag hij angst voor wat het werkelijk was: bijtend, verterend, verwoestend, de slang in het Paradijs. Bewust vocht hij ertegen, vertrapte het – en stapte glimlachend uit.

'Dag, grootmoeder,' zei hij, en rekte zich uit om haar een zoen te geven. 'Daar zijn we weer. Gezond en wel.'

Drie dagen nadat de kinderen weer naar school waren, overleed Mrs. Pooter. Ze deed het op haar eigen manier zoals ze had geleefd, zonder poespas. Hoewel ze de laatste tijd haar ochtendwandeling vaak had overgeslagen, besloot ze die bewuste dag met Fox en Mugwump mee te gaan. Het was een heldere morgen, een voorloper op de lente, met spinnenwebben in de doornstruiken en het gras nat van de dauw. Er zaten al katjes aan de hazelaar en er bloeiden sneeuwklokjes bij de muur. Fox liep langzaam in Mrs. Pooters tempo, terwijl Mugwump met zijn neus tegen de grond vooruit rende. De hemel was helder groenblauw en de lucht was zacht en mild. Fox haalde diep adem en rekte zichzelf uit, deed zijn schouders naar achteren. Hij zag er jonger uit dan drieënzeventig. Door het harde werken was hij lenig en sterk gebleven en zijn huid was verweerd, ruw en gerimpeld als de schors van een oude boom.

Hij keek even achterom naar Mrs. Pooter die langzaam achter hem scharrelde en hij staarde naar het heuvellandschap waar hij al zoveel jaren met haar liep. De bomen van het bosje stonden als zwarte bakens tegen de zachtgroene heuvel die daarachter verrees en Fox schudde zijn hoofd, floot tussen zijn tanden. Het was merkwaardig dat Mol weer om het bosje was gerend, zodra hij thuis was.

Fox dacht: Hij testte zich weer. Geen twijfel mogelijk. Maar waarom? Hij was amper binnen…

Hij schudde zijn hoofd, taste in zijn jaszak naar zijn verfrommelde pakje sigaretten. De jongen was opgeknapt, zonder meer, maar dat soort dingen kon zomaar opeens terugkomen en wat dan? Die flinke houding was wel mooi, maar het kon mensen heel hard maken. Hij had ze in de oorlog gezien; hard voor zichzelf en ook hard voor anderen. Ze werden getraind om te leiden, dapper te zijn, verantwoordelijkheid te nemen, en er was geen plaats voor mildheid of zwakte. Dat was op de een of andere manier niet goed, maar stel dat iedereen mild en zwak was en vertroeteld en verzorgd wilde worden; dat er niemand verantwoordelijkheid voor zichzelf wilde nemen, maar het op een ander afschoof? Je had ze allemaal nodig, daar ging het om.

Fox keek achterom en zag Mrs. Pooter met gespitste oren recht-op staan. Een konijn vloog de struiken uit en ze rende erachteraan, net als vroeger. Lachend keek hij toe, maar ze gaf het al snel op en kwam hijgend de heuvel weer op, duwde zijn hand zoals altijd opzij en liep in de richting van het huis.

'Oud vrouwtje,' zei hij teder, en floot Mugwump bij zich.

Toen ze weer op de binnenplaats waren, dronk Mrs. Pooter uit de kom koud water, maar liep daarna de tuin in en niet naar de keuken zoals gewoonlijk. Fox liet haar gaan. Hij had trek in zijn ontbijt en wilde Ellen over het konijn vertellen.

Hij vond haar een tijd later toen hij op weg naar de kas was. Ze lag in de boomgaard onder een appelboom alsof ze sliep, en pas toen hij zich bukte om haar te aaien, besefte hij hoe stil en stram ze erbij lag. Hij ging op zijn hurken zitten, streelde haar vacht terwijl de tranen over zijn wangen stroomden.

'Oud vrouwtje,' mompelde hij steeds maar weer. 'Oud vrouwtje.'

Caroline vond hen allebei toen ze naar de moestuin liep om uien te zaaien. Ze stond een tijdje met haar hand op zijn schouder en beet op haar lip. Hij keek omhoog, slikte, zijn gezicht nat van de tranen, en ze hielp hem overeind en bracht hem naar de keuken, naar Ellen.

Fliss was degene die Kit schreef. 'Ze zou het verschrikkelijk vinden om thuis te komen in de veronderstelling dat Mrs. Pooter er nog is, en dan plotseling te horen krijgen dat ze dood is. Veel erger dan het per brief te horen. Ik vertel haar ook over het konijn en alles. Nee, we moeten niet bellen. De telefoon hangt daar in de hal en als ze moet huilen, kan iedereen het zien.'

De brief werd in haar postvakje in de hal gelegd en Kit haalde hem op toen ze aan het eind van de middag thuiskwam. Ze scheur-de hem net open toen Jake achter haar ging staan. Ze grijnsde naar hem.

'Een brief van mijn nichtje,' zei ze. 'Die lieve Flissy. Ze houdt me altijd van alles op de hoogte…'

Ze haalde de brief uit de envelop, terwijl hij een arm om haar heen sloeg en een kop koffie voorstelde.

'Mmm,' mompelde ze afwezig, terwijl haar ogen over de ge-schreven regels flitsten. 'Waarom niet? Ooo!'

Het was een uitroep van verdriet en hij keek haar direct aan. 'Wat? Wat is er?'

'Mrs. Pooter,' fluisterde Kit. Ze klemde de brief in haar vuist, terwijl de tranen over haar wangen biggelden. 'Onze hond. O, wat erg. Mrs. Pooter is dood en ik heb geen afscheid van haar kunnen nemen. O, nee…'

Als een klein kind stond ze midden in de hal stilletjes te huilen, met de brief in haar hand. Studenten die binnenkwamen, keken haar nieuwsgierig aan en Jake trok haar zachtjes met zich mee naar zijn kamer bij de voordeur. Ze stribbelde niet tegen en hij zette haar in een oude bobbelige leunstoel terwijl hij water op het vuur zette. Toen hij terugkwam, ging hij op zijn knieën naast haar zitten, gaf haar een zakdoek en hield haar hand vast.

'Ik ken haar al zo lang, weet je,' barstte ze uit. 'Al vanaf dat ze een puppy was met enorme poten en van die flaporen. Ik heb haar haar naam gegeven. Ze was gewoon… gewoon… Mrs. Pooter. Gek, hè? Dat je gewoon weet wat goed is voor een puppy… Het grappige was dat ze eigenlijk een vreselijk bakbeest was…'

Kit legde haar hoofd op de leuning van de stoel en huilde nu echt. Jake liep weg, haalde de ketel van het vuur en toen hij terugkwam, nam hij haar in zijn armen.

Het duurde nog dagen voor Kit aan Mrs. Pooter kon denken zonder in tranen uit te barsten. Toen ze een week of wat later aan een van de lange eikenhouten tafels in de bibliotheek in Gower Street zat, vond ze de brief van Fliss die in haar jaszak zat geprop. Even vroeg ze zich af hoe die daar was gekomen – en herinnerde zich toen hoe ze hem had gelezen en had gehuild… en was getroost. Kit glimlachte bij de herinnering. Het was heel verdrietig en mooi en heel, heel fijn geweest. Wat was het heerlijk als iemand in zo'n situatie voor je zorgde, besloot wat je nodig had en het je gaf. Ze bedacht zich hoe lief donkere jongemannen waren, peinsde over de verschillende vormen van troost en bleef in zichzelf glimlachen. Toen merkte ze dat er een eindje verderop een jongeman naar haar keek en ook naar haar glimlachte.

Kit staarde hem aan. Ze herkende hem niet, al was dat geen verrassing, maar hij zag er leuk uit. Hij had een sterke kaaklijn en zijn haar had een donkerrode kleur. De glimlach stierf van Kits gezicht.

Zijn haar had precies dezelfde kleur als Mrs. Pooters vacht... Kit fronste, schudde haar hoofd toen ze de tranen voelde branden. Ze pakte haar boeken bij elkaar en liep haastig weg, terwijl de jongen verbaasd achterbleef.

Fliss schreef ook een brief aan Mol, die het nieuws aan Susanna vertelde. Ze waren allebei erg verdrietig, geschokt bij de gedachte dat ze Mrs. Pooter nooit meer zouden zien.

'Ik hoop dat ze haar een echte begrafenis hebben gegeven,' zei Susanna somber, toen ze in de pauze samen langs het meer liepen, 'met een kruis en zo.'

'Fliss zei dat Fox haar naast het muurtje op de heuvel heeft begraven,' troostte Mol haar. 'Daar vond ze het altijd heel fijn.' Hij slikte, dwong zichzelf aan iets anders te denken dan dood, dikke aarde en ontbinding. 'Weet je nog hoe ze altijd achter de konijnen aanzat?'

'Misschien krijgen we wel een nieuwe hond,' zei Susanna hoopvol. 'Het is niet hetzelfde zonder Mrs. Pooter. De keuken zou niet hetzelfde zijn en Kit heeft nu niemand meer om mee in de hondenmand te kruipen.'

'Mugwump is er nog,' zei Mol. 'Die zal de mand nu wel gebruiken. Hij mocht er van Mrs. Pooter nooit bij.'

'Maar we hebben twee honden nodig,' zei Susanna. 'We hebben altijd twee honden gehad.'

'We krijgen er vast nog wel een,' zei Mol geruststellend. 'Vast wel. Wat zou het er voor een worden?'

'Ik wil er een die op Timmy lijkt,' zei Susanna meteen. 'Dan zijn we net De Vijf.'

'De Twee, zul je bedoelen,' zei Mol, opgelucht dat Susanna wat was opgevrolijkt. 'De bel. Kom op. Maak je niet druk. Tegen de tijd dat we weer naar huis gaan, is er vast een nieuwe hond.'

24

Op een koude middag in maart zat Freddy na de lunch achter de piano in de salon. De felle zon vulde de kamer, maar ze was blij met het aangename houtvuur. De delicate geur van een aantal vroege narcissen zweefde op de warme lucht omhoog en takjes *Garrya elliptica* met zijdezachte, witgele pluimen stonden in een kan op de mahoniehouten tafel. Ze had het Italiaans Concert van Bach gekozen, dat prima bij haar humeur paste, ernstig en vrolijk, serieus maar opgewekt. Terwijl ze de diepe beginakkoorden van het Allegro speelde, ze besefte hoe gelukkig en tevreden ze was en mijmerde ze tegelijkertijd over de toekomst van haar kleinkinderen. Pianospelen hielp haar altijd om haar gedachten op een rijtje te zetten. Het kalmeerde haar, nam haar angst en spanning weg en vrolijkte haar op als ze verdrietig was. Nu voelde ze geen van die emoties. De lente die eraan kwam, deze heerlijke kamer en de narcissen droegen allemaal bij aan haar tevredenheid en ze zuchtte van geluk. Wat de kinderen betreft zag de toekomst er rooskleurig uit. Het leek haast niet te geloven dat Hal bijna klaar was in Dartmouth. Wat waren de jaren snel voorbijgegaan. Zijn carrière zou het bekende patroon blijven volgen; hij zou zijn vierde jaar op verschillende marinebases voltooien, voordat hij naar zee ging om zijn brevet van officierwerktuigkundige te behalen. Dat had hij nodig om tot luitenant te worden bevorderd. Als hij daarin was geslaagd, zou hij ongetwijfeld op een kruiser of fregat worden gestationeerd en naar zee gaan. Hij deed het goed en ze had er het volste vertrouwen in dat hij de voetsporen van vele Chadwicks zou volgen, maar ze bad dat het zonder oorlogstragedie zou zijn.

Ze glimlachte een beetje in zichzelf terwijl ze speelde, dacht aan Hal en hoe hij op John leek: zo lang en blond; doelbewust en toch zo leuk. Hoewel ze opgelucht was dat hij zich nog niet aan een meisje had gebonden, verbaasde het haar toch een beetje dat hij nog nooit een vriendin mee naar huis had genomen. Ze wist dat hij altijd met een groep jonge mensen optrok en dat hij zussen van andere jonge onderluitenants ontmoette, evenals meisjes – verpleegsters meestal – die werden uitgenodigd om het aantal op marinefeestjes aan te vullen. Ongetwijfeld nam hij zijn kansen waar en als hij een partner nodig had, kon hij altijd Fliss of Kit meenemen. Hij zou gauw genoeg met een mooi en lief meisje thuiskomen: sterk en verstandig genoeg om een goede marinevrouw te zijn; intelligent en in staat zijn carrière te ondersteunen; een gepaste toekomstige kasteelvrouw voor The Keep.

Ook Kit zou dit jaar afstuderen en had in de tussentijd al een baan. Mogelijk zou haar aanstelling in de galerie fulltime worden na de zomer en hoewel Freddy wilde dat Kit wat dichter bij huis woonde, was het toch fijn om te weten dat ze zich kon settelen als ze haar studie had afgerond. Na de toestand met die student in haar eerste jaar was Freddy bang geweest dat er moeilijkheden met Kit in het vooruitzicht lagen. Ze leek erg op Prue; lief, hartelijk, warrig, maar ze had ook de vastberadenheid van een Chadwick en meer dan genoeg zelfvertrouwen. Kit was Prues verantwoordelijkheid – net als Hal – maar Prue was misschien niet in staat de nodige invloed uit te oefenen als het nodig was. Natuurlijk had Prue heel verstandig gehandeld toen Kit zich wilde verloven en ze had haar opgebeld voor advies, bezorgd dat Kit een onverstandige verbintenis aan zou gaan. Freddy had niet geaarzeld. Als haar kleinkinderen wilden trouwen voordat ze hun studie hadden afgerond, dan moesten ze het zonder haar financiële steun stellen. Kits brieven waren welsprekend en roerend geweest, maar Freddy was onwrikbaar. Ze had het er uitgebreid met Theo over gehad, die het met haar eens was. Als Kits liefde oprecht was, dan kon die ongetwijfeld nog wel twee jaar overleven. Uiteindelijk had ze amper tot het einde van de grote vakantie geduurd.

'Wat een opluchting!' had Prue aan de telefoon tegen Freddy gezegd. 'Ik vond het maar een saaie jongen, hoor. Helemaal niet Kits type, als je het mij vraagt. Werkelijk, die kinderen.'

Freddy dacht aan Tony, maar hield wijselijk haar mond, opgelucht dat het probleem was opgelost en dat tegelijkertijd de andere kinderen gewaarschuwd waren. Niet dat ze zich om Fliss zorgen hoefde te maken. Die was zo evenwichtig en verstandig; een rustig betrouwbaar kind dat met alle plezier door Hal als partner werd meegenomen om een viertal compleet te maken, zich aan te passen waar nodig. Deze ervaringen waren geweldig voor haar onder Hals begeleiding, want hoewel ze een mooi meisje was, was ze verlegen en serieus en was ze waarschijnlijk niet in staat jongemannen aan te moedigen. Deze feestjes en Ladies' Nights waren ongetwijfeld een waardevolle leerschool die haar zelfvertrouwen zouden geven.

En Mol... Terwijl Freddy verderging met de rustiger stemming van het Andante, besloot ze dat ze het volste vertrouwen had in Mol. Ze wist dat dit gevoel ieder moment weer kon omzwaaien naar bezorgdheid – maar vandaag was ze hoopvol, blij en positief. Mol leerde omgaan met zijn angsten. Het was niet realistisch geweest om te denken dat hij op wonderbaarlijke wijze wel zou herstellen van de tragedie die zijn jonge leven had overschaduwd. Het was te diep gegaan en had littekens achtergelaten. Niettemin kon hij zijn angsten nu de baas en hopelijk zouden ze vervagen en afnemen als hij ouder werd, zodat hij ze in een natuurlijker perspectief kon zien. Ze dacht aan de dag dat hij om het bosje was gelopen en hoe hij en Fox helemaal opgewonden samen waren teruggekomen. Ellen had het nieuws 's morgens bij de thee gebracht en heel even hadden hun handen elkaar stevig vastgehouden; dat was hun enige emotie, maar het zei alles. Mol was sprakeloos geweest van zijn prestatie, bleek van opwinding. Freddy wist dat hij bij de marine wilde, maar laatst had hij haar verteld dat hij aan boord van een duikboot wilde werken.

Theo had gelachen om haar verbazing. Hij vond het heel logisch dat uitgerekend Mol die geheime en ondergrondse tak van de dienst in wilde. Dat zat per slot van rekening in Mols aard, zei hij. Achteraf zag Freddy dat ook; toch was het een schok geweest. Ze huiverde als ze zich Mol voorstelde in de duistere, zwarte romp die heimelijk onder het oppervlak van de zee voer. Maar het was dom om zich daar nu al zorgen over te maken. Het duurde nog zeker vier jaar voor hij werd gekeurd en daarna nog vier jaar – ervan uitgaande dat hij slaagde – voor hij zich ging specialiseren. Er was nog genoeg tijd...

Freddy speelde verder en dacht aan Susanna. Van al haar dierbare kleinkinderen was Susanna degene om wie ze zich het minste zorgen maakte. Susanna was zo'n vrolijk kind, opgewekt en evenwichtig, zoals ze die allereerste dagen in The Keep al was geweest. Mol zou haar missen als hij in de herfst naar Blundell's ging. Ze was zo heerlijk normaal, zo verfrissend direct. Susanna was degene die op een dag tijdens de lunch, toen ze allemaal in The Keep waren, de opmerking had gemaakt die hen allemaal aan het denken had gezet.

'We weten niet hoe we een echtgenoot of echtgenote moeten zijn,' zei ze, naar aanleiding van een discussie over het huwelijk. 'We hebben niemand als voorbeeld.'

Na deze opmerking was het stil geworden, terwijl Susanna druk in de weer was met haar eten, zich niet bewust van de reactie. Freddy had naar Theo gekeken, die fronsend naar zijn bord keek, en toen naar Prue. 'Nou ja, de tweeling heeft mij gehad,' zei ze nogal twijfelachtig, alsof ze verwachtte dat iemand zou zeggen dat ze geen goed voorbeeld was geweest.

'Maar jij bent geen echtpaar,' had Susanna gezegd. 'Jij bent alleen een moeder.'

'Ik begrijp wat ze bedoelt,' had Kit beaamd. 'Er zijn geen eigenlijke stelletjes. Maar doet dat er echt toe? Kunnen we zonder voorbeeld goede huwelijkspartners zijn, Hal? Wat denk je, Fliss?'

Toen de melodie langzaam tot een einde kwam, herinnerde Freddy zich nog dat Fliss knalrood was geworden. Het was bijna grappig geweest, ware het niet dat het heel erg verontrustend was. Freddy had gedacht: Ze is echt té gevoelig, arm dier – en toen was Ellen binnengekomen om de borden af te ruimen en het moment was voorbijgegaan. Naderhand moest ze er toch onwillekeurig weer aan denken.

'Is alles wel goed met haar?' had ze Theo gevraagd, toen ze alleen waren.

'Ik heb geen idee,' had hij naar alle eerlijkheid geantwoord. 'Ik hoop het.'

'Echt iets voor Susanna,' had ze bijna boos gezegd – en hij had om haar gelachen.

'Omdat ze je nóg iets geeft om je zorgen om te maken?' had hij gevraagd. 'John en Peter deden het heel goed zonder vader als voorbeeld. Ze waren goede echtgenoten.'

'Dat is waar,' had ze onmiddellijk beaamd, terwijl de frons op haar voorhoofd wat wegtrok. 'Peter in ieder geval wel. Arme John heeft amper tijd gehad om daarachter te komen.'

'Hij moet wel een goede echtgenoot zijn geweest, anders had Prue nooit zo lang verdriet om hem gehad,' had Theo vriendelijk gezegd.

Ze had dankbaar naar hem geglimlacht. 'Ik denk dat Peter een goede echtgenoot én vader was,' zei ze bedachtzaam. 'Jamie en Fliss waren dol op hem. Maar ik denk dat iedere moeder denkt dat haar zoons en dochters volmaakt zijn.'

'Zelfs moeders zijn toch zeker niet zo onzelfzuchtig?' had hij uitdagend gezegd.

Ze had hem een nijdige blik toegeworpen. 'We hópen dat ze volmaakt zijn.'

'Een duidelijk voorbeeld waarin hoop het wint van ervaring,' had hij gemompeld.

Ze schoot in de lach toen ze zich zijn opmerking herinnerde. Wat was ze gelukkig sinds Theo naar The Keep was teruggekeerd; wat heerlijk dat ze zo gemakkelijk en tevreden samen konden leven. Nu hij bij haar was, was haar behoefte hem te straffen en zijn geloof te tarten langzamerhand weggetrokken en ze wou dat hij niet zo lang had gewacht om thuis te komen. Ze had spijt van al die jaren dat hij koppig in Southsea was blijven wonen terwijl hij hier had kunnen zijn. Was er iemand geweest – een vrouw – die hem daar had gehouden? De stekende pijn van de oude jaloezie van weleer verraste haar. Ze dacht dat ook die verleden tijd was; het was té vernederend om op je eenenzeventigste deze pijn te voelen. Ze duwde de gedachte weg door zich bewust te concentreren op een beslissing die ze binnenkort moest nemen: aan wie moest ze The Keep nalaten? Haar instinct zei dat het Hal moest worden. Het was niet onwaarschijnlijk dat hij in Davenport gestationeerd zou worden, en dan zou zijn vrouw in The Keep kunnen blijven als hij op zee zat. Hij was in staat het te onderhouden en het zou een uitstekende achtergrond zijn voor zijn carrière. Hij was ook haar oudste kleinkind, dat zo op haar dierbare John leek, en de verstandigste en verantwoordelijkste van het stel; maar hoe moest het met de anderen die in The Keep woonden? Voor hen moest ze ook een regeling treffen.

Het was erg onwaarschijnlijk, maar stel – stel nou – dat Hal met iemand trouwde die weigerde om aan Theo onderdak te bieden, of aan Mol en Susanna zolang die nog niet volwassen waren; die Ellen en Fox op straat zette? Stel dat ze hem overhaalde om het te verkopen?

Het leek bijna onmogelijk dat Hal met zo'n vrouw zou trouwen; maar toch voelde Freddy een rilling van angst. Fliss en Kit – en Susanna mettertijd – zouden ongetwijfeld met een man trouwen wiens baan het onmogelijk maakte om in The Keep te wonen, en als ze het alle vijf naliet, zou er misschien ruzie van komen. Er was een andere oplossing. Ze kon het Theo nalaten. Hij had er het meeste recht op van allemaal; het was per slot van rekening allereerst zíjn thuis geweest. Hij zou voor de kinderen en Ellen en Fox zorgen. Hij was in vele opzichten de beste beheerder. Voor het eerst in haar leven wenste Freddy dat Theo veel jonger was. Er zat maar drie jaar verschil tussen hen, wat betekende dat hij bij haar dood onmiddellijk met hetzelfde probleem zat. Kon ze er zeker van zijn dat hij het verstandig zou oplossen?

Ze speelde verder; de Venetiaanse rust van het Andante kalmeerde haar. Er was nog een derde oplossing: dat The Keep in een trust werd ondergebracht met allerlei voorwaarden, waarbij Theo, Hal en Mol trustees konden zijn. Het leek misschien niet eerlijk, maar het was de enige mogelijkheid. Op die manier zou iedereen verzorgd zijn en zouden er geen onafgewerkte zaken zijn. The Keep was een thuis voor de hele familie en dat moest zo blijven; het moest voor alle kinderen een toevluchtsoord blijven als ze dat nodig hadden… Toen de sprankelende noten van het Presto de kamer vulden, wist Freddy dat dit de juiste beslissing was en haar zelfvertrouwen en blijdschap keerden terug. Ze zou het er met Theo over hebben en het daarna regelen.

In de keuken kwam het gesprek op honden.

'Hij mist haar,' zei Fox, die aan tafel zat terwijl Ellen en Caroline de lunchboel aan het opruimen waren. Ellen waste af en Caroline droogde en ruimde op.

'Waarschijnlijk,' zei Ellen, met haar handen in het zeepsop. 'Wij allemaal.'

234

'Hij kwijnt weg,' zei Fox. 'Dat doet hij. Hij kwijnt weg.'

'Hij zal er wel aan wennen,' zei Caroline troostend, terwijl ze de schone borden op de tafel stapelde. 'Het is logisch dat hij het allemaal erg vreemd vindt in het begin.'

'Hij is zijn pit kwijt.' Fox zuchtte diep. 'Triest, hoor. Hij wordt oud voor zijn tijd.'

'Net als ik,' zei Ellen scherp, 'als je erover door blijft zeuren. Geen nieuwe puppy. En daarmee uit.'

Fox staarde bedroefd naar Mugwump die met één oog open in de hondenmand lag. 'Hij weet dat we het over hem hebben.'

'Dat verbaast me niks.' Ellen veegde driftig met haar doek door een steelpan. 'Je kunt het de hele week over niets anders hebben.'

Caroline keek meelevend naar Fox. Hij trok zijn wenkbrauwen op; ze schudde haar hoofd. Hij had gevraagd of ze haar best wilde doen om Ellen over te halen, maar het was duidelijk dat Ellen niet van haar standpunt af was te krijgen.

'We zijn te oud voor een puppy,' had ze gezegd. 'En ga me niet vertellen dat hij wel bij jou in de portierswoning mag blijven. Ik heb het allemaal al eens eerder gehoord.'

'Caroline…' begon de vasthoudende Fox.

'Caroline heeft het veel te druk om een puppy op te voeden.' Ellen liet hem niet uitspreken. 'We hebben Mugwump. We hebben niet nog meer honden nodig.'

'Maar ze is een nakomeling van Mrs. Pooter,' zei hij nu voor de honderdste keer. 'Als het nu om een willekeurige andere puppy ging, zou ik het met je eens zijn. Maar het is haar kleindochter… Grappig dat ze die roodbruine vacht heeft geërfd, vind je niet? Ze lijkt precies op Mrs. P. toen ik die al die jaren geleden hier bracht.'

'Ik dacht dat er vanmiddag aardappels gepoot moesten worden,' zei Ellen dreigend. 'Of heb ik dat verkeerd begrepen? Het blijft niet zulk mooi weer, hoor.'

Met een zucht vol zelfmedelijden stond Fox op, pakte zijn hoed en ging naar buiten, op de voet gevolgd door Mugwump. Even bleef het stil, terwijl de twee vrouwen de afwas afmaakten.

'Zouden we echt geen puppy erbij kunnen hebben?' vroeg Caroline na een tijdje. 'Ik wil haar best zindelijk maken. Hij mist haar zo. En als deze puppy écht haar zoveelste kleindochter is…'

Ellen snoof heftig. 'Sluw, dat is ie. Om terug te gaan naar de plek waar hij haar vorige pups had ondergebracht. Acht jaar geleden. Zomaar op goed geluk. Nou vraag ik je. Tegen niemand een woord gezegd. Sluw, dat is ie.'

'Ik denk dat hij haar gewoon erg mist,' probeerde Caroline, die vermoedde dat Ellen wilde dat ze er zelf aan gedacht had. Het eigen initiatief van Fox had haar geïrriteerd en ze weigerde hem ervoor te prijzen. 'Ze was echt zíjn hond, hè?'

'Dat heb je me al eerder verteld.'

'Ik weet wel dat jij altijd voor haar zorgde,' zei Caroline verzachtend. 'En ik weet hoeveel werk een puppy voor jou betekent. Ik zou natuurlijk zo veel mogelijk helpen. Het is wel een wonder dat er nu net een nest is, vind je niet?'

'Een wonder,' schimpte Ellen vinnig. 'De goede Heer heeft al veel te veel op Zijn bord om zich ook nog eens om puppy's druk te maken. En ik ook.'

'Ach, nou ja. Je zult wel gelijk hebben. De kinderen zouden het natuurlijk geweldig hebben gevonden. Kun je je hun gezichten voorstellen als ze met de paasvakantie thuiskomen en er zou een puppy op hen zitten te wachten? Ik vind dat verhaal van jou altijd zo mooi, over Mols eerste nacht hier en dat Mugwump in zijn bed mocht slapen. Ik ben ervan overtuigd dat de honden hem geweldig hebben geholpen. De kinderen zijn allemaal heel verdrietig over Mrs. Pooter, naar het schijnt. Fliss heeft ze natuurlijk geschreven. Het zal wel heel erg vreemd voor ze zijn zonder haar, denk je niet?'

Ellen draaide zich plotseling om en Caroline werd stil. 'Goed dan,' zei ze ernstig. 'Goed dan, Caroline. Je hebt je zegje gedaan en ik weet wanneer ik in de minderheid ben. Als mevrouw het goedvindt, ga ik akkoord.'

'O, Ellen.' Caroline sloeg haar armen om de onbuigzame figuur en omhelsde haar. 'O, wat lief. Ik weet zeker dat Mrs. Chadwick ja zegt en ik beloof je dat we de puppy zoveel mogelijk uit je buurt zullen houden.'

'Zo dan.' Ellen trok haar schort recht. 'Je moet het hem maar vertellen als je naar de kassen gaat. Dan houdt hij in ieder geval op met dat smachten. Maar regel het eerst met mevrouw, hoor. Ga maar gauw. In tegenstelling tot de rest van jullie heb ik werk te doen.'

236

25

Miles stond in gedachten in The Vic met het laatste beetje van zijn biertje op de bar voor zich. Het einde van het trimester naderde en daarmee ook het Paasbal. Er was al afgesproken dat hij zich bij het groepje van The Keep zou voegen en hij vroeg zich af of hij de moed had om het erop te wagen en zijn bedoelingen wat duidelijker te maken. Hij had geaarzeld of hij het er met Hal over moest hebben, maar had besloten dat het voor allebei nogal gênant zou zijn. Er dwarrelde nog een andere gedachte in zijn achterhoofd, maar terwijl hij hierover zat te piekeren, ging de deur open en kwam een groep jonge cadetten binnen. Ze zagen hem, en onmiddellijk klonk het 'Goedenavond, sir', in koor, terwijl ze om de bar dromden.

Met het vermoeden dat zijn aanwezigheid hun versierpogingen van de mooie barmeid zou verpesten, dronk Miles zijn bier op en liep naar buiten door Victoria Road. Terwijl hij door de stille straten van Dartmouth naar huis liep, vroeg hij zich af of hij gek was om aan hertrouwen te denken. Hij was oud en wijs genoeg om te weten dat hij de vrijheid die hij nu zo vanzelfsprekend vond, zou missen; dat hij de energie die nodig was om een relatie echt te laten slagen misschien niet had. Hij bleef nog iets meer dan achttien maanden in Dartmouth, waarna hij met een beetje geluk bevorderd werd en misschien wel commandant werd van een kruiser. Was het eerlijk om met een jonge vrouw te trouwen en haar daarna zo lang alleen te laten? Belinda had het afschuwelijk gevonden. Miles voelde zijn humeur dalen toen hij zich de tranen herinnerde. Natuurlijk hadden ze geen van beiden beseft dat ze op dat moment al leed aan de verraderlijke ziekte en hij was vaak ongeduldig met haar geweest. Hij was per slot van rekening een zeeman; jammeren omdat hij naar zee ging, had geen zin. Het probleem was alleen dat ze verliefd waren en met alle misplaatste vertrouwen van de jeugd hadden ze gedacht dat liefde genoeg was.

Miles wist nu dat het bij lange na niet genoeg was; vooral met een baan waarbij de man zoveel weg was en de vrouw zoveel verantwoordelijkheid droeg en tegelijkertijd moest omgaan met de eenzaamheid. De eerste paar jaar waren ze best gelukkig geweest, ondanks het feit dat de marine het afkeurde dat jonge officieren die nog steeds in Dartmouth zaten trouwden. Maar Belinda's rijke vader – een weduwnaar – had de verbintenis aangemoedigd en had het kleine huisje in Above Town voor hen gekocht, waar Belinda het zo prettig vond. Gedurende hun eerste jaar samen – Miles' derde jaar in opleiding – hadden ze zijn jonge medeofficieren vaak uitgenodigd voor feestjes en spontane dineetjes. Ze hadden geflirt met Belinda, waren jaloers geweest op zijn onafhankelijke, huwelijkse staat en hadden hem ongenadig geplaagd als hij er 's morgens moe uitzag. Tijdens de vierdejaars trainingen was Belinda met hem meegegaan – ze had op de meest onwaarschijnlijke plaatsen gewoond en had voor de vriendinnen van andere jonge officieren gezorgd. Tijdens verlofperioden gingen ze terug naar Dartmouth en nodigden ze vrienden uit om te komen logeren. Wat hadden ze samen een plezier gehad.

Pas toen het vierde jaar voorbij was en hij aan boord van een fregat naar zee was gegaan, begonnen de problemen zich voor te doen. Belinda miste hem verschrikkelijk. Achteraf gezien was het duidelijk dat ze gelukkiger was geweest als ze in Portsmouth was gebleven, op de basis of in een huurhuisje, en de andere jonge vrouwen had leren kennen. In plaats daarvan wilde ze per se terug naar Dartmouth. Hij kon zich wel voorstellen dat ze zich daar veiliger voelde met al haar goede herinneringen, maar haar ware geluk lag bij hem en toen hij eenmaal weg was, had ze weinig doel in haar leven. Zonder het raamwerk van de marine vond ze het moeilijk om vriendschappen te sluiten en tegen die tijd kende ze niemand meer aan de opleiding, hoewel er nog een paar stafvrouwen hun best hadden gedaan haar bij hun activiteiten te betrekken. Ze was te jong om zich bij clubs en genootschappen aan te sluiten waar de oudere dames van de stad lid van waren en aangezien ze geen kinderen had, werd ze uitgesloten van de vriendschappen die bij het hek van de school ontstaan.

Toen hij terugkeerde van zee had Miles geprobeerd haar over te halen om terug te gaan naar Portsmouth zodat ze de steun van andere echtgenotes had, maar dat wilde ze niet. Zelfs nu wist hij niet precies waarom ze er zo fel tegen was geweest. Ze was dol op haar kleine huisje, maar tegen die tijd was het bijna een gevangenis geworden. Ze had geklaagd over de steile heuvels als ze boodschappen moest doen; hoe lastig het was om de rivier over te steken en de trein in Kingswear te nemen als ze bij haar familie op bezoek wilde. Haar vader had aangeboden een auto voor hen te kopen, maar – tot ergernis van Miles – had ze dat afgeslagen omdat ze het veel te eng vond om over de smalle weggetjes in Devon te rijden. Naarmate de maanden verstreken, ontdekte hij een koppigheid in haar karakter, een eigenzinnigheid die hun leven nog moeilijker had gemaakt. Gaandeweg werd duidelijk dat de langzame ondergang van hun relatie volgens haar allemaal Miles' schuld was. Hij weigerde de zee op te geven en dat was het bewijs dat hij daar meer van hield dan van haar; dat hij ongeduldig reageerde op haar nervositeit gaf aan dat hij ongevoelig was. Toen de diagnose van haar ziekte werd vastgesteld, had ze enigszins triomfantelijk gereageerd en hij had zich schuldig en beschaamd gevoeld. Een oudere nicht was komen logeren toen hij terugging naar zee en toen hij het geluk had dat het schip voor groot onderhoud naar Devonport moest, kocht hij een auto zodat hij bijna iedere avond thuis was. Hij had zijn best gedaan om zorgzaam en liefdevol te zijn, om al het mogelijke te doen om haar gelukkig te maken…

Toen Miles de sleutel in de voordeur stak, had hij het doffe gevoel dat hij tekortschoot. Zou hij erin kunnen slagen? Met de koppigheid die zo karakteristiek voor hem was, klemde hij zijn kaken op elkaar.

Hij dacht: Verdomd als ik het niet ga proberen.

Hij deed de deur achter zich dicht, stak een sigaret op en ging naast de telefoon zitten.

Caroline was degene die de telefoon opnam en de volgende middag na de lunch de deur voor hem opendeed.

'Je doet wel geheimzinnig, hoor,' zei ze luchtig, en probeerde de neiging om met een stralend gezicht naar hem te kijken te onderdrukken. 'Mrs. Chadwick is in de salon.'

Hij trok een gezicht naar haar. 'Je hebt ongetwijfeld al geraden waar het over gaat,' zei hij. 'Ik doe het heel formeel en correct. Wens me maar succes.'

Ze liet hem de kamer binnen en haalde toen Mugwump op om een wandeling over de heuvels te maken en haar opwinding wat te temperen. Zijn bezoek kon maar één ding betekenen, maar hij had haar toch zeker direct kunnen benaderen, zonder eerst naar Mrs. Chadwick te gaan? Ze was tenslotte geen kind. Ze schudde haar hoofd, weet zijn gedrag aan de formele structuur waarin hij werkte en keek om zich heen. Het was nog steeds koud en helder en er raasde een bitterkoude noordoostenwind over de heuvels. Het landschap zag er gebleekt en bevroren uit en ieder teken van de lente werd door de ijselijke greep van de vertrekkende winter gevangen en versteend. De lucht was helder, zuiver blauw en de zon verblindde haar ogen, terwijl de wind tegen haar wangen prikte. Ze duwde haar handen diep in haar jaszakken, volgde Mugwump over de smalle paden en probeerde niet te denken aan de ontmoeting in de salon.

Toen ze naar Mugwump keek die sloom aan het snuffelen was, vroeg Caroline zich af wat hij van de nieuwe puppy zou vinden die de opgewonden Fox had aangeschaft en die over twee weken bij zijn moeder weg mocht. Iedereen – zelfs Ellen – keek uit naar de komst van de puppy, die net op tijd voor de schoolvakantie kwam. Ze hadden nog niets tegen de kinderen gezegd, voor het geval er op het allerlaatst nog problemen zouden zijn, maar ze kon zich hun verbazing en blijdschap voorstellen. Het zou hen helpen bij het verdriet over het verlies van Mrs. Pooter en het zou hun aandacht afleiden. Het zou weer moeilijk zijn een naam te vinden en – ongetwijfeld – zou er weer een beroep op Kit worden gedaan om iets aparts en bijzonders te verzinnen.

Bijna onder aan de heuvel bleef ze even staan om een paar takjes met katjes van de hazelaar te plukken en ze in haar zakdoek te wikkelen. Een Vlaamse gaai vloog met een rauwe schreeuw uit het bosje. Ze draaide zich om en keek hoe hij met zijn blauwe vleugels en witte romp om de heuvel vloog. Toen ze naar achteren keek naar de muren van The Keep kon ze zich met gemak voorstellen hoe de kleine Mol zich moest hebben gevoeld, doodsbang dat hij al zijn dierbaren – al was het maar even – uit het oog verloor. Haar hart trok samen van pijn. Hoe kon ze eraan denken om ze allemaal achter te laten? Hoe moesten ze het zonder haar redden? Natuurlijk hadden de kinderen geen kinderjuffrouw meer nodig, maar ze hoorde bij hen– net zoals zij bij haar hoorden. Wat het zware lichamelijke werk betreft zouden ze gauw genoeg iemand vinden om hen parttime te helpen; maar toch…

Verward begon ze aan de klim omhoog. Ze hield per slot van rekening van Miles, wilde bij hem zijn – maar de gedachte om de Chadwicks achter te laten was afschuwelijk. Vlak bij de top begon haar opwinding toch weer op te borrelen en ze betrapte zich erop dat ze sneller begon te lopen, ernaar verlangde om hem te zien en zich afvroeg wat hij tegen Mrs. Chadwick zei.

Het duurde een tijdje voordat Miles toekwam aan wat hij eigenlijk wilde zeggen en uiteindelijk vroeg Freddy hem vriendelijk maar dringend naar de reden voor zijn bezoek. Ondanks zijn carrière bij de marine was hij duidelijk onder de indruk van Freddy's ontzagwekkende aard. Ze zat ontspannen maar rechtop tegenover hem in haar stoel, schouders naar achteren, kin omhoog, en keek hem aan.

'Wat ik wil zeggen,' begon hij onhandig, toen iedere herinnering aan zijn voorbereide speech was vervlogen, 'wat ik wil zeggen…' Hij aarzelde, staarde haar zorgelijk aan en beet op zijn lip. 'Misschien hebt u al geraden wat ik wil zeggen?' vroeg hij hoopvol.

Freddy moest heimelijk lachen om dit onverwachte en volledige gebrek aan zelfvertrouwen en ze glimlachte liefjes naar hem. 'Ik ben bang dat ik werkelijk geen idee heb,' vertelde ze hem zonder spijt.

'Verdraaid,' zei hij, en haalde zijn hand door zijn haar. 'Neemt u me niet kwalijk. Maar… O, verdómme. Neem me niet kwalijk. Wat ik wil zeggen…'

'Weet u, ik geloof dat we dat stadium al hadden bereikt,' zei ze. 'Misschien hebt u liever een borrel in plaats van thee? Die zal inmiddels wel koud zijn.'

'Nee, nee,' begon hij onmiddellijk, greep het ragdunne kopje en nam een slok van de lauwe thee. 'Het is prima. Heus.'

'Goed dan.' Ze knikte bemoedigend. 'Waar waren we gebleven?'

Hij keek haar ongemakkelijk aan, zag de steelse glimlach en begon te grinniken. 'Ik maak mezelf wel behoorlijk belachelijk,' zei hij. 'Goed. Wat ik wilde zeggen, Mrs. Chadwick, is dat ik verliefd ben op uw kleindochter Fliss en dat ik u om haar hand wil vragen. Ik weet dat ze erg jong is en ik heb er nog niet met haar over gesproken, maar ik verzeker u dat ik me nog nooit zo gevoeld heb.'

Hij stopte. De stilte leidde hem af van zijn verklaring en hij zag dat Freddy met iets van afschuw op haar gezicht naar hem staarde. Hij fronste verward en ze leunde voorover in haar stoel.

'U bent verliefd op Fliss?' vroeg ze scherp. 'Op Flíss?'

'Ehm, ja.' Hij haalde ongemakkelijk zijn schouders op; zelfs hij had niet zo'n negatieve reactie verwacht. 'Ik weet dat ik veel ouder ben dan zij, maar ik hoop dat dat geen reden hoeft te zijn om me af te wijzen. Ik houd echt van haar, Mrs. Chadwick. Dit is niet zomaar een verliefdheid. Ik ben in ieder geval oud genoeg om dat te weten.' Hij zweeg even en schudde zijn hoofd toen met een mengeling van wanhoop en irritatie. 'Het is wel duidelijk dat u geen idee had.'

'Als ik er al over dacht,' zei Freddy voorzichtig, 'dan zou ik denken dat het Caroline was van wie u hield.'

Miles schudde onmiddellijk zijn hoofd. 'Ik mag haar erg graag,' zei hij, 'maar er is nooit iets tussen ons geweest, dat zal ze u zelf wel vertellen. We zijn goede vrienden en ik weet zeker dat ze mijn gevoelens voor Fliss wel heeft geraden. We zijn natuurlijk bij elkaar geschaard vanwege onze leeftijd en ik ben heel erg op haar gesteld, maar ik was van het allereerste begin al verliefd op Fliss.'

'Aha. Heeft Fliss enig idee van uw gevoelens voor haar?'

'Ik kan me niet voorstellen dat het niet duidelijk is hoe ik me voel,' zei Miles eerlijk. 'Ik voel me net een knul van twintig. Het is bijna gênant. Maar ik wil haar niet afschrikken of... begrijpt u wel?' Hij hoopte op begrip voor de situatie. 'Het ligt nogal moeilijk. Het leek me het beste om u eerst te benaderen. Ze is zo jong en onschuldig.' Hij haalde zijn haar weer door de war en fronste. 'Het zou misschien lijken alsof ik misbruik van haar maakte, als u begrijpt wat ik bedoel. Ik ben nooit met haar alleen geweest, maar ik denk dat een meisje met wat meer ervaring mijn gevoelens wel zou hebben geraden.'

Freddy keek hem aan. Ondanks de schok van de aankondiging en haar groeiende bezorgdheid om Caroline, was ze onder de in-

242

druk van Miles en had een zekere bewondering en zelfs genegenheid voor hem.

'Ik moet u zeggen,' zei ze, 'dat ik me zal verzetten tegen iedere poging van u om de gevoelens van Fliss voor u te winnen vóórdat ze haar opleiding heeft afgerond. Dat is een regel die ik noodzakelijk heb bevonden binnen mijn familie. Ze is erg jong en ik wil niet dat ze tijdens haar studie wordt afgeleid en verward. Daarna is het natuurlijk...'

'Maar ik mag haar wel blijven zien?' vroeg hij gretig. 'Als ik beloof dat ik me niet zal opdringen? Er hoeft niets te veranderen?'

'Er hoeft niets te veranderen,' beaamde ze met een glimlach. 'Als u bereid bent om te wachten, wie weet wat er dan kan gebeuren? En nu willen we allebei wel een borreltje, denk ik. Whisky?'

'Graag,' zei hij hartstochtelijk. 'Dank u wel dat u naar me hebt willen luisteren en me niet het huis uit hebt gegooid.'

'Wat hebt u een merkwaardige indruk van mij,' mompelde Freddy, terwijl ze hem zijn glas overhandigde. 'Ik heb begrip voor uw ware gevoelens en waardeer de manier waarop u mijn beslissing hebt aanvaard. Zullen we op de toekomst drinken?'

Toen Caroline de hal binnenkwam, deed Freddy net de voordeur dicht. Caroline fronste verward.

'Is hij weg?'

Freddy bleef even stil, knikte toen en liep naar haar toe en nam haar bij de arm.

'Kom even naar de salon,' zei ze. 'Ik wil met je praten. Kom. Zo. Kom even naast me zitten.'

Ze zaten samen op de sofa en keken elkaar aan. Caroline was vreselijk zenuwachtig en keek ongeduldig naar Freddy, wachtte tot ze iets zei en legde de katjes op het kussen tussen hen in. Freddy, die de schok nog niet te boven was, zat stil en probeerde haar gedachten op een rijtje te zetten.

'Ik weet gewoonweg niet wat ik moet zeggen,' zei ze uiteindelijk tot Carolines verbazing. 'Ik denk dat ik je gevoelens voor Miles Harrington goed heb ingeschat, liefje, maar ik moet je vertellen dat hij hier vandaag was om te vragen wat ik ervan zou vinden als hij Fliss ten huwelijk vroeg.'

Caroline zat doodstil. Ze kon niets zeggen; het was alsof alle lucht uit haar lichaam was gezogen. Ze schudde haar hoofd en staarde nietszeggend naar Freddy, die voorover leunde en haar hand beetpakte.

'Mijn lieve kind,' zei ze vol medeleven, 'ik had ook geen idee. Ik wist zeker dat hij in jou geïnteresseerd was. Kennelijk dacht hij dat je wist hoe hij zich voelde.'

Caroline voelde een enorme brandende golf van vernedering door haar hele lichaam spoelen. Het was het hele Jeremy-gebeuren opnieuw. Ze keek boos naar Mrs. Chadwick, daagde haar uit om medelijden met haar te hebben en raapte al haar trots bijeen.

Ze dacht: Ik haat mannen. Ik haat alle mannen, verdomme.

'Uiteraard heb ik mijn vermoedens niet met hem gedeeld,' zei Freddy ondertussen, 'maar ik moet je vragen, Caroline, of je denkt dat Fliss in Miles is geïnteresseerd. Vergeef me, maar dit is als een complete verrassing gekomen.'

Caroline slikte, trok haar hand weg en sloeg haar armen over elkaar. Ze fronste alsof ze Freddy's woorden probeerde te begrijpen.

'Fliss heeft alleen maar oog voor Hal,' zei ze uiteindelijk mat. 'Ze vindt Miles aardig, maar hij is veel ouder... Hij is altijd heel lief voor haar en ze voelt zich veilig bij hem. Meer is het niet.'

Het bleef lang stil. Caroline was zich bewust van een verlammende apathie die over haar kwam, een verdoofdheid waardoor ze onmogelijk kon opstaan. Maar ze verlangde ernaar om de kamer te verlaten, alleen te zijn. Ze worstelde slapjes tegen Freddy's liefde en medeleven die haar verzwakten, waardoor ze wilde huilen, haar in vertrouwen wilde nemen.

'Ik voel me zo dom,' hoorde ze zichzelf zeggen. 'O god, wat ben ik een eersteklas idioot geweest.'

Haar stem trilde en ze sloeg haar handen voor haar ogen. Ze voelde dat Freddy opstond en even later een koud glas in haar hand duwde.

'Drink op,' zei de stem boven haar. 'Je hebt een schok gehad. Dit zal je goed doen.'

Caroline gooide de whisky achterover, hapte naar adem, en de tranen stroomden over haar wangen.

'Ik weet niet wat ik moet doen,' zei ze ellendig. 'Ik dacht dat hij om me gaf.'

'Ik denk dat hij wel erg op je gesteld is.' Freddy kwam weer naast haar zitten. 'Hij heeft alleen romantische gevoelens voor Fliss. Hij lijkt me heel oprecht, maar ik heb hem gezegd dat er van een relatie geen sprake kan zijn totdat ze klaar is met haar opleiding. Ze is bovendien veel te jong om te weten wat ze wil. Dat heeft hij geaccepteerd.'

'Ik kan het niet verdragen,' zei Caroline heftig – maar met trillende lippen. 'Ik kan het gewoonweg niet verdragen als hij hier komt en… haar op een afstand aanbidt. Dat kan ik gewoon niet aan. Dan moet ik weg.'

Ze kromp ineen toen Freddy een hand over de hare legde en stevig in haar vingers kneep.

'Je kunt niet weggaan. Wij hebben je nodig.'

Caroline staarde haar aan. 'Maar ik dan?' huilde ze. 'Hoe denkt u dat ik me voel?'

'Ik denk dat je je gekwetst en waarschijnlijk een beetje dom voelt,' zei Freddy rustig. 'Laat het een troost zijn dat hij geen idee heeft dat je gevoelens voor hem hebt. Maar houd je echt van hem, Caroline? Weet je dat heel zeker? Is het werkelijk liefde – of alleen de spanning? Een soort opwinding die bij feesten en bals hoort, of ware, blijvende hartstocht? Zou je ons – de mensen die van je houden, je familie – werkelijk verlaten? Zou je om Miles Harrington bij ons weggaan?'

'Dat is niet eerlijk,' barstte Caroline uit. 'Dat is… dat is chantage.'

'Ach, liefje. Ik wil gewoon niet dat je iets doet waar je spijt van krijgt. Over nog geen vier maanden is Hal klaar in Dartmouth en is er geen reden meer waarom je Miles tegen zou komen. Als Fliss hem niet aanmoedigt, heeft hij gauw genoeg geen reden meer om hier te komen. Laat je door hem niet wegjagen. Je hoort hier thuis.'

'Dat zegt u alleen maar omdat u me nodig hebt,' riep Caroline verontwaardigd uit. 'Wat zou u zonder me beginnen?'

'Dat kan ik me niet voorstellen,' zei Freddy eerlijk. 'Natuurlijk hebben we je nodig. Dat zal ik niet ontkennen. Maar ik denk dat jij ons ook nodig hebt. Meer dan je op dit moment wilt toegeven.'

'Ik wil hier niet weg,' zei Caroline uiteindelijk. 'Waarom zou ik? Ik ben hier zo gelukkig. Maar ik dacht… Ik dacht dat hij van me hield.'

'Als dat het geval was,' zei Freddy hartelijk, 'dan zouden we allemaal blij voor je zijn geweest, in de wetenschap dat je bij de man was van wie je hield. Niemand zou verwachten dat jij jezelf voor ons zou opofferen. Maar waarom zou je nu gaan? Waar zou je naartoe moeten? Als het nodig is, zal ik erop staan dat Miles niet meer naar The Keep komt. Hij ziet Fliss de komende maanden toch wel bij sociale gelegenheden. Hij hoeft niet per se hier te komen.'

Caroline haalde diep adem. Ze pakte de katjes op en staarde naar ze, herinnerde zich hoe ze zich buiten op de heuvel had gevoeld.

'Ik weet niet wat ik wil,' zei ze verdrietig. 'Nu net, toen ik dacht dat ik misschien weg moest, vond ik het onverdraaglijk. Maar hoe kan ik hem nu nog onder ogen komen? Ik kan echt niet naar het bal. Dat kan ik gewoon niet.'

'Je hoeft niets te doen wat je niet wilt,' stelde Freddy haar gerust. 'Dan voel je je gewoon niet lekker. Of welk excuus dan ook. We verzinnen wel iets. Maar maak nu geen haastige, ingrijpende beslissingen. Beloof me dat je jezelf de tijd zult gunnen om na te denken en dan beloof ik je dat Miles hier niet meer uitgenodigd wordt.'

'Goed.'

Caroline stond op, aarzelde en met een ongemakkelijk, onhandig gebaar gaf ze Freddy de katjes. De oudere vrouw trok haar even naar zich toe en kuste haar lichtjes op haar wang.

'Dank je,' zei ze. 'Dank je, Caroline.'

Caroline liep de hal in en bleef bij de keuken staan. Ze kon Ellen en Fox horen, hun stemmen die opstegen en wegstierven, een stoel die naar achteren werd geschoven, stromend water. Ze draaide zich om en liep bedroefd de trap op naar haar kamer op de verdieping van de kinderkamers.

Freddy bleef in de zitkamer zitten met haar ogen op de katjes gericht. Allerlei gedachten raasden door haar hoofd en één zin in het bijzonder, die Caroline had geuit, maakte zichzelf los en onderscheidde zich van de rest. Langzaam werden er een paar dingen duidelijker.

Freddy dacht: Ik ben dom geweest...

Ze hoorde de geluiden van de theespullen die in de hal arriveerden en Theo's stem. Snel stond ze op om naar hem toe te gaan. Met de katjes nog in haar hand deed ze zachtjes de deur achter zich dicht.

26

Prue ging aan het hoektafeltje in de kantine zitten en dook in haar handtas voor een sigaret. Maureen van de lingerieafdeling zwaaide vrolijk naar haar vanaf een ander tafeltje waar ze met Laura van de hoedenafdeling zat te roddelen. Ze zaten met hun hoofden dicht bij elkaar en op hun gezichten was de wellust van gevaarlijke kennis af te lezen: More en Lore, zoals ze elkaar noemden, waren in staat binnen enkele minuten een reputatie te gronde te richten. Prue glimlachte terug en was half geneigd bij hen te gaan zitten. Ze konden haar altijd aan het lachen maken en hun roddels hielden haar op de hoogte van het leven binnen het grote warenhuis. Ook al genoot ze van de extra tijd thuis, ze keek altijd uit naar haar twee dagen in de winkel. De meisjes schoven hun bezittingen nu opzij en gebaarden dat ze bij hen moest komen zitten. Prue gaf het op om Freddy's brief te lezen en pakte haar koffie en haar tas.

'Spanning en sensatie,' zei Laura, en schoof een beetje opzij om Prue meer ruimte te geven. 'Je raadt nooit wie June zaterdagavond in de Llandoger Trow zag.'

'Dat zal wel niet,' beaamde Prue, en zette haar tas naast haar stoel. 'Vertel op.'

'Niemand minder,' begon Maureen, helemaal vol van het nieuws, 'niémand minder dan Jenny van de lederwarenafdeling met Richard *Godalmachtig* Prior. Da's alles.' Ze trok haar kin naar binnen, kneep haar lippen op elkaar en keek haar met grote ogen van opwinding aan. Prue begon te lachen.

'Dat geloof ik niet,' zei ze. 'Dat risico zou hij toch zeker niet nemen?' Richard Prior was de personeelsmanager en hij was getrouwd. 'Wat deed June trouwens in de Llandoger Trow?'

'Haar trouwdag,' antwoordde Maureen beknopt. 'Een zeldzame traktatie. Haar ouweheer is meestal nog te krenterig om je het snot uit zijn neus te geven, maar haar kinderen hadden met zijn allen een tafeltje gereserveerd. Hij zal wel een hartverzakking hebben gekregen toen de rekening kwam. Volgens June hadden ze het er goed van genomen.'

'En toen ze omkeek, zag ze ze zitten,' vulde Laura aan. 'Levensecht.'

Met ondeugende gezichten keken ze beiden stralend naar Prue, die teruggrijnsde. 'En hebben Mr. Prior en Jenny haar gezien?'

'Moet je net June hebben,' zei Laura met intense tevredenheid. 'Die is met opzet even langs hun tafeltje gelopen. Ze moest haar handtas nog laten vallen, omdat ze zo in elkaar opgingen. Jenny stootte haar wijn om en die ouwe Prior werd lijkbleek.'

'Dat zou ik denken ook,' zei Maureen. 'Hij is nota bene getrouwd én hij heeft kinderen. Het is een schande.'

'Wat gênant voor die arme Jenny,' zei Prue. 'Heeft ze nog iets gezegd?'

'Daar heeft June haar de kans niet voor gegeven.' Laura boog zich voorover. 'Ze zit naar ons te kijken. Wedden dat ze weet waar we het over hebben?'

Ze staarde ijskoud naar de ongelukkige Jenny, en Prue voelde zich intens opgelucht dat deze vrouwen haar als vriendin zagen. Jenny's pech was dat ze zichzelf beter vond dan de andere winkelassistentes – en liet hen dat ook weten.

'Ik heb tegen June gezegd dat ze die ouwe Prior om opslag moet vragen,' zei Maureen, en haar ogen fonkelden van pret. 'Wedden dat ze het krijgt?'

'Wíj krijgen het als we niet opschieten.' Laura keek op haar horloge. 'Ontslag, bedoel ik dan. Kom op, More.'

Ze pakten hun tassen, mopperden zoals altijd over de regels en met een vriendelijk woord voor Prue en een valse blik in de richting van de gefrustreerde Jenny vertrokken ze haastig. Prue leunde achterover, haalde Freddy's brief tevoorschijn en negeerde Jenny's hoopvolle glimlach. Ze wist dat ze volgens Jenny aan haar kant moest staan, dat ze Prue en zichzelf als gelijken zag, maar Prue was niet van plan zich erbij te laten betrekken. Ze vond Jenny maar een snob en een saai mens en ze verdiepte zich met opzet in de brief zodat ze niet hoefde te reageren. Ze was halverwege de eerste pagina toen Freddy's woorden pas echt tot haar doordrongen. Ze richtte er nu haar volle aandacht op en stak blindelings haar hand uit naar de asbak, terwijl haar ogen onafgewend op de velletjes schrijfpapier gericht waren. Ze duwde haar sigaret uit en draaide het velletje om:

… Je kunt je vast wel voorstellen hoe Caroline zich voelt en daarom vraag ik me af of je het niet met me eens bent dat ze er even helemaal uit moet. De paasvakantie zal bijzonder moeilijk voor haar zijn en het is heel goed mogelijk dat Kltz. Harrington spontaan langskomt. Zou jij Caroline niet uit willen nodigen om een week of twee te komen logeren? Ik weet dat het veel gevraagd is, lieve Prue, zeker nu je uitkijkt naar Hal en Kit, maar ik zou je erg dankbaar zijn als je ons door deze moeilijke tijd zou kunnen helpen.

Ik heb er alle vertrouwen in dat Caroline snel opknapt, maar ik zou niet willen dat ze zich vernederd voelt. Niemand, behalve ik – en nu jij – weet van haar verliefdheid, zelfs Miles Harrington niet, en ik weet dat ik jou kan vertrouwen om een geheim te bewaren. Ook zijn gevoelens voor Fliss zijn een zaak tussen hem en mij, en Caroline natuurlijk. Ik moet erover nadenken, maar ik weet dat ik op jouw geheimhouding kan vertrouwen.

Verder nog een andere kwestie. Ik heb besloten om Hal tot mijn erfgenaam te benoemen (hoewel ik een trust creëer waarin The Keep opgenomen wordt) en ik zou binnenkort graag een keer met hem onder vier ogen willen praten. Het lijkt me zo langzamerhand ook tijd dat hij een eigen auto heeft. (Ik weet dat we hadden afgesproken dat we zouden wachten totdat hij oud en verstandig genoeg was en daarom wil ik graag jouw mening horen.) Zoals je weet heb ik de tweeling altijd gelijk willen behandelen en misschien zou jij daarom Kit willen vragen wat zij ervan vindt. Misschien heeft ze liever iets anders, ook al weet ik dat ze kan rijden. Ik denk dat ze wel zal begrijpen waarom ik Hal mijn erfgenaam maak. Hij is per slot van rekening mijn oudste kleinkind. Niettemin zullen de andere kinderen goed verzorgd worden en The Keep zal een toevluchtsoord blijven voor ieder familielid dat

dat nodig heeft. We moeten hier een keer goed over praten, mijn lieve Prue, maar in de tussentijd hoop ik dat je het eens bent met mijn onderhoud met Hal zo snel mogelijk…

Prue grabbelde in haar handtas naar een nieuwe sigaret. Nog nooit had ze zo'n brief van Freddy gehad; waarin ze haar hulp vroeg; Hal die tot erfgenaam werd benoemd; auto's voor Kit en Hal… Prue inhaleerde diep en staarde in de verte.

Ze dacht: Arme, arme Caroline. En dat na die hele toestand met Jeremy. O god, wat zal ze zich wanhopig voelen. Natuurlijk moet ze komen…

Ze kon wel zien dat het belangrijk was dat de uitnodiging niet geforceerd was en daarom pijnigde ze haar hersenen voor een goed excuus om Caroline uit te nodigen, zodat die niets zou vermoeden. Wat Miles Harringtons liefde voor Fliss betreft … Prue rookte bedachtzaam. In zekere zin zou een oudere man misschien goed zijn voor Fliss: ze was verlegen en onschuldig, maar ook verrassend volwassen. Omdat ze heel rustig was, werd er vaak over haar heen gekeken tussen het levendige zelfvertrouwen van de tweeling en de behoeftes van de twee jongere kinderen; maar ze had iets standvastigs, iets onveranderlijks waardoor ze sterk en betrouwbaar was, ondanks haar jonge jaren. Kit had pas gezegd dat Fliss op Hal verliefd was. Ze had er heel luchtig over gedaan, maar Prue was verbaasd geweest over haar eigen heftige reactie daartegen. Fliss en Hal waren bijna broer en zus; hun vaders waren een identieke tweeling geweest en Hal had sprekend op Jamie geleken. Fliss leek misschien wel op Alison, maar Prue was zich vaak bewust van een duidelijke Chadwick gelijkenis – Freddy's vooruitgestoken kin, Peters directe blik – en ze was ervan overtuigd dat iedere vorm van genegenheid onderdrukt moest worden. Ze had fel tegen Kit gezegd dat Fliss altijd dol was geweest op Hal, dat hij de plaats van Jamie had ingenomen en dat hij een broer voor haar was. Iedere andere suggestie was walgelijk. Kit was geschrokken van die sterke reactie, maar had het laten gaan en alleen haar schouders opgehaald.

Prue nam een laatste slok van haar bijna koude koffie en zette het kopje weer op het schoteltje. Het was misschien interessant om te weten wat Fliss van kapitein-luitenant-ter-zee Harrington vond, ook al zou het erg pijnlijk zijn voor Caroline als er iets van kwam. Ze betrapte zich erop dat ze zich afvroeg waarom Hal nooit een meisje mee naar huis bracht. Tot nu toe had ze het afgedaan als een combinatie van Freddy's verordening en de neiging van een jongeman om zich niet aan één meisje te binden... Prue fronste. Misschien was het een goed idee om met Pasen weg te gaan; zodat de tweeling en Caroline er even helemaal uit konden zijn. Ze wierp een blik op haar horloge en duwde haastig de sigaret uit. Ze vouwde Freddy's brief op, duwde hem weer in de envelop, stopte hem in haar tas, liep de kantine uit en ging weer naar beneden naar de afdeling.

Theo klopte op de deur van Freddy's zitkamer, wachtte even tot ze binnen riep en deed toen de deur open. Freddy, die aan haar bureau brieven had zitten schrijven, keek op en glimlachte. Theo herkende de broze glimlach die ze de afgelopen dagen wel vaker op haar gezicht had en zijn serieuze gezichtsuitdrukking werd nog ernstiger.

'Heb je even?' vroeg hij. 'Ik wil graag met je praten.'

'Ja, natuurlijk.'

Ze gebaarde naar de leunstoel, maar bleef aan haar bureau zitten met haar pen in de hand. Ze hield haar hoofd een beetje schuin, haar blik was alert, ongeduldig bijna. Theo had het gevoel alsof hem een audiëntie was toegestaan – met tegenzin nog wel – maar hij wist hoe gevaarlijk het was om zelfs kleine misverstanden in een relatie te laten doordringen en hij weigerde zich te laten intimideren. Hij bleef staan en toen hij sprak, was hij heel direct, hoewel haar blik dat niet aanmoedigde.

'Ik heb het gevoel dat er hier in huis een samenzwering aan de gang is. Heb ik daar gelijk in, Freddy?'

Hij zag dat ze haar lippen op elkaar klemde, haar kin in de lucht stak en de moed zonk hem in de schoenen. Hij was ervan uitgegaan dat deze nieuwe bezigheid niets met hem te maken had en – hoewel hij bezorgd was vanwege haar ongebruikelijke gedrag – had hij Freddy haar eigen problemen laten oplossen, al was hij altijd bereid haar te helpen als dat nodig was. Nu keek hij naar haar en bleef het stil.

'Ik weet niet goed wat je bedoelt.'

Hij werd boos bij het horen van de koele stem en bij de afwijzende schouderophaal. Ze loog en hij wist het en door de blik die hij op haar wierp, beet ze op haar lip.

'Dat weet je best. Dat weet je heel goed. Zeg gerust dat ik me met mijn eigen zaken moet bemoeien, Freddy, maar ga niet tegen me liegen. Ik wil me echt niet opdringen, maar de afgelopen dagen is de sfeer hier bepaald niet vrolijk geweest. Kun je me zeggen waarom dat is?'

'Mijn lieve Theo!' Haar lach was geforceerd en niet overtuigend. 'Ik weet dat ik vrijwel al mijn zorgen met je deel, maar er zíjn nog een paar dingen die ik liever voor mezelf houd.'

'Dat begrijp ik,' zei hij direct. 'Maar toch is dit voor het eerst in al die jaren dat we hier samen wonen – hoe lang is het al: vier, vijf jaar? – dat er zo'n sfeer hangt. Wil je me vertellen dat jij dat niet gemerkt hebt?'

Ze keek hem boos aan. Als ze het nu afdeed als onzin wist ze dat ze daarmee hun vriendschap verloochende en onderschatte; als ze het toegaf, zou ze het ook moeten proberen uit te leggen. Hij wendde zijn blik niet af en ze kromp ineen. Dit was de Theo die ze het minst begreep, waar ze het meest bang voor was: een Theo die de troostende eigenschappen van zijn persoonlijkheid opzij zette en bereid was de zwakte en leugens waar mensen zich aan vastklampten bloot te leggen. Het was de Theo wiens goede mening ze het meest waardeerde; de Theo die ze niet wilde teleurstellen. Toen hun wilskracht botste had ze het gevoel dat ze op een kruising stonden. Theo wist het. Het was de situatie die hij het meest gevreesd had; de reden dat hij zo lang was weggebleven. Zíjn liefde voor haar stond niet toe dat ze hem bedroog. Háár trots zou het hem misschien nooit vergeven.

Overdreven ongeduldig slaakte ze een diepe zucht. 'Ik maak me zorgen om Hal,' vertelde ze hem – en hij wist instinctief dat dit gedeeltelijk waar was – maar haar ogen ontweken hem. 'We hebben het uitgebreid over hem als erfgenaam gehad. Ik weet dat jij liever had dat alle aandelen in een trust zouden worden gestopt samen met The Keep en genoeg om het te onderhouden, maar je was het uiteindelijk met me eens dat dit de goede beslissing was. Maar zo eenvoudig is het niet.' Haar stem klonk gekrenkt, zelfs neerbuigend, alsof ze iets aan een bijzonder dom kind uitlegde. 'Het is nog altijd een grote stap en er is een boel om over na te denken.' Dat was een subtiele beschuldiging: dat hij onmogelijk kon weten hoe zwaar de verantwoordelijkheid was die ze droeg. 'Ik moet aan de andere kinderen denken, om zeker te weten dat alles zorgvuldig wordt gedaan.'

Ze draaide zich weer naar het bureau, gespannen schouders, een hand gebald, haar kaak strak. Hij wachtte, wilde graag dat ze open was, maar het bleef stil. Hij zette zich schrap, dacht even aan helemaal niets, zocht hulp.

'Dus,' zei hij uiteindelijk bedachtzaam, 'het heeft niets te maken met de angst die jij en Prue delen dat Hal en Fliss van elkaar houden. Een liefde die jullie het liefst zouden vernietigen.'

Hij zag dat ze slikte en voelde zich diepbedroefd.

Freddy dacht: Ik wíst wel dat ik Prue niet in vertrouwen had moeten nemen. Waarom heb ik haar niet gezegd dat Theo van niets wist? Ze is er natuurlijk van uitgegaan dat ik hem alles heb verteld. Verdomme, verdomme, verdomme. Wat zal hij me op dit moment verachten…

'Is dat de reden dat je hem tot erfgenaam hebt benoemd, Freddy? Dat je een nieuwe auto voor hem koopt, terwijl je zo vastbesloten was dat pas te doen als hij in Dartmouth klaar was? Dat je zo onverwachts hebt besloten dat Prue en de tweeling met Pasen ergens anders vakantie moeten houden?'

'Dat is vanwege Caroline.' Eindelijk voelde ze zich zo geraakt dat ze zich verdedigde, en ze wendde zich tot hem. 'Kun je je voorstellen hoe zij zich nu moet voelen?' Ze zweeg even. 'Prue heeft je zeker alles verteld?' vroeg ze minachtend.

Theo zuchtte. 'Ze dacht dat ik het wist,' zei hij. 'Ze ging ervan uit dat jij het me wel verteld zou hebben. Ik vind het jammer dat je het gevoel had dat je dat niet kon.'

Freddy keek de andere kant op. Toen ze die simpele opmerking eenmaal had gehoord – 'Fliss heeft alleen maar oog voor Hal' – en er zoveel dingen op hun plaats waren gevallen, had ze het gevoel dat Theo het niet eens zou zijn met haar plan. Ze had geen keus, had ze zichzelf voorgehouden. Ze móést de familie beschermen.

'Ik hoop dat je het met me eens bent,' zei ze afwijzend, 'dat het niet meer dan eerlijk en wel zo vriendelijk is om Caroline ergens anders onder te brengen. Ze voelt zich gekwetst en vernederd. Wat Hal betreft … hij is jong. Hij heeft zijn hele carrière nog voor zich. Als hij Dartmouth eenmaal achter zich laat, zal hij zelf ook beseffen dat het gewoon een kalverliefde was. Zelfs dat niet eens.'

'En dus,' zei Theo kalm, 'krijgt hij volwassen speeltjes, een huis, een auto, een erfenis om hem af te leiden en om hem aan te moedigen een geschikte vrouw te vinden.' Hij knikte bedachtzaam. 'En Fliss?'

'Fliss?' Ze keek hem aan, en haar woede maakte plaats voor verwarring. 'Fliss blijft hier bij ons.'

'Fliss krijgt niets om haar aandacht af te leiden van haar pijn?'

'Pijn? Goeie hemel, Theo, ze is een kind. Ze heeft die kalverliefde voor Hal al van kinds af aan. Ze heeft hem altijd aanbeden. En jij was degene – jíj, Theo – die me ervoor waarschuwde. Jij was degene die zei dat er gevaar school in haar blinde verering. Jij zei dat te veel macht slecht was voor Hal. Maar we hebben er niets aan gedaan, of wel? En nu denkt ze dat ze verliefd op hem is, haar eigen neef. Meer een broer, eigenlijk. Het is net zo goed onze schuld als de hare, maar we moeten het een halt toeroepen. Het is niet gezond.'

'Het is misschien onverstandig,' corrigeerde hij haar, 'maar dat betekent nog niet dat haar liefde zo gemakkelijk verworpen kan worden. Jij en Prue nemen Carolines liefde voor Miles Harrington heel serieus.'

'Caroline is een vrouw,' riep Freddy. 'Fliss is een kind. Ze weet niets van liefde.'

'Ze is bijna twintig,' zei hij koel. 'Zo oud was jij toen je met Bertie trouwde en hier kwam wonen. Wist jíj dan niets van liefde?'

Ze hapte naar adem, haar handen klampten zich aan de leuning van de stoel vast en ze was niet in staat hem te antwoorden. Wat kon ze zeggen? Ze had haar liefde voor Bertie verkeerd ingeschat, maar ze had wel vijftig jaar van Theo – zijn jongere broer – gehouden. Ze was amper twintig geweest… Ze voelde zich slap worden. Ze wilde dat hij haar troostte, haar geruststelde… Hij zei iets, maar de woorden drongen nauwelijks tot haar door.

'Je hebt gelijk om me te beschuldigen,' zei hij bedroefd. 'Alleen kunnen we nu, achteraf, zien dat Fliss veel meer in Hal opgaat dan we beseften. Wij zien ze nog altijd als kinderen omdat we oud zijn geworden, maar we mogen niet vergeten hoe het voelt om hartstochtelijk van iemand te houden.'

De oude jaloezie stak zijn klauwen in haar hart. 'Wat weet jij nou van liefde?' riep ze woedend, angstig. 'Wat weet jij nou van pijn?'

Hij stond heel stil, zijn gezicht uitdrukkingsloos, en ze wendde zich van hem af zodat hij haar tranen niet zou zien. Ze leunde met haar ellebogen op het bureau, duwde haar vingers tegen haar mond en wachtte tot hij haar zou aanraken, iets tegen haar zou zeggen – maar het enige geluid dat ze hoorde was van de deur die zachtjes achter hem in het slot viel.

27

'Een auto,' zei Kit verbaasd. 'Een auto! Kun je het geloven? Ik kan er gewoon niet over uit.'

In het koude licht van de morgen was de keuken een treurige plek. Een klein groen transistorradiootje stond in de stoffige vensterbank naast een wiebelige stapel tekstboeken en een afstervende potplant. De gootsteen en de afdruipplaat stonden boordevol bewijzen van het spontane feest van de vorige avond, waarvan de restanten op de tafel en andere vlakke oppervlakten lagen. De vloer, die was bedekt met een laag vaal en gescheurd linoleum plakte en iemands vuile was was onder de stoel in de hoek geschopt. Kit leunde in haar spijkerbroek en een van Hals truien tegen het volle aanrecht en las de brief.

'Het is allemaal waar,' zei ze. 'Geen droom. Hier staat het zwart op wit. Mijn eigen auto! Bedenk eens wat we daar allemaal mee kunnen doen!'

Aan de andere kant van de formica keukentafel keek haar huisgenoot haar met gemaakte onverschilligheid aan. 'Dan kunnen we over de snelweg scheuren,' stelde ze nonchalant voor. 'Of we kunnen onze emmers en schepjes opzoeken en op zondag naar de kust gaan. Nou en.'

Kit grijnsde naar haar en liet zich niet voor de gek houden door deze voordracht van verfijndheid. 'Als je wilt,' zei ze. 'Waarom niet? De wereld ligt aan onze voeten. We kunnen naar Brighton.'

'Goh,' zei de huisgenote, die net deed alsof ze onder de indruk was. 'Echt waar? Ik kan haast niet wachten. Brighton. Ik kan de spanning niet verdragen. Wat een idee! Dan kunnen we naar Southend en paling in gelei eten.'

'Je bent gewoon jaloers,' zei Kit. 'Zet eens koffie, of zo. Zit daar niet niks te doen.'

'Jaloers?' echode de huisgenote. 'Jalóérs? Natúúrlijk ben ik jaloers. Wie zou dat niet zijn? Ik wou dat ik een grootmoeder had die auto's uitdeelde alsof het snoepjes waren.'

'Ze doet het alleen vanwege Hal,' vertelde Kit haar. 'Ze heeft hem tot haar erfgenaam benoemd en volgens mij is dit een soort goedmakertje, als je begrijpt wat ik bedoel. We zíjn per slot van rekening een tweeling. Waarom zou ik niet ook erfgenaam mogen zijn? En het tussen ons verdelen.'

Haar huisgenote keek haar nieuwsgierig aan. 'Je vindt het anders niet zo erg, geloof ik.'

'Vind ik ook niet.' Kit haalde haar schouders op. 'Ik wil geen groot, oud huis in Devon waar ik me mee bezig moet houden. Hal mag die verantwoordelijkheid van mij hebben. Ik neem de auto wel.'

'Maar je bent dol op The Keep.'

'En ik blijf dol op The Keep. Vooral als ik de rekeningen niet hoef te betalen. Ik kan er nog steeds naartoe, zo vaak ik maar wil. Volgens mam is dat een van de voorwaarden. "De familie moet het als toevluchtsoord kunnen blijven gebruiken," citeerde ze. 'Dat zijn grootmoeders woorden.'

'Wat ouderwets,' gaapte haar gezelschap. 'Net iets uit Jane Austen of zo. Hoor eens.' Ze leunde over tafel, duwde haar lange, blonde haar naar achteren. 'Wat dacht je van mij en Hal samen? Hij is een spetter. Dat zou hot zijn, of niet?'

Kit stak de waterkoker in het stopcontact en zette hem aan. Ze keek plotseling erg serieus terwijl ze wat instantkoffie in twee kopjes lepelde. 'Nou,' zei ze langzaam, 'hij heeft min of meer iets met mijn nichtje gehad. Niet serieus of zo. Gewoon. Ze is al vanaf haar twaalfde helemaal gek op hem en hij is eraan gewend geraakt. Afijn, het is nu bekend. En het moet de kop in gedrukt worden. Mijn moeder kreeg zowat een rolberoerte, om je de waarheid te zeggen. Neef en nicht en zo. Begrijp je? Dus Hal heeft een uitbrander gehad en het is allemaal voorbij.'

'Ouderwets,' herhaalde haar huisgenote en legde haar hoofd weer op haar gevouwen armen, wang op haar pols. 'Middeleeuws.'

'Ik heb er nooit zo over nagedacht,' zei Kit eerlijk. 'Misschien hebben ze wel gelijk. Dat ze mismaakte kinderen zouden kunnen krijgen of zoiets. Maar ik maak me zorgen om mijn nichtje. Ze is zo'n schatje en ze zal diep ongelukkig zijn. Ik heb tegen Hal gezegd dat hij het heel voorzichtig moet brengen.'

De huisgenote snoof en rolde met haar ogen. 'Je verhaal heeft me diep geroerd,' teemde ze, 'en ik lever met alle plezier een bijdrage aan dit goede doel.'

'Houd je kop,' zei Kit, en grijnsde even – maar keek toen weer ernstig. 'Voor Fliss is het serieus.'

De huisgenote stond op en begon langzaam te dansen, greep Kit in het voorbijgaan en gromde in haar oren de tekst van 'You've Lost that Lovin' Feelin'.

'Lomperik,' zei Kit. 'Harteloos monster. Ik zou jou niet als schoonzus willen hebben. De melk is op. Ren jij eens snel naar de automaat in Earls Court Road.'

'Ren zelf.' Haar metgezel liet zich weer in haar stoel vallen. 'Denk maar niet dat ik nu je hielen ga likken, alleen omdat jij een auto krijgt. Wat ga je vragen? Een Jaguar? Een Mini-Cooper S?'

'Doe niet zo idioot. Grootmoeder is geen Rockefeller. Hal denkt dat er misschien wel een piepklein sportwagentje in zit als hij het slim speelt. Ik weet al precies wat ik wil. Een Mini met open dak. Die zijn echt hot. Niet zo overdreven. Gewoon gaaf.'

Haar huisgenote zuchtte. 'Niet scheuren op de snelweg dus,' zei ze gelaten. 'Je mag blij zijn als je Richmond Park haalt. Ach, nou ja. Maar goed dat we onze banen nog hebben, nietwaar?'

'Ik ga melk halen,' zei Kit. 'Als jij nou eens gaat afwassen? De keuken is een bende.'

Ze sloeg de deur tegen de verontwaardigde kreten achter zich dicht en rende in de kille ochtendlucht het trapje van het souterrain op. Ze was nog altijd opgewonden over de auto maar maakte zich zorgen om Fliss. Hal had gebeld en ze hadden er urenlang over gepraat. Toen ze Earls Court Road insloeg, vroeg Kit zich af waarom ze zich soms zo vreselijk veel ouder voelde dan Hal. Hij nam het feit dat hij Freddy's erfgenaam was erg serieus; hij was er erg van onder de indruk dat ze hem had verteld dat hij na haar dood het hoofd van de familie was en welke verantwoordelijkheden dat met zich meebracht.

Kit dacht: Allemaal een beetje ouderwets eigenlijk. Het is maar goed dat Hal bij de marine zit. Hij is gewend aan het idee van dienstverlening en plicht en zo.

Maar Prues reactie had hem echt geschokt. Ze was heel duidelijk over een mogelijke toekomstige relatie tussen haar zoon en Fliss.

'Om je de waarheid te zeggen,' had Hal door de telefoon tegen Kit gezegd, 'verbaasde het me nogal. Ik begrijp niet hoe het komt dat ze zelfs maar iets vermoedde. Ze vindt het echt heel erg.'

'En wat vind jíj ervan?' had ze gevraagd.

'Ik weet het niet,' had hij na een tijdje gezegd. 'Ik mag Fliss vreselijk graag. Ik vind het fijn als ze bij me is... tja...'

'En je voelt je gevleid,' had Kit aangevuld, 'dat je met een mooi meisje kunt pronken dat jou geweldig vindt.'

Die keer duurde de stilte langer. 'Ik denk het,' had hij aarzelend gezegd. 'Maar het was niet mijn bedoeling, Kit, ik heb haar niet willen misleiden of kwetsen. Het was gewoon... wel leuk. Een beetje... ondeugend. Begrijp je wat ik bedoel? Het klinkt op de een of andere manier zo harteloos.'

'Ik begrijp wat je bedoelt,' had Kit vol medeleven gezegd. 'Het is van lieverlee zo gegroeid. Een soort gewoonte. Er school geen kwaad in, maar het was iets om voor de volwassenen verborgen te houden.'

'Precies.' Hij klonk opgelucht. 'En het was ook zo makkelijk om het afgelopen jaar allerlei dingen samen te doen.'

'Ik denk dat Fliss het allemaal veel serieuzer opvat,' vertelde ze hem. 'Je zult haar pijn doen.'

'Mam zegt dat het sowieso verkeerd zou zijn om met haar te trouwen,' had Hal gezegd. 'Om te beginnen zegt ze dat Fliss geen kans heeft gehad iemand anders te ontmoeten om met mij te vergelijken en dat ze als ze volwassen wordt het me kwalijk zal nemen dat ze geen andere ervaringen heeft gehad. En dan dat neven en nichten mismaakte kinderen krijgen, vooral omdat onze vaders een identieke tweeling waren. Ze zegt dat Fliss vast en zeker kinderen wil en als daar iets mee zou zijn, zou het haar kapotmaken. Volgens haar kan ik Fliss het beste nu loslaten. Wat vind jij?'

Kit had het gevoel onderdrukt dat haar moeder hem manipuleerde zodat hij zou doen wat zij wilde – en dacht zorgvuldig na. 'Houd je van Fliss, Hal?' had ze voorzichtig gevraagd.

'Natuurlijk!' had hij uitgeroepen. 'Ze is... ze is Fliss. Ze is zo mooi en zo lief en... Oké, ik geef toe dat het heel erg leuk is dat een knap meisje je leuk vindt, zelfs al is ze je nichtje. Maar er mist een... een zekere opwinding. Het is fijn om haar te zoenen, maar... Het komt waarschijnlijk doordat ik haar zo goed ken, maar er is niet zo'n echte spanning als met andere meisjes. O, verdraaid, Kit. Wat ben ik een rotzak.'

Opnieuw bleef het lang stil.

'Ik denk dat mam gelijk heeft,' had Kit uiteindelijk gezegd. 'Het is voor jullie geen van beiden eerlijk. Jullie zijn allebei te jong om je vast te leggen, vooral omdat jullie geen van beiden de kans hebben gehad om wat om je heen te kijken.'

'Ik heb halverwege mijn opleiding nog wel wat ervaringen gehad,' had Hal geprotesteerd, omdat hij niet als een groentje gezien wilde worden. 'Maar ik heb dit jaar zo hard gewerkt dat ik gewoon de moeite niet heb genomen.'

'En je had Fliss altijd om op terug te vallen,' had Kit eraan toegevoegd en ze had een zucht geslaakt. 'Ik denk dat mam gelijk heeft, Hal, maar vertel het Fliss alsjeblieft heel voorzichtig.'

'Ik zal het haar wel moeten vertellen, hè?' zei hij weifelend.

'Ja, verdorie, natuurlijk! Als je denkt dat je haar er vanzelf achter kunt laten komen, vergeet het dan maar. Dat zou ze nooit begrijpen. En zeg niet dat je het van mam aan haar moet vertellen. Laat haar maar denken dat je erover nagedacht hebt en dat je hebt besloten dat het niet eerlijk is haar te vragen zich aan jou te binden. Al was het alleen maar omdat Fliss zich vanwege die verordening van grootmoeder de komende twee jaar toch niet kan binden. Jij bent straks weet ik waar en dan is het sowieso niet eerlijk om haar aan een belofte te houden. Maar het zal niet makkelijk worden, Hal.'

'Vertel mij wat,' had hij bars gezegd. 'Waar denk je dat ik het haar het beste kan vertellen?'

'Nodig haar niet speciaal uit,' had Kit meteen gezegd. 'Dan denkt ze dat het om iets heel anders gaat. Wacht tot jullie in The Keep een keer alleen zijn en zorg dan dat je naderhand snel weg bent. Blijf niet rondhangen, zodat ze er steeds aan moet denken. Ze heeft er genoeg andere mensen om zich heen als ze die nodig heeft en dan is ze op de plek waar ze het liefste is.'

'O, god.' Het leek wel of hij bijna in tranen was. 'Waarom ben ik hier ooit aan begonnen?'

'Je bent er niet aan begonnen,' zei ze vol medeleven. 'Het is jaren geleden al begonnen toen Jamie omkwam. Ze klampte zich aan je vast en daar is dit allemaal uit voortgekomen. Het is niet allemaal jouw schuld.'

'Dank je.' Hij zei het onhandig en ze voelde een golf van liefde voor hem in zich opkomen.

'Zou het helpen als ik erbij ben?' stelde ze voor. 'Natuurlijk niet als je het haar zegt, maar daarna?'

'Zou je er voor Fliss willen zijn?' had hij gevraagd – en de tranen hadden in haar ogen geprikt.

'Ja,' had ze gezegd. 'Ik zal er voor Fliss zijn. Laat maar weten wanneer.'

'Binnenkort. Ik wil er zo snel mogelijk van af zijn, maar ik wil wel graag onze vriendschap behouden. Ik wil dat ze van het Paasbal geniet en dat ze ook uitkijkt naar de parade en de buluitreiking en zo. Ik moet het doen zodat ze niet langer denkt dat er iets geheims tussen ons is, maar zodat we tegelijkertijd een hechte band houden. Ik zal ervoor zorgen dat we met een grote groep zijn tijdens het bal. Jij komt toch ook?'

'Zie me maar eens weg te houden,' had ze gezegd. 'En daarna gaan we meteen naar mam en Caroline.'

'Dan moet het volgend weekend. O god, Kit…'

'Houd moed, mijn beste,' probeerde ze luchtig. 'Zie het maar als een goede oefening voor als je een dezer dagen hoofd van de familie bent. En Hal, ik denk echt dat het de juiste beslissing is.'

'Dank je,' zei hij. 'Dank je wel, Kit. Tot volgend weekend, dan. Ik zal op je wachten. Laat me weten hoe laat je komt.'

'Doe ik.'

Ze aarzelde, vond het afschuwelijk om afscheid te moeten nemen, maar hij had al opgehangen.

Terwijl ze nu in de zakken van haar spijkerbroek naar een munt zocht voor de automaat, dacht ze aan Fliss: haar liefde voor zowel The Keep als de familie; haar trouw en evenwichtigheid; haar beminnelijkheid en nuchterheid. Was ze in vele opzichten niet de volmaakte vrouw voor Hal? Kit liep met het pak melk in haar handen weer terug naar huis en vroeg zich af of ze allemaal geen vreselijke vergissing begingen.

Met zijn armen vol overhemden staarde Theo naar zijn koffer die half ingepakt op bed lag. Weggaan leek zo'n grote vergissing; het was alsof hij wegliep. Maar hij kon geen andere oplossing voor de impasse tussen Freddy en hem bedenken. Sinds hun ruzie een paar dagen geleden hadden ze hun gevoelens zorgvuldig voor Ellen en Fox verborgen gehouden. Caroline was veel te veel met haar eigen verdriet bezig om iets te merken, maar hij vroeg zich af hoe lang het zou duren voordat iemand het merkte. Theo lunchte wel vaker tijdens zijn werk op zijn kamer en Freddy was een hele dag bij Julia geweest, maar deze spanning kon onmogelijk langer duren, vooral omdat de kinderen binnenkort thuiskwamen van school.

Hij liet zijn inpakken rusten en liep naar het raam van zijn sober ingerichte kamer. Het winterlandschap gleed in bedrukte tonen aan hem voorbij; aards bruin, kalkblauw, zilvergroen. De lucht was wit en broedde stilletjes op het wachtende land en het was zo stil dat je nog net het geluid van stromend water kon horen van de rivier die beneden in de smalle bedding luidruchtig over de rotsen en keien donderde. Theo stak zijn handen in zijn zakken, hoofd gebogen. Voor de honderdste keer analyseerde hij de situatie, probeerde hij nauwkeurig zijn positie te bepalen. Hij had er geen bezwaar tegen dat Hal Freddy's erfgenaam werd. Hij en zij hadden het er eindeloos over gehad – ze had zelfs geopperd dat hij, Theo, erfgenaam moest worden, iets wat hij geweigerd had – en hij was het ermee eens geweest dat het de verstandigste manier was om over de boedel te beschikken. Freddy wilde dat Hal hoofd van de familie werd; ze had het vertrouwen dat hij voor zijn neefje en nichtjes kon zorgen als zij en Theo er niet meer waren. Hij was het met haar eens; Hal leek erg veel op zijn vader en zijn oom. Hij zou zijn verantwoordelijkheden serieus nemen en hij zorgde nu al met liefde voor zijn zus en zijn neefje en nichtjes.

Theo slaakte een diepe zucht. Zo waren de problemen ook begonnen. Hal was daadwerkelijk aangemoedigd om voor zijn neefje en nichtjes te zorgen; vooral voor Fliss. Hij herinnerde zich dat hij zich jaren geleden heel vaag bewust was geweest van het gevaar, maar op de een of andere manier had hij Fliss' groeiende verliefd- heid niet in de gaten gehad. Misschien omdat hij niet langer het waakzame oog van een buitenstaander had; hij was verhuisd, was één van het gezin geworden en zijn bewustzijn was afgezwakt. Pas toen Prue aan de telefoon alles eruit had gegooid, was het duidelijk geworden.

Hij was bijna boos over haar gesuggereerde samenzwering; dat hij het eens moest zijn met wat zij en Freddy van plan waren. Hij besefte nu dat het niet eerlijk was geweest om Freddy's beslissing over de erfenis als omkoperij af te doen. Maar het was wel verdacht dat ze er vóór haar gesprek met Prue niets over had gezegd. Hij wist dat ze bang was dat hij het niet met hun gezamenlijke methodes eens was om Hal los te maken en dat ze had gehoopt dat het onge- merkt aan hem voorbij zou gaan.

Het stomme was dat hun onnadenkende houding tegenover Fliss het enige was dat hem werkelijk boos maakte. Caroline moest beschermd worden, Hal moest afgeleid worden – en Fliss moest ge- woon verder. In zijn poging haar te beschermen, kwam het onge- lukkig uit dat hij zich op het onbekende terrein van de liefde had be- geven. Freddy kon niet weten hoe hij al die jaren van haar had gehouden, wist niets van de pijn van zijn onbeantwoorde harts- tocht. Hoe kon ze ook? Maar om haar liefde voor Bertie in twijfel te trekken, van wie ze zoveel had gehouden, was onvergeeflijk ge- weest. Ze had hem terecht die vragen gesteld – maar hoe had hij haar antwoord kunnen geven? Dit was de reden dat hij al die jaren niet had durven terugkeren naar The Keep, bang dat hun vriend- schap schipbreuk zou lijden op verborgen, geheime rotsen. Maar hoe kon hij Fliss in de steek laten? Er moest ook aan haar gedacht worden en ze moest voorzichtig behandeld worden. Daarom was zijn besluit om weg te gaan zo moeilijk geweest. Het was wel duide- lijk dat Freddy hem liever kwijt dan rijk was, dat ze nu wel begreep waarom hij zo lang had geaarzeld om überhaupt terug te komen, maar had Fliss hem niet nodig? Zoals altijd, aarzelde hij, was hij niet zeker of hij een aanwinst of een blok aan het been was.

Een roffel op de deur leidde hem af en hij riep 'binnen', in de veronderstelling dat Ellen hem voor de lunch kwam halen – of was het al theetijd?

Het was Freddy. Ze stond net in de deuropening, kin omhoog, maar haar blik gleed snel over de koffer en ze haalde even kort, snel adem.

'Mijn lieve Freddy,' zei hij, en hoopte dat ze niet weer die broze glimlach op haar gezicht zou toveren, 'kom toch binnen. Zoals je ziet, ben ik aan het pakken. Ik dacht dat jij misschien wel een paar dagen alleen wilde zijn.'

'Waarom?' vroeg ze fel. 'Waarom zou ik? Naar wie ga je toe?'

Het was zo'n merkwaardige vraag dat hij haar verrast aankeek. Ze keek hem aan met een blik die hij niet kon plaatsen en hij glimlachte in de hoop dat hij wat van de oude warmte, wat tederheid tussen hen kon losmaken. Het pijnlijkste aspect van de hele situatie was het verlies van de vertrouwde liefde, alsof een schakelaar plotseling was omgezet.

'Ik was van plan wat oude vrienden in Southsea te bezoeken,' zei hij. 'Ik... ik wilde je zeggen hoezeer het me spijt dat ik bepaalde dingen tegen je heb gezegd. Onvergeeflijke dingen. Maar ik heb er de gelegenheid nog niet toe gehad. Ik maakte me zorgen om Fliss. Dat doe ik nog steeds...'

'Je had groot gelijk,' onderbrak ze hem, 'om ons te herinneren aan de... gevoelens van Fliss. Ik zweer je dat ik het hier niet met Hal over heb gehad. Prue heeft tegen hem gezegd dat ze allebei te jong zijn om een verbintenis aan te gaan, vooral daar hij binnenkort weggaat. Dat is het enige.'

Hij keek haar bezorgd aan, wist dat ze zijn goedkeuring zocht. Hij was in de war. 'Jij bent de grootmoeder en voogd van de kinderen...' begon hij.

'Nee, nee,' riep ze. 'Je kunt het niet allebei hebben. Wel kritiek leveren maar dan iedere verantwoordelijkheid opzijschuiven als ik er iets mee doe.'

'Freddy...' Hij hield haar handen stevig in de zijne. 'Laten we elkaar alsjeblieft goed begrijpen. Ik maakte – ik máák me zorgen om Fliss, dat haar gevoelens niet zomaar opzij worden gezet, alleen omdat ze jong is. Ik was bang dat je Hal wilde omkopen. Misschien had ik het mis. Maar ik heb andere dingen gezegd waar ik me voor wilde verontschuldigen, maar je hebt me ontlopen.'

'Je had het maar deels bij het verkeerde eind.' Ze keek hem trots aan – maar klampte zich aan zijn handen vast. 'Ik wás van plan hem om te kopen. Maar niet met de auto. Met de auto wil ik hem alleen van Miles losmaken. Het is niet eerlijk tegenover Fliss en Caroline dat Miles Hal iedere keer haalt en brengt. Miles is een bijzonder vastberaden man en ook erg aardig, en ik ben niet van plan hem momenteel aan te moedigen. Ik zou Hal de auto toch aan het eind van het zomertrimester hebben gegeven. Je moet me geloven als ik zeg dat dit de reden was om wat de auto betreft van gedachten te veranderen.'

'Ik geloof je,' zei hij direct.

'Maar ik wilde hem wel omkopen door middel van zijn eergevoel. Door hem te wijzen op zijn verplichting zich in zijn carrière te bewijzen en op het feit dat het niet eerlijk zou zijn Fliss een soort verbintenis te ontlokken die de komende twee jaar toch niet vervuld kan worden. Ik was van plan mijn macht tot het uiterste te gebruiken om hem van Fliss los te maken. Dat geef ik toe. Maar ik heb het niet gedaan. We hebben het alleen over zijn erfenis gehad en over zijn verplichtingen die daar betrekking op hebben. Ik zweer je dat ik niet heb geprobeerd hem te beïnvloeden…'

'Toe.' Hij wist haar eindelijk te onderbreken. 'Ik weet dat je me de waarheid vertelt en ik ben dolblij dat je de verleiding hebt weerstaan om je macht te gebruiken. Geloof dat, alsjeblieft.'

'Waarom ga je dan weg?'

Hij trok zijn handen weg en draaide zich om. 'Omdat ik dacht dat je me weg wilde hebben. De spanning is hier echt afschuwelijk geweest. We kunnen zo niet verder, Freddy. Dus…' Hij gebaarde, beide handen in de lucht, en plotseling glimlachte hij naar haar, voelde hij de stroom als een wonder weer tussen hen vloeien.

Ze glimlachte terug en zuchtte van opluchting. 'Maar kunnen we geen vrienden blijven, nu we het uitgepraat hebben? Alsjeblieft, Theo. Ik haat dit.'

'Mijn lieve Freddy, ik pak mijn spullen maar al te graag weer uit, als je het heel zeker weet…?'

'Natuurlijk weet ik het zeker,' zei ze nijdig. 'Doe niet zo dom, Theo. Ik heb mijn best gedaan het recht te zetten, alhoewel…' Ze wierp een sluwe blik op hem toen hij zich over zijn koffer boog. 'Ik ben natuurlijk niet verantwoordelijk voor Prue.'

Hij borg zijn spulletjes op, legde de koffer op de kast.

'Voor Prue?'

'Ze staat vierkant achter haar standpunt dat neven en nichten niet kunnen trouwen. En Fliss en Hals vaders waren per slot van rekening een identieke tweeling. Ik weet niet wat zij nog tegen hem gaat zeggen.'

Ze staarde hem bijna tartend aan en hij trok zijn wenkbrauwen op, kon wel raden dat deze opmerking waar was.

'Theo,' zei ze snel. 'Ik heb je nodig. We zullen samen over Fliss waken. Ga alsjeblieft niet weg.'

'Ik blijf,' zei hij – en zijn ogen werden wat kleiner toen hij glimlachte en zijn armen uitstrekte. 'Ik blijf bij jou in The Keep en we zullen samen over al onze kinderen waken.'

28

Mol stond aan de kant van het meer en keek naar de reiger. Een plotselinge windvlaag rimpelde het gladde, grijze water, brak het koele licht in miljoenen weerspiegelende scherven die kleine golfjes in het droge, gebleekte riet stuurde dat onrustig naast het pad ritselde. Hij rilde, duwde zijn handen diep in de zakken van zijn bruinfluwelen windjekker en probeerde beschutting te zoeken onder de hoge rij rododendrons met de onophoudelijk rusteloos ritselende bladeren. Zijn vingers sloten zich om de brief van Fliss, waardoor hij weer aan de nieuwe puppy moest denken. Fliss en grootmoeder waren de brievenschrijvers van de familie. Zo nu en dan stuurde Kit wel eens een kaartje – op aandrang van Fliss – bij een belangrijk examen bijvoorbeeld, en Caroline schreef van tijd tot tijd wel eens een kattebelletje, maar van Hal en Theo kreeg hij alleen kerst- en verjaarskaartjes. De brieven van Fliss waren favoriet. Die van grootmoeder waren bemoedigend, ondersteunend en versterkend, maar die van Fliss zaten boordevol nieuwtjes, verhalen over gebeurtenissen, zelfs moppen – die ze meestal van Hal of Kit had gehoord. Als hij ze las kon hij haar stem horen, kon hij zich haar gebaartjes voorstellen als ze dingen beschreef en voelde hij de warmte alsof hij haar arm om zijn schouder voelde.

De reiger liep langzaam langs de waterkant en tilde voorzichtig zijn poten boven het water uit waarbij zijn smalle kop peinzend omlaag zakte. De oudere kinderen roeiden bij warmer weer op het meer en de kleinere kinderen speelden dan met speelgoedboten en gingen pootjebaden. Mol wist dat hij de Reigerpoort ging missen. Het oude achttiende-eeuwse huis met het park eromheen deed hem een beetje aan The Keep denken. Hij wist niet precies waarom. Architectonisch zag het er heel anders uit en het terrein was groot en weids; het geheel was veel verfijnder en imposanter dan zijn thuis in

Devon. Maar toch was hier een vredige en standvastige sfeer, een gevoel van tijdloosheid dat hem aan The Keep deed denken.

Hij pakte de brief, wreef de envelop glad en haalde de velletjes eruit. Hij wou dat hij ook zo de trein in kon stappen en met een halfuur thuis was, net als Fliss. Zij had de puppy al gezien en had haar voor hem beschreven…

Ze is zo koddig. Enorme poten en lange flaporen, net als Mugwump toen hij klein was. Weet je nog, Mol? Alleen is ze wat kleiner omdat ze een teefje is, maar ze heeft precies de-zelfde kleur. Fox zegt dat ze het evenbeeld is van Mrs. Pooter toen die een puppy was. Is het geen mooi idee dat dit haar kleindochter is? Ik hoop dat er altijd nakomelingen van Mrs. Pooter zullen zijn. Kit is het weekend thuis, dus die zal wel een naam voor haar verzinnen. Hal komt ook thuis. Alleen za-terdag…

Mol vouwde de brief zorgvuldig op. Het was niets voor Fliss om hem te herinneren aan een tijd die pijnlijk voor hem was en hij vroeg zich af of ze dacht dat hij sterker was, of dat ze gewoon zo op-gewonden was dat ze er niet aan had gedacht… In gedachten zag hij hoe Ellen de slaapkamer binnenliep, even bij Fliss keek en zich toen omdraaide en zag dat hij klaarwakker was en naar haar zat te kijken. Hij wist nog hoe ze rustig naast hem op zijn smalle bed was gaan zit-ten en afwezig zijn haar van zijn voorhoofd had geveegd, terwijl ze nadacht. Hij was met haar meegegaan naar de kamer die nu van Ca-roline was, hopend dat Fliss wakker zou worden – en daar lagen de honden. Hij kon nog steeds de warmte van de puppy voelen die te-gen hem aan kroop toen ze weer in bed lagen, en hoe hij zich onge-merkt had ontspannen, hoe zijn gedachten tot rust waren gekomen en hij in slaap was gevallen. Wat afschuwelijk was die tijd geweest; toen zijn keel zich tegen het bloed sloot; toen zijn hoofd met duis-tere en afgrijselijke beelden tolde. Wat had hij veel bereikt… Zelfs het bosje was niet meer zo eng.

In de struiken achter hem werd geschreeuwd en gelachen, klonk het geluid van voetstappen en hij duwde de brief in zijn zak en liep weer naar school. Hij moest Susanna zien te vinden om haar over de puppy te vertellen; Fliss vertrouwde erop dat hij dat deed. Ze schreef hen nooit hetzelfde nieuws omdat ze wist dat ze elkaar op de hoogte hielden, maar schreef regelmatig om de beurt naar hen. Susanna zou dolgelukkig zijn bij het nieuws over de puppy. Hij zocht haar tussen de drommen kinderen op de betonnen plaats die het 'speelterrein' werd genoemd vanwege de schommels en het klimrek. Hij zocht haar donkere hoofd terwijl zijn hart wat sneller ging kloppen van opwinding. Over twee weken was het Pasen en dan gingen ze naar huis.

Toen Hal vanuit Dartmouth in zijn tweedehands sportwagen naar The Keep reed, was hij lang niet zo opgewekt. Zijn blijdschap over zijn nieuwe rode auto werd getemperd door wat er voor hem lag. De afgelopen twee weken had hij alles geoefend wat hij tegen Fliss kon zeggen. Niets leek goed te zijn. De gedachte dat hij haar pijn zou doen, vervulde hem met afschuw: hij was zo aan haar gehecht. Zelfs nu was hij niet in staat zijn ware gevoelens voor haar te achterhalen. Hij was zo in de war en ongelukkig dat zelfs het bezit van een prachtige auto hem minder plezier bracht dan hij had verwacht. Pas als het gesprek voorbij was, kon hij weer ergens van genieten. Met het optimisme van de jeugd hoopte hij dat ze hun vriendschap konden voortzetten, als de moeilijkheden eenmaal waren uitgelegd. Hij was vastbesloten dat het Paasbal een vrolijke avond voor haar zou worden.

Zelfs nu kon hij niet precies zeggen wanneer het opwindende, uitdagende aspect van hun relatie hun vriendschap was binnengeslopen. Hij kon zich verwarrende gelegenheden herinneren – waarbij Fliss hem leek aan te moedigen om haar in een ander licht te zien – maar hij wist dat hij er nooit op in had mogen gaan. Hij was ouder dan zij, verantwoordelijk voor haar en hij schaamde zich bijna dat hij iets had gedaan om emoties op te wekken die zijn moeder zo verafschuwde. Terwijl de auto door Habertonford in de richting van Totnes reed, voelde hij het schaamrood op zijn kaken komen toen hij aan haar afkeer dacht. Ze was anders altijd zó gemakkelijk dat haar reactie een heel sterk effect op hem had, hoewel hij wel had geprobeerd zichzelf en Fliss te verdedigen. Er was per slot van rekening niets gebeurd, op een paar kussen na. Dat had hij ook gezegd, had gezinspeeld op zijn liefde voor Fliss omdat hij eerst dacht dat ze hem ervan beschuldigde dat hij harteloos was en bewijs van zijn liefde wilde horen. Algauw kwam hij erachter dat dit niet het geval was. Nog nooit had hij zijn moeder zo overstuur gezien en zo welsprekend gehoord. Tegen de tijd dat ze klaar was, had hij zich een soort ontaarde, losbandige figuur gevoeld en hoewel hij geprotesteerd had dat neven en nichten best konden trouwen, dat het helemáál niet zo choquerend was, had ze hem erop gewezen dat hun vaders een identieke tweeling waren en dat het in hun geval bijna incest was.

Het woord had hem geschokt. Het voelde verkeerd om zo'n gesprek met zijn moeder te voeren, hoe hecht ze ook waren, en hij had beloofd om met Fliss te gaan praten, al was het alleen maar opdat hij zich niet zo beschaamd hoefde te voelen, zodat ze zou ophouden. Maar ze was verder gegaan, had hem laten zien hoe oneerlijk het was om Fliss te laten geloven dat ze een toekomst als man en vrouw hadden. Zelfs als ze in de positie waren geweest om te trouwen, had ze gezegd, zou het dwaas zijn zich zo jong al vast te leggen. Zijn carrière begon net; de wereld lag aan zijn voeten, enzovoort. Ze had hem eraan herinnerd dat hij naar zee ging terwijl Fliss nog maar net met haar opleiding voor onderwijzeres was begonnen en dat hij haar het beste kon uitleggen dat ze vrij moest zijn om te experimenteren, zichzelf de kans moest geven om te groeien. Hij was opgelucht dat niemand Fliss de schuld gaf. Aangenomen werd dat hun wederzijdse liefde uit de hand was gelopen, maar nu genadeloos ingetoomd moest worden…

Terwijl de auto over de heuvel naar Totnes reed, waar hij de afslag richting Dartington nam, oefende hij voor de vijftigste keer de woorden over experimenteren en groeien, in de hoop dat Fliss zou accepteren en begrijpen dat hij aan haar eigen bestwil dacht. Hij reed voorbij The Cot Inn, weerstond de verleiding even te stoppen voor een biertje en reed door het dorp. Toen hij zich door het netwerk van kleine laantjes naar The Keep begaf, was hij zó zenuwachtig dat zijn handen op het stuur beefden. Hij wist dat Kit er al was. Ze had vroeg vrij kunnen krijgen en Caroline had haar zoals gewoonlijk van het station gehaald. Even vroeg Hal zich af hoe ze het allemaal zouden redden zonder Caroline. Ze verdiende zonder meer een vakantie, ook al was hij verbaasd dat ze juist de paasvakantie vrij nam. Zijn moeder mocht een paar weken een flat van een vriendin in Londen gebruiken en had Caroline overgehaald om met haar mee te gaan. Ze wilde graag naar het theater – ze was dol op musicals – en wilde graag winkelen, maar in haar eentje leek haar er niets aan. Toen hij haar erop wees dat Kit er toch was, zei ze dat zijn zus hard aan het werk was voor haar laatste examens en dat ze haar werk in de galerie had. En trouwens, had ze resoluut gezegd, het is leuk om met een andere vrouw te kletsen en te winkelen. Het zou Caroline goed doen om er ook eens uit te zijn en Caroline was het daar kennelijk helemaal mee eens geweest.

Hal wist dat zijn eigen uitnodiging om naar Londen te komen een smoes van zijn moeder was om hem tijdens de vakantie van The Keep weg te houden en hij vond het prima. Hij wist dat het verstandig was een paar weken uit de buurt van Fliss te blijven en hij was opgelucht dat hij een excuus had... Hij vervloekte zichzelf omdat hij een lafaard en een slappeling was, maar hij wist niet wat hij anders moest doen. Goddank was Kit er om Fliss te troosten.

Hal dacht: Ik houd wél van haar, dat is het probleem. Op een merkwaardige manier horen we bij elkaar, vind ik. Waarom is dat zo verkeerd? O, verdraaid...

Hij draaide de auto de poort door en hoopte ondanks zijn verdriet dat iemand hem aan zag komen. Ondanks de kou had hij de kap omlaag gelaten en hij had ijskoude oren, maar alleen bij plenzende regen zou hij de kap omhoog hebben gedaan. Met pijn in zijn maag stapte hij uit en gleed met zijn blik over de binnenplaats. De voordeur ging open en Kit kwam naar buiten. Ze hief haar hand op en met een zwaar gemoed liep hij over het gras naar haar toe.

Het was stil in huis. Omdat Freddy bij Julia was gaan lunchen, was Theo op zijn kamer blijven werken. De twee meisjes hadden met de anderen in de keuken gegeten en toen er iemand voor Kit opbelde, was Fliss naar de salon geslenterd waar ze achter de piano was gaan zitten. Ze speelde graag, ook al was ze lang niet zo goed als Freddy, en ze had een sonate van Beethoven uitgekozen. Daar zat ze toen Hal haar vond.

Ze draaide zich om om hem te begroeten, haar ogen glommen

van plezier toen ze hem zag. Hij zag er koud en bijna grimmig uit zoals hij naast haar stond en zich in zijn handen wreef om op te warmen. Zoals altijd vond ze het moeilijk iets te zeggen als ze helemaal alleen waren en daarom glimlachte ze alleen maar naar hem en wachtte ze totdat hij iets zei. Maar toen hij begon te praten, kon ze het niet bevatten. Ze fronste, keek hem aan en was plotseling bang. Zijn woorden klonken houterig alsof hij ze geoefend had en hij bleef gereserveerd kijken. Op een gegeven moment stak ze een hand naar hem uit om hem het zwijgen op te leggen, zodat hij haar aan zou kijken. Hij hield haar hand even stevig vast, maar liet hem vrijwel direct weer los.

'Ik doe het voor jou, Fliss,' zei hij. 'Je bent nog zo jong en je hebt je opleiding nog...'

Hij klonk heel wanhopig – en diep ongelukkig. Ze schudde vertwijfeld haar hoofd, wilde hem troosten. Hij wist toch zeker dat ze altijd op hem zou blijven wachten? Nu had hij het erover dat ze neef en nicht waren, de problemen, kinderen...

'Dat risico zouden we niet kunnen nemen, begrijp je wel? Bedenk eens hoeveel jij van kinderen houdt. Stel... dat we een kind zouden krijgen dat niet normaal was. Dat zou je hart breken. We mogen dat risico niet nemen. Het is al erg genoeg voor een gewone neef en nicht, maar onze vaders waren een identieke tweeling. Het was dom van ons om ons zo te laten gaan, maar we blijven toch wel beste vrienden?'

Het bleef stil. Zijn stem stokte en ze kon de staande klok gewichtig horen tikken, het hout zakte tot as in elkaar in de haard. Hij stond heel stil naast haar en ze zag dat hij zijn oude blauwe trui droeg die een beetje te klein was. Ze keek op. Zijn gezicht was gekweld van zorgen en verwrongen van verdriet.

'Maar ik houd van je.' Ze sprak de woorden heel eenvoudig, alsof daarmee alles opgelost was.

Ze keek hoe hij zijn ogen sloot en met zijn hand over zijn gezicht wreef. Ze zag hoe zijn borst met een diepe zucht omhoogging. Hij legde de rug van zijn hand tegen haar wang, raakte haar dikke blonde haar aan.

'Het heeft geen zin, Fliss,' zei hij teder en diepbedroefd, en keek haar eindelijk aan. 'We moeten accepteren dat het niet zou lukken.

Alles is tegen ons. Ik houd ook van jou. Maar van nu af aan moet het een andere liefde zijn.'

'Maar hoe? Hoe moeten we zomaar ophouden?' vroeg ze mat. Haar verdriet begon tot haar door te dringen, vulde haar totdat ze amper kon ademhalen.

'We moeten.' Hij ging op zijn hurken naast haar zitten, keek haar gespannen aan. 'Kijk niet zo, Fliss. Alsjeblieft. Daar kan ik niet tegen. Luister. Je hebt nog nooit een vriendje gehad. Je weet gewoon nog niet wat je wilt. Alsjeblíéft, Fliss.'

Het was zijn laatste smeekbede die haar meer dan wat ook vermande. Ze zag dat hij ook leed en instinctief wilde ze hem daarvoor behoeden, besefte dat zij nu de sterkste moest zijn. Ze slikte, knikte, aanvaardde. Opgelucht en dankbaar pakte hij haar schouders stevig beet.

'Alsjeblieft,' smeekte hij. 'Alsjeblieft, laat het onze relatie niet bederven, Fliss. We kunnen nog altijd beste vrienden zijn. Laat het hierdoor niet verpesten.'

Ze schudde haar hoofd, was het met hem eens, met een vertrokken, verdrietige glimlach. 'Nee... Nee, dat gebeurt ook niet.' Door haar tranen werd ze verblind en ze wendde zich van hem af. 'Ga, Hal. Laat me alleen. Ik red me wel. Maar ga nu alsjeblieft weg.'

Ongemakkelijk stond hij op en herinnerde zich Kits advies, plaatste nog even een kus op haar blonde hoofd voordat hij de kamer uitstormde... Ze had geen idee hoe lang ze zo zat, voordat Kit binnenkwam. Ze voelde de armen van haar nicht om haar schouders die haar van de pianokruk naar het vuur trokken, waar een kop hete thee op de rand van de haard stond.

'Kop op, nichtje,' zei Kit. 'Drink dit maar. God, is het leven niet afschuwelijk? Toe maar, huil maar lekker uit...'

Een tijd later liep ze door het groene hek de heuvel op. Ze voelde zich nu wat rustiger. Kit had met haar gepraat, had het allemaal nog eens uitgelegd, de afschuwelijke logica van Hals woorden. Ze wist dat hij probeerde haar te beschermen, om de juiste beslissing voor haar te nemen, maar zij wist alleen dat ze van hem hield, dat ze altijd van hem zou houden. Het weer was warmer en ze stond bij de hoge muur, staarde naar het vertrouwde uitzicht. Ze zag het amper, maar putte er kracht uit. Het leek of ze op dit moment een belangrijk punt in haar leven had bereikt: haar jeugd was abrupt tot een einde gekomen en de rest van haar leven lag voor haar, ogenschijnlijk leeg en kaal. Ze rilde, sloeg haar armen over elkaar; haar ogen brandden en voelden zwaar van het huilen.

Fliss dacht: Ik dacht dat het het einde was toen mama en papa en Jamie doodgingen, maar dat was niet zo. Daar ben ik doorheen gekomen. Nu moet ik hier ook doorheen zien te komen.

Ze werd zich langzaamaan bewust van een onnatuurlijke stilte op de heuvelrug en plotseling zag ze dat de wereld aan het zicht werd onttrokken door een naderende sneeuwstorm die vanuit het noorden aan kwam jagen en de bomen en velden bedekte en de lucht vulde. Buiten adem schuilde ze tegen de muur, terwijl de sneeuw op haar lichaam viel. De tijd leek stil te staan in dit stille landschap dat tussen deze laatste winterse uitbarsting en de zekere belofte van de warme, vriendelijke lente werd vastgehouden; en ook zij werd vastgehouden – ze wachtte op een teken, op iets dat een soort belofte betekende waar ze zich aan vast kon houden.

Ze staarde naar boven. De sneeuw viel zachtjes op haar gezicht en te midden van de wervelende witte vlokken, ergens ver boven zich, hoorde ze een veldleeuwerik zingen.

Boek Vier

Lente 1970

29

Overal in de tuin was het gezang van vogels te horen; de heldere warme lucht weergalmde het gekwetter. Freddy was tevreden aan het rommelen en genoot van de warme zon op haar rug terwijl ze de fuchsiahaag snoeide die de boomgaard van het gazon scheidde. Terwijl ze het nieuwe hout terugsnoeide, bleef ze van tijd tot tijd even staan om blij naar de boomgaard te kijken. Zachtpaarse en goud met blauwe stralen schenen tussen de takken van de oude bomen: een delicaat veld krokussen en hyacinten spoelde over het glanzend groene gras tot aan de ruwe, geaderde boomstammen die tegen de hoge, standvastige muur stonden. Naast haar in haar tuinmandje lagen takjes forsythia naast gele takjes *Ribes odoratum* waarvan ze zo nu en dan zuchtend van plezier de geur opsnoof. Onder de vriendelijke en tierige begeleiding van een roodborstje dat tussen de paarse bloemen van de camelia zat, legde ze het gesnoeide hout in de kruiwagen die naast de haag bij Caroline stond. De afgelopen winter was de oudere familieleden zwaar gevallen. Freddy had last van duizeligheid en flauwvallen – 'Alleen maar ouderdom,' had ze ongeduldig gezegd. 'Maak je niet zo druk' – en Theo had meer dan anders last gehad van bronchitisaanvallen. In februari was een griepvirus door The Keep gewaaid dat ieder op zijn beurt had geveld. Theo en Fox waren nog altijd behoorlijk zwak en moe. In Theo's geval was dat niet meer dan te verwachten, maar het feit dat Fox maar niet beter werd, had hen allemaal beangstigd – vooral Ellen.

'We moeten onthouden,' had Freddy vriendelijk tegen haar gezegd, 'dat hij al bijna tachtig is. Hij is altijd zo actief dat we niet aan zijn leeftijd denken.'

'Als je aan je leeftijd denkt, word je veel sneller oud,' had Ellen wrang geantwoord – maar Freddy had de tranen in haar ogen gezien en had een hand op haar gebogen, gebloemde schouders gelegd. Zo hadden ze even gestaan, respecteerden de kracht van de ander en deelden hun liefde en respect...

Freddy liet de snoeischaar in haar tuinmandje vallen en ging rechtop staan. Fox werd nu langzaam beter, mede dankzij het warmere weer, maar ze hadden nu een jongen nodig om hen met het zwaardere werk te helpen. Ze lachte in zichzelf terwijl ze het tuinmandje in de kruiwagen zette en deze langs de rododendrons naar het vuur duwde. De 'jongen' was waarschijnlijk zesentwintig, even oud als de tweeling, maar in Freddy's ogen was hij niet meer dan een kind. Hij kwam vanuit Dartington op de fiets om te hakken, te zagen en hout te dragen, te graven en de zware aarde om te ploegen. Fox moest vernederd door onvermogen en machteloos toekijken omdat Ellen hem had verboden om te helpen.

'Je kunt me wel opbergen,' had hij gemompeld, toen hij weer naar de warmte van de keuken strompelde. 'Nergens goed meer voor.'

Joshua was een beleefde jongen, maar was verder iemand van weinig woorden. Hij woonde samen met zijn moeder, die weduwe was, in Staverton en was opgevoed met respect voor ouderen. Freddy vermoedde dat hij slim genoeg was om te zien dat er op lange termijn veel werk voor hem was in The Keep, als hij geduldig was. Hij ging omzichtig en eerbiedig met Fox om, maar was zeker geen beginneling. Hij en Caroline konden goed samenwerken en ze sprak enthousiast over zijn kracht en bereidheid, maar niet waar Fox bij was.

Freddy pakte haar tuinmandje van de kruiwagen en liep naar het huis. Caroline zou haar wel een standje geven omdat ze de kruiwagen helemaal naar het vuur had geduwd, maar Freddy hield graag vast aan haar onafhankelijkheid en Caroline had al genoeg te doen. Wat was het een geweldige dag geweest voor de familie toen Caroline arriveerde; wat was ze een rots in de branding geworden; na dat vreselijke misverstand met Miles Harrington vijf jaar geleden had Freddy heel goed voor haar gezorgd. Ze fronste toen ze zich bukte om wat narcissen uit de border naast de rododendrons te plukken. Wat waren die vijf jaar snel gegaan; wat hadden ze veel bereikt. Caroline en Fliss waren herstelden van hun verdriet... althans, Caroline was hersteld. Freddy vermoedde dat Caroline haar hart nooit helemaal had verpand en dat het een romantisch intermezzo was geweest waar ze zonder kleerscheuren uit was gekomen. Wat Fliss betreft ...

Freddy legde de narcissen voorzichtig in het tuinmandje. Ze was bang dat Fliss zich nog altijd aan haar liefde voor Hal vasthield. Geen andere jongeman had zijn plaats ingenomen, ook al was Miles Harrington haar trouw gebleven. Hij ondernam geen enkele poging om zich aan haar op te dringen, maar toen hij al na een jaar was bevorderd en Dartmouth had verlaten, begon hij haar regelmatig te schrijven. Ze accepteerde zijn uitnodigingen van harte, was vaak zijn partner op feesten en partijen, maar het was duidelijk dat ze hem alleen als vriend zag, zij het een dierbare vriend. Hoezeer ze haar best ook deed – en Freddy wist dat ze heel erg haar best had gedaan – Fliss kon Hal onmogelijk onverschillig bekijken zolang hij nog regelmatig naar The Keep kwam, en het was dan ook bijna een opluchting geweest toen hij na zijn vierde jaar naar Singapore vertrok. De daaropvolgende twee jaar hadden hem en Fliss tijd gegeven om hun gevoelens te verwerken. Freddy wist zeker dat Hal zijn jeugdige romantische liefde achter zich had gelaten, maar ze vermoedde dat Fliss niet volledig was hersteld. Misschien zou haar dat ook nooit lukken. Haar liefde voor Hal was verbonden met de tragedie van haar ouders en haar broer Jamie en misschien was het té moeilijk om het te scheiden van de liefde als nichtje die ze ook voor hem voelde.

Terwijl ze het gazon overstak, overdacht Freddy hoe de tragedie hen allemaal had geraakt. Een onverwachte, gewelddadige dood beschadigt degenen die achterblijven altijd, maar zou het beter te verwerken zijn geweest als Bertie en John aan een ziekte waren bezweken of – in Berties geval – aan ouderdom? In oorlogstijd had je de schrale troost dat je niet de enige was die leed; dat duizenden anderen hetzelfde lot ondergingen. Oorlog – hoe zinloos ook – smeedde een gemeenschappelijke band, een gevoel van eenheid en toewijding. Het verlies van John was al afschuwelijk geweest, maar Peters dood had een diepere wond geslagen. Kwam dat doordat hij samen met zijn vrouw en zoon was vermoord terwijl ze vredig hun eigen leven leidden? De leden van de Kikuyu-stam – of de geheime politieke organisatie die de Mau Mau heette – die Europese kolonisten van hun land wilden jagen, waren er ongetwijfeld van overtuigd dat ze een legitieme oorlog voerden. Wanneer wordt een terrorist een vrijheidsstrijder, vroeg Freddy zich af. Waarom is een Britse spion een held terwijl een Duitse of Russische spion als een duivels monster wordt beschouwd?

Freddy dacht: Moord is moord. Maar waarom is de tweeling dan minder geraakt door de dood van John, dan Fliss en Mol door de dood van Peter?

Ze kwam bij de serre en zette het mandje op tafel. Er waren natuurlijk zoveel verschillen. Fliss en Mol hadden ook nog eens hun moeder en grote broer verloren en de manier waarop het hen was verteld, was schokkend geweest. Ze waren oud genoeg om te weten wat er aan de hand was, terwijl de tweeling nog maar baby's waren toen John op zee omkwam. Dat was vast en zeker relevant. Susanna was nauwelijks geraakt door het verlies van haar halve familie. Ze kon zich hen niet herinneren, net zomin als de tweeling zich hun vader kon herinneren. Dat was zeker de verklaring. Misschien werd pijn pas echt en onverdraaglijk als je de persoon kende en van hem hield. Freddy ging in de rieten stoel zitten om haar overschoenen uit te trekken en piekerde over iets dat Julia pas tegen haar had gezegd. 'Als je serieus over het wereldleed zou nadenken, zou je helemaal gek worden van de kwelling. Je zou wel een heilige moeten zijn om daarmee om te kunnen gaan…' Ze voelde zich lichtelijk bedroefd en de blijdschap van de ochtend gleed van haar af.

Ik word oud, dat is het probleem, dacht ze. Het is zo'n zware winter geweest. Zullen we de volgende ook overleven…?

De geur van de *Ribes odoratum* zweefde langzaam door de serre, terwijl het vogelgezang door de open deur naar binnen kwam. Langzaam drongen deze lenteopenbaringen tot Freddy's bewustzijn door. Terwijl ze naar de massa gele bloemen van de forsythia keek en naar de gouden trompetvormige narcissen trok haar depressie een beetje weg. Bijna onopgemerkt rechtte ze haar schouders iets en haalde diep adem. Voordat ze overeind kon komen, verscheen Theo in de deuropening.

'Ik ben gestuurd om je lastig te vallen,' zei hij met een glimlach. 'Caroline heeft besloten dat je vanmorgen meer dan genoeg hebt gedaan. Het is bijna lunchtijd. Kom wat drinken.'

'Dat is een uitnodiging die ik niet zal afslaan,' zei Freddy, en liet zich uit de stoel trekken. 'O Theo, ik had een aanval van ellende, hier in mijn eentje.'

'Nooit in je eentje verdrietig zijn,' adviseerde hij haar, en pakte het tuinmandje op. 'Dat is nog erger dan in je eentje drinken. Moeten deze mee naar binnen?'

'Straks,' zei ze. 'Zet ze even met hun voeten in het water, wil je, alsjeblieft? Er staat een kom in de wasbak. Dank je, Theo. Ik schik ze na de lunch wel.'

'Zo,' zei hij, terwijl hij de deur opendeed en haar naar de salon leidde. 'Wat voor ellende was dat op deze prachtige morgen?'

'Ach, je kent het wel. Zorgen. Ik mis de kinderen nu ze allemaal weer naar school zijn. Een zwarte bui, noemt Mol dat, geloof ik. Algehele misère.' Ze haalde haar schouders op. 'We worden allemaal oud, Theo.'

'Daar kan ik niet met je over redetwisten,' beaamde hij opgewekt, en schonk een ruime hoeveelheid gin en een bescheiden hoeveelheid tonic voor haar in. 'Maar we doen het in ieder geval met zijn allen.'

'Daar ben ik juist zo bang voor,' zei ze, en pakte het glas aan. 'Dat een van ons ermee uitscheidt.'

'Het is onvermijdelijk,' zei hij bedaard. 'Dat weten we allemaal. Maar laat die wetenschap niet bederven wat we hebben.'

Ze knikte aarzelend, voelde zich merkwaardig huilerig, had behoefte aan zijn troost.

'Ik ben een maf oud mens,' zei ze.

'Ook daar kan ik niet met je over redetwisten,' constateerde hij, terwijl hij bedachtzaam een slokje nam.

Ze keek hem even nijdig aan en hij hief stralend zijn glas naar haar op, maar voordat ze hem lik op stuk kon geven, kwam Caroline zeggen dat de lunch klaar was en met zijn drieën liepen ze naar de eetkamer.

Prue, die onlangs haar zevenenveertigste verjaardag had gevierd, voelde zich ook triest. De lente had een pijnlijke schoonheid die pijn aan haar hart deed en haar melancholiek maakte. De langere, lichtere avonden gaven haar een rusteloos en eenzaam gevoel en ze

281

was niet in staat deze vrijdagavond nog langer in huis te zitten. Daarom wandelde ze naar Avon Gorge waar ze kon uitkijken over de rivier en de grote boog van de hangbrug. Het was hoogwater, de zandbanken tussen de beboste oevers van Clifton en Leigh waren onder het water verdwenen en ze herinnerde zich hoe zij en de tweeling in Nightingale Valley hadden gepicknickt. Wat leek dat lang geleden en wat verlangde ze naar de tijd dat Hal en Kit nog klein waren en ze zich nooit eenzaam voelde.

Prue dacht: Maar ik ben altijd alleen geweest zonder Johnny. Ik ben nooit over zijn dood heen gekomen. Waarschijnlijk omdat we nooit tijd hebben gehad om genoeg van elkaar te krijgen. Het was allemaal nog nieuw en spannend.

Toen ze naast het Observatorium naar een kleine kustvaarder keek die met de stroom mee tufte, vroeg ze zich af waarom Hal en Kit geen van beiden nog echt verliefd waren geworden: hadden ze dan geen van beiden de romantische trek die zij en Johnny hadden gedeeld? Ze vermoedde dat Hals gevoelens voor Fliss sterker waren geweest dan zij of de familie had gedacht. Hij had het erg zwaar opgevat en ze had met hem meegeleefd – maar had geen spijt van haar beslissing. Het zou heel verkeerd zijn als Hal en Fliss waren getrouwd, dat vond ze nog steeds, maar ze had voor allebei begrip. Hal had in ieder geval nog plezier, dat was zeker, maar met Fliss wist je het nooit. Ze was zo stil en gereserveerd dat je er onmogelijk achter kon komen hoe ze zich voelde. Volgens Kit had Fliss geen idee dat de andere familieleden erbij betrokken waren geweest. Dat betekende dat ze zich helemaal bij hen op haar gemak kon voelen, ook al leed ze er wel onder dat Hal haar het leed had berokkend. Prue wist dat Hal het haar kwalijk nam dat hij de rol van beul toegeschoven had gekregen, ook al aanvaardde hij dat het de enige manier was om een radicale breuk te forceren. Ze had hem ervan overtuigd dat met Fliss trouwen absoluut verkeerd zou zijn – daarom was het essentieel dat Fliss, als de klap eenmaal was gevallen, de familie had om zonder wrok of vernedering op terug te vallen. Kit was de uitzondering – maar Kit en Fliss hadden zo'n hechte band dat het er niet toe deed. Kit kon met haar meevoelen, de kant van Fliss kiezen, haar verdriet delen. Prue wist – tot haar eigen schande – dat het veel makkelijker zou zijn als Fliss een serieuze vriend had, als ze zelf iemand had om van te houden…

Kit daarentegen had hele ritsen vriendjes, die ze allemaal om de beurt meenam naar Bristol en van wie ze allemaal evenveel leek te houden. Als Prue vroeg wanneer ze zich nu eens settelde en ging trouwen – iets wat ze met enige regelmaat vroeg – dan sperde Kit haar ogen open in afschuw.

'Maar hoe kan ik er nu één kiezen?' vroeg ze dan dramatisch. 'Wat een afschuwelijke beslissing. Zijn mannen niet gewoon om op te eten, mam?'

Een jong stel passeerde haar, in elkaar verstrengeld, en liep in de richting van de bosjes en Prue glimlachte. Wat heerlijk om jong en hartstochtelijk verliefd te zijn. Zelfs nu, dertig jaar later, kon ze zich herinneren hoe ze zich voelde als ze bij Johnny was; warm en slap van verlangen, maar ook sterk en jong en zelfverzekerd. Niemand kon aan hem tippen, ook al had ze geprobeerd een opvolger te vinden. Ze was door haar eigen verlangen bedrogen, had andere mannen Johnny's bijzondere kwaliteiten toebedeeld, maar het had nooit gewerkt. Ze dacht aan Tony, bedacht zich hoe wanhopig ze iets van Johnny in hem had gezocht en ze schudde haar hoofd. Wat was ze dom geweest. Tony leek absoluut niet op Johnny.

Toen ze de weg naar huis insloeg, dacht ze aan hun eerste ont-moeting op een feest tijdens de oorlog: lang, blond, levendig... Prue hapte naar adem. Daar kwam hij aan over het gras. De lange, soepele pas en de onmiskenbare stand van zijn hoofd, met zijn vin-gers losjes om de hand van een jong meisje. Hij hief zijn vrije hand op, lachte, riep haar...

'Hal,' fluisterde ze met droge keel. 'O, Hal. Wat liet je me schrikken.'

'Dag, mam.' Hij sloeg zijn armen om haar heen. 'Wat is er? Het lijkt wel of je een spook hebt gezien. Ik wist wel dat je hier zou zijn. Ik zei het al tegen Maria, nietwaar, liever? "Ze is vast bij de rivier." Dus zijn we hiernaartoe gelopen...'

Lieverd? Prue slikte, knikte, glimlachte naar Maria. Ze zag eruit alsof ze voor het moderne tijdperk was uitgevonden: lang, donker, glanzend haar dat op haar schouders wiegde, een fijn, volmaakt ge-zicht, grote bruine ogen, omlijnd als een pandabeer. Haar wollen hemdjurk was nauwelijks lang genoeg om haar billen te bedekken en haar fraaie lange benen werden door knielaarzen omsloten. Hal stelde hen aan elkaar voor en Maria schudde Prues hand, ontweek heel charmant Hals overdreven opmerkingen, lachte hulpeloos en haalde hopeloos haar schouders op.

'Hij is onmogelijk,' zei ze tegen Prue. 'Werkelijk…'

'Ik heb haar mee moeten slepen,' zei Hal trots. 'We hebben elkaar vorige week pas ontmoet, mam, maar het was liefde op het eerste gezicht. Kun je het me kwalijk nemen? Houd je vast, mam. We gaan trouwen. Protesteren heeft geen zin.'

'Het spijt me, Mrs. Chadwick.' Maria beet op haar mooie lippen, deed alsof ze bezorgd was, maar moest onwillekeurig glimlachen. 'Weest u alstublieft niet boos op ons. We kunnen er gewoon niets aan doen.'

'Mijn lieve kind, ik ben dolgelukkig.'

Prue dacht: Hier heb ik op gewacht, naar verlangd. Net als toen met Johnny en ik.

Ze herinnerde zich nog hoe koel Freddy bijna dertig jaar geleden naar haar had gekeken en ze boog voorover en gaf Maria een zoen op haar wang. 'Ik ben dolgelukkig,' herhaalde ze hartelijk.

'O.' Het meisje slaakte een opgeluchte zucht. 'Ik heb de hele weg vanuit Portsmouth zó in angst gezeten, u hebt geen idee. Maar Hal wilde per se komen…'

'Jullie hadden moeten bellen,' zei Prue tegen haar triomfantelijke zoon. 'Ik kan jullie niets aanbieden.'

'We gaan met zijn allen uit eten,' zei hij. 'Om het te vieren. Ik wilde dat het een verrassing was, mam.'

'Dat is het zeker,' zei ze, toen ze naar huis liepen, ieder aan een kant van haar. 'Vertel. Ik wil alles horen.' Ze begon te lachen. 'O, Hal. Hoe durf je me hier zo mee te overvallen, zonder waarschuwing! Het huis ziet er niet uit – en ik ook niet…'

'U ziet er enig uit.' Maria gaf een kneepje in haar arm. 'Net als Hal u had beschreven. Wat ben ik blij dat u niet boos bent. Maar ik houd ook zo van hem.'

'Och, liefje.' Prue was helemaal ontwapend. 'Ik ook.'

Ze lachten samen, terwijl Hal inschikkelijk glimlachte. Dit was zoals het moest zijn, precies zoals hij het zich had voorgesteld. Hij vond het heerlijk om zich zo te voelen, terwijl hij had gedacht dat het onmogelijk was, dat zijn liefde voor Fliss iedere andere kans op geluk zou vernietigen. En toen had hij Maria gezien… Hij had eerst enorme opluchting gevoeld en daarna het verlangen om het nieuwe geluk met beide handen aan te grijpen, de angst dat hij geen minuut te verliezen had, dat wachten rampzalig zou zijn.

Prue keek naar hem op en werd geraakt door de blik op zijn gezicht. Angst sloeg haar om het hart en ze stak haar arm door de zijne. Hij keek snel omlaag en ze trok hem wat dichter tegen zich aan.

'Dit is de ware,' zei hij, alsof hij gerustgesteld wilde worden, zichzelf ervan wilde overtuigen.

'Dat zie ik,' zei ze blij, omdat ze wilde dat hij haar goedkeuring zag, en opgelucht zag ze dat hij weer glimlachte. Maria leunde naar voren om naar hem te kijken en hij knipoogde naar haar. Prue trok hen dichter tegen zich aan. 'Ik heb nog een heerlijke bordeaux liggen. Dan kunnen we in ieder geval een dronk op jullie uitbrengen,' zei ze, 'ook al is het niet hetzelfde als champagne. En daarna gaan we ergens een tafeltje reserveren. Iets bijzonders. Blijven jullie het hele weekend? Tot zondagochtend? O, wat leuk. Daar zijn we. Zo, waar is mijn sleutel…?'

30

'Het is eindelijk gebeurd.' Dolgelukkig en bezorgd kwam Kit na haar telefoontje de keuken weer binnen. 'Hal heeft zich verloofd. Moeder is in de wolken.'

'Wauw,' zei haar huisgenote stuurs, terwijl ze verveeld aan de afwas bezig was. 'Geweldig. Vreugde alom.'

Kit pakte de theedoek en begon af te drogen. Ze was het afgelopen jaar in de wereld gestegen – heel letterlijk. De promotie in de galerie, samen met een bescheiden toelage van Freddy hadden haar in staat gesteld om te verhuizen naar een ruime flat op de tweede verdieping van een negentiende-eeuws rijtjeshuis op Pembridge Square. Ze zat op loopafstand van Whiteley en de ijsbaan en had een sleutel van de schattige kleine tuin in het midden van het plein. Haar oude huisgenoot die nu in het British Museum werkte, was met haar meeverhuisd. In het begin was dit zwijgzame, voorzichtige meisje naamloos en anoniem gebleven te midden van haar medestudenten. Toen ze erop aandrongen, vertelde ze met tegenzin dat ze Lucy Teresa was gedoopt – 'Ach, jee!' had Kit verklaard. 'Daar kun je helemaal niets mee, ben ik bang' – maar toen ze eenmaal was gevraagd om als vierde in het souterrain in Scarsdale Villas te trekken, begon ze te veranderen. Toen ze haar verstandige, burgerlijke jeugd losliet en van een ontoegeeflijk vooringenomen pop veranderde in een vlinderkind van haar tijd, werd duidelijk dat er maar één naam voor haar was. Kit was zoals altijd degene die dat zag en net zoals ze de puppy's hun naam had gegeven, zo had ze ook Lucy Teresa hernoemd door haar voornaam eenvoudig maar vernietigend in te korten.

'Dit is Lust,' verkondigde Kit altijd nonchalant – en mannen van alle leeftijden draaiden hun hoofd dan om naar de sombere ogen en blonde lokken, het jongensachtige figuur en de eindeloze benen en hoopten dat ze de waarheid sprak. In The Keep had Lust een gemengde ontvangst gehad. Kit was samen met haar in haar Morris met open dak – Eppyjay genaamd vanwege het nummerbord: EPJ 43 – naar The Keep gereden en had nieuwsgierig toegekeken naar de reactie van haar familie. Theo stond op de binnenplaats toen ze aan kwamen rijden en was het grasveld overgelopen om hen te begroeten. Het was voor het eerst dat Kit Theo als man zag en niet alleen als een lid van haar familie. De meisjes stapten uit en Kit had nonchalant gezegd: 'Dit is Lust, oom Theo.' En na een lange stilte had Theo bedachtzaam gezegd: 'Ja, dat zou best wel eens zo kunnen zijn.' Lust had zijn hand geschud, had haar haar naar achteren gegooid en naar hem gestaard, en Kit had plotseling gezien hoe aantrekkelijk Theo was: lang en mager, dik grijzend haar en met de glimlach die zijn ogen rimpelde maar zijn mond nauwelijks raakte.

'Wauw!' had Lust gemompeld, toen zij en Kit hun spullen uit de achterbak haalden. 'Dubbel wauw! Waarom heb je me nooit over hem verteld?'

'Het valt me nu pas op,' had Kit eerlijk gezegd. 'Pas alsjeblieft wel op voor grootmoeder.'

Maar Freddy had Lust heel natuurlijk en met licht vermaak aanvaard en behandelde haar als een van haar kleinkinderen. Fox en Ellen waren degenen die zich tegen Lust verzetten, niet in staat om zoveel openlijke pikantheid te accepteren. Mol was dol op haar, Susanna deed het allemaal niets en Fliss ging heel rustig met haar om als Kits vriendin. Hal was doodsbenauwd voor haar.

'Grappig, hè?' had Lust op de terugweg naar Londen gezegd. 'Oudere mannen zijn gewoon geweldig. Dat komt doordat ze weten. En doordat je weet dat zij weten. Dat is zo sexy aan ze.'

'Maar niet allemaal,' had Kit gezegd.

'Nee,' had Lust bedachtzaam geantwoord. 'Niet allemaal. Is het niet merkwaardig. O, Kit. Ik ben verliefd op Theo.'

'Nou, dat kan niet.' Kit had zich verscheurd gevoeld tussen haar trots dat ze zo'n aantrekkelijke oom had en de schok dat iemand hem op die manier bekeek. 'Hij is priester.'

Lust had naar Cullompton gestaard dat in de middagzon lag te doezelen toen Eppyjay over de A38 reed. 'We zijn voor elkaar geschapen,' had ze dromerig gezegd.

Zelfs nu, een paar jaar later, hield Lust vol dat ze alleen van Theo hield en dat al haar andere overwinningen in het niet vielen bij haar hartstocht voor hem. Maar vanavond dacht Kit niet aan Theo.

'Ik vraag me af hoe Fliss het zal opvatten,' zei ze bezorgd. 'Ik heb hier zo tegen opgezien. Ik denk dat ze nog steeds verliefd is op Hal.'

'Net als ik en Theo,' zei Lust zuchtend. 'Voor elkaar geschapen, maar door wrede omstandigheden uit elkaar gehouden…'

'Houd toch op,' zei Kit. 'Ik meen het. Die arme Fliss. En wedden dat ik degene ben die het haar moet vertellen? Mam zei dat ik het nog aan niemand mocht vertellen, maar ik wil wedden dat Hal het straks niet durft en het mij vraagt.'

'Moet je luisteren,' zei Lust, en droogde haar handen af aan de handdoek achter de keukendeur. 'Dit is voor Fliss waarschijnlijk het beste dat kon gebeuren.'

Kit staarde haar aan. 'Hoe kom je daar nou bij?'

'Moet je luisteren,' zei Lust opnieuw. 'Iedereen is het erover eens dat Hal en Fliss samen nooit iets kunnen worden. Ja? Nou, zolang Hal niet helemaal buiten het bereik van die arme Flissy is, blijft ze hoop houden. Dan is er net die héle kleine glimp van hoop dat er ooit, op een dag een wonder gebeurt en dat hij plotseling van haar zal zijn. Genoeg om haar ervan te weerhouden zich aan iemand anders te binden. Zie je?'

'Zo heb ik het nog nooit bekeken,' zei Kit langzaam.

'Doe dat dan nu maar,' adviseerde Lust. 'Hard zijn om lief te zijn, en zo. Dan gaat ze waarschijnlijk met Miles aan de haal. Mazzelaar. Weet je nog dat ze hier logeerde vanwege dat feest en dat hij haar kwam ophalen?' Lust maakte waarderende geluiden. 'Echt gaaf. Ik begrijp niet waarom ze zo'n harteloze jongeling als Hal wil, terwijl ze Miles zo kan krijgen.'

'Miles is wel een spetter,' beaamde Kit bedachtzaam, 'en het is wel duidelijk dat hij Fliss aanbidt. Denk je echt dat ze… je weet wel?'

'Waarom niet?' Lust haalde haar schouders op. 'Het is net alsof ze verblind is, vind je niet? Ze ontmoet je grote broer als ze vreselijk overstuur is en groeit op met die liefde voor hem. Ze ziet niemand anders, alleen hem. Haal hem uit haar gezichtsveld en misschien ziet ze dan eens iemand anders voor de verandering. Die oude Miles is duidelijk tot over zijn oren. Ik had me toen nog speciaal verkleed en stond te wachten toen hij haar thuisbracht, maar hij zag me niet eens staan. Nou ja, niet meer dan twee keer, dan.'

'Je bent vreselijk.' Kit schoot in de lach. 'Geen man is veilig bij jou. Goddank ben ik nooit echt verliefd. Als die dag komt, verhuis ik. Dan laat ik je niet bij hem in de buurt.'

'Je bent ook helemaal niet leuk meer,' gaapte Lust. 'Zo, vertel nu eens alles over broer Hal en laat niets achterwege. Nieuwe lezers, begint hier…'

Maar Kit had het mis. Hal was wel degene die Fliss het nieuws vertelde. Hij belde haar de volgende vrijdagavond in haar kleine flatje in de privé-school in Gloucestershire, waar ze na haar diploma-uitreiking haar eerste baan had bemachtigd. Ook al had ze genoten van haar drie jaar in opleiding, ze wist dat een deel van de aantrekkingskracht kwam doordat het zo dicht bij The Keep was en na bijna tien jaar niet thuis te hebben gewoond, zou het zo makkelijk zijn geweest om zich bij haar familie te voegen; de verleiding om weer thuis te wonen was heel erg groot. Maar door haar trots had ze een baan in Gloucestershire genomen. Ze was bijna blij geweest dat er geen vacatures op een van de plaatselijke lagere scholen waren, ook al zou Freddy het helemaal niet erg hebben gevonden als ze daarop had gewacht. Iets dwong haar een radicale breuk te forceren.

Iedereen accepteerde het rustig. Ze kon per slot van rekening in de lange schoolvakanties bij hen zijn. Alleen Kit vermoedde dat ze heel erg eenzaam was, dat ze iedereen heel erg miste, maar Fliss wees iedere poging om terug te komen af. Ze moest zichzelf bewijzen dat ze het in haar eentje kon redden terwijl ze over haar liefde voor Hal probeerde te komen. Het was veel gemakkelijker als ze hem niet zag en ze niet hoefde te luisteren als de anderen het over hem hadden. Het ging iets beter toen hij in het Verre Oosten zat, maar nu hij terug was en in Portsmouth gestationeerd was, hadden alle oude gevoelens haar weer overspoeld.

Fliss vroeg zich af wat ze had moeten doen zonder de standvastige, bescheiden vriendschap van Miles Harrington. Ze was niet goed in het ontmoeten van nieuwe mensen, ze was niet goed in het flirten met mannen of het versieren van ze, zoals Kit. Ze was te verlegen en zelfs als ze serieus in een man geïnteresseerd was, kwam iedere keer weer de gedachte aan Hal in haar op, waardoor het allemaal zinloos was. Daarom was Miles zo geweldig. Hij was bijna familie, deel van haar leven toen zij en Hal samen zo gelukkig waren geweest. Ze voelde zich veilig bij hem zoals ze zich alleen maar veilig had gevoeld bij haar vader en Jamie – en Hal zelf, natuurlijk…

Toen ze zijn stem aan de andere kant van de lijn hoorde, ervoer ze alle oude gevoelens. Haar hart bonkte zo hard dat ze buiten adem raakte en ze in de stoel naast de telefoon zakte. Hij klonk gespannen en afgeleid en toen hij eindelijk de reden voor zijn telefoontje eruit flapte, sloot ze haar ogen, misselijk van de teleurstelling.

'Ik wilde je het zelf vertellen,' zei hij. 'Ik… ik weet niet wat ik verder nog moet zeggen, Fliss.'

Trots duwde al haar gevoelens opzij; haar zwakte, haar verlangen om te huilen, te smeken, de jaloezie die haar hart doorboorde en haar maag omkeerde. Trots rechtte haar rug en hielp haar om haar stem te beheersen.

'Ik ben heel blij voor je,' loog ze dapper. 'Echt.'

'O, Fliss. Maar je weet toch dat je nog altijd heel speciaal voor me bent. Niemand kan jouw plaats innemen. Ik heb Maria uitgebreid over je verteld. Ze wil je dolgraag ontmoeten.'

Ze klemde haar kiezen op elkaar, haatte hem.

'Ik haar ook,' zei ze luchtig. 'Laat me weten wanneer jullie allebei in The Keep zijn. Wanneer… wanneer is de grote dag?'

'Gauw,' antwoordde hij. Ze kon de opluchting in zijn stem horen. Had hij verwacht dat ze zou schreeuwen of huilen? 'Geen zin om het uit te stellen. Maria heeft altijd in juni willen trouwen. Haar ouders zijn erg blij. Susanna is een van de bruidsmeisjes. Ik denk niet dat…?' Hij aarzelde.

'Nee,' zei ze snel. 'Dank je, maar nee. Susanna zal het enig vinden.'

'Ik dacht wel dat je dat niet zou willen. Kit zei hetzelfde, maar Maria vond dat ik het je moest vragen.'

'Bedank haar maar,' zei Fliss. Vol ongeloof deed ze haar ogen dicht. Hadden ze het daar echt met elkaar over gehad? 'Zeg maar dat ik haar graag wil leren kennen. Hoor eens, ik stond op punt uit te gaan. Ik heb een afspraakje. We spreken elkaar binnenkort weer.'

'O. Tuurlijk.' Hij klonk verbaasd, bijna beledigd. 'Is hij leuk?'
Ze balde haar vuist en bestudeerde hem even. 'Heel leuk. Dag.'
Ze legde de hoorn op de haak en staarde naar de muur.

Fliss dacht: Ik ben boos. Ik haat hem... Maar wat kon hij anders? Dacht ik nu heus dat hij op een dag van mening zou veranderen?

Ze werd overmand door verdriet en eenzaamheid. Ze kon toch onmogelijk deze Maria ontmoeten, dit meisje op wie hij verliefd was? Ze vroeg zich af of ze Kit zou bellen, maar voelde zich niet in staat met iemand van de familie te praten. Maar hoe kon ze hier in haar eentje zitten, in de wetenschap dat haar laatste glimp van hoop was weggeslagen en dat haar leven kapot was? Ze bleef stil zitten, vocht tegen haar verdriet, weigerde eraan toe te geven. Het weekend lag naargeestig en leeg voor haar. Toen nam ze de hoorn van de haak en belde Miles in Dartmouth.

Nog maanden later brak Miles het zweet uit als hij eraan dacht hoe gemakkelijk hij haar telefoontje had kunnen missen. Hij had zijn hand al op de deurkruk van de voordeur op weg naar de pub voor een biertje, in de hoop op een rustig weekend in zijn huis in Above Town, na een drukke week achter zijn bureau in Whitehall.

'Fliss?' Hij kon zijn oren nauwelijks geloven. 'Hoe gaat het met je? Waar zit je?'

Haar stem klonk vreemd: licht en buiten adem. Hij fronste, frunnikte aan het snoer van de telefoon, probeerde de boodschap tussen de regels door te lezen. Ze was eenzaam, had geen zin in het weekend, wilde met iemand praten... Hij voelde de opwinding in zich opkomen, uitbundigheid die werd veroorzaakt door de wetenschap dat zij zich voor het eerst tot hem gewend had, hem had gekozen.

'Wacht even,' zei hij. 'Ik ben het weekend ook alleen. Als ik nou morgen naar je toe kom? Of beter nog... Zal ik je komen ophalen voor het weekend? Het is zulk prachtig weer. Dan kunnen we in Blackpool Sands wandelen en trakteer ik je op een etentje in The Cherub. Wat zeg je daarvan?'

Hij lachte, bereidde zich voor op een afwijzing, bad dat ze ja zou zeggen. Ze zei iets over een korfbalwedstrijd zaterdagmiddag en de supervisie van het eten van de spelers, misschien kon ze met iemand ruilen...

'Alsjeblieft,' smeekte hij. 'Probeer het alsjeblieft, Fliss. Het lijkt me heel gezellig en ik wil je dolgraag weer eens zien. Ik kan er in twee uurtjes zijn en de logeerkamer is gereed.'

Het leek hem beter om dat er nog even bij te zeggen, voor het geval ze dacht dat hij een spelletje met haar speelde – maar ze lachte al om zijn enthousiasme, haar stem een beetje trillerig, alsof ze ontroerd was door zijn onverholen verlangen.

Miles dacht: Goeie hemel, ze moet zo langzamerhand toch wel weten wat ik voor haar voel?

Ergens zei een instinct hem dat hij nu door moest duwen, dat dit het moment was.

'Ik accepteer gewoon geen nee,' zei hij haar resoluut. 'Regel jij alles maar. Ik ben er om…' Hij rekende even snel in gedachten. '… tien uur, ongeveer. Dan zijn we op tijd terug voor de lunch.'

Na haar verwarde bedankjes, legde hij verbluft de hoorn op de haak. Waarom stond nu, na vijf jaar, het geluk opeens aan zijn kant? Hij schudde zijn hoofd, keek zenuwachtig om zich heen om te zien of het huis een beetje op orde was – een vrouw uit het dorp kwam een keer in de week om schoon te maken – en vroeg zich af of hij de volgende ochtend nog tijd had om wat boodschappen te doen, terwijl hij in gedachten de inhoud van de koelkast inspecteerde… Hij werd overspoeld door vreugde.

Miles dacht: Ze belde míj, niet haar familie. O god, laat me alsjeblieft niet doodgaan voordat ik haar voor me heb gewonnen.

Ze stond aan het eind van de oprit op hem te wachten met haar weekendtas tegen zich aan geklemd. Haar gezicht ontspande zich toen ze zijn auto door de brede poort zag komen. Hij sprong de auto uit, hield het portier voor haar open, nam haar tas aan en wachtte tot ze goed zat. Fliss ervoer een merkwaardig gevoel van onvermijdelijkheid. Even besefte ze ten volle dat ze in zekere zin haar eigen kracht losliet en verloochende als ze zich overgaf aan de kracht van Miles. Ze keek hem verward en besluiteloos aan toen hij achter het stuur kroop en met opgetrokken wenkbrauwen naar haar glimlachte, een reactie vroeg. Zijn vertrouwdheid, de aanwezigheid van zijn breedgeschouderde lichamelijke kracht, zijn aangeboren gezag, al deze aspecten ontwapenden haar. Het was zo verleidelijk om eraan toe te geven en op hem te steunen.

'Lief dat je er bent,' zei ze – en hij leunde opzij en kuste haar snel op haar mond.

Het was een opzettelijk gebaar, heel anders dan de eerdere gebaren van vriendschap, en ze leek het te aanvaarden, keek hem ernstig aan. Voordat hij de motor startte en ze terugreden naar Devon staarden ze elkaar lange tijd aan, alsof ze een bepaalde boodschap uitwisselden. Ze was stil, dacht niet aan haar verdriet en verwarring, liet zich door hem vermaken en verzorgen. Zijn plannen verliepen probleemloos en naderhand verwonderde hij zich erover dat de twee dagen zo volmaakt waren geweest. Fliss reageerde welwillend op zijn suggesties, sloot zich aan bij al zijn plannen en was hem intens dankbaar. Zijn aanbidding verzachtte haar wonden, zijn vriendelijkheid was bijna een afrodisiacum. Ze had wanhopig behoefte aan liefde van iemand buiten de familie, iemand die van haar hield omdat hij daarvoor koos, niet vanwege bloedverwantschap of plicht. Zijn trouw – vooral van zo'n ervaren en volwassen man – was een reusachtig compliment en ze voelde het als nooit tevoren.

Achteraf besefte Miles dat zijn beslissingen bijzonder goed waren geweest; zelfs het weer werkte mee. Na de lunch in het kasteel reed hij naar Blackpool Sands waar ze in de warme aprilzon over het strand slenterden, naar de golven op het zand keken en naar de krijsende meeuwen luisterden die boven de kliffen doken en scheerden. Later dronken ze uitgebreid thee in The Sea Breezes in Torcross, voordat ze langzaam over de smalle weggetjes naar Start Point reden. Miles voelde de spanning van haar af glijden toen ze naar de vuurtoren wandelden. De golven beukten tegen de rotsen onder hen en de enorme hemelboog boven hen was diepblauw. De weidsheid van de zee die zich, verder dan het oog reikte, als blauwe zijde voor hen uit strekte, had de kracht om iedere angst weg te nemen, problemen te relativeren.

Nadat ze zich hadden opgefrist en verkleed, liepen ze over de kade en keken naar de boten. De rivier stond in vuur en vlam, vloeibaar vuur in het weerspiegelende licht van een vlammende zonsondergang en ze bleven er even vol bewondering naar kijken, waarna ze weer naar het dorp terugliepen om in The Cherub te dineren. Fliss at heel weinig. Het leek of ze een bepaalde beslissing wilde nemen – en Miles wist precies welke dat was. Hij keek toe hoe ze stiller en bedachtzamer werd, merkte op dat er een prikkelende verlegenheid tussen hen leek te ontstaan. Hij was vastbesloten haar laatste restje besluiteloosheid te vermurwen. Hij schonk haar nog een glas wijn in – en ze dronk het gehoorzaam, bijna afwezig – en toen hij de rekening had betaald, trok hij haar overeind en nam haar mee naar zijn kleine huisje, met zijn arm om haar heen, dicht tegen zich aan getrokken.

Toen ze binnenkwamen, hielp hij haar uit haar jas, kuste haar en nam haar mee naar boven. Over de logeerkamer werd niet meer gesproken. Ze liep met hem mee naar zijn slaapkamer, waar hij de liefde met haar bedreef en haar tot de ochtend in zijn armen hield.

31

Freddy was degene die het nieuws aan Caroline vertelde. De brief van Fliss had haar niet heel erg verbaasd; nadat ze het nieuws over Hals verloving had gehoord, had ze zitten wachten op een reactie van Fliss. Ze las de brief bij het ontbijt en gaf hem zwijgend aan Theo. Hij fronste, roerde onophoudelijk in zijn koffie totdat Freddy het wel uit kon schreeuwen.

'Nou?' vroeg ze ongeduldig, toen ze het niet langer uithield. 'Ik zie dat ze Miles heeft verboden om formeel om haar hand te vragen. Ouderwets, noemt ze het. Natuurlijk weet zij niet dat hij dat allang gedaan heeft.'

Theo keek haar nog altijd fronsend aan. 'Al gedaan heeft?' herhaalde hij scherp.

'Hij belde,' zei Freddy afwerend. Theo's reactie had haar van haar stuk gebracht. 'Hij vond het niet meer dan juist. Ze is erg jong en we moeten niet vergeten dat ze niet weet dat hij vijf jaar geleden ook al eens om haar hand heeft gevraagd. Hij zei dat hij met mijn toestemming haar ten huwelijk wilde vragen en hij was vol vertrouwen. Deze brief van Fliss bevestigt dat hij gelijk had.'

Haar bezorgdheid zakte wat weg toen ze aan het gesprek dacht. Miles was bijna onsamenhangend omdat hij zo blij was dat Fliss zich eindelijk tot hem had gewend, zijn liefde eindelijk aanvaard had.

'Fliss vindt het ouderwets om toestemming te vragen,' had hij gezegd, 'maar ik voel me een stuk geruster als u uw goedkeuring verleent, Mrs. Chadwick. U weet hoezeer ik van haar houd, zelfs meer nog dan vijf jaar geleden en die liefde wordt alleen maar sterker en sterker…' Hij had hulpeloos gelachen. 'Vergeeft u me dat ik me zo dwaas gedraag, maar hoe moet je je anders gedragen als al je dromen eindelijk uitkomen? Het is niet mijn bedoeling om arrogant te zijn of om op de zaken vooruit te lopen, maar ik weet gewoon zeker dat ze ja zegt en ik voel me net een kleuter met Kerst-mis.'

Freddy had samen met hem gelachen. Ze vond hem bijzonder sympathiek en had beloofd niets over het telefoontje tegen Fliss te zeggen...

Maar nu voelde ze zich ongemakkelijk bij Theo's zwijgen en ze smeerde boter op haar geroosterde boterham en liet het toen on-aangeroerd weer op haar bord vallen en duwde haar ontbijt opzij. 'Wat is er toch, Theo? Keur je het dan niet goed?'

'Ik wou dat het niet nu was gebeurd,' antwoordde hij. 'Ik zou lie-ver zien dat het geen directe reactie op Hals verloving is.'

'Uiteraard,' zei ze geïrriteerd – daar maakte zij zich ook zorgen om. 'Dat zouden we allemaal liever zien. Maar goed, het is nu een-maal gebeurd. Wat kunnen we doen? We kunnen haar moeilijk vra-gen waarom ze Miles opeens in een nieuw en aantrekkelijk licht ziet.'

Hij glimlachte even om haar spitsheid, herkende de onderlig-gende zorgen, maar zijn serieuze blik keerde terug. 'Waarom niet?' vroeg hij.

Ze staarde hem aan. 'Ben je helemaal gek geworden?' vroeg ze. 'Wil je serieus dat we al die oude wonden weer openrijten? Fliss vragen of ze met Miles trouwt omdat ze Hal nu helemaal niet meer kan krijgen? Vragen of ze het uit opstandigheid doet? Hoe denk je dat ze zich dan voelt?'

'Ik heb liever dat ze een tijdje verdrietig is, dan dat ze zich aan een man bindt van wie ze niet echt houdt,' antwoordde hij rustig.

'Waarschijnlijk,' zei Freddy scherp. 'Maar we weten toch hele-maal niet of ze van hem houdt of niet? Ze heeft hem de afgelopen jaren heel veel gezien. Er zijn andere soorten duurzame liefde dan datgene wat wordt beschreven als "liefde op het eerste gezicht". Hij is verliefd op haar en hij kan voor haar zorgen. Fliss is veel gelukki-ger bij een oudere man.'

'Is dat zo?'

Freddy deed haar ogen dicht en haalde diep door haar neus adem. Een stilzwijgende roep om geduld. 'Denk jij dan van niet?'

'Ik denk,' zei hij langzaam, 'ik denk dat er een mythe is ontstaan rond Fliss vanwege de dood van Peter en Jamie. Ze heeft de invloed van haar vader en oudere broer gemist, de troost en steun die een oudere persoon kan bieden en daarom wendde ze zich tot Hal. Dat was heel natuurlijk, maar niet normaal. Ze is daar nooit overheen gegroeid zoals zou zijn gebeurd als Peter en Jamie nog hadden geleefd. Nu heeft ze zich tot Miles gewend. Ze gebruikt zijn kracht om haar door deze pijnlijke periode te helpen en bindt zich zodoende aan hem. Ik denk dat ze zelf genoeg kracht heeft om het te verwerken als ze de kans krijgt die kracht te ontwikkelen. Ik vind Miles bijzonder sympathiek, maar ik vermoed dat hij zijn kans schoon heeft gezien en hem heel logisch met beide handen heeft aangegrepen.'

Freddy keek hem nieuwsgierig aan. 'Jij denkt dat ze alleen gelukkiger zou zijn?'

Hij bleef even stil. 'Vrouwen is geleerd om te denken dat mannen sterker en intelligenter zijn, om mannen voor zich te laten beslissen en handelen,' zei hij uiteindelijk. 'Dat is niet noodzakelijkerwijs waar. Mannen zijn lichamelijk misschien sterker en ze zijn eraan gewend op de werkvloer te zijn, belangrijke beslissingen en verantwoordelijkheid te nemen. Vrouwen die bekwaam en emotioneel heel sterk zijn, zullen het mannen mogelijk kwalijk nemen als ze niet in staat worden gesteld hun talenten te ontplooien. Misschien dat ze tijdelijk verleid worden door de macht die mannen bezitten, instinctief zullen ze zich misschien willen onderwerpen, maar uiteindelijk zal er een gevaarlijk conflict ontstaan.'

Opnieuw viel er een stilte.

'Daarom ben je zo lang weggebleven,' zei ze stilletjes. 'Je bent weggebleven opdat je me niet zou beïnvloeden.'

Theo aarzelde. Het was niet de hele waarheid, maar de rest kon hij niet toegeven; dat hij bang was dat zijn liefde te groot was om verborgen te houden toen ze jong waren.

'Het klinkt nogal aanmatigend,' gaf hij toe. 'Maar, ja, daar was ik bang voor.'

'Waarom ben je uiteindelijk wel gekomen? Dacht je dat je macht was afgenomen?'

'Misschien kun je beter zeggen dat jouw eigen kracht zo goed ontwikkeld was dat ik me geen zorgen meer hoefde te maken dat ik je zou beïnvloeden,' antwoordde hij snel.

'Maar toch heb je dat wel gedaan,' vertelde ze hem. 'Over dat ge-doe met Hal. Toen ik hem wilde omkopen. Je was toen heel boos.'

'Ik was jaloers op je eigen integriteit,' zei hij. 'Het... Je bent me heel erg dierbaar. Het was belangrijk dat dat niet aangetast werd... Alsjeblieft zeg,' onderbrak hij zichzelf, 'wat een verwaande kwast ben ik. Zullen we het weer over Fliss hebben?'

'Ik weet niet zo goed wat ik moet zeggen,' zei ze. Ze was erg ge-roerd, begreep nu veel meer en voelde zich nederig maar ook in vervoering. 'Vind je dat Fliss het alleen moet zien te redden?'

'Helemaal niet,' zei hij heftig. 'Als ik wist dat Fliss van Miles hield, onvoorwaardelijk en vol overgave, dan zou ik dolgelukkig zijn dat ze iemand had gevonden met wie ze al haar zorgen kon de-len – en al haar vreugde. Ik ben alleen bang dat ze denkt dat ze zijn kracht nodig heeft en zich in ruil daarvoor aan hem geeft. Het is heel goed mogelijk dat ze daar later spijt van krijgt en dan krijgen ze het allebei zwaar. Ik kan het Miles niet kwalijk nemen. Hij houdt van haar, daar is geen twijfel over mogelijk, en hij ziet dat ze hem nodig heeft. Het is heel logisch dat hij deze kans grijpt. Ik vrees voor allebei.'

'Maar wat moeten we dan doen?'

'Wat stel je voor?'

Ze glimlachte toen ze zag dat hij niet probeerde de macht aan te nemen die ze hem bood. 'Dat is niet eerlijk,' merkte ze op. 'Eerst alle problemen opsommen en je daarna stijlvol terugtrekken.'

'Volgens mij vond je mijn idee maar niets,' corrigeerde hij haar, 'om voor te stellen dat Fliss wacht.'

Freddy fronste. 'Hoe kan ik dat doen?' vroeg ze. 'Hoe kan ik nu mogelijk haar motieven in twijfel trekken?'

Theo haalde zijn schouders op – maar zweeg. Freddy keek hem woest aan terwijl ze haar stoel naar achteren duwde en haar linnen servet op tafel gooide.

'Ik moet Caroline spreken,' zei ze. 'Dan kan ik die in ieder geval op het nieuws voorbereiden.'

Ze liep weg – maar Theo bleef in gedachten verzonken aan tafel zitten en roerde afwezig in zijn koude koffie.

Caroline was het gazon op de binnenplaats aan het maaien en gooide het gras in de kruiwagen. Freddy snoof waarderend toen ze aan kwam lopen.

'De geur van pas gemaaid gras,' zei ze. 'Dan moet ik direct aan de zomer denken.'

'Daar is het nog een beetje vroeg voor,' antwoordde Caroline, nuchter als altijd. 'Het is nog maar april. Maar het is vandaag zo warm als in juni, dat wel. Volgens Fox gaan we daar nog voor boeten.'

'Een heel goed argument om in het hier en nu te leven,' zei Freddy. 'Ik heb zojuist een brief van Fliss gekregen.'

'O, ja?' Caroline leunde op de handvatten van de maaimachine en keek naar haar. Het nieuws over andere familieleden werd altijd gedeeld, maar ze vond dat Freddy iets merkwaardigs over zich had. 'Hoe gaat het met haar?'

'Ze staat op het punt zich te verloven met Miles Harrington,' zei Freddy voorzichtig. 'Het spijt me, Caroline. Er is echt geen andere manier om het je te vertellen.'

Caroline haalde even diep adem. 'Aha,' zei ze.

Freddy keek haar bezorgd aan. 'Ik had gehoopt dat het je niet zoveel zou uitmaken,' zei ze aarzelend.

'Dat doet het ook niet,' stelde Caroline haar gerust. 'Het steekt een beetje. Een restje verdriet. Ik was erg op hem gesteld, maar ik vraag me af of ik wel het type ben om te trouwen. Ik ben graag in een groep waar het een zekere mate van komen en gaan is. En ik heb graag de leiding. Dat besef ik nu. Ik zou heel goed zijn geweest in de periodes dat Miles op zee zat, maar ik zou het hem kwalijk hebben genomen als hij thuiskwam en de boel wilde overnemen.'

Freddy dacht aan het gesprek dat ze zojuist met Theo had gehad en zag dat Caroline een van die onafhankelijke vrouwen was waar hij het over had gehad. Was Fliss ook zo iemand?

'Denk je dat Fliss gelukkig zal zijn met hem?' vroeg ze impulsief.

Caroline fronste even en duwde haar haar naar achteren. Met een schok zag Freddy dat er grijs tussen het bruin zat. Ze zag Caroline als een van de kinderen en kon haar met geen mogelijkheid als een vrouw van middelbare leeftijd zien, maar ze moest nu in de veertig zijn.

'Kijk niet zo bezorgd,' zei Caroline, die de veranderde gezichtsuitdrukking verkeerd begreep. 'Ze zal met Miles net zo gelukkig zijn als met iemand anders. Waarom niet? Hij is aardig en hij houdt van haar. Dat ze niet direct verliefd op hem was, zegt niets. Ze heeft tijd gehad om hem te leren waarderen, denk ik, en het feit dat Hal gaat trouwen heeft haar waarschijnlijk een duwtje gegeven.'

Freddy keek haar scherp aan. 'Een duwtje?'

Caroline haalde haar schouders op. 'Ze is altijd een beetje verliefd op hem geweest, toch? Een kinderlijke verliefdheid waar ze nooit helemaal overheen is gegroeid. Fliss is niet zoals Kit. Ze fladdert niet van de ene man naar de andere. Ze wordt gelukkig met Miles. Ze krijgt vast massa's baby's die ze allemaal hier brengt als Miles op zee zit. Bent u klaar voor de nieuwe generatie, Mrs. Chadwick?'

'Ik was voor deze al niet klaar.' Freddy schoot in de lach. 'Je kunt je niet voorstellen hoe ellendig ik me voelde toen ik die drie kinderen op het perron in Staverton zag staan. Ik dacht dat ik te oud was om ze op te voeden en ik was ziek van angst.'

'Maar nu hebt u mij,' zei Caroline flink. 'Maakt u zich maar geen zorgen om Miles. Het is echt voorbij. Ik ben wel heel blij dat hij het nooit heeft geweten. Mijn trots is in ieder geval nog intact.'

'Mijn lieve meisje,' zei Freddy hartelijk. 'Als ik egoïstisch ben, moet ik zeggen dat ik blij ben dat het gegaan is zoals het is gegaan.'

Caroline keek haar na, nog altijd lang en elegant op haar vijfenzeventigste, en zuchtte. Dus Fliss ging met Miles trouwen. Toen ze verder maaide, stelde Caroline zichzelf op de proef, dacht aan Miles en wat ze voor hem had gevoeld. Slechts een klein vonkje was overgebleven; een warm gevoel; een vage echo van verlangen. Ze bleef even staan en staarde naar The Keep; naar de imposante grijze façade met de gekanteelde contouren; de twee vleugels die iets naar achteren stonden; de trap die naar de veranda en de hal leidde. Ze dacht aan de familie die binnen deze sterke, veilige muren kwam en ging, en aan het logische verloop dat ver in het verleden was begonnen en nu in de toekomst werd voortgezet.

Ze dacht: Ik hoor hier ook thuis. Dit is mijn plek geworden, mijn thuis. Ik heb nergens spijt van.

In de keuken stond Ellen na de lunch deeg te bereiden, terwijl Fox een nieuw leertje in de kraan plaatste. Hoewel Josh het zware werk in de tuin had overgenomen, was er nog genoeg te doen. Mugwump lag met zijn grijze bek en gezette lijf uitgestrekt bij het fornuis. Polly Perkins, die meestal Perks werd genoemd, lag als een roodbruin balletje opgerold in de mand van haar overgrootmoeder – 'O, Polly Perkins,' had Kit uitgeroepen toen ze haar voor het eerst zag.

'Zo,' zei Ellen, en rolde het bloemdeeg uit. 'Zó. Twee bruiloften. En dat allemaal binnen een paar maanden. Nou vraag ik je. Twee bruiloften. Hoe moet dat, vraag ik me af. Mevrouw zegt dat Fliss een bescheiden bruiloft wil. Omdat kapitein-ter-zee Harrington weduwnaar is en zo. Maar Hal wil vast een echt feest. Ongetwijfeld een uitgebreide marinebruiloft met alles erop en eraan.'

'Daar zorgt de familie van de bruid wel voor,' zei Fox, die druk in de weer was met zijn moersleutel. 'Daar hoef jij je geen zorgen over te maken, meid. Hij wordt toch niet hier gehouden?'

Ellens gezicht betrok een beetje, maar ze was niet van plan Fox het plezier te gunnen dat hij er het eerst aan had gedacht.

'Er blijft genoeg te doen,' zei ze. 'Let op mijn woorden. Ik vind dat we haar eerst hadden moeten ontmoeten. Verloofd en mevrouw heeft haar nog niet eens ontmoet.'

'Prue is de moeder van de jongen,' zei Fox, ook al was hij het heimelijk met Ellen eens. Freddy was het hoofd van de familie en hoorde overal bij geraadpleegd te worden. 'Als Prue blij is met haar, zullen we haar ongetwijfeld allemaal aardig vinden.'

Ellen snoof veelzeggend en liet duidelijk haar mening over Prues mensenkennis horen. 'Ik hoop dat ze niet zoals die Lust is,' zei ze somber. 'Lust, werkelijk. Die meiden. Ik wou dat Fliss met iemand van haar eigen leeftijd trouwde. Het lijkt zo zonde dat ze met een weduwnaar van bijna veertig trouwt. Zo'n knap meisje. Ze zou een prachtige bruid zijn geweest met alles wat erbij hoort.'

'Zo. Klaar.' Fox draaide zich bij de wasbak om en pakte zijn gereedschap. 'Gek dat ze nooit echt geïnteresseerd is geweest in jongens. Helemaal niet zoals Kit. Die heeft het altijd over de een en dan weer over de ander. Die is wel twee keer per week verliefd.'

'Die Kit,' zei Ellen. 'Die komt nog eens in moeilijkheden een dezer dagen. Fliss is veel evenwichtiger. Serieuzer.'

Met ervaren hand sneed ze het deeg en legde de bebloemde cirkel op de schaal waar de laatste appels van vorig jaar uit de boomgaard in lagen.

'Té serieus misschien?' Het was een suggestie, geen beschuldiging. 'Jongens houden wel van een beetje plezier, of niet soms? Van een geintje en een lolletje?'

'Fliss houdt best van een lolletje.' Het was een protest – maar hij kon zien dat ze erover nadacht. 'Ze is het zorgelijke type. Nog altijd een moeder voor die twee kleintjes.' Terwijl ze het deeg met poedersuiker bestrooide, schoot haar iets anders te binnen. 'Ik vraag me af hoe Mol het opvat. Hij zal haar missen. Hij is gewend om haar tijdens de vakantie om zich heen te hebben.'

Ze zette de appeltaart in de oven en schoof de ketel op het fornuis. Fox zag een onverwacht kopje thee in het vooruitzicht en ging aan tafel zitten.

'Hij zal haar wel missen,' zei hij bedachtzaam. 'Natuurlijk zal hij haar missen. Maar het duurt niet lang voor hij zelf weg is. Misschien komen ze wel samen op dezelfde basis terecht. Deze herfst gaat hij naar Dartmouth. Dan heeft hij geen tijd om mensen te missen.'

'Als,' zei Ellen, 'áls hij wordt toegelaten.'

'Natuurlijk wordt hij toegelaten,' zei Fox minachtend. 'Hij is een Chadwick door en door. Natuurlijk wordt hij toegelaten.'

'Ze zal het lesgeven wel op moeten geven,' mijmerde Ellen, terwijl ze de kopjes en schoteltjes uit het dressoir haalde en een grote, vierkanten koekjestrommel pakte met daarop plaatjes van de kroning van de jonge koningin Elizabeth. 'Logisch. Ze kan niet ergens aan een bepaalde school zijn verbonden, terwijl kapitein-ter-zee Harrington overal naartoe moet. Zonde van die opleiding. Maar goed, misschien heeft ze er later nog wat aan.'

'Ze wil vast kinderen,' zei Fox, en nam een zandkoekje omdat hij begreep dat dit hun manier was om het samen te vieren. 'Wacht maar tot ze met baby's thuiskomt.'

Ellens gezicht lichtte op. 'Dan wordt het een huis vol,' merkte ze op.

'En die van Hal,' zei Fox, terwijl hij lekker zat te snoepen. 'Ik hoop dat we het aankunnen.'

Ellen ging zitten en zette de theepot naast zich neer. 'Zijn kinderen zullen we wel niet zoveel zien,' zei ze. 'Meisjes gaan met hun baby's altijd naar hun eigen moeder. Ik betwijfel of ze hier vaak zullen zijn.'

Fox fronste, terwijl hij suiker in zijn thee schepte. 'Maar Hal is de erfgenaam,' zei hij. 'Ooit is The Keep van hem. Zijn kinderen moeten het kennen en zich hier thuis voelen.'

Ellen keek hem aan. 'Heb je er wel eens over nagedacht,' vroeg ze tussen neus en lippen door, 'wat er met ons gebeurt als mevrouw... komt te overlijden?'

'Gebeurt?'

'Mmm.' Ze knikte, kneep haar lippen op elkaar. 'Wat zou er gebeuren als Hal hier komt wonen en die nieuwe vrouw vindt ons maar niets?'

Fox staarde haar aan, zijn zandkoek vergeten. 'Hoe bedoel je?'

'Wat ik wil zeggen,' zei ze ongeduldig, 'als mevrouw er niet meer is en Hals vrouw vindt ons te oud om voor baby's te zorgen en in de tuin te werken en zo, wat dan?'

'Niemand kan ons eruit zetten,' zei Fox langzaam. 'Dat heeft mevrouw ons toch verteld? En trouwens, Hal zou er niet eens over piekeren.'

'Hal niet,' beaamde Ellen veelbetekenend. 'Maar het zou ons wel behoorlijk lastig gemaakt kunnen worden, als je begrijpt wat ik bedoel. Het hangt ervan af wat voor soort meisje ze is. Mol en Susanna zijn er ook nog.'

'Ik kan me niet voorstellen dat Hal tegen de wensen van zijn grootmoeder zou ingaan.' Fox schudde zijn hoofd. 'En met zo'n soort meisje zou hij nooit trouwen. Je kijkt te veel televisie, meisje.'

'Misschien wel.' Ellen zag dat hij werkelijk van streek was en kreeg spijt. 'Het komt van de schrik, denk ik. Twee bruiloften in één keer. Ik houd niet van verandering.'

'Er zal bijna niets veranderen,' troostte hij haar. 'Hal is er tegenwoordig nooit meer, behalve op van die bliksembezoekjes, en Fliss is alleen met de vakanties thuis. Als de kapitein-ter-zee weer naar zee gaat, is ze hier waarschijnlijk vaker dan ooit. Met baby's en al. En over mevrouw kan ik alleen zeggen dat er nog nooit iemand zo goed uit heeft gezien als zij. Ze zou zo voor zestig door kunnen gaan. Als er iemand het loodje legt, ben ik dat. Ik of Mr. Theo...'

'Zo kan die wel weer.' Angst flakkerde achter haar boosheid en haar hand trilde een beetje toen ze hem bijschonk. 'Moet je ons nou eens zien. We hebben het over doodgaan terwijl we twee bruiloften horen te vieren.'

'Zo dan. Op Hal en Fliss.' Hij hief zijn kopje op en glimlachte naar haar. 'We zien het wel, meisje. Als de tijd daar is.'

Ze tikte haar kopje zachtjes tegen het zijne en voelde zich getroost. Hij had gelijk – maar ze zou er een stuk geruster op zijn als ze deze Maria had ontmoet en zelf kon zien wat voor vlees ze in de kuip had. Plotseling wou ze dat ze de tijd kon stilzetten; twintig jaar terug kon draaien naar een tijd dat ze allemaal sterker en jonger waren en de kinderen veilig bij hen waren. Hij keek haar meelevend aan en met een rukje trok ze haar kin omhoog, bespotte haar dwaasheid, tartte haar angsten.

'Op Hal en Fliss,' herhaalde ze hem. 'Jammer dat ze niet met elkaar konden trouwen. Dat zou voor iedereen zo mooi zijn geweest. Schuif dat blik eens deze kant op, als je tenminste nog wat voor mij hebt overgelaten...'

32

Mol deed zijn slaapkamerdeur achter zich dicht en bleef staan. Het maanlicht wierp donkere stralen op het tapijt en vulde de kamer met een onaards licht. Hij bleef even zo staan en keek naar het tapijt, luisterde naar de krijs van de uil voordat hij naar het raam liep en op zijn knieën in het erkerzitje ging zitten. Buiten viel het licht schitterend helderwit op het stille platteland en beroofde het van zijn warme kleuren. Bomen en heggen waren zwart afgetekend tegen het spookachtig grijze gras en de maan zelf was koud en wit en zwakte het schijnsel van de sterren af tot kleine speldenprikjes licht. De kleine, gekleurde velden liepen tot aan de zwarte horizon, maar beneden in de vallei kwam de mist omhoog. Sliertig en ongrijpbaar kringelde het naar boven, kronkelde om de donkere boomstammen, zweefde boven de heggen tegen de heuvelrug omhoog.

De bovenste helft van het schuifraam was helemaal naar beneden geduwd en Mol leunde met zijn armen over elkaar op de houten rand en ademde de koele lucht in. Hij hoorde de kreet van een onoplettend konijn toen een uil met gesperde klauwen boven hem cirkelde en er ging even een rilling door hem heen. De onverwachte dood, die vanuit de duisternis aanviel – of vanuit een mooie zonnige dag; daar waren zijn nachtmerries van gemaakt. Een hond sloeg aan en hield weer op. Toen hij de deurklink hoorde kraken, verstijfde hij: bevroren, onbeweeglijk, hulpeloos. Hij wilde niet omkijken. In gedachten kon hij het gezicht van zijn moordenaar zien; met een glimlach rond de gesloten lippen, ogen opengesperd en blind in het maanlicht. Hij moest zich omdraaien, zijn angst onder ogen zien…

Toen hij Susanna hoorde fluisteren, zakte hij in elkaar van opluchting – en schaamte.

'Ik hoorde je naar het toilet gaan,' zei ze. 'Ik kan niet slapen. Jij ook niet?'

Hij slikte. 'Ik werd ergens wakker van,' mompelde hij. 'Het maanlicht zeker. Waarom kun jij niet slapen?'

'Veel te opgewonden.' Ze klom naast hem in het zitje. 'Ik kan haast niet wachten om Maria morgen te ontmoeten, jij wel? Ze wil dat ik haar eerste bruidsmeisje ben.'

Ze had het hem al tien keer verteld. Hij bestudeerde haar profiel, terwijl ze voor zich uit staarde, onder de indruk van het beeld buiten. Ze was niet mooi zoals Fliss; blond en teer en hemels. Susanna had een aardse schoonheid, van kleur en sterke lijnen. Haar dikke haar was tegenwoordig langer en ze hield het met speldjes naar achteren, zodat hij de donkere dikke wenkbrauwen kon zien, de ronding van haar glimmende wangen, de ferme ronde kin. Haar neus was kort, bijna stomp, haar lippen waren vol en gemaakt om te lachen. Hij wist dat ze op elkaar leken, maar hij kon geen overeenkomsten zien tussen zijn eigen gelaatstrekken en dit levendige gezicht. Maar andere mensen zeiden het.

Susanna rilde en hij leunde naar achteren om zijn ochtendjas van de stoel te halen.

'Hier.' Hij sloeg hem om haar heen. 'Straks word je nog ziek. Het is koud vannacht.'

'Maar zo mooi… Is alles goed met jou?'

'Hoezo?' Hij ging weer naast haar zitten en staarde naar buiten.

'Nou… je was daarstraks zo stil.' Ze wachtte; rustig, begripvol, haar warme arm tegen de zijne.

'Het zal wel raar zijn. Als Fliss getrouwd is.' Hij zei het met moeite, probeerde het luchtig te laten klinken.

'Mmm.' Ze verschoof wat. 'Maar wel leuk, ook.'

'Hoe bedoel je?'

'Nou, dan is er weer iemand nieuw.'

'Wie?'

'Miles. Als mensen trouwen, komen er meer mensen in de familie, of niet? Mannen en vrouwen, zoals Miles en Maria. Daarna baby's. En zo groeit het. Ik vind het fijn. Ik wil een heleboel baby's. Dan word jij oom.'

Mol bedacht hoe het zou zijn als Susanna baby's had; het risico dat dat met zich meebracht. Baby's. Meer mensen om van te houden – te verliezen.

'Ben je… ben je dan niet bang?' vroeg hij uiteindelijk.

'O, nee.' Haar verwoestende onverschilligheid over haar eigen veiligheid was adembenemend.

'Dat zou ik wel zijn,' zei hij eerlijk. 'Ik ben een lafaard.'

'Niet waar,' antwoordde ze troostend. 'Maar je bent een man. Mannen doen andere enge dingen. Ik zou het doodeng vinden om in een onderzeeër onder water te gaan. Dan krijg ik liever tien baby's.'

Hierdoor voelde hij zich gerustgesteld, maar dat andere zat hem nog dwars.

'Maar baby's zijn wel een hele verantwoordelijkheid, of niet? Ze zijn zo… hulpeloos. Maar je gaat van ze houden en dan gaan ze misschien… Er kan van alles gebeuren.'

Zijn hart begon te bonken bij de gedachte aan het verlies. Hij wilde haar het liefst smeken om geen baby's te krijgen, niet te trouwen, maar ze bood hem al een staaltje van haar eigen gezond verstand.

'Maar alles is toch gevaarlijk? Auto's en vliegtuigen, besmettelijke ziektes. Koken kan al gevaarlijk zijn. Dan zou je helemaal niets meer kunnen doen. Dan kun je net zo goed dood zijn. Denk je eens in hoe gevaarlijk het misschien is in een onderzeeër.'

'Dat is anders.'

'Waarom?' vroeg ze geïnteresseerd.

Hij kon de absolute noodzaak om zichzelf te bewijzen, om te doen wat zijn vader vóór hem had gedaan en wat Hal nu deed, niet uitleggen. Bij de marine gaan, liet zien dat hij een doodnormale Chadwick was; dat hij de traditie in ere hield en op die manier het gevaar op afstand hield.

'Dat is gewoon zo,' mompelde hij. 'En trouwens, Hal zegt dat een onderzeeër de veiligste plek is als er een kernoorlog uitbreekt.' Hij sloot zijn gedachten af voor een nucleaire holocaust; zijn familie versplinterd, en hij niet in staat ze te bereiken, te redden. 'Maar die komt er niet. Niemand is zo gek een oorlog te beginnen.'

'Ben je zenuwachtig voor je keuring?' vroeg ze.

'Natuurlijk ben ik zenuwachtig,' zei hij geïrriteerd. 'Hal kan dan wel zeggen dat het een makkie is, maar ik ben Hal niet.'

Ze stak haar hand onder de ochtendjas uit en kneep even in zijn arm. 'Zal ik met je meegaan naar Gosport? Dan kan ik op je wachten en kunnen we na afloop samen naar Londen gaan. Naar Kit en Lust. Misschien kunnen ze kaartjes voor het theater of zo reserveren. Vind je dat geen leuk idee?'

Nu maakte ze van een angstige dag al een uitje, alsof de keuring even tussendoor moest waarna ze zich op de belangrijke dingen konden storten. Maar hij wist dat ze zich goed bewust was hoe belangrijk dit voor hem was.

'Dan zit je op school,' zei hij – maar ze wist dat hij het had begrepen en haar liefde aanvaardde. Zijn stem klonk weer ontspannen; de spanning was van hem afgevallen.

'Ik ga maar weer naar bed,' zei ze, en liet zich op de grond zakken. 'Het is morgen een grote dag. Wat een geluk dat we vrij hebben. Zelfs Fliss komt thuis.' Ze bleef even in de deuropening staan. 'Kun je weer slapen, denk je?'

'Ja, hoor. Toe. Ga maar gauw slapen voordat Caroline wakker wordt. Je hebt je schoonheidsslaapje wel nodig als je bruidsmeisje wilt zijn. Eérste bruidsmeisje.'

Ze trok een grimas en verdween stilletjes. Hij bukte zich om zijn ochtendjas op te rapen, wierp nog een laatste blik in de nacht en klom in bed, maar de slaap wilde niet komen. De maan ging al in het westen onder toen hij in een diepe, droomloze slaap viel.

Toen Fliss in de trein naar huis zat, was ze zenuwachtiger dan ze ooit was geweest. De gedachte Hal weer te zien en Maria te ontmoeten was bijna overweldigend. Hoe zou hij tegen haar zijn? Had hij het Maria verteld? Ze voelde de vernedering in zich branden, draaide haar hand om zodat ze Miles' ring kon zien, putte troost uit de mooie saffieren en diamanten spiraal. Hij had hem zelf uitgekozen, uit Londen voor haar meegenomen en hem aan haar gegeven na een intiem diner voor twee, hem op de traditionele manier aan haar vinger geschoven...

De gedachte aan Miles verwarmde haar en gaf haar moed. Half en half wou ze dat hij het weekend in The Keep was, maar instinctief had ze geweten dat het beter was als het alleen familie was – niet dat Maria al bij de familie hoorde. De bruiloft was in juni. Fliss was enorm opgelucht dat Maria's familie de bruiloft helemaal organiseerde. Wat zou het een bittere pil zijn geweest om in The Keep een feest ter ere van Maria te houden. Fliss schaamde zich, maar voelde zich heel opstandig. Maria had Hal – met de goedkeuring en zegen van de familie – maar haar bruiloft zou de bescheiden ceremonie van Fliss in ieder geval niet overschaduwen.

Even stelde Fliss zich voor hoe haar trouwdag eruit zou zien als haar moeder en vader en Jamie nog hadden geleefd. Ze deed haar ogen dicht om het allemaal beter te kunnen zien: wolken witte tule, kratten champagne, bloemen, gelach, tranen, opwinding; haar vader lang en knap bij de kerkdeur, die haar zijn arm bood, zijn ogen vol liefde en trots; haar moeder emotioneel maar kalm, die de hele gebeurtenis tot in de puntjes had geregeld zodat het volmaakt zou zijn voor haar knappe, lieve dochter; Jamie omringd door vrienden, plagerig maar beschermend... Ze slikte de tranen weg, staarde naar buiten zodat de andere passagiers het niet zouden zien en dacht vastberaden aan Miles en aan haar familie in The Keep. In gedachten plande ze de bijzondere dag al, vastbesloten dat het precies zou gaan zoals zij wilde.

Fliss dacht: Maar hoe wíl ik het? Waar ben ik mee bezig? O god, laat het me alstublieft goed doen. Ik houd van Miles. Echt. Hij is zo aardig en zo lief. Ik kan hem gelukkig maken...

Ze staarde naar haar ring, dacht aan die nacht in het huis in Dartmouth. Zijn onverbiddelijke gezag was precies wat ze nodig had. Als hij had geaarzeld, het aan haar had overgelaten of op een teken had gewacht, zou dat fataal zijn geweest. Zijn zelfvertrouwen en ervaring hadden haar overweldigd en ze had op zijn kracht gesteund en zich overgegeven. Het was zo'n enorme opluchting geweest om de zware last van haar schouders te laten glijden... Maar waarom dan toch dit vage gevoel van spijt, van verlies? Ze schudde ongeduldig haar hoofd. Mensen aarzelden wel vaker voordat ze gingen trouwen, dat wist iedereen. Miles was waarschijnlijk doodsbang. Ze glimlachte bij de gedachte. Hij was zo gelukkig, zo extravagant en niet in staat om te verbergen hoe blij hij was dat ze eindelijk van hem was.

Vijf jaar; vijf jaar lang had hij van haar gehouden. En toch was hij haar nauwelijks opgevallen in het begin. Hij was er gewoon, deel van de groep, Hals afdelingscommandant.

Fliss dacht: Het is waar dat liefde blind maakt. Niet alleen voor de fouten en gebreken van de geliefde, maar ook voor alles wat om hen heen gebeurt. Ik zag alleen Hal. Hij was scherp en duidelijk en de rest was een beetje wazig. Het was me nooit opgevallen dat Miles verliefd op me was. Sterker nog, ik zou gedacht hebben dat Miles Caroline het leukst vond. Zij vond hem in ieder geval wel heel leuk...

Ze knipperde bij de gedachte. Caroline en Miles. Had Caroline gevoelens voor Miles gehad? Fliss brak haar hoofd over signalen dat Caroline oprecht van hem had gehouden. Ze herinnerde zich hoezeer Caroline had genoten van de feesten en de bals; de uitjes naar de pub; het tripje naar Exeter om de grijze jurk te kopen... De grijze jurk was voor een dineetje met Miles geweest; Caroline was er zo opgewonden over geweest. Fliss zat heel stil, gedachten spookten door haar hoofd in een wanhopige poging zich iets te herinneren. Wat afschuwelijk als Caroline inderdaad van hem had gehouden; hoe moest zij zich nu wel niet voelen?

Bewust maande ze zichzelf tot kalmte, prentte ze zich in dat dit vijf jaar geleden was geweest en dat Caroline en Miles elkaar in die tijd nauwelijks hadden gezien en de afgelopen twee jaar al helemaal niet. Ze besefte dat ze door haar ongewijzigde gevoelens voor Hal misschien té gevoelig was voor het verdriet en de trouw van andere mensen. Miles had het nooit over Caroline gehad en ze was niet het type vrouw om te smachten naar een man die niet in haar geïnteresseerd was.

De trein verliet Exeter en Fliss keek naar de vertrouwde en geliefde plekjes die haar vertelden dat ze naar huis ging. Al tien jaar reed ze over dit traject – als schoolmeisje, als studente, als volwassene – terug naar huis. Toen ze over het vlakke water van de riviermond naar Exmouth keek, bedacht ze zich hoe ze hier vroeger op vrijdagavond de veerboot naar Starcross nam, met spanning uitkeek naar de magie van het weekend... Fliss wendde met een ruk haar hoofd af, keek of ze herten in Powderham Park zag, zag de zee. Haar hart ging sneller kloppen naarmate ze dichter bij huis kwam; Dawlish, Teignmouth, Newton Abbot. De trein remde af en reed het station van Totnes binnen...

Met een bonkend hart haalde Fliss haar tas uit het bagagerek en liep door het slingerende compartiment. Toen ze op het perron stapte, zag ze Caroline staan. Zoals altijd stond ze met haar benen vastberaden uit elkaar, met haar krullen rechtop en staarde ze naar de trein en de deuren. Zo had ze haar op vrije dagen, feestdagen en bij vakanties opgewacht; Caroline die snoepdozen had gevuld, de eerste beha voor Fliss had gekocht, namen in kleren had genaaid; er was geweest als ze niet kon slapen, haar had verzorgd als ze ziek was en in Fliss' afwezigheid over Mol en Susanna had gewaakt. Hoe onvoorstelbaar was het leven zonder Caroline; hoe ondraaglijk om haar op wat voor manier dan ook te kwetsen. Niemand was dat verraad waard, zelfs Miles niet.

Fliss liet zich struikelend in haar armen vallen en werd stevig vastgehouden, verblind door tranen. Het leek of ze altijd zo zouden blijven staan en plotseling besefte Fliss dat ze in stilte bad, smeekte dat Caroline niet gekwetst was. Toen ze haar eindelijk aankeek, zag ze dat Carolines ogen helder, onverstoord en gelukkig stonden. Met een teder gebaar veegde ze de tranen van Fliss' wangen, streelde de pieken haar glad alsof ze nog een kind was.

'Welkom thuis,' zei ze – net als altijd. 'En heel veel geluk, Flissy, lieverd. We zijn allemaal door het dolle. Weet Miles wel hoe gelukkig hij zich mag prijzen?'

Fliss' angst verdween als sneeuw voor de zon, maar ze hield Carolines arm stevig vast toen ze naar de auto liepen.

'Wat ben ik dwaas,' zei ze. 'Het werd me even te veel, toen ik jou daar zoals altijd zag staan. Je gaat toch nooit meer weg, hè Caroline?'

Caroline glimlachte naar haar over het dak van de auto. Ze zag er sterk en zelfverzekerd uit en Fliss voelde een steek van jaloezie bij het zien van zoveel onafhankelijkheid.

'Ik heb jullie ook allemaal nodig, hoor,' zei Caroline. 'Het werkt twee kanten op. Waar zou ik zonder jullie zijn? Jullie zijn nu mijn familie.'

Fliss voelde zich een stuk opgewekter toen ze instapte, in staat het komende weekend tegemoet te gaan.

'Zo,' zei ze, toen ze wegreden en ze haar hoofd omdraaide om een glimp van het kasteel op te vangen. 'Zijn Hal en Maria er al?'

Met wat voor gemak had ze hun namen uitgesproken. Ze verwonderde zich over haar onbekommerdheid en voelde haar zelfvertrouwen groeien.

'Nog niet,' zei Caroline. 'Ze zullen wel rond theetijd komen. Kit hoopt er op tijd voor het middageten te zijn. Ze moest gisteravond overwerken om vanmorgen vrij te kunnen krijgen.'

'De hele familie thuis behalve tante Prue. Een hele gebeurtenis.'

'Tja.' Caroline begon te lachen. 'Het is niet vaak dat we twee verlovingen in evenveel weken hebben. Het werkt aanstekelijk. Straks komt Kit ook nog.'

Fliss schoot ook in de lach. 'Stel je voor. Zij en Lust zijn me een stelletje. Ze jutten elkaar alleen maar op als het om mannen gaat. Susanna is zeker helemaal in de wolken dat ze bruidsmeisje mag zijn. Ik kreeg een brief van wel twintig velletjes.'

'Ze is door het dolle. Niet alleen omdat ze bruidsmeisje mag zijn. Ze is net zo opgewonden dat ze jouw bloemenmeisje is.'

'Ik doe er toch goed aan, hè Caroline?' vroeg Fliss, na een ogenblik. 'Een grootse bruiloft in het wit zou toch niet goed zijn met Miles als weduwnaar, vind je wel? Het is gewoon...' Ze haalde haar schouders op. '... gewoon niet goed.'

'Ik weet wat je bedoelt,' beaamde Caroline. 'Ik vind dat jullie groot gelijk hebben met een bescheiden bruiloft. Het blijft per slot van rekening een kerkelijke ceremonie en al jullie vrienden komen na afloop naar The Keep voor de receptie. Het wordt een prachtige dag, let maar op. Precies goed voor jou en Miles. Dat vinden we allemaal.'

Fliss ontspande zich dankbaar en keek naar The Queen's Arms, naar het waterrad, de school... 'Is alles goed met Mol?' vroeg ze toen.

'Prima,' zei Caroline geruststellend. 'Hij heeft even wat tijd nodig om aan alle opwinding te wennen, je weet hoe Mol is, maar hij begint in te zien dat er niet zoveel zal veranderen. Hij raakt jullie niet helemaal kwijt.'

'Misschien worden Hal en Miles wel in Davenport gestationeerd,' zei Fliss luchtig, 'en zijn we om de haverklap thuis. Dan worden jullie nog gek van ons. Mol ook.'

'Ik denk dat hij zenuwachtig is voor de keuring,' zei Caroline. 'Logisch. Het zal een opluchting zijn als dat achter de rug is.'

'Het lijkt me ook wel zwaar om in de voetstappen van je familie te treden,' zei Fliss bedachtzaam. 'Je met hen te moeten meten. Arme Mol. Hij redt het vast wel. Wat denk jij?'

'Ik heb er wel vertrouwen in,' zei Caroline. 'Ik zie geen reden waarom hij er niet doorheen zou komen. Hij is fit. Nog altijd heel stil, maar vanbinnen is hij sterker geworden, denk ik. Hij zal heel blij zijn om jou weer te zien. Hij en Susanna wilden met me mee, maar Ellen stond erop dat ze eerst hun werk afmaakten. Nu iedereen thuiskomt, is er nogal veel te doen.'

'Die goeie, ouwe Ellen,' grijnsde Fliss. 'Twee bruiloften en nóg wijkt ze niet van haar schema af.'

Ze moesten allebei lachen toen de auto de binnenplaats op reed, en Freddy, die gespannen op hen had staan wachten, haalde opgelucht adem. Eén ongemakkelijke hindernis was tenminste met succes genomen – nu de rest van de dag nog…

'Lieverd,' zei ze, en strekte haar handen uit, 'welkom thuis. Heel veel zegen en alle geluk. Mijn lieve kind, we zijn allemaal zo blij voor je.'

Fliss staarde naar haar grootmoeder, verrast dat er tranen in haar ogen stonden, dat haar lippen trilden, zo in strijd met het standvastige postuur en de stand van de kin. Snel, instinctief sloot ze haar in haar armen, legde haar gladde, jonge wang tegen de zachte gerimpelde huid van haar grootmoeder. Ze hield haar stevig vast, maar voordat ze iets kon zeggen, kwamen Mol en Susanna de trap af gerend, met Theo achter hen aan. Even hield Freddy haar dicht tegen zich aan en na een laatste lange blik tussen hen wendde Fliss zich tot de rest van haar familie.

33

Hals aankomst in The Keep deed een beetje denken aan een prins die zijn koninkrijk binnengaat. De rode sportwagen zwaaide met de kap omlaag onder de poort door, en zo werd Maria zichtbaar, met haar zonnebril, haar haar onder een sjaal bedekt die onder haar kin naar achteren liep met een knoop in haar nek. Toen Hal de motor afzette en de auto uit sprong staarde ze naar The Keep, deed haar sjaal af, schudde haar haar los en duwde haar zonnebril omhoog zodat hij boven op haar hoofd zat. Ze droeg Hals blazer over een witte blouse die in een strakke spijkerbroek was gestopt en toen ze haar lange benen naar buiten zwaaide en bevallig naast hem ging staan, zag ze er elegant nonchalant, beeldschoon verfijnd en subtiel sexy uit. De te grote blazer gaf haar een enigszins kwetsbaar, meisjesachtig voorkomen en toen Freddy boven aan de trap verscheen, liep ze naar haar toe, trok bijna nerveus haar mouwen omhoog en glimlachte met charmante verlegenheid.

'Een fraai staaltje acteren, vind je niet?' fluisterde Kit in het oor van Fliss. 'Ze deed precies zo toen ik haar in Londen ontmoette. Volgens Lust lijkt het net alsof ze vlak om de hoek een producer heeft staan die het in scène heeft gezet.'

Fliss staarde vanuit het raam van Kits slaapkamer naar de binnenplaats, zei niets, maar keek toe hoe de kleine figuren aan elkaar werden voorgesteld, gebaarden en elkaar omhelsden. De stemmen zweefden helder naar het open raam.

'Hoe gaat het met u, grootmoeder? … Ja, een goede reis. Dit is Maria.'

'Ik ben zo blij dat ik u nu eindelijk ontmoet, Mrs. Chadwick. Wat een prachtig huis.'

'Prettig kennis te maken, liefje. Ja, wij vinden het ook allemaal erg mooi.'

'Hal heeft me er zoveel over verteld.'

'Heb je de hele weg vanuit Portsmouth zo gezeten met die nare kap naar beneden? Werkelijk Hal…'

'Ach, u moet niet boos op hem worden. Ik vind het heerlijk, al die frisse lucht. Heus, ik heb het helemaal niet koud.'

'Het is zomers warm, grootmoeder. Ze is veel taaier dan ze eruitziet, of niet, lieverd? Dit is mijn oom Theo…'

'Dag, Maria. Mag ik je van harte feliciteren met jullie verloving? Proficiat, Hal.'

'Ach, wat aardig. Ik heb zoveel over u gehoord, dat ik het gevoel heb dat ik u allemaal al ken.'

'… en mijn neefje en nichtje. Dit is Mol… ja, een familienaam. Eigenlijk heet hij Sam.'

'Mag ik je Mol noemen? Ik weet wel dat ik nog net geen familie ben…'

'En dit monster is Susanna.'

'Aha, mijn eerste bruidsmeisje. Wat zie je er leuk uit. En met die prachtige donkere huid van je móét je gewoonweg roze dragen. Niet zo'n misselijkmakende, bleke kleur, maar dieproze… Vindt u ook niet, Mrs. Chadwick?'

'Het zal haar vast enig staan…'

'Dat is nu niet belangrijk, lieverd. We hebben thee nodig, geen bruidsmeisjesjurken. Kom, ik wil je aan Ellen en Fox voorstellen. Ik verga van de dorst… Zijn Fliss en Kit er? Maria heeft Kit al ontmoet, maar ik wil haar graag aan Fliss voorstellen…'

'Jij zult wel zin in thee hebben, Maria. Misschien wil je je eerst even opfrissen…?'

'Dank u, Mrs. Chadwick. Ik lust graag een kopje thee. Misschien kan Susanna me laten zien waar de garderobe is…?'

Ze verdwenen op de veranda en het werd stil.

'Ik kan het niet,' zei Fliss wanhopig. 'Ik kan het gewoon niet.'

'Je moet,' zei Kit mat. 'Twee minuten en het is voorbij. Je hoeft het nooit meer te doen.'

'Waarom heb je me niet verteld dat ze zo knap is?'

Kit trok een brutaal gezicht. 'Ach, ze kan er wel mee door.'

'Ze kan ermee dóór?' Fliss keek haar aan. 'Ben je blind of zo?'

'Nou ja, ze is best knap,' zei Kit ongeduldig. 'Maar ze heeft iets gemaakts. Als je geen man bent of heel jong zoals Susanna, dan trap je er gewoon niet in. Dat is alles.'

'Hal dus wel,' zei Fliss somber.

'Hoor eens, liefje,' zei Kit dringend, 'verman je. Gun haar niet het gevoel dat ze een prinsesje is dat onze koningin gaat worden. Goed? Jíj bent hier de prinses. The Keep is jouw thuis. Jij bent onze Flissy, nichtje. Goed, dus de charme druipt van haar af. Nou en? Ze is knap en aantrekkelijk en ze weet hoe ze elegant uit lage sportautootjes moet stappen en hoe ze thee moet drinken zonder lippenstift op het kopje achter te laten, maar het is allemaal net zo oppervlakkig als de make-up. Ze is vast heel erg lief en bla, bla, bla. Ze wordt vast een geweldige echtgenote voor Hal. Fantastisch. Maar jij bent veel mooier. Echt innerlijk mooi, tot op het bot. Vanbinnen en vanbuiten. Begrepen? Luister. Hal kon niet met je trouwen. Dat kon gewoon niet. Je weet waarom. Dus. Jij hebt Miles. Een sexy man die het voor het kiezen had. Zelfs Lust krijgt knikkende knieën als ze hem ziet. En hij koos jou. Gooi het niet allemaal weg vanwege een romantische droom over Hal. Hij komt dadelijk boven en als je hem laat zien dat Maria je verslagen heeft, dan vermoord ik je. Begrepen?'

Ze sprongen van schrik op toen ze de harde roffel op de deur hoorden. Ze staarden elkaar aan en Kit kneep zó hard in haar arm dat ze op haar lip moest bijten om niet te protesteren.

'Kit?' Het was Hal. 'Ben je daar? Mag ik binnenkomen?'

Kit wierp Fliss een felle, grimmige blik toe, gaf nog een ruk aan haar arm – en liet toen los. 'Tuurlijk,' riep ze nonchalant, terwijl ze naar het erkerzitje slenterde. 'Kom binnen.'

Toen de deur openging, deed Fliss haar schouders naar achteren en hief haar kin op. Kit keek naar haar en had het merkwaardige gevoel dat ze hier een jonge uitgave van Freddy zag, maar ze had geen tijd om erover na te denken. Hal kwam binnen, negeerde zijn zus min of meer en liep met uitgestoken handen op Fliss af. Hij nam haar hoofd tussen zijn handen, keek haar lange tijd aan en kuste haar vol op de lippen.

'Dit is de laatste keer, Fliss,' zei hij stilletjes, alsof ze met zijn tweeën in de kamer waren. 'Het is niet anders, hè? Jij hebt Miles en ik heb Maria. Ik heb haar verteld dat je de belangrijkste persoon in mijn leven bent en het mooiste meisje dat ik ken. Ze is vreselijk jaloers en vindt het heel eng je te ontmoeten. Wil je nu met me naar beneden gaan en lief voor haar zijn?'

'Je hebt haar niets dan de waarheid verteld,' zei Kit lijzig in de intense stilte die volgde. 'Je had haar moeten waarschuwen dat ze geen spijkerbroek moest aantrekken, broertje. Grootmoeder kreeg vast een rolberoerte toen ze die zag. Wacht maar tot Ellen en Fox haar zien.'

Hal keek niet opzij, maar stak zijn hand naar Fliss uit. 'Alsjeblieft? Maria lijkt veel zelfverzekerder dan ze is. Eigenlijk is ze heel onzeker. Ze is zo zenuwachtig om vandaag de familie te ontmoeten dat ze er bijna ziek van was, ook al laat ze het niet zien. Ik hoop dat jullie vriendinnen worden. Ik weet dat ik veel van je vraag…'

'Natuurlijk kom ik,' zei Fliss rustig. 'We zaten te kletsen, ben ik bang. We hadden beneden moeten zijn om jou en Maria te begroeten.'

Ze noemde de naam zonder aarzelen, haar stem was beheerst en vriendelijk, maar ze bad dat hij niet zou merken dat haar hand ijskoud was en trilde. Toen ze de deur uit liepen, keek ze achterom naar Kit. Haar nicht stak haar hand op, vormde haar duim en wijsvinger tot een rondje en knipoogde goedkeurend.

'Goed gedaan, nichtje,' mompelde ze. 'Goed gedaan' – en liep hen achterna naar de hal waar de thee klaarstond.

Freddy dacht: Ze gedraagt zich voorbeeldig. Ik ben heel erg trots op haar.

Ze wierp een blik op Caroline, die naar haar glimlachte, haar gedachten raadde en het met haar eens was. Fliss was kalm en beheerst samen met Hal naar binnen gegaan en had Maria hartelijk en zelfverzekerd begroet en was naast haar gaan zitten. Maria was degene die met haar theelepeltje zat te spelen, een cakeje liet vallen, wiens stem een fractie te hoog was, wiens lach te schril klonk. Freddy en Caroline waren te bezorgd over Fliss om iets te merken van de verborgen gevoelens, maar Kit, die na haar broer binnen was geslenterd, bekeek alles met interesse. Ze zag dat Maria's ogen – alert en nerveus boven de snelle, charmante glimlach – voortdurend naar Hals gezicht vlogen. Maar Hal had alleen oog voor Fliss. Hij bekeek haar met een tederheid die Maria duidelijk verkeerd begreep. Regelmatig trok ze de aandacht naar zichzelf. '… of niet, Hal?' '… vind je ook niet, Hal?' '… weet je nog, Hal?' – maar als hij haar dan antwoord had gegeven, richtte hij zijn aandacht weer op Fliss, die Caroline hielp met thee inschenken.

Theo en Mol waren uitgebreid aan het praten over de zee bij nacht en Susanna bombardeerde Maria met vragen over haar jurk als bruidsmeisje – die Maria afwezig beantwoordde – terwijl Freddy stralend en trots naar Fliss keek. Toen ze zag hoe Ellens overheerlijke cake tussen Maria's geïrriteerde vingers verkruimeld werd en Maria steeds schriller hoorde lachen, kreeg zelfs Kit medelijden met haar. Ze besloot haar een beetje te helpen.

'Zo,' zei ze, toen het even stil werd, 'vertel ons eens over de bruiloft, Maria. Het wordt vast heel erg leuk. Is er voor ons allemaal plek?'

'Ja, natuurlijk.' Maria keek verbaasd. 'We willen toch zeker dat iedereen bij ons is, of niet, Hal?'

Ze keek hem aan, dolblij dat ze eindelijk zijn aandacht had en ze glimlachte vertrouwelijk naar hem, vastbesloten dat iedereen zou zien hoezeer hij haar aanbad. Hij glimlachte terug.

'Natuurlijk willen we dat. Je moeder is zo lief geweest om iedereen uit te nodigen, zelfs Ellen en Fox.' ('Maar natúúrlijk moeten die ook komen,' had Maria schattig verklaard.) 'En Miles ook, natuurlijk.' Hij keek weer naar Fliss. 'Die goeie, ouwe Miles. Hij heeft me geschreven, wist je dat? Hij weet zich met zijn geluk geen raad. En terecht. De mazzelaar…'

'En mag ik ook iemand meenemen?' vroeg Kit nederig, terwijl ze naar Maria keek en Hal probeerde af te leiden.

'Iemand meenemen?' Het werkte beter dan ze had durven hopen. Hal lachte spottend. 'Je gaat me toch niet vertellen dat je eindelijk een serieuze vriend hebt?'

Kit trok haar wenkbrauwen omhoog. 'Al mijn vrienden zijn serieus,' zei ze afkeurend. 'Ik ben degene die niet serieus is. Maar ik kan ze niet allemaal uitnodigen, schat. Dan zouden we Westminster Abbey moeten afhuren. Nee, ik bedoel Lust, natuurlijk. Die is dol op bruiloften. Ze kan op geen enkele huwelijksceremonie haar ogen droog houden.'

Ze zag Hal snel naar Maria kijken en zag ook de flits van woede op Maria's gezicht. Dus Maria mocht Lust niet. Kit grinnikte inwendig en keek hoe Hal dit dilemma zou oplossen.

'Ik zie niet in waarom niet, jij wel, lieverd?' vroeg hij, en leunde over tafel. 'Andermans bruiloften zijn waarschijnlijk de enige die Lust ooit zal meemaken.'

Hoewel Kit wist waarom hij het zei en begrip had voor de situatie, voelde ze namens Lust toch even een steek.

'Helemaal gelijk,' zei ze lui. 'Niet dat ze niet gemiddeld een keer per week een aanzoek krijgt, maar het komt eenvoudigweg doordat ze straalverliefd is op oom Theo. Hij heeft haar leven verpest.'

Maria staarde stomverbaasd van Kit naar Theo; Freddy schudde haar hoofd en had pret om Kits ondeugendheid; Hal en Fliss lachten.

Theo glimlachte zijn merkwaardig lieve glimlach. 'Ik heb Lust al mijn hele leven weten te weerstaan,' zei hij. 'Ik ben bang dat ik te oud ben om daar nog verandering in te brengen.'

Hij keek naar Freddy die naar hem glimlachte. Het was een wederzijdse blik vol liefde die kwam van jarenlang delen en Kit voelde de tranen in haar ogen en een brok in haar keel. Plotseling voelde ze zich heel goedkoop en abrupt stond ze op.

'Ik ga voor de honden zorgen,' zei ze. 'Tot straks.'

'En ik ga Miles bellen.' Fliss maakte aanstalten om haar achterna te lopen. 'Ik had beloofd dat ik om vijf uur zou bellen. Hij raakt altijd in paniek als ik niet op tijd bel. Neem me niet kwalijk.'

Ze stapte over benen en voeten heen en verdween door de deur achter in de hal. Een ogenblik was het stil.

'Nog wat thee, Maria?' vroeg Caroline.

'Ja,' zei Maria opgelucht. De hal voelde plotseling veel minder bedreigend aan. 'Ja, graag.'

Met een smekende blik keek ze naar Hal, die opstond en naast haar kwam zitten. 'Ik ook, graag, Caroline,' zei hij, 'als er nog is. Zo, Mol. De keuring komt eraan? Wat denk je?'

Het gesprek ontwikkelde zich nu in een wat rustiger vaarwater. Al snel gingen Freddy en Theo samen weg; Mol en Susanna besloten om eens uitgebreid met Fliss over haar bruiloft te praten; Caroline ruimde de theespullen op en liet Hal en Maria tactvol alleen.

'Zie je wel?' zei hij, terwijl hij tevreden achteroverleunde. 'Zo erg was het toch niet?'

'O, Hal.' Dolblij dat ze alleen met hem was, kroop ze onder Hals arm om gerustgesteld te worden. 'Denk je dat ze me aardig vonden?'

'Doe niet zo raar, mens,' zei hij. 'Ze zijn dol op je. Wie niet? Ik in ieder geval wel.'

Hij trok haar dicht tegen zich aan en boog zijn hoofd naar het hare. Toen Caroline binnenkwam om de laatste borden en de theepot op te ruimen, trok ze zich stilletjes terug. Ze ging naar de keuken, waar Ellen en Fox aan de keukentafel zelf thee zaten te drinken en Kit naast Perks in de hondenmand lag.

'De cake was zo te zien een succes,' zei Ellen, toen ze tevreden de lege cakeschaal zag.

'Hij was verrukkelijk,' zei Caroline. 'Dat was een heerlijke thee, Ellen. En wat vonden jullie van Maria?'

'Keurige manieren,' zei Ellen, terwijl Fox goedkeurend knikte. 'Heel fatsoenlijk. Echt een dame. Niet zoals sommige mensen die graag in hondenmanden liggen, vol met haren.'

'Maar wat vond je van haar spijkerbroek?' wilde Kit lusteloos weten, terwijl ze Mugwump met het puntje van Perks staart kietelde en wist dat Fox en Ellen dolblij waren met hun persoonlijke uitnodiging voor het huwelijk, die ze vóór de thee op charmante wijze – zij het nogal kort – van Maria hadden gekregen. 'Je was heel onbeleefd over arme Lust toen die hier in haar Levi's kwam. Wat is er zo anders aan Maria?'

'Het gaat er niet zozeer om wat je draagt,' begon Ellen, 'maar hoe je je gedraagt als je het draagt.'

'Je bedoelt dat Lust veel meer sex-appeal heeft,' zei Kit. 'Ja, daar ben ik het mee eens. Je hebt het of je hebt het niet. En dan doet het er niet toe wat je aan hebt of hoeveel make-up je op je gezicht gekalkt hebt…'

'Maria droeg helemaal geen make-up,' zei Ellen, die er verontwaardigd op inging. 'Een prachtige huid heeft ze. Ik vond dat ze er echt als een dame uitzag.'

Kit snoof. 'Omdat ze nou toevallig parels droeg…'

'Een mooie naam,' zei Fox plotseling. 'Maria. Doet me aan iets denken…'

'*West Side Story*,' zei Kit meteen. 'Ma-ri-a!' jodelde ze theatraal, en rolde met haar ogen, terwijl ze de geschrokken maar passieve Perks tegen zich aanklemde.

'Ma-ri-a!'

'Die meid,' zei Ellen tegen niemand in het bijzonder, terwijl Caroline in de lach schoot. 'Houd nu maar op met dat gegalm in die mand en help eens even met de afwas. Als je niets beters te doen hebt dan in hondenmanden liggen...'

'Me dunkt, dit heb ik al eens eerder gehoord,' zei Kit, die zich overeind hees en haar rok afborstelde. 'Kom Caroline. Jij wast, ik droog.'

'Maria zit in bad,' zei Hal, die plotseling met de laatste theespullen in de deuropening verscheen. 'Kan ik ergens mee helpen?'

'Ja,' zei Kit direct. 'Je kunt Caroline met de afwas helpen en ondertussen alles over je schattige Maria vertellen. Ze stikken van nieuwsgierigheid over de bruiloft. Ze heeft hier heel goed gescoord, hoor.'

Ze smeet de theedoek naar hem toe en wervelde de keuken uit, de gang door, terwijl haar stem de keuken nog binnen zweefde. 'Ma-ri-a!'

'Dus je bent gelukkig?' vroeg Mol aan Fliss, terwijl Susanna naar zichzelf in de spiegel keek en een donkerroze sjaal bij haar gezicht hield. 'Echt gelukkig?'

'Echt gelukkig,' zei ze naast hem op het smalle bed. 'Je vindt Miles toch aardig, Mol?'

Hij knikte. 'Hij is een goeie kerel, Miles,' zei hij, en deed met zijn nieuwe zware stem Hal na. 'Ik vind hem heel aardig. Vind je hem niet... een beetje oud?'

'Niet voor mij,' zei Fliss snel. 'Ik houd van oudere mannen. Daar... daar kun je op vertrouwen, als je begrijpt wat ik bedoel.'

Mol knikte; dat begreep hij. 'Ik wil alleen dat je gelukkig bent,' zei hij onhandig.

Fliss knikte en was opgelucht toen Susanna zich omdraaide en vroeg: 'Vind je dat roze écht bij mij past?' waarna ze weer in de spiegel keek.

'Natuurlijk,' zei Fliss. 'Maria heeft gelijk. En we moeten het ook nog over je jurk voor mijn bruiloft hebben. Zullen we wat plaatjes bekijken?'

Susanna keek haar stralend aan. 'Zal ik Ellens patronenboek halen?' vroeg ze. 'Misschien staat daar wel wat in. Ja?'

Ze vloog weg en Fliss keek naar Mol die stilletjes naast haar zat. 'Ik wil je iets vragen,' zei ze. 'Iets bijzonders. Ik wilde je niet schrijven zoals bij Susanna over het bloemenmeisje. Dit is wat belangrijker.' Hij keek haar nu aan en fronste een beetje. 'Als een meisje trouwt, wordt ze normaal gesproken door haar vader weggegeven. Weet je wat ik bedoel? Alsof hij niet langer verantwoordelijk voor haar is, maar haar nu aan de zorg van haar man toevertrouwt.' Ze wachtte even. Mol knikte. Hij had het wel eens in films op televisie gezien. 'En,' zei Fliss, 'aangezien wij geen vader hebben die dat voor me kan doen, wil ik graag dat jíj het doet, Mol. Zou je dat willen? Wil jij me bij mijn bruiloft weggeven?'

Hij staarde haar stomverbaasd aan. 'Ik? N-niet oom Theo?'

'Nee,' zei ze resoluut. 'Hij zou het natuurlijk zo doen, maar ik wil graag dat jij het doet, Mol. Je bent mijn broer, mijn naaste familielid. Dit is waarschijnlijk de belangrijkste dag in mijn leven. Ik wil dat jij naast me staat. O Mol, zeg alsjeblieft dat je het doet.'

'Natuurlijk doe ik het,' zei hij. 'Natuurlijk. Ik voel me heel vereerd. Eigenlijk wil ik je aan niemand geven, maar die ouwe Miles is wel oké.' Hij hield haar stevig vast, terwijl zij op zijn schouder huilde, om Peter en Alison; om Jamie en om Hal. Hij slikte dapper zijn eigen tranen weg, wanhopig op zoek naar iets waarmee hij haar kon troosten. 'We zullen je moeten delen. Als die ouwe Miles op zee is, moet je bij ons komen. Wie weet komen we nog eens allemaal op dezelfde plek terecht…'

'Ja,' snikte ze, ging rechtop zitten en wreef met haar mouw over haar ogen. 'Ja, misschien wel. Sorry, Mol. Het is… nou ja, het is allemaal een beetje veel. Sorry.'

'Dat geeft toch niets,' zei hij nonchalant. 'Emotionele dingen, bruiloften. Wil je…? Wil je wat drinken? Volgens mij zou Kit dat ook zeggen. Je bent aan een drankje toe.'

'Ze heeft waarschijnlijk gelijk.' Fliss glimlachte nu tot zijn grote opluchting. 'Goed idee. Laten we allemaal wat nemen. Kom, dan gaan we Susanna en Kit opzoeken en drinken we allemaal een glaasje om het een beetje te vieren. Dank je, Mol. Wat ben ik blij dat je… Mol bent.'

'Geen probleem,' zei hij opzettelijk nonchalant, terwijl hij achter haar de slaapkamer uit liep. 'Geen probleem. Je kunt altijd op me rekenen, hoor.'

34

Theo opende zijn ogen en toen de vroege ochtendgeluiden van het eind van de lente tot zijn bewustzijn doordrongen, voelde hij zijn vreugdegevoel een beetje vervagen. Hij voelde zoals altijd de knagende eenzaamheid toen zijn vredige, stille overpeinzingen werden vervangen door een bewustzijn van de wereld, maar hij voelde zich gesterkt door de spirituele ontmoeting, getroost door de wetenschap dat hij ernaar kon terugkeren. '... *Maar wie hopen op de Heer, vinden steeds weer nieuwe kracht. Zij zijn onvermoeibaar als adelaars, van het lopen raken ze niet uitgeput, van het gaan worden ze niet moe.*' Wat waren deze woorden veel voor hem gaan betekenen. Hij kwam overeind en liep naar het open raam. Tijdens zijn gebedsperiode was de zon opgekomen en was het land helder en felverlicht. In het bosje openden zich tere nieuwe versgroene blaadjes; een hoge, kantachtige hemel die in de zachte bries ritselde; onder dit broze dak zou het sombere interieur binnenkort worden opgevrolijkt met een levendig veld grasklokjes. Aan de andere kant van de vallei waren de welige groene velden bezaaid met lichte en goudkleurige sleutelbloemen en in de heggen bood de bloesem van de meidoorn de jonge vogels beschutting in hun nesten.

Dit vond Theo het mooiste seizoen: deze tijd van vernieuwing was er een van blijvende verrukking – te beginnen met het wonder van de wederopstanding. Hij was dol op de tere gele en intens blauwe kleuren van de lentebloemen, het koele blauw van schone luchten, het heldere groen van groeiende gewassen die in de rijke rode aarde waren geplant. De langere dagen, de steeds warmere zon, de terugkeer van de zwaluwen: de vervulling van al deze beloften schonk hem een dankbare vreugde.

Aan de noordzijde van The Keep waren de muren bedekt met klimop en in het dichte bladerdek tussen de dikke takken zaten tientallen nesten. Theo leunde uit het raam om naar de spreeuwen te kijken die druk en lawaaierig onder hem in de klimop zaten. Een merel die net wilde wegvliegen, zag hem en vloog met een stotterende waarschuwingskreet op, terwijl het wijfje verborgen in het glanzende bladerdek waakzaam op haar eieren bleef zitten. Twee citroenvlinders voerden glanzend in het zonlicht een schitterende dans op en in het bos aan de andere kant van de vallei hoorde hij een groene specht lachen. De hele natuur was op deze lenteochtend dwangmatig bezig met nieuw leven.

Theo besefte dat hij aan Fliss moest denken. Had hij gelijk dat Hals plotselinge hartstocht voor Maria Fliss tot een verloving met Miles had gedwongen? Waarom had ze juist nu besloten dat ze van hem hield, terwijl ze hem al zo lang kende? Hij had gehoopt dat Freddy met haar zou praten, maar Fliss was zo vastberaden dat het moeilijk was om erover te beginnen. Theo herkende de kwetsbaarheid, de vrolijkheid, de muur die misschien onzichtbaar was, maar die tegen iedere poging tot een vertrouwelijk gesprek bestand was. Hij had het zelf ook geprobeerd, maar zonder veel resultaat.

'Weet je zeker dat je dit wilt?' had hij, tijdens een van de weinige ogenblikken dat ze alleen waren, gevraagd.

Ze stonden samen op de binnenplaats, keken naar de dikke knoppen en dansende bladeren aan de klimplanten en genoten van de wonderen der natuur. Hij zag haar verstrakken toen ze hem antwoord wilde geven en hij vreesde het ergste.

'Met "dit" bedoelt u trouwen?' had ze beleefd gevraagd – en hij had zo'n vermoeden dat ze korte metten met hem had gemaakt als hij van haar eigen leeftijd was geweest.

'Vergeef me als ik zeg dat we soms door anderen worden beïnvloed,' zei hij vriendelijk. 'Trouwen is een bedwelmende zaak, net zoiets als de uitverkoop. Je koopt iets wat je helemaal niet wilt en al helemaal niet nodig hebt, alleen zodat een ander het niet koopt.'

Ze glimlachte, een oprechte, hartelijke glimlach en hij was dankbaar en opgelucht dat ze zo grootmoedig was.

'Wat weet u nou van de uitverkoop, oom Theo?' had ze gevraagd. 'U hebt vast nog nooit zoiets onnadenkends gedaan.'

'Ik heb een keer een paraplu in de uitverkoop gekocht,' had hij peinzend gezegd. Ze reageerde verrast. 'Hij was groen en ik aarzelde, maar toen zag ik een man naast mij staan die er met zijn hand naartoe ging. Plotseling zag ik hem in al zijn pracht en pakte ik hem snel. Ik herinner me nog steeds dat overwinningsgevoel toen ik er triomfantelijk mee door Oxford Street liep.'

Ze had gelachen en hij had met haar meegedaan. 'Vergelijkt u Miles nu met een paraplu?' had ze geamuseerd gevraagd. 'Wie wil hem dan nog meer? Hij is niet in de uitverkoop, hoor.'

'Het was een slechte vergelijking,' had hij toegegeven. 'Vergeef me. We leggen een onredelijke last op je schouders met onze liefde. We willen verzekerd zijn van jouw geluk en dat is natuurlijk absurd. Zelfs als we weten hoe we geluk kunnen definiëren, is er geen reden waarom jij een van de gelukkigen zou zijn die het bereikt.'

Ze was overdonderd door zijn realisme. 'Ik... ik hoop dat ik gelukkig word,' had ze geprotesteerd.

'Er zijn belangrijker dingen,' had hij ernstig gezegd. 'Wist je dat de Yurok Indianen maar één wet hebben? Een heel eenvoudige.' Hij wachtte even, alsof hij zich de woorden exact wilde herinneren. '*Jezelf trouw blijven, betekent je best doen om een ander te helpen,*' citeerde hij.

'En u denkt dat ik mezelf niet trouw ben?' De kin die de lucht in werd gestoken, was Freddy's erfenis, maar de bezorgde frons was die van Alison. 'Hoezo?'

Theo had zijn hoofd geschud. 'Alleen jij kan die vraag beantwoorden,' had hij haar gezegd.

Met rode wangen had ze de andere kant opgekeken. 'Ik houd van Miles,' had ze ijzig gezegd.

'Dat is geweldig,' had Theo rustig geantwoord. 'Daar gaat het om. We weten dat hij ook van jou houdt.'

'Ik weet heus wel wat iedereen denkt,' had Fliss opstandig gezegd. 'Ze denken dat het om Hal is. Iedereen vraagt zich af waarom ik nu opeens met Miles wil trouwen, terwijl ik hem al zo lang ken. Dat bedoelt u toch? Dat alle soesa om Hals bruiloft me naar mijn hoofd is gestegen en dat ik niet wil achterblijven?'

'Zoiets,' had Theo toegegeven, blij dat Fliss geen idee had dat de familie wist wat ze voor Hal voelde.

Hij dacht: Denkt ze dat we blind zijn, of gewoon dom? Maar de enige reden dat we het zo goed zien is dat we het weten. Vanwege die terloopse opmerking van Caroline tegen Freddy. Zelfs Caroline had de echte waarheid niet achterhaald.

'Nou, dat is niet zo,' had Fliss bijna boos gezegd. 'Ik houd echt van Miles, alleen besef ik dat nu pas. Je kunt toch aan mensen wennen? Je neemt ze al die tijd voor lief en opeens besef je hoe verloren je je zou voelen als je ze kwijtraakte. Dat is wat ik voor Miles voel.'

Theo wist dat hij door had moeten vragen, had moeten vragen waarom ze Miles opeens in dit nieuwe licht zag; hij wist dat hij haar had moeten aanmoedigen haar gevoelens onder de loep te nemen, opdat ze geen afschuwelijke vergissing zou maken, maar Caroline en Susanna waren eraan gekomen en het moment ging voorbij.

Nu hij hier bij het raam stond, vroeg Theo zich af of hij zich er niet te gemakkelijk van af had gemaakt, dat hij een andere gelegenheid had moeten zoeken. Maar was Fliss sterk genoeg, volwassen genoeg om haar eigen karakter meedogenloos te onderzoeken en de gevolgen voor lief te nemen? Er zou misschien leed uit voortkomen en trouwens, wie was hij om dat te eisen? Theo voelde de wegterende, verdovende verwarring die hem al zijn hele leven achtervolgde en hij schudde zijn hoofd. Hij was geïrriteerd door zijn eigen zwakte, verslagen door het gevoel dat hij had gefaald. Terwijl hij verder piekerde, drongen de geluiden van de lente tot hem door; doorboorden ze zijn wazige verstrooidheid; vrolijkten ze hem op. De iele, klagerige kreten van pasgeboren lammeren echoden tegen zijn raam, terwijl aan de andere kant van de vallei de koekoek riep – de meest ontroerende van alle lentegeluiden: een keer, twee keer, drie keer… Theo haalde diep adem, voelde zijn kracht terugkeren; de prachtige belofte van de wederopstanding deed zich opnieuw gelden en gaf hem nieuwe hoop.

Fox hoorde boven op de heuvel de koekoek beneden zich en keek hoe hij door de lucht vloog. Net als voor Theo was de lente voor hem een bijzondere tijd, ook al hield Fox van alle seizoenen. Maar de laatste tijd was de komst van de herfst en de winter – vooral de koude, natte dagen die zijn gewrichten verstijfden – niet meer zo welkom als onderdeel van de veranderende natuur. Nu gaf hij de voorkeur aan warmer, milder weer dat de langere dagen met zich meebrachten. Fox was wakker geworden door het oorverdovende vogelgekwetter, het vriendelijke tjilpen van de huiszwaluwen onder de dakrand van zijn kleine cottage. Hij genoot toen hij ze tegen het huis zag hangen, waar ze hun oude verblijf inspecteerden en zich opmaakten voor het nieuwe seizoen. Naarmate hij ouder werd, sliep hij steeds slechter en hij was altijd blij als de dageraad kwam en hij het begin van het gezang hoorde dat gaandeweg aanzwol als de zon in het oosten opkwam en de wereld met zijn warmte raakte. Vanmorgen was hij na een lange, onderbroken en vermoeiende nacht in een diepe slaap gevallen en was later dan anders wakker geworden. Alleen bij de gedachte aan Ellens ontbijt wist hij zich uit bed te slepen. Hij voelde zich traag, zijn gedachten waren verdoofd, zijn lijf deed pijn, maar nu hij met de honden op de heuvel liep, voelde hij zijn oude veerkracht terugkomen. Hij rekte zich in het zonnetje uit en werd plotseling overvallen door vreugde toen hij de roep van de koekoek door de vallei hoorde weergalmen.

Hij keek om zich heen waar de honden waren. Mugwump scharrelde een eindje voor hem uit. Voor zijn dertien jaar was hij nog behoorlijk levendig, als was hij een beetje stram en te dik, en hij genoot van zijn strooptochten op de heuvel. Fox dacht aan de puppy die de kinderen had verwelkomd toen ze uit Kenia kwamen – en moest aan Mrs. Pooter denken.

'Oud vrouwtje,' mompelde hij en slikte hard. 'Een oud vrouwtje, dat was ze.'

Haar achterkleindochter die eerder door een interessante geur was afgeleid, liep kwispelend op hem af, duwde haar kop tegen zijn been en wilde achter haar oren gekrabbeld worden. Ze was veel vriendelijker dan haar voorouder was geweest, maar Fox hield net zo veel van haar, alleen anders. Honden leken net mensen, had hij geconcludeerd: ze waren allemaal anders, hadden stuk voor stuk een bevrijdende eigenschap. Perks werd afgeleid toen ze Mugwump ergens aan een nieuw geurtje zag snuffelen en stoof eropaf en Fox slenterde er langzaam achteraan.

Het was stil in The Keep na het drukke weekend – alleen de vaste bewoners gingen hun gangetje – maar er was genoeg om over te praten en er waren genoeg leuke plannen te maken. Twee bruiloften zo kort na elkaar zouden ongetwijfeld de routine van het dagelijkse leven overhoophalen. Fox en Ellen waren het volledig met elkaar eens. Ze vonden zowel Maria als Miles erg aardig en waren het erover eens dat Hal en Fliss het goed gedaan hadden. Ellen maakte zich nog wel zorgen over het leeftijdsverschil tussen Miles en Fliss, maar Caroline had haar ervan overtuigd dat Miles een toegewijde, zorgzame echtgenoot zou zijn en ook een succesvolle carrière tegemoet ging. Hij was zojuist bevorderd tot stafofficier operaties van de admiraal in Devonport, wat betekende dat hij en Fliss hun huwelijk zouden beginnen met een baan aan de vaste wal, dicht bij huis. Ze konden in Dartmouth in het huis in Above Town wonen en Fliss kon vaak naar The Keep komen. Iedereen – vooral Miles – was verheugd.

Wat Maria betreft ... Fox begon waarderend te fluiten. Hal had een goede partij in de wacht gesleept; zelfs Ellen was onder de indruk. Tegen de tijd dat het weekend ten einde liep, had ze iedereen voor zich gewonnen. Ze was zo mooi en lief en zocht zo duidelijk hun goedkeuring.

Fox dacht: We hoeven ons geen zorgen te maken dat zij ons er ooit uit zou gooien. Hal mag trots zijn. Dat kleine meisje zou nog geen vlieg kwaad doen.

Ze had hen heel charmant uitgenodigd voor de bruiloft in Wiltshire. Haar ouders zorgden voor het onderdak van Hals familie in een plaatselijk hotel en het was niet meer dan normaal dat Ellen en Fox bij Hals familie hoorden. Ze had de uitnodiging helemaal niet denigrerend gebracht en er was niets waardoor Ellens trots gekrenkt kon zijn of waar ze een van beiden beledigd door konden zijn. Er werd nu over niets anders meer gesproken dan de plannen: hoe ze zouden reizen; wat ze aanmoesten; wat voor cadeau ze zouden uitzoeken. Caroline organiseerde het allemaal samen met Freddy; niettemin was het heel leuk om over de details te praten, van de voorpret te genieten...

Maar vóór die grote dag eind juni zou Fliss in The Keep trouwen. Er was besloten dat het niet meer dan juist was dat Miles als een getrouwd man aan zijn nieuwe functie begon, en daarom zou hun bruiloft twee weken eerder zijn. Hoewel het een bescheiden aangelegenheid werd, moest er nog veel gebeuren. De hele familie was vastbesloten dat The Keep de mooiste dag van Fliss' leven zou organiseren en dat absoluut niets hun pret mocht bederven.

Ondanks de warmte en de schoonheid van de morgen verlangde Fox naar de keuken; naar hete thee en pap en het gezelschap van Ellen en Caroline. Zo nu en dan stelde hij zich voor hoe afschuwelijk het zou zijn als hij geen familie of echte vrienden had; hoe hij zou moeten worstelen, knokken om te overleven. Gisteren had hij het nog met Freddy over het feit gehad dat hij zich zo onbekwaam voelde, omdat hij haar wilde uitleggen hoe dankbaar hij haar was dat ze financieel voor hem zorgde terwijl hij zelf zo weinig voor haar welzijn kon doen. Ze had aandachtig, met een frons op haar gezicht, naar hem geluisterd.

'Het lijkt me moeilijk voor je,' had ze uiteindelijk gezegd, toen hij stamelend tot zwijgen was gekomen. 'Maar zie je, je bent familie. Jij moet nu zo vriendelijk zijn om onze zorg voor jou in de toekomst te aanvaarden zoals wij jouw bescherming en diensten in het verleden hebben aanvaard. Je verdient niet minder en bovendien hebben we je nog altijd nodig. Je bent vanaf het begin bij me geweest, Fox, en we zullen het samen tot een einde brengen, jij en ik.'

Ze had even zijn schouder aangeraakt en was daarna weggegaan, lang en fier in haar oude jas, kin omhoog, schouders naar achteren. Fox had opeens weer de jonge Freddy gezien die weg beende, met haar korenblonde haar op haar kleine hoofd, haar handen diep in haar jaszakken geduwd; een stel honden dat om haar heen sprong; haar twee kleine jongens, Peter en John, die voor haar uit renden. Zijn ogen vulden zich met tranen toen hij besefte hoe de kostbare jaren voorbij waren geflitst, voorbij nu en bijna afgelopen. Hij was overspoeld door immense trots en overweldigende liefde – en het kostbare gevoel dat hij thuis was…

Nu hij zich omdraaide en de honden riep, vroeg hij zich af hoe het zou zijn als een van hen zou overlijden. Zou hij het redden zonder Freddy, zonder Ellen…?

'Wat is er met jou aan de hand?' vroeg Ellen scherp, toen hij de keuken binnenkwam. 'Je ziet eruit alsof je je beste vriend kwijt bent.'

Tot haar verbazing sloeg hij een arm om haar heen en gaf haar een zoen op haar gerimpelde wang.

'Ga niet weg, Ellen,' zei hij – en liep naar het fornuis om de theepot te pakken.

Ellen was helemaal stil van deze onverwachte vertoning en ontroerd door het gebaar. Ze wist niet wat ze moest zeggen en het was aan Caroline, die achter hen binnenkwam, om de spanning te doorbreken.

'Wat een morgen!' riep ze uit. 'Wat een volmaakte dag. Dit is precies wat we nodig hebben voor de bruiloft van Fliss. Dan ziet de tuin er op zijn best uit. Ik vind dat we vandaag flink wat pronkbonen moeten zaaien. Wat vind jij, Fox? Josh komt straks. Heb jij nog klusjes voor hem?'

Hij wist dat ze hem zijn mening vroeg om zijn trots niet te kwetsen, zodat hij zich niet overbodig voelde, en hij glimlachte dankbaar naar haar.

'Dat mag je zelf met hem regelen, meisje,' zei hij zonder wrevel. Freddy had de dreigende angel uit zijn voldoening gehaald; hij had er nu vrede mee en kon zijn verdiende rust nemen. 'Het is niet eerlijk om een jongeman voor een oude man te laten werken. Hij is een goeie. Jullie redden het best met zijn beidjes.'

Toen Fox zich omdraaide om de theepot weer op het fornuis te zetten, keken de beide vrouwen elkaar aan. Caroline trok haar wenkbrauwen omhoog; Ellen haalde haar schouders op.

'Tja,' zei Caroline na een ogenblik. 'In dat geval...'

'Ontbijt,' zei Ellen, die haar evenwicht hervond. 'Eerst ontbijt. De tuin komt straks wel.'

'Mol zal wel zenuwachtig zijn,' zei Caroline, die haar hielp om van onderwerp te veranderen. 'Hij moet donderdag naar Gosport. Ik haal hem woensdagavond op. Hij moet de volgende ochtend vroeg beginnen.'

'Hal heeft hem voorbereid,' zei Fox vol vertrouwen, terwijl hij met smaak aan zijn pap begon. 'Heeft hem verteld wat hij kan verwachten. De trucjes die ze uithalen. Het lukt hem wel, Mol.'

'Tuurlijk,' zei Ellen, opgelucht dat Fox weer een beetje zichzelf was. 'Tjonge jonge, als ik nog denk aan die kleine dreumes die niet kon praten.' Ze schudde haar hoofd. 'We hebben het goed gedaan, al zeg ik het zelf.'

'Inderdaad,' zei Caroline, die zag dat het gezelschap wel wat lof kon gebruiken. 'Weet je nog dat hij rond het bosje rende, Fox? Wat was dat een mooie dag. Jij stond toen op hem te wachten. En toen je terugkwam, klampte hij zich helemaal aan je vast, dat kan ik me nog herinneren. Mol huilde van blijdschap.'

'Ik ook,' biechtte Fox op. 'Weet je nog, Ellen?'

'Natuurlijk weet ik dat nog,' zei ze bruusk. 'Hij kwam 's morgens naar beneden en zei "Ik ga eromheen" en weg was hij. Fox dronk zijn thee niet eens op. Hij liep direct achter hem aan.'

'Hij vertrouwde jou,' zei Caroline bedachtzaam. 'Hij wist gewoon dat jij er zou staan als hij aan de andere kant weer tevoorschijn kwam, dat je hem nooit in de steek zou laten. Dat had hij nodig.'

Het bleef stil. Fox snoot luidruchtig zijn neus. 'Dat heeft hij van ons allemaal gekregen, stuk voor stuk,' zei hij. 'We zijn er altijd geweest. We hebben het altijd samen gerooid. Zo zit een familie in elkaar.' Hij keek hen aan en glimlachte. 'Zo. Ik heb honger als een paard na al die frisse lucht. Denk je dat ik nog wat geroosterd brood kan krijgen?'

35

Het warme weer sloeg abrupt om in winters weer met kille regen uit het westen. Prue haastte zich uit de nattigheid naar binnen, rilde toen ze haar regenjas uittrok en liep naar de zitkamer om de elektrische kachel aan te doen. De plotselinge temperatuursdaling buiten kon haar goede humeur niet verpesten. Ze had het gevoel dat haar leven plotseling in een stroomversnelling zat, na zoveel jaar doelloos te zijn voortgekabbeld. Ze lachte. Het was een van Johnny's gewoontes; in beeldspraak denken. Wat zou hij trots zijn geweest op Hal, wat zou hij dol zijn geweest op Maria. Prue zuchtte tevreden en schonk een borrel voor zichzelf in. Hal was samen met haar naar Wiltshire gereden om haar aan Maria's ouders voor te stellen in hun verbazend moderne en heel ongewone huis in de buurt van Salisbury. Haar vader was architect en had een kantoor in Salisbury en in Winchester; haar moeder werkte parttime in een zaak in antieke boeken. Ze hadden Prue hartelijk ontvangen, aandacht aan haar geschonken en haar vertroeteld en hadden duidelijk laten merken dat ze Hal met open armen als hun schoonzoon verwelkomden. Maria was hun enige kind en het was wel duidelijk dat niets te goed was voor haar. Hal had hun test kennelijk met vlag en wimpel doorstaan.

Toen ze naar hem keek, had hij haar erg sterk aan Johnny herinnerd; zijn ontspannen charme en goede manieren gecombineerd met een gevoel voor humor en tomeloos enthousiasme bezorgde hem altijd vrienden. Zijn uitstraling, oprecht en open, trok iedereen aan en Maria's ouders waren gewoonweg verheugd dat ze hun dochter aan de zorg van zo'n populaire en succesvolle marineofficier konden toevertrouwen. In haar eigen omgeving was Maria zelfverzekerder dan in Bristol. Nu ze officieel verloofd waren, gedroeg ze zich aandoenlijk bezitterig tegenover Hal, waardoor Prue helemaal ontroerd was. Ze hoopte dat deze twee het lange en gelukkige leven zouden hebben dat haar en Johnny ontzegd was, en ze maakte nu al plannen voor haar kleinkinderen.

'We willen direct kinderen, mam,' had Hal op de terugweg naar Bristol gezegd. 'Ik kan het me veroorloven en we willen ze graag hebben als we allebei nog jong genoeg zijn om echt van ze te genieten. Deze herfst word ik zevenentwintig. Kun je het geloven?'

Prue had niets gezegd. Het leek zo onmogelijk dat Johnny al zo lang dood was. Hal had even opzij gekeken en zijn hand over de hare gelegd. Ze had snel naar hem geglimlacht.

'O lieverd, als je het mij vraagt, kun je ze niet gauw genoeg krijgen. Ik ben dol op baby's, dat weet je. Wat zal het leuk zijn.'

'Ze is geweldig, vind je ook niet?' vroeg hij. 'Ze was heel erg verlegen toen we in The Keep waren. Ik wou dat je erbij was geweest. Ze voelt zich zo op haar gemak bij jou.'

'Ik had ook moeten komen,' gaf Prue toe, 'maar ik wilde dat je grootmoeder jullie helemaal voor zichzelf had. Dat klinkt misschien raar aangezien het huis vol was, maar je begrijpt wel wat ik bedoel. Ze is zo geweldig voor jullie geweest, dat ik even buiten beeld wilde blijven om haar het gevoel te geven dat het haar dag was.'

'Nou, die arme Maria was een beetje overweldigd. Maar Fliss was heel lief voor haar.'

Deze uitspraak had een beetje uitdagend geklonken, maar ze had kalm en hartelijk erkend dat Fliss heel edelmoedig was, en was toen over Kit verdergegaan; kon zij ook maar iemand vinden met wie ze haar leven kon delen. Prue was heimelijk geschokt dat Kit bijna zevenentwintig was en nog altijd niet de indruk wekte dat ze zich aan iemand wilde binden. Ze had zeker geen gebrek aan vriendjes, integendeel zelfs, maar ze was gewoon niet in staat om met één tevreden te zijn. Toen het kleine autootje met hoge snelheid naar Bristol reed, had Prue haar zorgen met Hal gedeeld. Ze was bang dat Kit de boot zou missen.

'Als ze niet oppast,' had ze hem verteld, 'dan blijven er alleen nog weduwnaars en gescheiden mannen over. Ze heeft een aantal heel aardige jongemannen mee naar huis genomen. O Hal, waarom wordt ze niet verliefd, net als jij en Maria?'

Terwijl ze naar hem keek, naar zijn blonde haar dat in de wind wapperde – hij had haar overgehaald om met de kap naar beneden te rijden – zijn handen lichtjes maar zelfverzekerd op het stuur, besefte ze dat hij een zelfvoldane sfeer uitstraalde; een zelfingenomenheid waardoor hij zich moeilijk kon concentreren op de problemen van andere mensen die minder geluk hadden dan hij omdat hij zo geobsedeerd was door zijn eigen geluk. Ze had zitten wachten tot hij haar zorgen met wat dooddoeners luchthartig opzij zou schuiven: 'O, ze komt nog wel eens iemand tegen.' Of: 'Je maakt je veel te veel zorgen, mam. Er is nog tijd genoeg...' Maar in plaats daarvan had hij er serieus over nagedacht.

'Weet je,' zei hij uiteindelijk, 'wat je je moet bedenken is dat Kit heel gelukkig is. Ze vindt het leven fantastisch. Als ze een man was, zou je je er toch ook niet druk om maken? Maar omdat ze een vrouw is, vind je dat ze een man en baby's zou moeten krijgen.'

'Maar vind jij dat dan niet?' had ze nieuwsgierig gevraagd. Hals ideeën over de rol van de vrouw waren over het algemeen zo conventioneel dat ze een beetje verbaasd was. Sloegen die ideeën dan niet op zijn zus?

Terwijl Prue bij het elektrische kacheltje zat, herinnerde ze zich zijn antwoord weer met dezelfde verbazing – schok zelfs – die ze op dat moment had ervaren.

'Kit is anders dan de meeste vrouwen,' had hij langzaam gezegd, alsof hij zijn gedachten uit een ver onderbewustzijn moest trekken. 'Altijd al geweest. Ze is een merkwaardige combinatie. Ze houdt van mannen, voelt zich prima op haar gemak bij hen, zeurt niet over hun zwakke kanten en tekortkomingen zoals sommige vrouwen, maar ze is ook heel erg onafhankelijk. Ze houdt van haar baan, haar vrijheid. Zo zijn mannen altijd geweest, mam, maar bij vrouwen zie je het niet zo vaak. De tijden veranderen. Ik denk dat Kit zichzelf kan zijn zonder zich apart te voelen. Twintig jaar geleden zou iedereen haar excentriek hebben genoemd, maar vandaag de dag heet dat gewoon je eigen gang gaan. Het mag nu. Lust is al net als zij. Daarom kunnen ze zo goed met elkaar opschieten. Geen eisen, geen omhaal.'

Het was even stil gebleven.

'Toch is het raar,' had Prue uiteindelijk durven zeggen. 'Vind jij niet? Ik ben heel erg conventioneel...'

'Is dat wel zo?' had hij snel gevraagd. 'Weet je dat zeker? Je bent nooit meer hertrouwd. O, ik weet wel dat Tony er nog was, maar hij was meer een vergissing, of niet? En toen waren wij al dertien. Je had niet direct haast om je weer aan een andere man te binden, om… weer afhankelijk te worden, toch?'

'Ik wilde wel,' had Prue opgebiecht. 'Ik miste Johnny zo…'

'Wacht even,' onderbrak hij haar. 'Je hebt geprobeerd onze vader te vervangen, dat wilde je in ieder geval, maar toen je merkte dat je dat niet kon, heb je het ook niet meer geprobeerd. Ik denk dat een echt conventionele vrouw iedere man beter zou vinden dan geen man.'

'Misschien was het anders geweest als ik Freddy niet had gehad,' had Prue eerlijk gezegd. 'Financieel gezien heb ik altijd zekerheid gehad.'

'Maar toen het nodig was, ben je gaan werken,' had hij volgehouden. 'Je bent niet blijven jammeren en wachten totdat iemand anders de last van je overnam.'

Prue werd helemaal warm vanbinnen toen ze zich bij de kachel met haar sherry die woorden herinnerde. Het was alsof hij haar een glimp van haar leven vanuit een andere invalshoek had geschonken; alsof ze lang niet zo dom was als ze had gedacht.

'Ik wilde het goedmaken omdat ik zo dom was geweest om me door Tony te laten inpalmen,' biechtte ze Hal op. 'Ik was zo dom… zo eenzaam…'

'Dat bedoel ik,' had hij heftig gezegd. 'Je had zó een man kunnen hebben. In mijn herinnering hingen er altijd mannen om je heen. Toen wij naar school gingen, moet het heel naar voor jou zijn geweest en dat was het moment waarop je weer trouwde. En laten we wel wezen, met Tony kon je wel lachen.' Hij haalde zijn schouders op. 'Het was een vergissing die je daarna nooit meer hebt herhaald. Terwijl je nog altijd alleen was en je baan ook niet echt gemakkelijk was. Wat ik probeer te zeggen is dat we misschien geen van allen zo conventioneel zijn als we denken. Onze vader klinkt niet echt conventioneel. En moet je eens naar oom Peter kijken die naar Afrika vertrok omdat hij het hier in vredestijd maar saai vond. En grootmoeder dan? Die helemaal in haar eentje haar jongens grootbracht in The Keep. Wat een taaie.'

'En jij?' waagde ze. 'Hoe zie jij jezelf?'

'Ik ben waarschijnlijk de meest conventionele van ons allemaal,' zei hij langzaam. 'Ik wil een vrouw die er altijd zal zijn, die mij en de kinderen op de eerste plaats zet. Maar ik wil ook dat ze onafhankelijk is. Ik wil geen vrouw die begint te jammeren als het een keer moeilijk wordt. Ik heb een vrouw nodig die de afstand en de problemen aankan. Het is niet gemakkelijk om een marinevrouw te zijn.'

'En jij denkt dat Maria het aankan?' vroeg Prue. 'Ze is nog erg jong.'

'Met het gebruikelijke veiligheidsnet denk ik dat ze het aankan. Begrijp je wat ik bedoel? Andere echtgenotes, marineondersteuning, dat ze weet dat ze niet alleen is. Ik zal ervoor zorgen dat ze goed ligt bij de andere vrouwen.'

'En de familie,' had Prue gezegd. 'Wij zijn er ook als het nodig is.'

'Ja,' had Hal geantwoord. 'De familie...'

Zelfs nu, een week later, herinnerde Prue zich de merkwaardige toon in zijn stem en de moed waarmee ze die belangrijke vraag had gesteld. Ze wist dat hij gesteld moest worden om de schaduw eindelijk te verjagen.

'Is... alles goed tussen jou en Fliss?' Ze had haar stem luchtig gehouden. 'Jullie hielden toch van elkaar? Het spijt me, Hal.'

Ze had gezien dat zijn gezicht verhardde, de kin verdedigend de lucht in werd gestoken. 'Ja, dat is zo. Fliss was al die dingen waar ik het over had, begrijp je? Ik kwam op de eerste plaats bij Fliss, maar ze is ook sterk. Mensen beseffen dat niet altijd. Ze hebben de neiging om "Ach, die arme Fliss" te zeggen omdat ze het zo moeilijk heeft gehad en omdat ze stil is en de kleintjes alle aandacht krijgen en Kit de grappige is. Maar Fliss is sterk. Ze lijkt op grootmoeder. Ik houd nog steeds van haar, als je dat soms wilt weten. Ik zal altijd van haar houden – maar de spanning zoals met Maria is er niet. In het begin wel, toen we opgroeiden, maar dat was gewoon de puberteit of zo. Jonge jongens raken gauw opgewonden, of niet? Later was het alsof ik haar té goed kende...'

Prue zuchtte, terwijl ze haar glas leegdronk. Ze voelde zich schuldig dat ze hem had gedwongen zijn gevoelens te analyseren, maar was ervan overtuigd dat het beter was om er open over te zijn, zodat er geen schadelijke mysteriën rond Hal en Fliss zouden ontstaan en ze zichzelf zouden blijven zien als ongelukkige geliefden. Maria's gevoel voor plezier, haar schoonheid, haar bewondering zou iedere vorm van twijfel verjagen, en als er eenmaal baby's kwamen... Ze slaakte nog een zucht, dit keer van puur geluk bij de gedachte aan Hals kinderen en schonk nog een glas voor zichzelf in.

'Weet je het zeker?' vroeg Miles vrijwel tegelijkertijd aan Fliss. 'Weet je zeker dat je hier gelukkig zult zijn? We kunnen het ook verkopen, hoor. Iets anders kopen. Het hoeft niet per se in Dartmouth te zijn.'

'Heus.' Ze lachte om hem, sloeg haar armen om hem heen. 'Doe nou niet zo moeilijk. Ik ben dol op dit huis. Ik vind het niet erg dat je het samen met Belinda hebt uitgekozen of dat je hier met haar hebt gewoond. Waarom zou ik?'

Hij hield haar stevig vast, wilde dat alles volmaakt was, maar wist dat dat onmogelijk was. 'Ik houd van je,' mompelde hij in haar haar.

'Zet dan eens een kop thee voor me,' zei ze luchtig. 'Ik verga van de dorst. Ben ik helemaal hiernaartoe gekomen, krijg ik niet eens wat thee.'

Hij kuste haar. 'Kom je dan zo?' zei hij, en liep naar beneden. Fliss liet haar jas op bed vallen en slenterde naar het raam. Ze keek over de dicht opeengepakte daken en de rivier naar Kingswear en vroeg zich af waarom ze het niet erg vond dat Miles hier met een andere vrouw had gewoond.

Fliss dacht: Misschien omdat de doden altijd bij mijn leven hebben gehoord. We zouden hun aanwezigheid in ons heden niet moeten verloochenen. We stoppen ze zo gemakkelijk weg.

Het was haar opgevallen dat de foto's van Belinda verdwenen waren. Daar was ze verdrietig over. Er hadden er twee op de ladekast in de slaapkamer gestaan; een portretfoto en een kleinere foto van Miles en Belinda samen op een strand terwijl ze lachend naar de camera kijken. Fliss dacht aan de foto's in The Keep die deel waren van haar leven, van haar verleden. Maakte het zoveel verschil dat Belinda Miles' vrouw was geweest? Hoorde ze jaloers te zijn? Terwijl ze naar de koude, natte avond keek, onderzocht Fliss haar gedachten. Ze kon onmogelijk jaloers zijn op iets dat zo lang geleden was gebeurd, op een vrouw die ze nooit had ontmoet. Er waren duidelijk verschillende vormen van liefde. Haar liefde voor Miles was intens en sterk, maar leidde niet tot wilde hartstocht of aanvallen van jaloezie en wanhoop. Vluchtig dacht ze aan Hal en Maria en vergeleek hun liefde. De pijn was fel, maar ze onderdrukte het, ontkende het en keek grimmig naar buiten. Ze mocht niet zwak zijn. Als zij en Hal hun liefde voor elkaar openlijk hadden kunnen laten zien, dan was het misschien na een paar maanden doodgebloed; de geheimhouding zelf was een deel van de aantrekkingskracht geweest. Ze zouden het nooit echt weten – maar ze waren geen kinderen meer en het spel was afgelopen.

Fliss wist dat ze op een kruispunt in haar leven stond. Ze kon verder met Miles en niet meer denken aan wat had kunnen zijn, of ze kon blijven zwelgen in zelfmedelijden en romantische dromen. Ze rechtte haar schouders, trok haar kin op. Het was duidelijk. Miles had zoveel te bieden; zij had zoveel te geven. Waarom zou ze haar kostbare leven verspillen met klagen?

'De thee is klaar.' Vanuit de deuropening stond hij naar haar te kijken en was zich bewust van haar stemming.

Ze draaide zich om en glimlachte naar hem, genoot van zijn zorg om haar, zijn angst dat alles aan haar wensen moest voldoen.

'Wat een prachtig uitzicht is dit,' zei ze zomaar. 'Maar wat heb je met de foto's gedaan?'

Hij werd zo rood dat ze zich afvroeg of ze het niet beter had kunnen negeren.

'Ik... ik wist het niet zo goed,' zei hij onhandig. 'Op de een of andere manier leek het me naar...'

'Voor mij of voor jou?' vroeg ze.

'O verdraaid, ik weet het niet.' Hij haalde zijn hand door zijn dikke, donkere haar en haalde zijn schouders op. 'Het maakt mij niet uit. Dat klinkt naar, of niet? Alsof het me niets kan schelen.'

'Miles.' Ze liep naar hem toe, nam zijn handen beet. 'Je moet je niet zoveel zorgen maken. Ik houd van je. Het komt wel goed. Belinda was een deel van je leven. Voor een deel heeft ze je gevormd. Sluit haar niet buiten, alsof ze er niet bij hoorde. Dat... dat is gemeen, om de een of andere reden.'

'Ik wilde niet dat jij dacht dat…' Hij beet op zijn lip en begon overnieuw. 'Dit is nu jóúw thuis. Ik wil gewoon niet dat je iets… voelt,' eindigde hij slap.

Ze schoot in de lach, pakte zijn handen steviger vast. 'Tja, als je niet wilt dat ik íéts voel,' zei ze, 'dan moeten we maar snel naar beneden om thee te drinken. Maar ik kan je niet beloven dat ik helemaal níéts voel, ook al drinken we alleen maar thee.'

'Akelig vrouwmens,' zei hij, en gaf haar een zoen, 'je weet best wat ik bedoel.'

'Thee.' Ze glipte uit zijn armen en liep naar beneden, de steile trap af naar de grote kamer die zowel keuken als eetkamer was. 'Ik moet een kop thee hebben. O, ik vind het zo'n enig huisje, Miles. Ik krijg het hier vast heerlijk als jij op zee zit. Ik zal me hier helemaal veilig voelen.'

Hij deed zijn mond open om uit te leggen dat Belinda zich heel anders had gevoeld – maar deed hem weer dicht. Het klonk zo trouweloos. Met haar kopje in haar handen keek ze hem aan, leunde met opgetrokken wenkbrauwen tegen het roestvrijstalen aanrecht.

'Hoor eens,' zei hij dringend. 'Ik weet wat je denkt. Je denkt dat ik dingen probeer te verbergen of dat ik bang ben dat Belinda tussen ons in komt te staan. Maar dat is het niet. Als ik zanik dat we niet echt gelukkig waren en dat ze er een hekel aan had als ik naar zee ging, dan klinkt het net of ik om medelijden vraag. Maar om je eerlijk te zeggen was Belinda gewoon niet gelukkig toen Dartmouth en mijn vierdejaars trainingen erop zaten. Ze wilde geen man die op zee zat en ik heb daar nooit zoveel begrip voor gehad. Ik vond het niet eerlijk dat ze wel met een marineman trouwde, maar vervolgens klaagde als hij zijn werk deed. Ik voelde me altijd zo schuldig, als je begrijpt wat ik bedoel, en toen haar ziekte bekend werd, leek ze er wel bijna blij mee. O, ik weet het, ik weet het…' Hij hief zijn handen verdedigend in de lucht toen hij de blik op haar gezicht zag. 'Maar zo was het echt. Alsof ze wilde zeggen: "Kijk nou wat je gedaan hebt met je egoïsme." Ik weet dat het absurd klinkt, maar het leek wel of ze blij was dat ze iets tastbaars had waar ze met recht over kon klagen.'

Hij wendde zich af, staarde met zijn lippen op elkaar geklemd naar de smalle tuin met de hoge muren. Het bleef lang stil. Toen zette Fliss met een tik haar kop op het schoteltje. Hij voelde haar achter zich staan, haar armen om zich heen, haar wang tegen zijn rug waar ze tegen zijn ruwe wollen trui leunde.

'Ik vind het zo erg, Miles.' Hij kon haar nauwelijks verstaan. 'Voor jullie allebei. Het moet heel erg naar zijn geweest. Maar ik wil niet dat er iets tussen ons in staat, begrijp je? Zeg wat je wilt over Belinda, goede dingen en slechte dingen, herinneringen, wat dan ook. Heb alsjeblieft niet het gevoel dat dat niet kan en denk niet dat ik je zal veroordelen. Waarom zou ik? Belinda is er niet meer. Ik ben hier nu met jou. Ik houd van je.'

Hij draaide zich snel om, trok haar in zijn armen, hield haar vast totdat ze nauwelijks kon ademhalen. 'O, Fliss,' mompelde hij, 'o, Fliss.'

'Zeg,' mompelde ze in zijn oor, 'als je niet wilt dat ik iets voel, dan laat je dat wel op een heel merkwaardige manier blijken en nu ik mijn thee heb gehad...'

'God, ik houd van je, Fliss,' zei hij. 'Heel, heel veel.'

'Houd dan je mond,' zei ze, 'en laat het me zien.'

36

Kit legde een elpee met muziek van *The Graduate* op de platenspeler en ging languit op de bank liggen. Tijdens het mooie weer van de afgelopen periode was ze eraan gewend geraakt om na een dag in de galerie door Hyde Park te lopen. Dan liep ze door Marlborough Gate, slenterde langs de Serpentine en genoot van de frisse lucht en de onmiskenbare tekenen van de naderende zomer. Maar de afgelopen dagen was het koud en vochtig en moest ze noodgedwongen haar wandelingen uitstellen en ging ze rechtstreeks naar huis. Het was fijn om dicht bij het park te wonen en om het kleine gemeenschappelijke tuintje te hebben waar ze op zonnige zondagmiddagen kon zitten. Ze verlangde naar lange zomeravonden.

Terwijl ze met haar ogen dicht loom op de bank lag en naar het melancholieke 'Scarborough Fair' van Simon en Garfunkel luisterde, dacht ze op deze bijzonder natte en sombere avond aan haar komende vakantie in The Keep en aan de voorbereidingen voor de bruiloft van Fliss. Hoewel ze heel tevreden was met haar leven in Londen, was het altijd fijn om weer naar The Keep te gaan. Daar kon ze haar volwassen masker afdoen en weer kind zijn. Ze vroeg zich af hoe het zou zijn als er niemand meer was die zich herinnerde hoe je als kind was; niemand tegen wie je kon zeggen: 'Weet je nog…?' Ze wist dat ze heel veel geluk had dat ze twee plaatsen had – in Bristol en in Devon – waar ze naartoe kon; geluk dat ze zoveel verschillende relaties had. Mam was bijvoorbeeld bijna een vriendin, maar ook al betuttelde haar moeder haar als ze thuis was, Kit voelde zich in zekere zin verantwoordelijk voor haar. Ze maakte zich zorgen om haar, zat haar op de huid en lachte met haar.

In The Keep was het anders. Fliss was net een zus, maar Mol en Susanna leken wel bij een andere generatie te horen – meer een nichtje en een neefje misschien… Kit mijmerde hierover. Er was een behoorlijk leeftijdsverschil. Mol was tien jaar jonger, Susanna nog jonger. Op het moment was het verschil duidelijk merkbaar. Ongetwijfeld zou het niet meer opvallen als ze zelf vijftig was en Mol veertig. Ze probeerde zich voor te stellen hoe Mol zou zijn als hij veertig was – als ze zelf vijftig was.

Kit dacht: Dat is ouder dan mam. Wat gek om mezelf ouder te zien dan mam…

Grootmoeder en oom Theo waren haar hele leven totaal niet veranderd. Vanwege de verjaardag had grootmoeder haar leeftijd onmogelijk geheim kunnen houden. Door de jaren heen had een van de kinderen wel eens onschuldig naar haar leeftijd gevraagd – als ze de taart aansneed of cadeautjes uitpakte – en ze had het hen altijd zonder aarzelen verteld, ook al had het hen op dat moment niet veel gezegd. Deze herfst werd ze zesenzeventig. Kit piekerde erover. Dat betekende dat grootmoeder al bijna vijftig was toen zij en Hal werden geboren, maar al zevenentwintig jaar leek ze onveranderd. Zesenzeventig… Kit werd plotseling door angst overvallen toen ze zich voorstelde hoe The Keep eruit zou zien zonder haar grootmoeder, zonder oom Theo en Ellen en Fox en Caroline. Ze greep een klein kussen en klemde het tegen zich aan, kneep haar ogen dicht en dacht er vol afschuw aan. Wat zou er met hen gebeuren zonder dat raamwerk van liefde en steun? Wie zou hen vervangen?

Kit dacht: Wat beschouwen we toch veel als vanzelfsprekend.

Ze troostte zichzelf met de gedachte dat haar beide oude familieleden en Ellen en Fox niet allemaal tegelijk dood zouden gaan – en Caroline zou er nog tijdenlang zijn – maar toch voelde ze zich merkwaardig onzeker. Als Hal en Maria in The Keep woonden zou het totaal anders zijn. Hoe kon ze bijvoorbeeld lekker en tevreden in de hondenmand liggen als Maria in Ellens keuken aan het werk was en op Ellens fornuis kookte? Onwillekeurig schoot Kit in de lach. Het was zo'n absurde voorstelling. Maria zou het helemaal niet begrijpen. Ze zou het afkeuren: niet zoals Ellen het afkeurde, maar onvriendelijk, zelfs afkerig. Fliss zou het wel begrijpen, maar dat kwam doordat ze Kit al zo lang kende; Fliss zou er altijd zijn om te zeggen: 'Weet je nog…?'

Kit dacht: Ik wou dat grootmoeder The Keep aan Fliss had nagelaten. Zij zou er moeten wonen. Zij hoort er thuis. We hebben haar allemaal nodig, Mol en Sooz en Hal en ik.

Kit wist plotseling dat ze het niet zou kunnen verdragen als Fliss iets overkwam. Ze bleef heel stil met een bonkend hart naar het plafond liggen staren. Fliss was de spil van hun generatie: stabiel, zorgzaam, veilig. Ze konden het geen van allen redden zonder Fliss ergens op de achtergrond… Toen de deur dichtsloeg, sprong ze geschrokken overeind. Lust wandelde binnen en staarde haar aan.

'Mag ik uit jouw ontspannen houding concluderen dat mijn eten klaarstaat?' vroeg ze. 'Dat de canard à l'orange om acht uur geserveerd wordt? Dat de wijn gekoeld staat?'

'Nee, verdomme,' snauwde Kit. 'Het is trouwens jouw beurt om te koken deze week.'

Lust liet zich in een stoel vallen en keek haar onderzoekend aan. Ze slaakte een diepe zucht en rolde met gemaakte wanhoop met haar ogen. 'Het leven is niet meer zoals voor de oorlog,' constateerde ze vermoeid. 'De normen zijn vervaagd. Personeel is eenvoudigweg niet meer te krijgen.'

Onwillekeurig begon Kit te grijnzen. 'Ik heb een pestbui,' informeerde ze Lust. 'Ik zat te denken aan mensen die doodgaan.'

Lust kneep haar lippen samen en knikte. 'En waarom niet? Wat je leuk vindt,' zei ze, en haalde haar schouders op. 'Kan iedereen meedoen? Ik bedoel, hoe groot is de speelruimte hier precies? Oude mensen? Bekenden? Mensen aan wie we een hekel hebben? Laat ik beginnen met iedereen die vanavond in de metro zat. Daar kun je vast niet tegenop. Wie de meeste haalt, wint. De verliezer zorgt voor het eten.'

'Er ís helemaal niets te eten,' zei Kit boos. 'Jij zou boodschappen doen. Weet je nog?'

'Had ik dat gezegd?' mijmerde Lust. 'Weet je dat zeker? Waren we het er niet over eens dat we op dieet waren?'

'Nee, daar waren we het niet over eens,' zei Kit resoluut. 'En ik rammel van de honger.'

'Dan wordt het Roma,' zei Lust. 'Het is te laat om boodschappen te doen. Alles is dicht. Dan gaan we naar Roma en trakteer ik je op een sappige steak. Eerlijker kan ik het niet maken. Graag of niet.'

'Graag,' zei Kit. Ze kwam overeind en gooide het kussen opzij.

'Waarom is de gedachte aan eten toch zo opbeurend?'

'Is er echt iemand overleden?' vroeg Lust voorzichtig. 'Of was het een of andere idiote geestelijke oefening? Ik vraag het alleen omdat ik het wil weten.'

'Ik lag aan de familie te denken,' zei Kit fronsend, omdat ze het niet leuk vond dat er met haar gevoelens werd gespot. 'En ik besefte opeens hoe afschuwelijk het zou zijn als Fliss iets overkwam.'

Ze wierp een boze blik op Lust, voor het geval die weer met haar wilde dollen, maar Lust keek haar bedachtzaam aan.

'Ik begrijp wat je bedoelt,' zei ze. 'Ze is de moederfiguur van de volgende generatie, hè? Als je uit een groot gezin komt, is er altijd wel iemand die de teugels in handen heeft, die altijd voor iedereen klaarstaat. Dat gaat van de ene generatie op de andere over. Je hebt geluk gehad met al die oude schatten in Devon. Je bent verwend.'

'Ik weet het,' zei Kit schuldbewust. Lust en haar ouders lagen altijd met elkaar overhoop en ze zag ze niet vaak. 'Ik weet het.'

'Dat is niet jouw schuld,' zei Lust grootmoedig. 'Jij kunt er niets aan doen. Je bent in ieder geval bereid om ze te delen. Trouwens, ik dacht dat jij de laatste tijd met bruiloften bezig was, niet met begrafenissen.'

'Ik doe een beetje raar,' gaf Kit toe, 'maar ik voel me stukken beter. En ik heb zin in mijn steak. Kom op. Laten we gaan eten.'

Tijdens de twee dagen van Mols keuring hing er in The Keep een zenuwachtige, gespannen sfeer. De hele familie wist precies wat hem te wachten stond; allemaal hadden ze het meegemaakt; eerst met Peter en John, en daarna met Hal. Ze waren als het ware in staat om de dagen mee te beleven: 'Nu is hij er net, nu moet hij alle praktijkoefeningen doen…' enzovoort. De ochtend van de tweede dag zeiden ze niet langer tegen elkaar dat alles wel goed zou komen, dat hij goed voorbereid was en het best kon. Iedereen werd stil. Fox liep regelmatig de keuken binnen, hing zenuwachtig rond totdat Ellen een bord liet vallen en gefrustreerd tegen hem snauwde, haar zenuwen tot het uiterste gespannen. Na de lunch, die in gespannen sfeer werd genuttigd, verdween Caroline in de kas en nam Fox de honden mee de heuvel op, terwijl Ellen op haar eigen verzoek in een verlaten – en vredige – keuken afwaste.

Met Freddy en Theo ging het iets beter, niet in de laatste plaats omdat Theo een zeker kalm zelfvertrouwen uitstraalde dat Freddy over het algemeen altijd geruststellend vond, al zou ze dat niet toegeven. Hij weigerde in paniek te raken of geïrriteerd te zijn door haar incidentele aanvallen van schrik en bezorgdheid, maar bleef bedaard en was in stilte overtuigd van Mols succes.

'Maar waarom?' wilde ze op een gegeven moment weten, toen hij weigerde mee te doen aan een discussie over wat ze moesten doen als Mol niet werd toegelaten. 'Waarom ben je zo zeker van je zaak?'

Theo dacht na over zijn mentale en spirituele gemoedstoestand. 'Ik heb gewoon zo'n gevoel,' zei hij uiteindelijk – en schoot in de lach toen hij de frustratie op haar gezicht zag. 'Arme Freddy,' grinnikte hij. 'Ik weet dat je liever tekens en wonderen ziet. Een brandende struik, misschien? Wat dacht je van het vijfvingerkruid dat het niet zo goed doet? Of beloftes op schrijftabletten geschreven? Dat stuk steen onder aan de trap is een prima plek. Maar het heeft geen zin, hoor. Ik ben bang dat ik je niet kan helpen. Dit is zo'n moment waarop we naar St. Paulus moeten luisteren. "Want wij wandelen in geloof, niet in aanschouwen." Die ouwe jongen sloeg de spijker vaak op zijn kop.'

'Er zijn van die momenten, Theo,' zei ze, en legde op ieder woord zorgvuldig nadruk, 'dat jij buitengewoon vermoeiend bent.' Hierna liep ze naar de salon en schoof achter de piano. Theo bleef bij het vuur zitten en was er nu van overtuigd dat hij er goed aan had gedaan om zijn liefde voor Freddy geheim te houden. Alleen al het ontkennen had hun relatie gesterkt, gevoed en naar een hoger niveau gebracht. Tevreden met zichzelf ontspande hij zich en pakte de krant.

En zo kwam het dat Theo in de hal op de thee zat te wachten en een artikel in de krant zat te lezen over het afzeggen van de Zuid-Afrikaanse crickettour toen de telefoon ging. Het was Mol. De keuring was afgelopen, maar hij was nog even gebleven om naar The Keep te bellen, omdat hij ze wilde vertellen hoe het was gegaan. Theo luisterde ontroerd en opgetogen toen Mols stem – vol zelfvertrouwen en opwinding – hem ervan verzekerde dat alles goed was gegaan. Hij vertelde een paar grappige voorvallen, waarbij

Theo bulderde van het lachen, en vroeg toen naar zijn grootmoeder. Theo gaf de hoorn aan Caroline, die naast hem was komen staan en hoopvol en angstig meeluisterde, en snelde toen door de hal naar de salon.

Freddy was het derde deel van een van Griegs meest melancholieke stukken aan het spelen en piekerde over haar leven en haar liefde voor Theo. Wat was ze blij dat ze haar liefde nooit had uitgesproken; het was veel fijner om van het geluk en de waardigheid van hun intense, bestendige vriendschap te genieten. Wat zouden ze veel hebben opgeofferd als ze hadden toegeven aan een kort genotzuchtig moment van hartstocht. Ze liet zichzelf opgaan in de muziek, maar toen Theo binnenkwam, hield ze onmiddellijk op en bleef ze met haar vingers boven de toetsen hangen.

'Het is Mol,' zei hij met een glimlach. 'Hij wil je spreken. Alles is goed. Hij klinkt heel vrolijk.'

Maar hij sprak al in het luchtledige; Freddy vloog op de telefoon af en nam de hoorn van Caroline over die haar nog even stralend aankeek voordat ze het nieuws aan Ellen en Fox ging vertellen...

Theo zat in de hal op Freddy te wachten. Toen ze binnenkwam, nog altijd in de greep van de emotie, bleven ze allebei even stilstaan en keken elkaar aan, niet in staat om passende woorden te vinden.

'Ik heb Mol nog nooit zo gehoord,' zei ze uiteindelijk, toen ze als een blinde of een lamme op de tast naar de bank liep. 'Hij was zo opgewonden. Zo zeker van zijn zaak. O, Theo...'

'Ik weet het,' zei hij snel. Hij liep naar haar toe en nam haar bij de hand. 'Ik weet dat we het pas over een week horen, maar ik ben ervan overtuigd dat hij geslaagd is. Mol zelf ook. Als ik hem zo hoorde, heeft hij alles goed gedaan. Ik weet zeker dat hij het gehaald heeft, Freddy.'

Ze keek hem met tranen in haar ogen aan. 'Ik voel het nu ook,' zei ze. 'Wat vreemd. Ik hoorde het aan zijn stem. O, Theo. We hebben het gered. Toen ik naar hem luisterde, kon ik alleen dat beeld van hen drieën zien, Mol en Fliss en Susanna, al die jaren geleden op het perron in Staverton. Ik was toen zo bang dat ik niet genoeg voor ze zou kunnen doen.'

'En nu staat Fliss op het punt om te trouwen en is Mol door zijn marinekeuring heen.' Hij hield haar handen stevig vast. 'En Susanna is een gelukkig en gezond kind. Ja. Ze hebben het allemaal gered.'

'En niet alleen de kinderen,' zei ze teder, 'maar jij en ik ook, Theo. Wij hebben het ook gered. Maar wat nu?'

'Nu gaan we verder,' vertelde hij haar, 'omdat er niet een echt begin of einde is. Geen start of finish. Er zijn alleen kleine plateaus waar we even kunnen stoppen om te genieten van het uitzicht en om ons op te laden voor de volgende krachtsinspanning.'

'Goddank doen we het allemaal samen,' zei ze dankbaar.

Hij bukte zich om haar te kussen en ze trok hem even dicht tegen zich aan, totdat ze Caroline en Ellen met het dienblad met thee uit de keuken hoorde komen.

Mol liep door de poort van HMS *Sultan* en bleef met zijn weekendtas stevig in zijn hand geklemd even staan. Het duurde nog even voordat zijn trein kwam, maar hij wilde nog iets doen en daar had hij nu alle tijd voor. Hij liep in de richting van de Cocked Hat rotonde – genoemd naar de pub die ernaast stond – en aarzelde of hij de bus naar de veerboot zou nemen. Hij was plotseling doodmoe. De keuring was veel beter gegaan dan hij had verwacht, maar na zijn uitbundige telefoontje aan de familie voelde hij zich merkwaardig mat en gedesoriënteerd. Caroline had aangeboden om hem naar Gosport te brengen en er te overnachten zodat ze hem de volgende dag weer thuis kon brengen, maar dat had hij geweigerd. Hij wist dat hij een veel volwassener indruk maakte als hij in zijn eentje met de trein kwam. Nu wenste hij bijna dat hij haar aanbod had aangenomen; bijna, maar niet helemaal. Alles was zo fantastisch gegaan. Hij had het geluk dat Hal hem had voorbereid op de beproeving, die was begonnen toen hij de veerboot vanuit Portsmouth Harbour had genomen. Hij en de anderen die met de trein waren gekomen, werden aan de kant van Gosport afgehaald en vanaf dat moment was het precies gegaan zoals Hal had gezegd. Ze waren naar de *Sultan* gereden, naar de slaapzalen gebracht en hadden hun sportkleding aan moeten trekken om zich op te maken voor de praktijkproeven.

'Houd je ogen open,' had zijn neef gezegd, 'en begin niet als eerste. Kijk hoe de anderen het aanpakken, vooral bij de praktijkproeven.'

Die waren moeilijk geweest; zonder de grond te raken met je ploeg over een kloof – de ruimte tussen twee rijen stoelen – met behulp van een aantal touwen die hoog aan het plafond hingen en een stuk of wat lange planken die geen van alle lang genoeg waren. Maar Hals advies had verrassend snel zijn vruchten afgeworpen. Mol had om zich heen gekeken, zijn kansen afgewogen en hij had in de hoek een handige bootshaak zien staan. Hij was de enige kandidaat die erin was geslaagd zijn ploeg naar de overkant te krijgen en hij begon te beseffen hoe handig zijn jaren bij de scouting op Blundell's waren geweest, die hem het zelfvertrouwen hadden gegeven om te leiden en snel na te denken.

Hij was gewaarschuwd dat de sessie met de psycholoog behoorlijk zenuwslopend zou zijn – dat geprobeerd zou worden om Mols zelfvertrouwen te ondermijnen, hem kwaad te maken – maar zelfs de harteloze opmerkingen over Mols familie en de tragedie in Kenia hadden hem niet van zijn stuk kunnen brengen. Hij had immers jarenlang zijn gevoelens weggestopt, zijn emoties beheerst… Hierna waren de taal- en rekentests gevolgd en de volgende dag een groepsdiscussie en een gesprek. Nu moest hij een week wachten op de uitslag. Als hij was geslaagd, moest hij eerst nog een medische keuring ondergaan in het Empress State Building in Earls Court.

Mol nam zijn tas in zijn andere hand en ging op weg. Het was nog een lange reis terug naar The Keep en nu zijn beproeving voorbij was, wilde hij zijn ervaringen dolgraag met iemand delen – het nog eens doornemen, er misschien zelfs een beetje over opscheppen – maar toch hij had het niet erg gevonden dat de andere kandidaten snel weg waren gegaan en hij had geen moeite gedaan hun vertrek nog even uit te stellen. Hij had oom Theo en grootmoeder willen spreken, om te genieten van hun trots, en hij voelde zich merkwaardig afgesneden toen hij de hoorn op de haak had gelegd en de kilometerslange afstand tussen hem en The Keep weer tussen hen lag.

Mol dacht: Na zoiets heb je iemand nodig die je heel goed kent. Iemand bij wie je je kunt ontspannen…

Zijn hart sprong op toen zich een schaduw van de hoge muur losmaakte die zijn kant op kwam; het was een meisje in een minirok, met glanzend, kort krullend haar dat heen en weer zwierde, grote ogen, mooie benen. Verbijsterd staarde hij naar haar... dacht dat zijn ogen hem bedrogen... Het was Susanna.

'Wat doe jij nou hier?' Zijn adem stokte van verbazing. Hij zag hoe kort de minirok was, hoe uitbundig de make-up en hij keek om zich heen, trok haar met zich mee. 'Hoe ben je hier in vredesnaam gekomen?'

Ze grijnsde naar hem. 'Ik heb vanmiddag vrij gekregen,' vertelde ze hem. 'Ik heb gesmeekt en gesmeekt en toen zeiden ze dat het mocht. Het was alleen maar tennisles. Maar ik moet om zes uur weer terug zijn. O, Mol. Hoe ging het?'

Hij bleef haar aanstaren. 'Ik kan het niet geloven,' zei hij – en begon toen plotseling te lachen. 'Werkelijk, Sooz. Waar heb je die kleren vandaan? En die make-up?'

'Geleend.' Ze draaide in het rond. 'Wat vind je? Ik vertelde het aan een van de ouderejaars en die had medelijden met me. Maar goed dat ze graatmager was. Ik heb de rok nog met veiligheidsspelden vast moeten zetten.'

'Je gaat me toch niet vertellen dat je zo de school uitgelopen bent.' Hij klaarde op en werd overspoeld door opwinding. Ze lachte met hem mee.

'Ik heb me in het toilet op het station van Southampton verkleed,' vertelde ze hem. 'Ik dacht dat je misschien je vrienden bij je zou hebben en ik wilde je toch zeker niet voor paal zetten met mijn uniform en strooien hoed? Ik dacht dat je nooit naar buiten zou komen. Er kwamen allerlei jongens naar buiten die eruitzagen alsof ze ook voor de keuring waren geweest en ze keken me allemaal maar vreemd aan. Ben ik een beetje te ver gegaan met de make-up?'

Hij bestudeerde haar roze wangen, de omlijnde ogen, de glanzende lippen.

'Je ziet er eigenlijk fantastisch uit,' zei hij serieus – en ze keek hem stralend aan. Ze kneep haar lippen van pret toe en werd plotseling heel verlegen.

'Vertel,' mompelde ze, toen ze door Privett Road liepen. 'Laten we ergens theedrinken. Er is hier vast wel ergens een café, ook al heb ik niets gezien toen ik van het station kwam. Ik was als de dood dat ik te laat was en dat ik je zou mislopen.'

'We kunnen de veerboot nemen en naar The Black Cat in Port-

uth High Street gaan,' stelde hij voor. 'Maar ik wil je eerst iets
n zien.'

'Wat dan?' vroeg ze, onder de indruk van de ernst in zijn stem.

'Dat zul je wel zien,' zei hij. 'Kijk. Daar komt een bus. Vlug. Dan
oeven we niet helemaal naar de veerboot te lopen.'

Ze stapten in en gingen halverwege zitten. Susanna keek hem
enthousiast aan.

'En hoe heb je het gedaan, denk je?' vroeg ze. 'Was het heel erg
moeilijk? Hoe waren de andere jongens?'

'Het ging prima,' vertelde hij haar. 'Ik weet het zeker. Ik heb het
heel goed gedaan. Ze waren heel tevreden over me, dat kon ik zien.
Goddank had Hal me voorbereid. Sommige onderdelen waren heel
erg lastig.'

Hij beschreef het een en ander, dikte het wat aan waardoor ze
naar adem hapte, in de lach schoot. Hij voelde zich fantastisch. Zijn
vermoeidheid was verdwenen en hij voelde zich sterk en gelukkig;
hij was ervan overtuigd dat hij was geslaagd, dolblij dat hij het met
haar kon delen. Het voelde zo goed dat zij hier bij hem was, zelfs in
deze belachelijke kleren en al die make-up. Ze leek wel achttien…
Opeens werd zijn keel samengeknepen door die oude angst; dat
haar iets zou overkomen.

'Je verkleedt je toch wel voordat je teruggaat, hè?' vroeg hij dringend – en ze keek hem verbaasd aan.

'Natuurlijk,' zei ze achteloos. 'Ze zien me al zo aankomen op
school.'

'Waar verkleed je je dan?' vroeg hij. 'Je kunt het in Portsmouth
doen.'

'Nee,' zei ze nonchalant. 'Ik heb mijn uniform in een kluisje in
Southampton gestopt. Dat kon ik toch niet met me meenemen?'

'Maar je moet wel oppassen op de terugweg. Straks word je nog
door iemand opgepikt.'

'Ja, echt?' Haar ogen schitterden toen ze naar hem keek. 'Denk
je dat? Heus? Hoe oud zie ik eruit?'

'Je ziet eruit als een kind dat zich verkleed heeft,' zei hij geërgerd, omdat ze het zo overduidelijk leuk vond dat mensen haar voor
een volwassene zouden aanzien. 'Pas nou gewoon op. Dat is alles.
Er zijn rare mensen in de wereld.'

'Ik zal goed oppassen.' Ze grijnsde naar hem en onwilleke
grijnsde hij terug.

'Hoe krijg je al die make-up eraf?' vroeg hij nieuwsgierig.

'Water en zeep,' zei ze. 'En toiletpapier. Daar is de veerboot.
moeten er hier uit. Kom op.'

Ze stapten uit en keken om zich heen. Er lag een veerboot klaar,
maar Mol schudde zijn hoofd.

'Even wachten,' zei hij. 'Ik wil je iets laten zien. We hebben nog
tijd genoeg. We kunnen ze van hieruit zien.'

Hij leidde haar langs het water, een eindje voorbij de veerboot,
bleef toen staan en wees over het water.

'Kijk,' zei hij zachtjes. 'Zie je ze? Hal liet ze me zien toen ik een
keer bij hem was. Kijk, Sooz. Het is de HMS *Dolphin*, het opleidings-
schip voor onderzeebootpersoneel en dat zijn de onderzeeërs. Daar
ligt de toekomst van de moderne marine en daar ga ik naartoe,
Sooz.'

Ze staarde over het water, was onder de indruk van de ernst in
zijn stem en ze wist dat dit een gedenkwaardig moment was. De lange, zwarte schepen deinden kalmpjes twee, drie naast elkaar. Ondanks de middagzon zagen de ronde rompen er sinister, dreigend
en krachtig uit, geheimzinnig en gevaarlijk... Mol merkte dat hij
zijn adem inhield. Hij keek naar Susanna en zag het ontzag op haar
gezicht. Ze nam zijn arm en hield hem stevig vast om haar vertrouwen in hem te tonen; haar geloof in zijn dromen en haar trots om ze
met hem te kunnen delen.

'Ik weet zeker dat het je lukt,' zei ze, en glimlachte naar hem met
tranen in haar ogen. 'Het is geweldig.' Ze schudde haar hoofd, probeerde het allemaal in zich op te nemen toen ze daar dicht bij elkaar
naar de toekomst stonden te kijken. 'O, Mol.' Haar stem was zo
zacht dat hij zich vooroverbuigen moest buigen om haar te horen. 'Het is
zo ver weg van het bosje.'